Francesca Marciano

De nationalité italienne mais écrivant en anglais,
Francesca Marciano a réalisé plusieurs films et de
nombreux documentaires pour la télévision. Depuis
1986, elle partage son temps entre Rome et le
Kenya. *L'Africaine* est son premier roman.

L'AFRICAINE

FRANCESCA MARCIANO

L'AFRICAINE

BELFOND

Titre original :

RULES OF THE WILD

publié par Jonathan Cape, Londres.

Traduit de l'anglais par
Dorothée Zumstein

« *Voilà ce que je me suis dit : si tu dois vivre en Afrique, il faut que tu sois capable de regarder ce pays et de dire : Là est le chemin de l'amour, au bout de cette route. Regarde-la bien, pour comprendre où elle te mènera. Vous comprendrez sans doute ma pensée si je vous affirme que l'amour est sans valeur tant qu'il n'a pas été confronté à son propre échec. J'ai eu le sentiment que l'on me demandait d'aimer sans craindre les conséquences de cet amour. J'ai compris que l'amour, même s'il doit se conclure par un échec, vous confère une espèce de dignité ; mais que, sans amour, il n'y a pas de dignité.* »

Rian MALAN

PREMIÈRE PARTIE

Adam

1

En un sens tout, ici, est d'occasion. On récupère la voiture de quelqu'un qui a décidé de quitter le pays et on la revend à l'un de ses amis. On s'installe dans une maison qu'on fréquentait déjà quand quelqu'un d'autre y habitait, et où l'on s'est pris des cuites mémorables. Le jour où l'on en partira, un autre prendra le relais. Même les hommes que vous aimez ont fait l'amour avec toutes vos copines.

Dans votre vie, rien ne sera jamais flambant neuf.

C'est un grand marché aux puces. On y est à tour de rôle vendeur ou client. Quand on arrive ici, pourtant, tout paraît nouveau, vibrant, plein d'attention. Impossible de s'imaginer qu'on pourrait un jour se lasser d'un lieu aussi exotique, aussi complexe. On a tellement envie d'en faire partie, de le conquérir, d'y survivre, d'y hisser son pavillon. On a hâte de voir partir en fumée ce sentiment de non-appartenance. On voudrait pouvoir appuyer sur un bouton et, aussitôt, avoir l'impression d'avoir toujours vécu là, de tout connaître sur le bout des doigts : les routes, les boutiques, les garagistes, les trucs de survie, le nom de chaque animal et de chaque arbre. On a horreur de se sentir étranger et on désire se fondre dans le paysage comme un caméléon ; s'inscrire au club et y être accepté pour de bon. Et, surtout, ne pas avoir à répondre aux questions. Ici, le passé ne compte plus, on veut seulement avoir un avenir.

Mais c'était folie que de penser pouvoir s'en tirer sans avoir à y laisser des plumes.

Il est sept heures du matin, et c'est avec un plaisir mêlé d'écœurement que je fume ma première cigarette de la journée, dans le hall d'arrivée de l'aéroport international Jomo Kenyatta, à Nairobi.

Elle arrive par le premier vol de la British Airways.

Elle s'appelle Claire, je ne l'ai jamais vue. On m'a dit qu'elle était blonde, sexy et qu'elle avait de longues jambes. Elle aussi va me chercher. On lui aura probablement décrit une psychopathe aux cheveux bruns, fumant comme un pompier. Du moins, c'est à ça que je dois ressembler ce matin.

Je déteste Claire : c'est mon ennemie, quoique nous ne nous soyons jamais rencontrées. Je suis ici pour l'accueillir et la présenter aux autres membres de la famille, ce groupe de babouins dont j'ai fini par adopter les mœurs. J'imagine que c'est là mon châtiment.

Elle n'a jamais vécu ici, mais elle vient s'installer pour de bon. Elle assimilera peu à peu les règles du lieu – celles auxquelles chacun, ici, doit se plier pour survivre –, et ça fera d'elle une autre représentante de l'espèce. Elle vient vivre avec l'homme dont je suis amoureuse, un homme que je n'ai pas su garder : une autre de ces possessions qui m'ont glissé entre les doigts pour immédiatement trouver un nouvel acquéreur.

Un flot de touristes commence à franchir les portes, poussant des chariots qui grincent, chargés de valises Samsonite. Ils sont tous bizarrement attifés, comme s'ils avaient choisi leur tenue en fonction du personnage qu'ils ont décidé d'incarner au cours de leur séjour africain. On reconnaît parmi eux l'Aventurier, le Chasseur

12

blanc, le Colon romantique, le Surfeur. C'est d'eux-mêmes qu'ils désirent avant tout s'éloigner.

Elle s'avance vers moi, l'air un peu perdu. Je remarque ses longues jambes, ses cheveux blonds tirés en queue de cheval. Elle a la peau pâle, encore maquillée de brouillard londonien, porte une robe à fleurs et un gros pull de laine bleue qui lui donne une allure un peu enfantine. Je lui fais signe, son visage s'illumine. En effet, elle *est* belle. Elle a détruit ma vie.

Ça ressemble au jeu des chaises musicales, ces histoires de couples qui se font et se défont. Au moment où la musique cesse, il y en a toujours un qui ne sait pas où poser son derrière. Cette fois-ci, il a fallu que ça tombe sur moi.

Je la guide hors de l'aéroport, jusqu'à ma vieille Landcruiser.

« Vous avez fait bon voyage ? » Je m'efforce d'adopter un ton maternel.

« Oh, oui, j'ai dormi comme un loir. Je me sens vraiment bien. » Elle hume l'air. « C'est gentil d'être venue me chercher si tôt. J'avais dit à Hunter que ça ne me dérangeait pas de prendre un taxi.

— Ne m'en parlez pas ! Il n'y a rien de pire que d'arriver dans un endroit qu'on ne connaît pas et d'avoir à marchander avec un chauffeur de taxi. Ça fait partie de nos règles d'or, d'aller chercher les nouveaux venus à l'aéroport.

— Dans ce cas, merci, dit-elle avec un sourire amical. Waouh, vous arrivez à conduire *ça* ?

— Oui. » Je monte et j'ouvre la porte de son côté tout en tendant au porteur un billet de dix shillings. « Faites attention, c'est un vrai dépotoir. Balancez tout sur la banquette arrière. »

Claire est visiblement impressionnée par le souk : des cannettes de bière vides sur le plancher, des bottes crottées, un *panga* sur le tableau de bord et, traînant un peu partout, des moustiquaires, des chaussettes sales et des clés à molette rouillées.

« Je reviens d'un safari, lui dis-je d'un ton assuré en m'engageant sur la route principale.

— Ah. »

Elle regarde par la fenêtre le ciel bas et gris, au-dessus des acacias. Sa première impression d'Afrique.

« J'aime l'odeur. Quel air parfumé ! »

Elle demeure quelques secondes silencieuse, à se pénétrer de ses nouvelles sensations. Tant d'impatience se mêle à sa fatigue. Pour elle, c'est une nouvelle vie qui commence. Je me sens une crampe à l'estomac. Je ne pensais pas que ce serait si dur. Comme d'habitude, j'ai trop présumé de mes forces.

« Vous avez des nouvelles de Hunter ? Il est toujours en Ouganda, non ? » Je lui pose la question alors que je sais fort bien où il se trouve. J'ai même appris par cœur le numéro de téléphone de son hôtel.

« Oui. Il pense être de retour la semaine prochaine, à moins qu'il n'y ait des problèmes à la frontière, à cause des troupes soudanaises. Auquel cas, il lui faudra revenir vers l'intérieur du pays. »

Elle parle le jargon des journalistes avec une telle candeur : à croire que le déclenchement d'une guerre équivaut à l'inauguration d'un night-club. Et pourquoi pas, après tout ? Il ne s'agit que d'une autre nouvelle à annoncer, d'un autre article de deux mille mots.

« Espérons que non. » J'en rajoute sur le ton maternel. « J'imagine que vous n'avez pas envie de rester trop longtemps seule ici ?

— Ça ne me pose pas de problèmes. Tout est tellement nouveau pour moi. Je ne risque pas de m'ennuyer. » Elle tourne la tête, et je sens son regard peser sur moi. « Quand il m'a demandé de venir, je savais qu'il serait souvent absent », ajoute-t-elle d'un ton nonchalant.

14

C'est une dure, ça, je peux déjà le dire. Dure à l'intérieur, malgré sa peau claire et sa blondeur. Elle saura obtenir ce qu'elle désire.

« Vous vivez avec *Adam*, c'est ça ? demande-t-elle, histoire de me remettre à ma place.

— Oui. Il est encore au camp, dans le Nord, avec un groupe. J'en reviens. Vous ferez sa connaissance à son retour, samedi.

— Hunter m'en a tellement parlé. Ça m'a l'air d'être un type formidable.

— C'*est* un type formidable. »

Nous empruntons la Langata Road, en direction de Karen. Claire s'est tournée vers la fenêtre et enregistre tout ce qu'elle voit : les hautes herbes brillant sous les premiers rayons du soleil qui viennent tout juste de percer les nuages ; le vieux camion à moteur Diesel, bourré à craquer d'ouvriers africains, qui nous crache à la figure un nuage de fumée noire ; les énormes nids-de-poule. Elle aussi apprendra à conduire une grosse voiture et à se repérer dans la ville. Bientôt, elle connaîtra même le nom des fleurs et des animaux.

« Je vais vous déposer chez vous, vous montrer comment il faut faire pour l'eau chaude et les autres trucs dans ce goût-là. Et puis je vais vous laisser vous reposer. Si vous avez besoin de quoi que ce soit, il suffira de me le demander, j'habite juste au coin de votre rue.

— Merci, Esmé, c'est vraiment gentil de votre part. »

Elle va s'endormir dans ce lit que je connais si bien et qui est désormais le sien.

Je suis contente de la détester. À présent je vais rentrer et, je crois, me mettre à pleurer.

Ce pays a beau être gigantesque, nous vivons en vase clos afin de nous en protéger. Il arrive que nous nous risquions au-dehors, histoire de sentir que nous

15

pourrions nous perdre et ne jamais être retrouvés. Mais nous en revenons toujours à la chaleur rassurante de notre voisinage blanc.

Notre petit monde se situe en lisière de Nairobi, au pied des Ngong Hills, là où se trouvait autrefois la ferme de Karen Blixen. Le lieu s'appelle Langata, ce qui signifie en massaï « l'endroit où s'abreuve le bétail ».

Il n'y a pas d'échappatoire ; ici, on est toujours au courant de ce que font les autres : on voit les gens qu'on connaît au volant de leurs voitures ; on remarque que celles-ci sont garées devant la banque, l'épicerie, la station-service, la maison d'un amant ou d'une maîtresse. Sur la route, on klaxonne beaucoup et on se fait de grands signes. Et puis, on ne cesse de se croiser : en faisant ses courses au supermarché, en allant régler ses factures à la poste, en attendant une consultation avec le même spécialiste du paludisme, ce docteur italien si sexy… On se rencontre quand on va chercher un copain à l'aéroport et quand on va faire réparer sa voiture au garage.

Même quand on est en safari, à des milliers de kilomètres de là, on garde le réflexe, quand on croise une Landcruiser kaki venant en sens contraire, de jeter un coup d'œil sur le conducteur, au cas où on le connaîtrait. Et c'est en général le cas, ce qui ne manque pas de nous rassurer. Tant d'espace autour de nous, et toujours la même bande de babouins pour le parcourir.

C'est un terrain de jeux géant, le seul endroit au monde où l'on puisse encore jouer comme des enfants qui font semblant d'être grands.

Bien que nous prétendions les avoir toutes laissées derrière nous, des règles très rigides régissent notre existence. Nous flairons avec méfiance chaque nouveau venu, afin d'évaluer les conséquences de son intrusion dans notre groupe. La crainte d'un éventuel déséquilibre, l'excitation devant la perspective d'une nouvelle

16

aventure génèrent toute une agitation silencieuse. Chacun d'entre nous est tour à tour paria, tandis que de nouvelles alliances se nouent. Tout le monde ment. Un pacte secret a toujours précédé celui que vous êtes en train de conclure à présent. Des femmes unissent leurs forces contre une nouvelle recrue féminine, si celle-ci représente une menace pour le groupe, mais elles n'hésitent pas à se déclarer la guerre les unes aux autres si certaines limites sont franchies. Il n'est question ici que de territoire et de conquête, et de rivalités sans fin pour garder le pouvoir et améliorer ses positions.

Au début, on pense valoir mieux que les autres, être moins corrompu par le contexte. On se prend pour un être humain parfaitement civilisé, raffiné et plein de compassion, sachant se comporter décemment en société. Quand on découvre quel animal on est devenu, c'est un choc. On est tout d'abord indigné par le côté impitoyable de sa propre nature, avant de céder à la fascination. La franchise crue de cette brutalité finit par donner une impression de force. On réalise qu'ici rien ne sert de s'indigner.

Qu'il n'est question que de survie.

Nicole et moi déjeunons dans une gargote en retrait de River Road. On y mange des plats végétariens avec les doigts, dans des assiettes en aluminium. Les murs sont tapissés de panneaux de plastique ; il y a des tas de ventilateurs et de mouches : c'est un décor tout droit sorti d'un film de David Lynch. Les *wazungu* – les Blancs – ne mettent jamais les pieds ici, et c'est précisément pour ça que nous fréquentons cet endroit : l'idée nous plaît d'être deux Blanches en train de déjeuner du mauvais côté de la ville.

« On dirait que ça ne va pas fort », me dit Nicole en engouffrant sa chapati et son dal. Sa peau, un peu trop

17

pâle pour qui habite l'Afrique, est couverte d'une fine pellicule de sueur. Elle a des traits anguleux, une beauté insolite.

« En effet, ça ne va pas fort.

— Ressaisis-toi. Je ne supporte pas de te voir comme ça. »

Elle vient de se faire manucurer au salon de beauté de l'hôtel Norfolk, et ses ongles sont vernis d'une teinte rouge sang. Elle porte un rouge à lèvres assorti, dont l'éclat s'estompe rapidement dans la serviette en papier et le chapati. Elle est vêtue d'une jupe étriquée et d'une chemise de mousseline légèrement transparente. On dirait qu'elle vient de passer une audition pour un boulot d'actrice au Polo Lounge de Hollywood et qu'elle a roulé jusqu'à l'équateur en voiture de sport décapotable.

« Tu n'étais pas obligée d'aller la chercher à l'aéroport. Je veux dire, quelqu'un d'autre aurait pu s'en charger.

— Je suppose que j'ai voulu me tester. Et puis, en un sens, c'est un geste symbolique.

— C'est Hunter qui t'a demandé de le faire ?

— Oui. » J'ai acquiescé trop rapidement. C'est un mensonge.

« Incroyable ! C'est vraiment un…

— Non. En fait, c'était mon idée.

— Tu as vraiment un problème.

— Oui. Mais ça fait partie de notre petite bataille privée. »

Nicole soupire et prend une autre bouchée de légumes au curry, tandis que ses cheveux retombent sur son visage.

« Et elle fait quoi ? Je veux dire, qu'est-ce qu'elle a l'intention de faire ici ?

— Aucune idée. D'écrire des articles pour *Maisons et jardins* ? Ou de mettre sur pied un atelier de femmes kikuyus à qui elle fera tisser des paniers pour Pier Import ? Elle a l'air d'être le genre à aimer l'artisanat.

— Oh, je t'en prie. » Nicole éclate de rire et allume une cigarette, agitant ses doigts vernis. « Elle doit valoir mieux que ça. »

J'aspire à pleins poumons, cherchant à lutter contre cette angoisse qui me prend à la gorge. J'ai l'impression qu'on m'a injecté dans les veines une bonne dose de pure souffrance. C'est presque un plaisir de la ressentir ainsi en moi, comme si j'étais sur un voilier qu'un vent mauvais menace de faire chavirer. Si je survis, je parviendrai à atteindre l'autre rive. Encore faut-il qu'il y en ait une autre.

J'ai l'impression d'avoir tout perdu. Hunter, mais aussi Adam et moi-même. Et, plus que tout, la vie que j'avais rêvé de construire ici. J'ai perdu l'Afrique.

« Tu sais, quand je l'ai vue ce matin – il faut que j'en parle, ça me soulagera –, cette façon qu'elle avait de regarder les choses, tout exaltée... ça devait lui paraître si nouveau, si différent... eh bien, ça m'a rappelé ma propre arrivée dans ce pays. Qu'est-ce que je me sentais forte, alors ! On aurait dit Napoléon au début d'une campagne. Je voulais transférer toutes mes troupes ici, tu vois ce que je veux dire ? »

Elle hoche la tête, elle a déjà entendu ça un million de fois, mais a décidé d'être patiente, sans doute parce qu'elle m'aime bien. Elle savait d'avance que ce déjeuner exigerait une bonne dose de tolérance.

« Elle va se battre et découvrir le plaisir d'annexer de nouveaux territoires. Et pas seulement sexuellement. Elle va en ressentir une telle impression de liberté ! Alors que moi, je suis déjà une prisonnière ici, comme toi et comme tous les autres. On s'est battus, on a cru avoir gagné quelque chose, et pour finir on s'est retrouvés coincés comme des prisonniers de guerre. Et on n'a toujours pas découvert qui était notre ennemi.

— Oh, je t'en prie, cesse de voir tout en noir. Tu traverses juste une mauvaise passe. Ça te ferait sûrement du bien de te reposer un peu. Pourquoi tu ne retournes pas en Europe pour un petit bout de temps ?

— Nicole, comment se fait-il qu'après tant d'années nous n'ayons toujours pas d'amis africains ? Tu peux répondre à ça ? Je veux dire que quand on y pense…

— Je ne vois pas le rapport avec…

— Il y en a un. On est des fantômes ici, on ne participe à rien, on ne sert à rien, bref, on ne *croit* pas en ce pays. Si nous y vivons, c'est parce qu'il est beau. Ça ne te semble pas terrifiant ? »

Nicole prend mes lunettes de soleil sur la table et les essaie. Son regard se perd dans le vague.

« Je t'en prie, épargne-moi ce genre de discours. Ça m'énerve, quand les gens deviennent pessimistes, irrationnels et se mettent à pousser des hauts cris à l'idée de vivre ici. »

Elle me fixe, derrière les lunettes noires, avant de les enlever et de les essuyer avec une serviette en papier.

« Tu connais pourtant la chanson. On est une bande de maniaco-dépressifs : on se croit au paradis, et l'instant d'après on a l'impression d'être pris dans un piège géant, dont il nous faut à tout prix échapper.

— Oui. On se croirait dans les montagnes russes.

— Je crois qu'on ne fait que projeter ses névroses et en rendre responsable le continent entier. Ça a toujours été le trait caractéristique de Hunter, et tu as passé trop de temps à l'écouter. Il adore empoisonner la vie des autres, parce qu'il a horreur de souffrir seul. Pour Claire aussi, il va tout gâcher, tu vas voir. »

Cette pensée m'apporte un léger réconfort. Je ne suis guère en mesure de me réjouir du bonheur futur de quiconque, je me sais en ce moment bien trop mesquine pour ça. Je me comporte exactement comme Hunter : je m'emploie à créer autour de moi autant de malheur que possible, histoire de ne pas me sentir totalement isolée.

Nicole sourit.

« Suis-moi au petit coin. Après, je t'emmène à Biashara Street. Tu as besoin d'une petite cure de shopping. »

Nicole nous fait une ligne de coke sur le miroir de son poudrier, dans les toilettes roses du café. Je lui envie sa manière d'être imperméable au contexte ; elle vit sa vie dans le tiers-monde comme si elle se baladait dans un grand magasin en plein « Mois de l'Afrique ». Elle sniffe rapidement, retenant ses boucles en arrière.

« Waouh… C'est vraiment de la mauvaise came, mais c'est le cadet de nos… »

Elle m'observe du coin de l'œil, tandis que j'aspire ma portion de mort-aux-rats, avant d'ajouter, un mauvais sourire aux lèvres :

« On va rendre Claire accro à cette sale coke, faire d'elle une junkie. C'est comme ça qu'on va s'en débarrasser, en la persécutant jusqu'à ce que son nez pisse le sang. »

Je finis par éclater de rire. Le flash me réchauffe un peu le cœur. Je voudrais serrer Nicole dans mes bras, mais elle a tout d'un coup l'air sérieux.

« Tu sais, Esmé, je ne te l'ai jamais dit, mais je crois qu'à présent le moment est venu.

— Qu'est-ce qu'il y a ?

— Moi aussi j'ai couché avec Hunter. Bien longtemps avant que tu arrives ici.

— Oh. »

Elle a légèrement rougi. Je détourne les yeux.

« Je m'en doutais. » Mais cette révélation ne me choque pas, ne me fait pas souffrir.

« Qu'est-ce qui te l'a fait penser ?

— Oh, je ne sais pas… sûrement une sorte de complicité entre vous.

— Tu m'en veux, de t'en avoir parlé seulement maintenant ?

— Non. Ça ne change rien. Vraiment. »

Nous demeurons silencieuses, échangeons un sourire. Mon cœur bat à tout rompre et j'ai soudain besoin d'une cigarette. Mais je sais que c'est là l'effet de la cocaïne, pas de sa révélation. Celle-ci, au contraire, me rapproche de Nicole. Elle allume deux cigarettes et m'en tend une. Nous restons là, adossées au carrelage rose, respirant la fumée et la poudre à récurer.

« Ce que tu disais tout à l'heure, ne crois pas que je ne m'en rende pas compte. On est tous pris au piège ici, dans un jeu tordu de Blancs, dit-elle calmement. C'est juste que je refuse de rentrer dans ce genre de débat, parce que je n'ai pas d'alternative.

— Qu'est-ce que tu entends par là ?

— Il me serait impossible, à présent, de rentrer en Europe et d'y vivre. C'est pour ça que j'étais si malheureuse quand je sortais avec Hunter, maintenant que j'y pense. J'avais l'impression qu'il me pompait toute mon énergie. Son amertume agissait comme un poison, c'est pour ça que je me suis détachée de lui.

— Mmmm… On dirait que c'est moi qui suis sous l'effet du poison, désormais. »

Nous fumons nos cigarettes en silence.

« Je vais te dire ce qui fait vraiment mal, Nicole. C'est la certitude absolue que je ne possède pas – et toi non plus, probablement – la détermination, non, attends, la *foi* pour sauver quelqu'un comme Hunter. Nous sommes plus du genre à nous laisser empoisonner par lui qu'à le désintoxiquer. Je ne me suis jamais crue capable de le rendre heureux. Ce n'est pas dommage ?

— Et qu'est-ce qui te fait penser que cette fille en est capable ?

— Elle est assez forte pour ça. Elle se contentera de le sortir du trou – quel qu'il soit – où il s'est embourbé, pour le ramener à la surface. Elle l'aimera, c'est aussi simple que ça.

— Toi aussi, tu l'aimes.

— Mais elle, elle n'a peur de rien. Elle est jeune. Elle portera ses enfants.

— Oui, c'est une génitrice.

— Précisément. Et nous, non.

— Non, nous on est du genre à sniffer de la coke dans les toilettes. »

Nous méditons quelques secondes sur ces considérations. Puis nous nous faisons une autre ligne et partons faire du shopping.

Il me faut remonter légèrement dans le temps, histoire de remettre un peu d'ordre dans cette histoire. Et d'essayer de me justifier.

Tu as déjà voulu t'en aller.

Tu t'es réveillée dans ton lit, au cœur de l'hiver, tandis que la pluie martelait avec rage le toit de *mabati* et qu'il te semblait que tout, y compris ton cerveau, était en train de se liquéfier. Tu as soudain détesté te sentir si loin de tout, oubliée de tes amis en Europe, coupée du monde et de ses bouleversements. Tu as réalisé que les magazines, les conversations raffinées, les films et les beaux vêtements te manquaient terriblement. L'homme allongé à côté de toi est né dans ce pays, et pour lui tout ça n'existe pas. Avant de s'endormir, il t'a dit à quel point il aimait le bruit de la pluie qui tambourine sur le toit de tôle, ce bruit qui lui rappelle son enfance. Tu l'as écouté respirer calmement, enroulé dans la couverture, pendant que toi tu t'arrachais les cheveux. Le matin, tu es sortie dans le jardin, un bol de café chaud coincé sous ton menton, chaussée de ta dernière bonne paire de bottes, qui s'enfonçaient dans la boue épaisse. Tu as eu l'impression de sombrer corps et âme. Tout, autour de toi, avait le goût amer de la corruption : les mangues pourrissant dans un panier ; le flic du barrage routier, exigeant un bakchich pour te laisser passer ; les titres des journaux qui commentaient les derniers massacres tribaux dans le désert et qui évoquaient des monceaux de corps se décomposant au soleil. Soudain, l'Afrique t'est apparue dans toute sa dureté : absurde et sans espoir.

Lorsque tu t'es regardée dans le miroir, tu as trouvé ton visage vidé, durci, et toute trace d'insouciance bannie. Tu avais vieilli. C'est alors que tu t'es dit qu'il était encore temps de réagir.

Tu as décidé de t'en aller. Et tu croyais ne jamais revenir.

Personne n'était heureux de te laisser partir, car tous ici ressentent les symptômes de ta maladie. Quelqu'un t'a accompagnée à contrecœur à l'aéroport, à la vraie manière kenyane : en short et en sandales, en décapsulant une bière Tusker après l'autre sur la poignée de la portière, et en jetant les cannettes dégoulinantes sur la banquette arrière ; en slalomant sur la route et en doublant les *matatu* dans un juron ; en insultant les porteurs qui mettaient trop de temps à prendre tes bagages.

Mais tu t'en fichais.

Tu étais déjà de l'autre côté de l'océan, protégée par tes derniers beaux vêtements européens et par ta liste de coups de fil à passer le lendemain.

Déjà tu n'étais plus là.

Tu as fait enregistrer tes bagages avec un sourire, tu as tendu ton billet à la jolie hôtesse dans son uniforme impeccable : déjà l'efficacité de l'Europe t'accueillait derrière le comptoir de la compagnie aérienne.

Tu t'es dit que tu reviendrais un jour, bien sûr, mais seulement en touriste, pour rendre visite à tes amis et à tes ex, et pour revoir tous ces endroits que tu aimais tant : les monts Chyulu, le lac Turkana, la plage de Lamu, la rivière Ewaso Nyiro.

Tu ne savais pas encore que tu serais incapable de t'en détacher.

Tant de gens déjà ont tenté de décrire ce sentiment que les Français nomment le *mal d'Afrique**, et qui est effectivement une maladie. Les Anglais n'ont jamais eu de mot pour la définir, et j'imagine que c'est parce qu'ils répugnaient à s'avouer menacés, d'une manière ou d'une autre, par ce continent. Ils préféraient de toute évidence l'idée de le dominer à celle d'être dominés par lui.

Je ne réalise que maintenant que ce sentiment est une forme de corruption, semblable à une fissure dans le bois qui gagne peu à peu l'intérieur, et devient de plus en plus profonde jusqu'à ce qu'elle finisse par te couper du reste. Tu te réveilles un beau matin pour découvrir que tu es seule, que tu es devenue une île indépendante, séparée de sa terre natale et de sa morale. Tout s'est passé pendant ton sommeil, et il est désormais trop tard pour y remédier : tu en es là, et il n'y a pas moyen de revenir en arrière. C'est un aller simple.

Malgré toi, tu connaîtras l'horreur euphorique de flotter dans le néant, tes amarres larguées pour de bon. Le *mal d'Afrique* a lentement rongé tous tes liens, et tu ne t'habitueras jamais à ce vertige permanent.

C'est pour ça qu'un jour il te faut y retourner. Parce que à présent tu n'es plus liée à aucun endroit. À aucune adresse, à aucune maison, à aucun numéro de téléphone, à aucune ville. Parce qu'une fois que tu as vécu là-bas, perdue dans le Grand Nulle Part, tu manques partout d'air pour emplir tes poumons.

---

* En français dans le texte, de même que les autres mots en italique suivis d'un astérisque. *(N.d.T.)*

L'Afrique t'a prise et t'a arrachée à celle que tu étais auparavant.

C'est pourquoi tu ne cesses de vouloir partir, mais tu finis toujours par revenir.

Et puis, bien sûr, il y a le ciel.

Nulle part au monde on ne trouve un ciel aussi vaste. Il s'étend au-dessus de ta tête comme un gigantesque parapluie et te coupe le souffle. Tu es écrasée entre l'immensité de l'air et la terre ferme. Tout autour de toi, à un angle de trois cent soixante degrés : tout n'est que ciel et terre, le premier le reflet aérien du second. Ici, l'horizon n'est plus une ligne droite, mais un cercle infini qui te fait tourner la tête. J'ai essayé de m'imaginer les raisons de ce mystère, car je ne vois pas pourquoi il y aurait davantage de ciel dans un endroit que dans un autre. Mais je n'ai pas été capable de découvrir par quelle illusion d'optique le ciel africain est si différent de tous les autres ciels. Peut-être est-ce dû à l'équateur, ou au fait que les nuages flottent non au-dessus de toi mais devant ton nez, bordant les contours intérieurs du parapluie, perchés sur l'horizon. Ces nuages errants modifient en permanence la carte du ciel : d'un seul regard tu distingues une averse qui se prépare au nord ; un soleil éclatant à l'est ; et, à l'ouest, un ciel gris s'apprêtant d'une minute à l'autre à devenir bleu. Tu te crois devant un écran de télé géant, en train de regarder un bulletin météo cosmique.

Tu voyages vers le nord, vers le légendaire district de la frontière nord, et voilà que tu as soudain l'impression de regarder le paysage par le mauvais côté des jumelles, par l'objectif grand-angle le plus perfectionné, qui fait rentrer l'infini dans ton champ de vision. Tes yeux n'ont jamais plongé aussi loin. La terre plate s'étend jusqu'aux lointains contours des monts Matthews. Alors, tandis qu'il te semblait avoir atteint une sorte de fin de l'espace et que tu t'attendais à voir le paysage se refermer sur toi et à te sentir moins exposée, un autre rideau se soulève et te révèle plus d'immensité que ton regard n'en peut contenir.

La terre ne cesse de se dérouler obligeamment sous tes pneus, t'invitant à la parcourir. Les traces que tu laisses derrière toi constituent le drapeau sans fin de ta conquête. Tu remplis tes poumons de l'odeur sèche des rochers chauds et de la poussière, et tu as l'impression que c'est l'univers que tu respires.

Pendant que tu roules dans cette immense géométrie de l'absolu, tu ne te vois plus que comme un point minuscule, une particule microscopique progressant très lentement. Noyée dans l'espace, tu te vois contrainte de redéfinir toutes les proportions. Tu penses à un mot qui ne t'est pas venu en tête depuis des années, brusquement surgi du tréfonds de toi-même.

Tu te sens *humble*. Car l'Afrique est l'origine.

Il n'y a pas moyen de se cacher ici : pas d'ombre, pas de murs, pas de toits sous lesquels s'abriter. L'homme ne s'est jamais soucié de laisser son empreinte sur ce territoire. Seules des petites huttes de paille en parsèment la surface, semblables à des nids d'oiseau que le moindre souffle de vent menace d'emporter.

Tu ne peux pas te cacher.

Tu es là, sous ce soleil brûlant, exposée. Tu réalises que tu ne dépends à présent que d'une seule chose : ton corps. Tout ce que t'ont appris l'école, la télévision et tes amis cultivés ne servira à rien, ici.

Tu comprends que tes jambes ne sont pas assez fortes pour courir, que tes narines n'aspirent rien, que ta vue est trop basse. Il faut te rendre à l'évidence : toutes tes facultés originelles, tu les as perdues. Lorsque le vent t'envoie au visage l'odeur âcre du buffle, tu la reconnais immédiatement, bien que tu ne l'aies jamais humée auparavant. Tu sais simplement que cette odeur a toujours été là. Alors que la tienne résulte de tellement de choses, de l'écran total à la pâte dentifrice.

Le *mal d'Afrique*, c'est le vertige, la corrosion, mais aussi la nostalgie. C'est le désir de redevenir enfant, de retrouver l'innocence et la terreur, le temps où tout était encore possible et où chaque jour pouvait être celui de ta mort.

Comme je vous l'ai dit, j'essaie de me justifier.

C'est pourquoi je m'efforce de tout placer sur une échelle plus vaste, afin de pouvoir me dire que je n'ai pas tout perdu en vain. J'ai été chassée du jardin d'Éden, mais si j'ai mangé la pomme, ce n'est pas uniquement par gourmandise. La tentation à laquelle j'ai succombé, je sais à présent que nul être humain ne peut y résister.

2

Je viens du Vieux Monde.

J'ai grandi à l'ombre de demeures familiales aux cloisons épaisses et aux façades délabrées, parmi de vieux meubles hérités de mes grands-parents. Pour aller à l'école, il me fallait emprunter des ruelles obscures bordées de bâtisses conçues par Michel-Ange. Par les chaudes soirées d'été, mes amis et moi nous jetions dans l'eau fraîche giclant des fontaines et nagions entre les tritons et les sirènes dont les queues entrelacées formaient d'impressionnants nœuds de marbre. J'ai vécu toute ma vie dans un monde témoignant du talent extraordinaire de l'esprit humain. Je n'ai pas seulement grandi dans un univers civilisé, j'ai grandi entourée de beauté, si bien que pour moi celle-ci allait de soi. Mon destin a dû être, avant tout, géographique.

En tant que poète, mon père était un parfait représentant du XXᵉ siècle européen. Il était napolitain, avait l'illuminisme inscrit dans ses gènes, et dans ses veines coulait le sang des Bourbons. Fernandino n'avait qu'une seule foi dans la vie : il croyait au pouvoir des mots.

« Nous vendrons tout sauf les livres », avait-il coutume de dire pendant les périodes de vaches maigres, se dressant fièrement devant la bibliothèque, tel un guerrier devant les remparts de sa ville.

Et, pour ce qui est de vendre, nous vendions : des chaînes stéréo, des tapis, des tableaux, des téléviseurs... Il y avait un va-et-vient permanent entre la maison et le mont-de-piété, et nous regardions tout cela d'un œil plus amusé qu'offensé. Mais les livres, eux, restaient à leur place. De toute manière, ils n'auraient intéressé personne.

Il me faut parler un peu de Fernandino, car je n'aurais pas atterri ici, pas plus que je n'aurais par la suite été chassée du jardin d'Éden, s'il n'avait été mon père.

Fernandino était un bel homme, de cette beauté que seuls possèdent les gens passionnés et dont toute l'énergie est concentrée dans le visage, et surtout dans le regard. Il avait des yeux de faucon. Je lui trouvais l'allure d'un chevalier médiéval vieillissant : des traits accusés, un nez fort, un fin éventail de ridules au coin des yeux, une chevelure épaisse et noire qu'il laissait toujours trop pousser et qui, dans les derniers temps, se stria de blanc. Et ses mains, bien sûr : fines et nerveuses, tissées de veines bleuâtres, elles étaient le prolongement de son esprit. Les mots passaient directement de sa tête à ses mains, puis du stylo au papier. Fernandino n'avait jamais cru à la dactylographie. Il entretenait avec son écriture un rapport très particulier. Il avait besoin de voir ses mots griffonnés sur son cahier... des termes provisoires, qui traînaient des jours durant au coin d'une page, attendant patiemment leur heure. Certains trouveraient leur place, d'autres seraient éliminés. Les cahiers en question présentaient d'ahurissants tableaux : une phrase ici, une autre là, et le reste disséminé un peu partout. Un poème, c'est comme un puzzle, avait-il coutume de dire : un seul mauvais choix et c'est l'ensemble qui ne colle pas. Il finissait par obtenir la sonorité tant recherchée, et la page griffonnée se mettait soudain à vivre, se débarrassait de toutes les indécisions et se transformait en vers limpides.

Fernandino ne s'intéressait guère à la nature. Il était trop décadent, trop athée pour être habité par autre chose que des furies attiques. Et, inutile de le préciser, il était alcoolique.

L'harmonie et l'équilibre n'exerçaient sur lui aucun attrait. Il était attiré par le chaos et le désordre insondable qui régissent le quotidien des villes modernes. Il connaissait la déchéance, la misère ne lui faisait pas peur, et il ne craignait pas de plonger son regard dans l'œil du taureau noir.

Il rencontra ma mère à New York dans les années cinquante. Ils burent, fréquentèrent les clubs, traînèrent avec une foule de gens intéressants, confrontèrent leurs opinions politiques et expérimentèrent tout ce qui leur tombait sous la main. Elle avait les cheveux roux et le teint pâle, ce qui lui donnait un air fragile. En outre, elle paraissait toujours au bord de la crise de nerfs : elle se tiraillait inlassablement les cheveux, ne cessait de se ronger les ongles… En notre compagnie, elle était toujours un peu absente, comme si elle pensait à quelqu'un d'autre. Était-elle amoureuse d'un homme qui la rendait malheureuse ? Elle avait toujours l'air submergée par un chagrin qui n'avait rien à voir avec nous et avec la vie que nous menions.

Je revois à présent ma mère alors qu'elle était encore une jeune femme – à l'époque, nous vivions à New York, dans un vieil appartement de l'Upper West Side. Dans mon souvenir, elle est étendue, jambes nues, sur le sofa et regarde par la fenêtre, indifférente au bruit que font ses enfants en jouant. Elle restait ainsi des heures, à écouter du jazz, murée dans ses obsessions secrètes. Je n'ai jamais su ce qu'elle attendait. Peut-être que le téléphone sonne, que son amant l'appelle. Mais il ne sonnait jamais.

J'ignore ce qui l'avait rendue ainsi, et je doute que quiconque l'ait jamais su. Il se peut que cela ait été sa manière de jouer avec Fernandino : pour survivre, il fallait qu'elle lui échappe.

Nous ne la quittions pas des yeux, nous étions attachés à chacun de ses gestes, tandis qu'elle allait et venait dans la pièce, comme si elle risquait de disparaître d'une minute à l'autre. Nous étions toujours sur nos gardes.

Je n'avais que huit ans, et mon frère quatre, lorsqu'elle est morte. Elle traversait un pont quand sa voiture a heurté un parapet et a été projetée dans le vide. Elle revenait de chez des amis, dans le Connecticut. D'après eux, elle avait trop bu.

Il neigeait cette nuit-là. Je ne me souviens pas de grand-chose d'autre. À part que le téléphone nous avait réveillés, mon frère et moi, en plein sommeil et qu'il avait continué à sonner sans interruption jusqu'à ce que la maison soit pleine de monde. J'étais consciente de l'atmosphère d'hystérie dans la pièce voisine et, au ton des voix, je devinais que quelque chose se passait. Quelque chose d'important, de sombre, de terrifiant, de totalement nouveau : quelque chose qui ne nous était encore jamais arrivé. Nous nous assîmes, en pyjama, dans la cuisine et attendîmes patiemment qu'on nous apprenne la nouvelle. Enfin, quelqu'un vint, nous serra dans ses bras et nous donna des cookies au chocolat.

Je me rappelle avoir collé mon nez à la fenêtre et avoir tenté de me concentrer sur la manière dont les flocons de neige planaient et tourbillonnaient à la lueur orange des réverbères. « Comme ce sera drôle, demain, dans le jardin ! » ne cessais-je de me répéter.

Depuis lors, j'aime à penser que c'est ainsi qu'elle est tombée dans la rivière, en tournant lentement sur elle-même comme une danseuse. Ou comme ces flocons de neige flottant dans la nuit.

Je ne crois pas que Fernandino ait jamais pensé que ma mère pouvait mourir. Après tout, c'était lui qui vivait dangereusement, c'était lui le poète *maudit** et l'alcoolique, lui qui aurait dû mourir dans un accident de la route. Et voilà que la mort de ma mère lui volait la vedette et le laissait bouche bée. Il ne s'était jamais imaginé dans le rôle du veuf père de deux enfants.

Il nous emmena, mon frère et moi, dans sa maison de Naples. Là, nous menâmes l'existence extravagante de deux enfants élevés par un troisième.

Il lui arrivait souvent de ne pas se réveiller et de négliger de nous accompagner à l'école. À la maison, il n'y avait jamais rien à manger, et il oubliait systématiquement de nous acheter de nouveaux vêtements. Il se contentait de nous tendre, à mon frère cadet et à moi, des liasses poisseuses de billets chiffonnés, pour que nous puissions prendre soin de nous-mêmes. D'un autre côté, il nous lisait des passages de *L'Iliade* pour nous endormir et nous apprenait à ramasser les oursins dans la mer et à les ouvrir pour manger leur chair. Il avait fait des ruines de Pompéi notre terrain de jeux et imaginé que nous étions les seuls survivants de l'éruption volcanique, et que nous disposions pour nous seuls d'une ville fantôme. Nous l'aimions à la folie. Il était notre roi. Je vivais mon complexe d'Électre sans la moindre réserve. Après tout, je n'avais personne d'autre à qui m'attacher. Fernandino se maria encore deux fois, vu qu'il ne supportait pas de ne pas avoir une femme dans sa vie. Ses deux épouses, chacune à sa manière, maintinrent leurs distances avec mon frère et moi, comme si nous leur faisions peur. Ou peut-être était-ce nous qui préférions demeurer à l'écart. Les deux me rappelaient ma mère : belles, froides et un peu ailleurs.

Ces femmes gardèrent leur mystère, et toute sa vie, avec la fureur d'un chien de chasse, Fernandino tenta en vain de le débusquer.

Je sais comment oublier la douleur : des périodes entières de mon existence se dissolvent telle une goutte d'encre dans un verre d'eau. Mais je me souviens d'une de mes dernières visites à Fernandino ; en revanche, j'ai oublié presque tout ce qui a suivi, quand tout fut fini et qu'il ne resta que la souffrance, insupportable.

J'arrive, en voiture, devant la maison de campagne où il vit en compagnie de Louise, sa troisième épouse. Nous sommes en février, et la nature baigne dans cette lumière d'hiver si particulière qui précède le coucher du soleil ; tout semble tranchant comme du verre brisé, et comme scellé par le froid. La maison est perchée sur une colline arrondie, dont trois cyprès seulement interrompent le dessin circulaire. Ça ressemble si peu à Fernandino, de vivre dans un paysage aussi apprivoisé que la campagne toscane, ne puis-je m'empêcher de penser. Mais Louise ne supporte pas l'idée de vivre en ville. Et il est désormais trop malade, trop faible pour taper du pied et l'obliger à vivre dans une de ses casbahs.

En m'engageant dans l'allée, je me dis : *C'est peut-être la dernière fois que je le verrai.* Ça paraît absurde : ce n'est pas le genre de choses qu'on est censé savoir avant ; ce n'est qu'après qu'on le découvre.

Cependant, tandis que je donne un léger coup de freins sur le gravier, je me sens soudain complètement extérieure à la situation. Je vais vivre cela comme une expérience scientifique, et enregistrer chacune des phases de la tragédie qui prend forme sous mes yeux. Je suis encore incapable de la percevoir comme un tout, seules m'en parviennent peu à peu des bribes.

Rien n'est changé dans la maison. Les étagères surchargées de livres, les abat-jour jaunis, le tissu passé du canapé, l'odeur de bois brûlé de la cheminée. Sa silhouette se découpe en ombre chinoise devant la fenêtre. Il n'a pas allumé la lumière. Il a une barbe de trois jours et les cheveux sales. Les manches de son vieux pull rongé par les mites sont relevées sur ses avant-bras. Il est complètement débraillé. Et, comme d'habitude, très beau.

Je m'assois en face de lui et je le regarde. Nous restons ainsi un moment à nous fixer, pendant que l'obscurité gagne peu à peu la pièce. Je caresse des yeux son profil, ses pommettes saillantes, ses lèvres. Ses doigts tripotent un bouton. On lui a défendu de fumer, et ça fait un drôle d'effet de le voir sans une cigarette à la main, et sans ce nuage qui flottait en permanence autour de lui.

Je pense : Ce n'est pas comme ça que j'imaginais sa mort. Il ne me quitte pas des yeux, parfaitement lucide, bien qu'à chaque instant s'effondre une nouvelle partie de lui-même. Seule sa colère est indemne : je sais que l'idée de mourir le rend furieux.

Chaque jour il perd la possibilité d'exprimer un son, un fragment de langage. Ses pensées sont toujours là, aussi drôles, complexes et pertinentes qu'autrefois : c'est le langage qui sombre lentement. Tous les matins, il découvre en se réveillant qu'une autre lettre a disparu de sa bouche. Il ne lui reste désormais que des voyelles. Des mugissements épouvantables, bestiaux. J'essaie de les déchiffrer, ce qui le fait trépigner d'impatience. N'être pas compris, c'est pour lui l'humiliation suprême.

Louise est à l'étage. Je distingue le son étouffé de ses pas sur le plancher et le bruit léger de la musique classique. Tous ceux qui l'entourent doivent agir comme à l'ordinaire. Il nous faut faire semblant d'ignorer qu'il va mourir : tel est le pacte qu'il nous a obligés à conclure avec lui.

Quelques semaines auparavant, alors qu'il était encore capable de s'exprimer assez clairement, il a posé un bras sur mon épaule et m'a attirée vers lui. Puis m'a regardée droit dans les yeux.

« Tu sais que ça, ce n'est plus *moi*, non ? » a-t-il murmuré.

C'est l'unique fois où il a fait allusion à sa maladie.

Le comble de l'absurde, c'est que Fernandino est mort muet.

On aurait dit qu'il avait été frappé d'un châtiment divin, tel un héros grec soudain privé de son bouclier par un dieu courroucé qui le laisse désarmé devant la lance de l'ennemi, sur le champ de bataille.

Le corps de Fernandino était faible, d'une blancheur de cire, usé par trop de cigarettes, d'alcool et de barbituriques. C'était un réceptacle inerte, une carcasse oubliée qu'il ne se souciait pas d'entretenir. C'est son esprit qui le rendait invulnérable.

L'ironie est que ce corps négligé a fini par le trahir. Lentement, sans un moment de répit, chaque boulon, chaque écrou se desserra, emportant avec lui des morceaux, jusqu'à ce que tout l'assemblage finisse par lâcher et devienne méconnaissable. Jusqu'à ce qu'il perde toute dignité.

Sa maladie imposa à son corps de régresser jusqu'à sa forme la plus primitive : Fernandino mourut comme un enfant sans langage contraint de gémir pour attirer l'attention des autres.

La manière dont il mourut nous enseigna à tous que les étagères bourrées de livres que nous n'avions pas le droit de vendre – les sonnets de Shakespeare, les quatrains de Dante, les tableaux de Piero della Francesca et les lois de la perspective de Brunelleschi – ne servaient à rien. Nous nous disions bien qu'il devait exister un autre moyen d'affronter la mort. Même Fernandino, qui semblait toujours tout savoir, ignorait lequel.

Lorsque je plongeai mon regard dans le sien, ce soir-là, dans ce paisible moment de transition qui prélude à la tombée de la nuit, je vis quelque chose que je n'y avais jamais vu auparavant.

Je vis sa peur.

Il voulait savoir. Qu'allait-il se passer ? À quoi ressemblerait cette *chose*, une fois qu'il serait plongé dans les ténèbres ?

Je ne voulais pas qu'il devine la terreur que m'inspirait son état ; je fermai donc les yeux et gardai un long moment sa main dans la mienne, jusqu'à ce que nous soyons tous deux plongés dans l'obscurité.

Ma mère a gardé pour moi tout son mystère.

Tout ce que je possède d'elle, ce sont des clichés en noir et blanc, que je ne cessais de regarder lorsque j'étais plus jeune, espérant qu'ils me révéleraient quelque chose de plus à son sujet.

L'un d'eux me plaisait particulièrement. Dessus, on la voit assise sur le rebord d'une fenêtre, pieds nus, vêtue d'une robe légère de lin froissé. On dirait une artiste de cirque : une trapéziste, une danseuse ratée. Un mélange de détermination et de tristesse émane de la photo : ses jambes sont musclées, son regard vulnérable.

Je l'ai cherchée dans mon propre corps. J'ai voulu reconnaître en moi ses sourcils arqués, ses pieds maigres, ses pommettes saillantes, ses yeux fendus en amande. Mais d'elle, il ne restait rien. Même ses gènes paraissaient avoir disparu, tels des poissons se faufilant entre les mailles du filet, comme pour m'empêcher de me réclamer d'elle.

Des années après sa mort, j'ai découvert un petit mot qu'elle avait écrit à Fernandino peu de temps après leur rencontre. Il était griffonné au dos d'une carte postale aux couleurs fanées.

« L'amour, par nature, ne doit pas intimider à ce point. Je ne veux pas avoir à te craindre, surtout quand ton esprit peut être si cruel. Je n'ai jamais su vivre avec la peur, et tu sais à quoi ressemblent les animaux effrayés. Cesse de parler, serre-moi dans tes bras. Ou mieux : épouse-moi. »

Ces quelques mots griffonnés constituent le seul élément qui, à ce jour, ait rendu ma mère réelle à mes yeux. Il fallait qu'elle épouse Fernandino pour se libérer de sa peur d'avoir besoin de lui.

Épouse-moi, lui avait-elle ordonné. Délivre-moi de la peur.

Il avait obéi. Mon père avait toujours su respecter les décisions courageuses.

Fernandino maîtrisait si bien le langage qu'il en tirait un pouvoir lui permettant toujours d'arriver à ses fins, et il en était bien conscient. En ce sens, c'était un conquérant plein d'arrogance.

Après sa mort, je me rendis compte que je m'étais cachée derrière sa personnalité, son génie et son art de la provocation, sans pour autant hériter de son talent. À ce jeu-là, j'avais plutôt perdu en consistance. À présent, sans lui, je me sentais démunie, incapable d'affronter la vie.

Il me fallait trouver un endroit qui ne me le rappelle pas, un endroit vierge, sans histoire écrite et où le langage serait relégué au second plan. Car, sans Fernandino, la beauté, le travail intellectuel, le talent et la littérature n'avaient plus aucun sens à mes yeux.

Plus tard, en laissant ces choses derrière moi, j'eus le sentiment qu'elles n'avaient jamais existé. Je ne me souvenais plus que de cette expression de peur dans son regard et de cette question silencieuse, à laquelle, bien sûr, je n'avais su répondre.

Au fond, ce que sa mort m'a appris, c'est que dans l'univers de Fernandino – ce monde où les mots sont tout-puissants et où culture est synonyme de contrôle – on ne peut que remettre la peur à plus tard. C'est tout ce qu'il avait été capable de faire : la congeler.

Il me fallait donc trouver un lieu où mon corps serait le seul outil nécessaire à la survie, un endroit où je pourrais mettre ma peur à l'épreuve, plutôt que retarder le moment du face à face.

Il me faudrait un tel lieu pour oser affronter l'inconnu.

3

À présent, c'est au tour d'Adam d'entrer dans mon récit.

S'il est vrai, ainsi que je l'ai toujours cru, que les noms ont une destinée en soi, Adam n'aurait pu s'appeler autrement.

Il était, à mes yeux, le premier homme du monde, l'homme aux bras écartés que Léonard de Vinci a représenté dans un cercle. L'Homme avec un grand H. En jargon babouin : un mâle Alpha.

J'étais venue en Afrique avec le mauvais type, ce qui s'était avéré la meilleure chose possible.

Au milieu d'un morne mois d'avril, quelques semaines après les funérailles de mon père, je fus expédiée sur ce continent comme un colis postal, assommée par les barbituriques, en compagnie d'un jeune homme – nous l'appellerons P. – avec qui j'avais fait l'amour dans un élan désespéré, juste après la mort de Fernandino.

Tous les soirs, les yeux mi-clos, j'avais rampé jusqu'à son lit, entourant son corps de mes jambes à la manière d'une plante parasite s'agrippant à un arbre. Avec la même détermination, j'étais restée accrochée à lui, espérant que je finirais par voir la lumière au bout du tunnel. Mais rien à faire.

P. adorait ça. Il était bien loin de soupçonner à quel point j'avais l'esprit dérangé par la mort de mon père. Il croyait à l'effet bénéfique des distractions, et insistait sans cesse pour me traîner ici et là.

P. était un yuppie qui aspirait à devenir écrivain. Grand et brun, il était d'une élégance impeccable et se parfumait à l'*Eau Sauvage*. Sûrement beau garçon, mais d'une beauté impersonnelle. Toute sa vie, il était sorti avec des filles inoffensives, et n'avait croisé de filles dangereuses que dans les romans. Il appréciait par conséquent ma folie, ma crainte irraisonnée de l'existence et, par-dessus tout, ma cruauté. Il s'imaginait que j'allais jouer pour lui un rôle d'initiatrice.

Il m'emmena en vacances au Kenya, et paya tout jusqu'au dernier sou : l'argent avait toujours constitué sa seule prise sur le monde.

Quant à moi, j'aurais pu me trouver n'importe où ailleurs.

Je me contentais de me vautrer sur les lits de différents hôtels cinq étoiles, bercée par le ronronnement rassurant de la climatisation et de la télé allumée en permanence sur CNN. Je me faisais même apporter mes repas dans la chambre tandis que P., de son côté, explorait la région dans des fourgonnettes rayées comme des zèbres, parmi de joyeux groupes de touristes qui voulaient en avoir pour leur argent et ne renonçaient pas avant d'avoir pris une bonne photo d'un lion bondissant sur sa proie. Ils revenaient tous épuisés, juste avant la nuit, comparant fièrement leurs prouesses photographiques, impatients de remettre ça le lendemain.

Je me contentais de les haïr et de commander des sandwichs au poulet.

L'Afrique s'étendait quelque part, entité secrète refusant de confier la moindre information sur sa nature. Il y avait là, à n'en pas douter, quelque chose de gigantesque. Mais je ne voulais pas me donner la peine de savoir quoi.

Le sixième jour, P. m'accusa de tout saboter.

« Esmé, je crois vraiment que ce n'est pas une bonne idée de rester allongée ici toute seule, ça ne peut que te déprimer encore davantage. Il faut que tu fasses un effort. Fais-moi confiance.

— Écoute, je vais très bien, mais je ne suis pas d'humeur à voir des gens. Je veux juste me reposer.

— Parfois, on dirait que tu le fais exprès. Que tu n'as pas vraiment envie d'aller mieux. »

J'étais étendue sur le lit, parmi les cendriers, les magazines, les miettes et les assiettes vides. Je levai les yeux vers lui.

« Ce n'est pas grave de ne pas aller tout le temps bien, tu sais. Le bonheur n'est pas *obligatoire* sur cette planète. »

P. avait été touriste toute sa vie. Il aimait flâner, prendre des photos et, pour finir, rentrer chez lui. Il avait attendu beaucoup de son voyage dans les profondeurs de mon être, mais je l'avais déçu. Dans sa brochure touristique imaginaire, emmener en Afrique la fille névrosée d'un célèbre poète mort avait dû lui sembler une option tentante. Il avait glissé un exemplaire des *Vertes Collines d'Afrique* dans sa valise Fendi, au cas où il se trouverait à court d'inspiration.

Malheureusement pour lui, je me révélais être un paysage plutôt ennuyeux, où il ne se passait pas grand-chose. De plus, nous ne faisions plus l'amour. Ne supportant plus qu'il me touche, je l'avais prié de dormir dans l'autre lit. Cela ne parut guère le réjouir, mais il prit la chose avec un certain fair-play. Après tout, en Italien bien éduqué, il n'était pas du genre à réclamer le remboursement.

Je me fichais bien d'être une mauvaise affaire. Tout ce que je voulais, c'était avoir la paix.

Le septième jour, nous nous rendîmes au cœur du Masai Mara, dans un camp haut de gamme fréquenté par d'autres touristes américains avides. Je n'avais plus CNN pour m'hypnotiser, et ne pouvais donc plus rester toute la journée sous la tente. J'acceptai donc d'aller faire une balade en voiture, avant le coucher du soleil, pour observer les animaux.

Je me rappelle avoir senti venir la pluie. De gros nuages noirs fondaient sur nous, chape de plomb dans le bleu du ciel. Cet incroyable ciel me coupait le souffle. Je ne disposais pas alors des mots pour le décrire, et pas davantage aujourd'hui.

Dans le calme précédant la tempête, les plaines s'étendaient à perte de vue. Des bosquets d'acacias, ainsi que des troupeaux de zèbres, de gnous et de buffles mouchetaient la savane jaune doré.

Tout cela prit vie, et ce qui en moi était mort se remit lentement à respirer.

C'est alors que nous vîmes les éléphants. Il y en avait une trentaine. Je demandai au conducteur de s'arrêter et de couper le moteur. Je me mis debout dans le véhicule décapoté, perçus le vent dans mes cheveux, et les vis s'avancer paisiblement.

« Nom de Dieu, ils sont énormes ! dit P., s'empressant de les photographier. Esmé ! Regarde un peu la taille de leurs bites !

— Tu veux bien te taire ? »

Il s'exécuta.

Les éléphants se rapprochèrent, en file indienne, prenant leur temps. Une vieille femelle ouvrait la voie. À présent, ils étaient tout autour de nous. Je fermai les yeux et reniflai leur odeur, attentive au bruit plaisant qu'ils faisaient en arrachant l'herbe avec leurs trompes. Aucun bruit de pas : je ne distinguais rien d'autre que le vent, le son de l'herbe arrachée et l'odeur de la pluie se rapprochant de nous. Avant de disparaître derrière les nuages, le soleil lança un ultime rayon vert vif sur la plaine. Le vent fraîchit et le ciel devint noir.

Dans un vacarme assourdissant, une pluie torrentielle s'abattit sur nous, accompagnée d'éclairs et de coups de tonnerre.

La pluie s'écoulait en ruisseaux de la croupe des éléphants et glissait sur l'échine des buffles couverts de boue. Cela ne changeait rien à la lenteur de leurs mouvements. Je discernais toujours les gémissements étouffés des gnous, qui paissaient placidement sous ce déluge.

« Il serait temps de rentrer, non ? » me murmura nerveusement P.

Le genre d'homme qui a horreur de se mouiller.

Je ne répondis rien. J'étais toujours debout, et l'eau coulait sur mes joues, sur mon nez, le long de mon cou. Les cheveux plaqués sur les tempes, je me pénétrais de l'espace, de la pluie, de l'odeur des animaux et du riche parfum s'élevant de la terre.

Je pleurais. Enfin.

P. soupira et se mit à l'abri, agacé par mon comportement.

Le huitième jour, je me sentais différente, faute de me sentir mieux.

Je pris place à la table de petit déjeuner du camp et m'employai à scruter P. délibérément, en pleine lumière.

En le regardant se servir des œufs brouillés et du bacon, je compris soudain ce que je méprisais en lui.

Les hommes comme P. composent une vaste tribu. Ils vivent leur vie en prenant garde de n'outrepasser jamais certaines limites qu'ils se sont eux-mêmes fixées.

La seule perspective de sortir à l'air libre les met mal à l'aise : ils ne paraissent même pas capables de se déshabiller avec naturel. Vous les imaginez toujours vêtus de leurs chemises Brooks Brothers, lorsqu'ils sont nus, haletants et couchés sur vous. Rien ne les ébranle, ni la mort, ni les catastrophes, ni la guerre, ni un chagrin d'amour. Mais le plus triste, c'est que même la beauté ne peut plus rien pour eux. Ils sont incapables de la reconnaître et encore moins de l'accueillir en eux. Perpétuels spectateurs, ils se contentent de prendre des photos.

C'était une pensée insoutenable : être un exilé de la beauté, la contempler résigné comme on contemple les choses que l'on n'aura jamais, les choses que l'on ne mérite pas. Eh bien, c'est ça qui me tuait.

Comment renoncer à la possibilité infime de devenir soi-même une parcelle de cette beauté, fût-elle de boue, de poussière, de pluie ou de sable ?

Je m'explique assez mal les choses à présent, mais, sur le moment, alors que j'étais assise à cette table, tout me parut très clair en regardant ces hordes de touristes en Calvin Klein se servir d'énormes quantités de nourriture en guise de petit déjeuner, histoire d'amortir l'argent dépensé, et, le nez dans leur assiette, comparer le bacon local avec celui qu'ils mangent chez eux. Ils semblaient les mêmes qu'à leur arrivée. Tandis que moi, quatorze ou quinze heures hors de mon colis plombé m'avaient suffi pour être transportée. Il m'était désormais impossible de retourner dans ma boîte en carton comme si de rien n'était.

« Notre avion quitte la piste à trois heures », dit P., espérant que je n'allais rien lui imposer de pire que ma crise de larmes devant les éléphants, et qu'à l'avenir je lui épargnerais mes réactions pathologiques. « Nous pourrions aller faire une dernière petite balade en auto, rentrer à une heure, déjeuner et faire nos bagages. »

Encore ses petits plans bien réglés. J'avais envie de le gifler. Et pourquoi ce parfait étranger utilisait-il sans cesse la première personne du pluriel ?

J'avais l'impression de faire du surf. J'avais passé trop de temps sous l'eau, attendant de me noyer, et voilà que soudain je me retrouvais sur la crête de la vague, à nouveau sous le soleil, terrifiée à l'idée de perdre l'équilibre parce que tout allait si vite. Mais c'était ma seule chance et, malgré ma peur et mon manque d'équipement, il me fallait conserver ma position. Je savais que je ne voulais plus retourner sous l'eau.

« Tu sais, je ne vais pas rentrer avec toi », m'entendis-je dire à voix haute, la bouche pleine de pain grillé. Je trouvais que ça sonnait bien. « Je vais rester ici toute seule.

— Où ça, ici ? » Il avait l'air terrifié.

« Ici en Afrique, dans la brousse... À vrai dire, je n'en sais rien. » J'agitai la main, désignant vaguement les arbres. « Par ici, peut-être bien. »

Il me regardait fixement.

« Tu ne peux pas faire ça.

— Et pourquoi ?

— Parce qu'on a un billet que tu ne peux pas... dont la date ne peut pas être modifiée et...

— Tout peut être modifié. »

Il me regardait bouche bée. Il n'était pas préparé à un choc pareil, de si bonne heure.

« Et l'argent ? Je veux dire, ça va te coûter une fortune de rester toute seule dans un endroit pareil. Je ne vois vraiment pas comment tu... »

Je lui souris et je me mis à beurrer un autre toast avec avidité.

Il renonça. Il commençait enfin à me détester.

« Esmé, pourquoi as-tu toujours besoin de faire des choses bizarres ? »

Je haussai les épaules. Ça faisait vraiment du bien d'être de nouveau sur le sommet de la vague. Je trouverais bien le moyen de manœuvrer, de ne pas perdre l'équilibre.

« Tout ira bien. Prête-moi juste un peu d'argent, tu veux bien ? »

Un nouveau silence, des regards pleins de reproches.

« Écoute-moi, je me sens responsable de toi. À vrai dire, je *suis* responsable de toi et il n'est pas question que je…

— Oh, la ferme ! »

C'est ainsi que les choses se sont passées. Je fonctionnais depuis des mois au ralenti. Et ma vie changea brutalement de cap, au-dessus d'un plat d'œufs brouillés.

J'accompagnai P. jusqu'à la piste de décollage, comme une secrétaire zélée prenant congé de son patron. Il m'avait laissé cinq cents dollars en liquide et avait réglé une nuit d'avance au camp. Il me demanda un million de fois : « Mais combien de temps, au juste, penses-tu rester là ? »

Cela semblait le terrifier, de me voir renoncer aux plans, quitter le rôle du touriste soumis aux directives de son agent de voyages. Craignait-il qu'en me plongeant dans ce paysage inconnu je ne disparaisse de la carte ? J'échappais, à ses yeux, aux lois du marché, tel un anarchiste russe illuminé.

« Appelle-moi dès ton retour. Je vais m'inquiéter tant que tu ne m'auras pas donné de tes nouvelles. Non, attends, appelle-moi en PCV dès que tu trouveras un téléphone. »

Je lui tapotai tendrement le dos, embrassai l'air en frôlant ses joues, agitai une main en souriant et suivis des yeux l'avion à six places qui l'éloignait définitivement de ma vie.

Dans la Land-Rover me ramenant au camp en compagnie de la dernière fournée de Texans, je me sentais euphorique et insouciante. Ils ne me dérangeaient plus, pas même lorsqu'ils me demandèrent si j'avais vu des rhinocéros dans le coin.

À mon arrivée, je trouvai Adam assis sur un des tabourets du bar, sous le toit de chaume du mess. Je mis un moment à enregistrer sa présence, étant trop préoccupée par les conséquences de ma dernière expérience. Moi, le cobaye, allais-je tout de suite me mettre à flipper, lâcher mon surf et plonger dans les vagues ? Ou était-ce, au contraire, le commencement de la liberté ? Guettant avec attention tout symptôme d'angoisse, je m'installai au bar et commandai une tequila. J'avais besoin d'un petit remontant. Je me disais que la meilleure façon de procéder serait d'avancer pas à pas, et de prendre ma température toutes les demi-heures.

Le jour se couchait et, autour de nous, l'air se chargeait de sons comme une fosse d'orchestre avant la répétition. Chaque animal semblait accorder son instrument. Les stridulations des criquets, le coassement des grenouilles, le grognement intermittent des hippopotames suivi d'un plouf retentissant dans la vase, les babouins jouant dans les arbres. Et, au loin, les meuglements étouffés des gnous, paissant dans la plaine par milliers, progressant toujours vers l'herbe plus verte, telle une armée qui lève le camp.

Je sentais le regard d'Adam peser sur moi. Nous étions seuls au bar, les autres clients ayant migré vers les tables où ils engouffraient leur dîner. Il souriait.

« Vous n'avez pas faim ?

— Pardon ? Moi ? À vrai dire, pas tellement… Je préfère me saouler tranquillement au Camino Real. »

Je l'entendis rire.

« Je peux vous aider en vous en offrant un autre ? » Sa voix était douce comme du velours. Dans la semi-obscurité, sa tonalité me plaisait.

« Oui, merci. Je m'appelle Esmé.

— Adam. C'est quoi comme nom, Esmé ? »

Il se rapprocha de moi. Il sentait bon. Le faible éclairage du mess ne me permettait pas de bien distinguer ses traits, mais j'aimais ce qui émanait de sa présence.

« En fait, c'est Esmeralda, un nom italien plutôt pompeux. Mais Esmé, c'est aussi le nom d'une affligeante petite fille dans une nouvelle de Salinger… Mes parents *adoraient* Salinger.

— "Pour Esmé, avec amour et abjection", c'est ça ?

— Vous connaissez cette histoire ?

— Bien sûr. Le soldat américain et la petite fille anglaise dans le salon de thé. Et il devient fou, ou un truc dans le genre. »

J'étais vraiment surprise qu'il l'ait lue. J'avais dû imaginer qu'en Afrique tout le monde serait inculte.

Adam s'adressa poliment au barman en ki-swahili. On aurait dit une langue secrète inventée par des enfants, une langue pleine de *a*, de *o*, de *u*, chantante comme l'italien, sans être aussi flamboyante. Le barman rit, comme s'il venait d'écouter une bonne blague, et servit deux Camino Real.

« Vous êtes en vacances ? » demanda-t-il.

Je souris.

« C'est une bonne question. En vérité, je n'en sais trop rien. »

La radio, au fond du bar, beuglait des sons inintelligibles. Adam quitta son siège d'un bond et disparut derrière le comptoir. Je l'entendis prononcer d'autres paroles en ki-swahili, y intégrant des termes comme « bougies », « alternateur » et « démarreur ». Puis il revint, souriant, s'asseoir sur son tabouret.

« Ça m'a l'air très technique, lançai-je sur un ton amical.

— J'ai besoin d'une pièce détachée, et, avec un peu de chance, on me l'amènera demain par avion. »

Le barman alluma une lampe tempête et la posa sur le comptoir. J'examinai attentivement le visage d'Adam. Je distinguais à présent ses cheveux blond-roux, son cou fort et le beau dessin de sa bouche. Il avait plongé ses yeux dans les miens. Étaient-ils vraiment verts ? Sa beauté me prit tellement au dépourvu que je rougis : je n'étais pas prête à soutenir le regard d'un homme aussi séduisant. Je remarquai ses grandes mains fortes, serrant le verre. J'avalai cul sec une autre tequila.

« Je m'occupe d'un camp, un peu plus haut sur le fleuve. Mes clients sont repartis aujourd'hui et, en attendant de pouvoir réparer ma voiture, je suis coincé ici. Ce camp-ci emploie un très bon mécanicien. Un type qui bossait pour moi auparavant. Ils nous l'ont piqué mais, Dieu merci, il est toujours dans la région. »

J'étais trop intimidée pour oser prononcer une parole.

« Alors, Esmé – j'aimais entendre mon nom prononcé par cette voix –, qu'est-ce que vous faites, toute seule, dans un endroit pareil ? »

Je lui répondis de manière très confuse. Je lui dis que je n'avais pas de projets, que je ne connaissais rien ni personne et que j'étais là pour une sorte de mission, mais que j'ignorais encore laquelle. Ça ne sembla pas le démonter. Nous bûmes d'autres tequilas.

Il me parla un peu de sa famille. C'était un Kenyan de la seconde génération. Son grand-père, écossais, avait été planteur de café dans l'intérieur du pays, et son père chasseur dans le district de la frontière nord. Quant à lui, il était tour-opérateur de safaris haut de gamme destinés à une clientèle américaine huppée. Il me bombarda de questions, comme si j'étais un spécimen exotique qu'il rencontrait pour la première fois, ce qui me flatta. Au bout de ma quatrième tequila, j'avais complètement oublié mon histoire de surf. J'étais passée en pilotage automatique et je glissais doucement dans la nuit en compagnie de ce bel inconnu.

Je me réveillai le lendemain matin à l'aube, seule dans ma tente. Mon cœur battait à tout rompre tandis que je tentais de me dépêtrer de rêves sexuels tout à fait morbides. Les profondeurs où mon inconscient vagabondait – ou plutôt tournait en rond comme une bête fauve – demeuraient assez troubles. Je quittai la tente et m'installai au bord de la rivière pour regarder les hippopotames toujours assoupis sur la rive, vautrés les uns sur les autres. Une famille heureuse, en somme. J'aurais aimé passer une nuit aussi belle que la leur. Je bus du café jusqu'à en avoir des palpitations, fis ma toilette avec soin, choisis une jolie robe et me lançai à la recherche d'Adam.

Je le trouvai au milieu d'un groupe affairé d'Africains en bleus de travail, dans la partie du camp réservée au personnel. Un transistor beuglait de la musique zaïroise. La tête sous le capot d'un 4 × 4, il examinait le moteur avec attention.

« Bonjour », dit-il en souriant. Ses cheveux étaient mouillés et, dans la lumière du matin, ses yeux étaient bien vert foncé.

« Cette robe te va vraiment très bien, Esmé. » Quand je l'entendis prononcer mon prénom, en caresser les syllabes de sa voix veloutée, mon cœur cessa de battre pendant une demi-seconde. Ça me surprenait d'être déjà devenue quelque chose qu'il pouvait nommer.

« Ça ne vous dérange pas, si je vous regarde réparer la voiture ? »

Adam éclata de rire.

« Pas du tout. Regardez-moi autant que vous le voulez », me répondit-il, comme si je lui avais fait une proposition sexuelle. En cela, il avait vu juste.

Assise en tailleur sur le sol, je m'employai à disséquer chaque muscle de son corps et à me pénétrer de la forme de ses bras, de ses cuisses et de ses chevilles, attentive au moindre nerf, à la moindre goutte de sueur. À croire que je n'avais jamais auparavant observé le corps d'un homme. Tout me fascinait en lui : le rythme de ses gestes ; ses mains s'agitant sous le capot, vissant et dévissant, retirant délicatement des câbles ; sa façon de les essuyer sur son vieux short kaki ou de s'adresser laconiquement mais avec respect aux types qui, tels des docteurs à un chirurgien, lui tendaient des outils. Il jetait de temps à autre un regard dans ma direction, comme pour s'assurer que j'étais toujours là, et souriait.

Je me souviens de cette scène dans ses moindres détails, car elle résume parfaitement ce qui m'attira chez Adam. Une telle vitalité émanait de lui : chaque partie de son corps, parfaite en elle-même, s'harmonisait merveilleusement avec le reste. Les épaules d'Adam étaient un modèle d'épaules, tout comme ses jambes, les veines de ses avant-bras, la rondeur ferme de ses genoux…

Il y a des corps – la plupart, à vrai dire – qui ne parlent pas, et dont la fonction essentielle est de transporter et de protéger leur contenu. Leurs bras et leurs jambes n'ont pas de vie à eux et, en considérant leur anatomie, on ne devine rien de la personnalité de celui qui les possède, ni des secrets de son caractère. Ces corps sans âme servent plus à dissimuler qu'à révéler.

P. possédait un de ces corps complètement inexpressifs, qui ne prennent forme et sens que lorsqu'ils sont revêtus de chemises griffées ou de pulls en

52

cachemire. Le corps de P. s'exprimait dans le langage codé de la mode, qui devait être rajouté, comme une disquette dans un ordinateur. En dehors de ça, son corps n'avait jamais produit son propre langage.

Le corps que j'avais devant les yeux, le corps de cet homme occupé à réparer sa voiture, eh bien, il fallait que je sois bien assise pour m'en imprégner, car rien qu'à le regarder j'avais les jambes en coton.

Ce n'étaient pas des paroles qu'il m'adressait, mais un chant. Chaque minuscule os du poignet, le dessin de ses doigts… l'ensemble constituait une symphonie. C'était plus que je n'en pouvais supporter.

Il m'était impossible de contempler ce corps une minute de plus, à moins de m'immerger dans sa musique. En d'autres termes, je devinais que le seul moyen d'apaiser mon angoisse serait que cet homme me prenne dans ses bras et m'emporte. Ce n'est pas au sexe que je pensais. Je voulais simplement que cet homme, que je ne connaissais pas, me fasse l'amour. Je savais juste que s'il le faisait je sentirais l'air frais et verrais la lumière au bout du tunnel. Il me suffisait, pour en être sûre, de regarder son corps et de me souvenir de la façon dont il avait prononcé mon nom. En apparence, j'étais en train de perdre les pédales, le contrôle de la situation. Mais j'étais animée dans mon délire par une détermination qui me réjouissait.

« Esmé, c'est quoi tes projets, au juste ? Je veux dire, qu'est-ce que tu as l'intention de faire après ça ? »

Il avait allumé une cigarette et était venu la fumer près de moi, tandis que les hommes en bleus de travail soudaient une vague pièce de métal.

Une vague de chaleur m'envahit.

« Oh, je ne sais pas vraiment, au juste. En fait, je suis censée… je suis censée quitter les lieux aujourd'hui.

— Si tu veux, tu peux venir dans mon camp. » Il gardait les yeux rivés sur le travail de soudure, s'assurant que ses gars ne merdaient pas. Un gars drôlement concentré, pensai-je.

« Eh bien, je ne sais vraiment pas quoi dire. C'est tentant, mais…

— Il est vide et il y a cinq grandes tentes. Et un bar approvisionné. »

En mentionnant les cinq tentes et le bar, il voulait probablement me faire comprendre que nous pourrions dormir chacun dans une tente, mais qu'il y aurait suffisamment à boire pour qu'on ose faire ce dont on avait vraiment envie – à savoir, dormir dans la même tente.

« Eh bien, merci », fis-je sans donner de réponse définitive.

Nous restâmes silencieux un moment. Je n'osais pas le regarder et fis semblant de m'être prise d'un intérêt subit pour ses pièces détachées.

« Parfait, l'entendis-je dire. On a presque fini avec la voiture. Dès que tu seras prête, on pourra partir. C'est à quarante minutes de route. »

Je me détendis. Mon corps reprit sa température normale. Il y avait donc de l'espoir, au bout de ce déprimant tunnel. Du moins je pense que c'est ce que mon corps essayait de me dire.

Je ne me rappelle pas bien ce premier jour passé avec Adam. Plus que le paysage, qu'il ne cessait de me montrer du doigt, c'est lui que je contemplais. Nous roulâmes jusqu'au plateau, croisant au passage des troupeaux migrateurs de zèbres et de gnous.

« On se croirait au quatrième jour de la Genèse, quand Dieu décide d'ajouter les animaux au paysage. J'ai du mal à croire qu'en plus de ça tu t'appelles Adam. »

Il rit, et son regard s'éclaira d'une lueur malicieuse.

Il n'hésitait pas à arrêter la voiture pour me désigner une gazelle ou un zèbre, voire un minuscule oiseau perché sur une branche, aux ailes merveilleusement colorées et au nom impossible à retenir. Il portait à toutes les espèces le même intérêt, contrairement aux touristes avides qui ne se soucient que des grosses bêtes – rhinocéros, éléphants et lions – et considèrent les autres espèces, à cause de leur abondance, comme inférieures et indignes de leur attention. Adam aimait tout avec une passion égale, et me montrait la lumière filtrant à travers les acacias ou la forme des collines avec autant de fierté que s'il les avait lui-même conçues en se réveillant. Je faisais semblant de m'intéresser à tout cela et j'acquiesçais, les yeux rivés sur sa bouche, en me demandant quand il allait m'embrasser – après le coucher du soleil, peut-être ? Je dois néanmoins reconnaître que j'étais sensible à son amour du paysage.

Son camp respirait l'authenticité. Tout en étant confortable, il gardait une certaine rusticité, si bien qu'on avait vraiment l'impression de se trouver dans un camp et non dans un hôtel en pleine brousse. Une grande tente, au sol couvert de kilims et de coussins, meublée d'une table de bois et de chaises safari, faisait office de mess. Les tentes étaient faites d'une épaisse toile verte. La mienne comportait un immense lit à deux places, un ravissant secrétaire et, sous l'auvent, un vieux fauteuil de rotin.

Je garde un souvenir plus confus du reste de la journée. Il me semble qu'il m'emmena faire une balade au bord de la rivière, que nous fîmes la sieste (chacun de son côté) et allâmes nous doucher. Puis, tandis que tous les animaux accordaient leurs instruments, juste après le coucher du soleil, nous nous lançâmes à l'assaut du bar. Installés autour du feu, nous bûmes des doubles gin-tonics en guise d'apéritif, de la bière pour accompagner le repas et du cognac pour conclure. Enfin, comme je commençais à éprouver les limites de mon endurance et à perdre espoir, la félicité fit son entrée en scène : Adam m'attira tendrement vers lui.

Je fondis lentement dans ses bras, pendant qu'il m'enlaçait et me guidait avec douceur vers sa tente. Là, il me déshabilla silencieusement et sans hâte, me serra contre lui puis regarda mon corps en souriant. Et nous nous mîmes à nous toucher, à nous embrasser et à nous aimer comme si nous l'avions fait toute notre vie. Il n'y avait ni angles, ni os, ni tension. Chaque particule de notre corps paraissait ronde et moelleuse, nos mains et nos lèvres aussi douces que des plumes. Nos corps ruisselants se confondirent, et je sus que tout était bien ainsi. J'en étais sûre. J'avais l'impression de rentrer enfin chez moi.

Il répéta alors mon prénom, me regardant droit dans les yeux.

« Oui ? demandai-je d'une voix brisée.

— J'aime prononcer ton nom », murmura-t-il.

Je ne voulais pas que ça s'arrête. J'avais tellement besoin de cet amour que je fermai les yeux et pensai : je t'en supplie, ne fais pas l'idiote. Ne fiche pas tout en l'air cette fois-ci. *Je t'en supplie*, donne-toi une chance.

Je ne l'ai pas fait.
Mais c'est comme ça que l'on apprend.

4

Nicole et moi roulons sans destination précise, nos achats entassés sur la banquette arrière. J'ai trouvé le moyen de dépenser des sommes astronomiques pour me procurer des choses dont je n'ai aucun besoin : un nouveau service à café importé de France, une carafe à vin italienne, un morceau de tissu du Rajasthan qui m'a coûté les yeux de la tête – au cas où l'envie me prendrait de fabriquer de nouveaux coussins –, de vieilles perles d'Afrique de l'Ouest à ajouter à ma collection, une énième croix d'argent éthiopienne, du brie, du camembert, du pain de seigle allemand et une caisse de vin sud-africain. J'ai acheté le monde entier et j'aurais pu continuer sur ma lancée. Nous avons dévalisé le Yaya Center, la boutique éthiopienne et la nouvelle épicerie de luxe de Ngong Road, en deux heures et demie à peine.

Quelqu'un a dit que l'Afrique rendait avide. Vous en voulez toujours davantage. Rien ne vous paraît jamais suffisant. Votre maison vous semble encore provisoire, inachevée et trop rustique ; votre placard trop vide, votre voiture trop vieille, votre collection de CD minable. Ce qui vous manque commence à vous obséder. Il y a toujours une réparation à faire, un meuble dont vous ne pouvez pas vous passer plus longtemps, un autre usten- sile de cuisine ; en bref, il vous faut toujours gravir un barreau de l'échelle pour vous sentir à votre aise. Les biens matériels, vous n'avez plus que ça en tête. L'objet du désir peut être un Wonderbra ou un morceau de stilton authentique, sa nature, au fond, n'important guère. Il prend des allures de formules magiques lorsque vous percevez que votre identité menace de s'effriter.

Nous achetons des *Vogue* vieux de trois mois, volés à la poste. Sur Uhuru Highway, les vendeurs de rue proposent, aux heures de pointe, des magazines à travers les vitres des voitures. Un nouvel étalage de biens de consommation s'offre à nos regards tandis que nous feuilletons hâtivement les pages collantes.

Le sujet « Salles de bains sensuelles » s'étale sur six pages. La liste d'articles dont vous avez besoin afin de vraiment profiter de votre bain est très détaillée et pleine de choses très coûteuses. Bougies parfumées à l'ambre : 10 livres sterling ; serviettes de coton blanc marocaines, de marque « Hammam » : 24 livres ; sels de bain aux pétales de rose : 18 livres ; pont de baignoire en acier inoxydable conçu par Philippe Starck : 150 livres.

N'importe quoi fera l'affaire pour ne pas capituler, ne pas devenir l'une de ces épouses d'expatriés qui dépriment en jogging et baskets, ont depuis longtemps perdu tout espoir de salut et n'ont plus, sur la tablette de leur salle de bains, qu'un pot jaunissant de crème de nuit Pond's. Ou l'une de ces femmes de diplomate qui portent des robes élégantes et un rang de perles autour du cou, participent à des stages de yoga et d'éducation des enfants au Lighthouse Center, se nourrissent de yaourts et de pousses de luzerne et se raccrochent désespérément à une routine précise, afin que leurs existences ressemblent le plus possible à celles de leurs amies, dans leur pays. Nicole et moi croyons fermement que le meilleur moyen de s'en tirer, c'est d'être frivoles. Nous faisons de la consommation de survie, nous bornant parfois au lèche-vitrines, pour ne pas perdre la tête.

Nous nous arrêtons à la station-service de Karen, à côté de la banque et de la poste.

Karen s'appelle ainsi en hommage à Isak Dinesen, mieux connue sous le pseudonyme de Karen Blixen. Car c'est ici que la baronne Blixen avait sa ferme et ses plantations de café, désormais célèbres dans le monde entier. De son temps, il fallait une demi-journée à cheval pour se rendre à Nairobi. Aujourd'hui, une demi-heure nous sépare du centre-ville, et c'est devenu une banlieue aisée habitée en majorité par des Blancs, mais où flotte encore un léger parfum de brousse.

Le centre commercial de Karen constitue l'épicentre de nos vies. Nous nous y rendons chaque jour pour aller chercher notre courrier, passer à la banque, faire du shopping, retrouver un ami au restaurant Horseman's, acheter des fleurs pour un dîner, faire réviser nos voitures, commander du bois ou de la peinture à la quincaillerie. C'est le meilleur poste d'observation de la ville. Des hordes de véhicules s'arrêtent devant les magasins, et redémarrent aussi sec : des minibus bourrés d'enfants sales et pieds nus, ramassés à la sortie de l'école Banda ; de jeunes mères de famille névrosées qui viennent de faire des courses pour une semaine ; des cow-boys du Kenya chargeant dans le coffre de leur voiture cageots de bières et blocs de glace destinés au prochain safari ; de vieux couples ayant trop vécu au soleil, aussi raides que des tortues naturalisées, qui en sont toujours à donner aux vendeurs des pièces de un shilling, en souvenir du bon vieux temps.

C'est la quintessence de la vie de province, mais avec une dimension en plus : le fantôme de Karen Blixen et l'architecture coloniale qui donnent à la trivialité désespérante de nos activités une aura romantique. C'est ici, au pied des Ngong Hills, que tout a commencé, que la baronne Blixen est devenue la statue de la Liberté de Nairobi.

Habari mama. Le gars me sourit tandis que je lui tends les clés, et se met à remplir le réservoir. « *Wapi Adam ?*

— *Alienda safari. Atarudi weeki ingine.* » Ce que je suis à leurs yeux, je le suis parce que j'appartiens à Adam. C'est vraiment une société d'hommes.

« Où est-ce que vous étiez donc passées toutes les deux ? » Le visage de Nena s'affiche soudain devant la vitre, croquant une pomme verte. « Je vous ai laissé des messages partout. »

Elle porte une robe achetée dans les fripes, serrée à la taille par une vieille ceinture turkana ornée de perles. Elle a enroulé ses longs cheveux bruns en un chignon dans lequel elle a piqué un crayon. Elle porte dans les bras sa fille Natacha, âgée de quatre ans.

« Salut, ma chérie.

— On s'est offert une petite virée. » Je caresse les cheveux de Natacha. « Salut trésor.

— Écoutez, dit-elle, j'organise un dîner, ce soir.

— Super.

— J'aime bien ton collier, lance-t-elle à Nicole.

— Je te remercie. À quelle heure, ce soir ?

— Vers les neuf heures. Je pensais aussi inviter la petite copine de Hunter. Elle est arrivée aujourd'hui, non ? »

Un silence imperceptible suit ses paroles.

« Ouais. Esmé est allée la chercher à l'aéroport », ajoute Nicole sur un ton nonchalant.

Je sens peser sur moi le regard inquisiteur de Nena tandis que je tripote nerveusement mon paquet de cigarettes. Je n'ai jamais su si elle était au courant. Je suppose que oui, parce que ici tout le monde est toujours au courant de tout.

« Vous ne pensez pas que ça lui ferait plaisir de rencontrer des gens ? Hunter nous a demandé de nous occuper d'elle jusqu'à son retour de Kampala.

— Absolument. » Je souris mécaniquement. « Je vais lui passer un coup de fil et je la prendrai en voiture. »

Nena lance le trognon de pomme par-dessus son épaule.

« Elle est comment ? Claire, c'est ça ?

— Oui. Claire. Elle a l'air sympa. Blonde. Plutôt jolie.

— Bon, très bien. » Nena a l'air déçue par l'absence de détails intéressants. « Il faut que j'aille chercher Toby à l'école. On se retrouve plus tard, alors. »

Je reconduis Nicole chez elle sans ajouter une parole.

Je pense que bientôt il me faudra peut-être partir d'ici, retourner en Europe et essayer de m'y faire pour de bon.

« Tu vas bien ? » Nicole ne me quitte pas des yeux.

« Non, mais ça ne saurait tarder.

— Nom de Dieu. Pourquoi tu n'arrêtes pas de faire semblant de dominer la situation ?

— Qu'est-ce que tu veux dire par là ?

— Je veux dire que si ça te désespère tant que ça, cesse un peu de jouer les stoïques. Appelle-le, dis-lui que tu vas en mourir, que tu ne peux pas vivre sans lui. Bats-toi, nom d'un chien ! C'est de ta putain de vie qu'il s'agit.

— Je ne vais pas en mourir. C'est le problème. Il le sait trop bien.

— Bon Dieu ! » Nicole allume une cigarette. « C'est *vraiment* un mauvais mélo. »

Je la dépose devant chez elle. Sa véranda a l'air si paisible, avec les tableaux bien plaqués contre le mur, les pinceaux soigneusement rangés dans un pot, l'odeur de white-spirit flottant dans l'air. À la voir retourner vers cette activité qui la passionne je me sens envieuse.

« Tu veux que je te prête ma robe verte pour ce soir ? me demande-t-elle gaiement en franchissant le seuil.

— Non merci. Une autre fois.

— Ça te dit, une autre ligne de coke ?

— Pas vraiment.

— Tu es sûre de vouloir passer la chercher ? Pourquoi tu ne la laisses pas où elle est ? Ce n'est pas la peine de…

— J'espère que tout le monde va la détester. J'espère que tu vas la détester.

— Pour ça, compte sur moi. »

Je roule jusque chez moi dans la lumière dorée de cinq heures et demie. L'heure magique. C'est le moment le plus paisible de la journée, lorsque le ciel est complètement dégagé, juste avant le coucher du soleil.

Les *askari* massaïs marchent sur la route, se rendant à pied au travail, drapés dans leurs couvertures rouges. Les jeunes filles kikuyus s'apprêtent à prendre le *matatu* qui les conduira chez elles, loin du silence idyllique de ce quartier blanc, dans l'agitation enfumée et bruyante d'Ongata Rongaï, au cœur de la ville africaine rauque et joyeuse, là où l'on entend beugler du reggae à l'entrée des gargotes et où les lampes à pétrole brillent dans l'obscurité.

Avant de klaxonner devant la grille de chez moi, je me range sur le bord de la route pour retirer méticuleusement les étiquettes des prix sur le service à café, la carafe et le vin sud-africain. J'ignore laquelle de ces deux choses me culpabilise le plus : négliger de me livrer à cette opération et surprendre l'expression de Wilson ou d'Alice tandis qu'ils vident mes sacs – une expression qui ne trahit ni indignation ni dépit, mais plutôt une sorte de terreur déférente devant des objets si inexplicablement chers ; ou bien m'en souvenir et me mettre à ramper à l'arrière de la voiture pour retirer frénétiquement les étiquettes, comme une voleuse craignant d'être surprise la main dans le sac.

À l'équateur, il n'y a pas de lumière après le crépuscule : l'obscurité vous tombe dessus comme l'ombre d'un géant.

Dans la maison, Alice fait du feu dans la cheminée et allume les chandelles. Je me sens soudain frissonner.

Je suis assise à côté du téléphone. On ne sait jamais s'il va marcher. Je décroche. J'entends la tonalité. Demain, ce ne sera peut-être pas le cas.

Il ne se trouve qu'à dix touches de distance.

Je n'y arrive pas. Je suis incapable de composer son numéro, de demander à lui parler, d'attendre la connexion, de souffler un grand coup et de lui dire : C'est moi, Hunter, je t'en prie, arrêtons ce jeu cruel, retrouvons-nous, tu ne vois donc pas que nous sommes faits l'un pour l'autre, je t'en prie, renvoie-la, c'est trop absurde, je saurai te rendre heureux, tout ce que je veux, c'est t'aimer.

Je n'ai pas été capable de le faire jusque-là, et à présent il est trop tard. Nous avons gaspillé le temps qui nous était imparti, trop occupés à nous préserver l'un de l'autre. Nous sommes allés trop loin.

Wilson se faufile discrètement dans la pièce et me demande, dans un murmure, si je reste dîner.

« Non, je vais chez mama Nena. Merci, Wilson. »

Je vais prendre un bain et oublier tout ça.

Claire aussi sort du bain, et ses longs cheveux sont encore mouillés.

« Vous êtes prête ? » Du bout des doigts j'agite les clés de ma voiture.

« Oui. Vous croyez que j'aurai besoin d'un pull ?

— Probablement. »

Je la regarde se diriger vers le placard. Elle porte une jupe large et plissée qui lui donne l'air d'une écolière. Elle est sexy, à la manière mystérieuse des Anglaises blondes de bonne famille, habituées des sports en plein air : fraîche comme une rose et néanmoins dure comme l'acier. Je suis tout le contraire : brune et torturée comme saint Sébastien percé par les flèches. Je m'étonne que ma robe ne suinte pas le sang.

Le téléphone sonne, et elle s'empresse de décrocher.

Il l'appelle de sa chambre d'hôtel, à Kampala, là où j'ai situé, il y a une heure, ma scène imaginaire, ma déclaration d'amour ratée. Il est allongé sur son lit, sous les néons, et sirote un Coca. Exactement ainsi que je me le suis représenté un peu plus tôt, sauf que c'est à elle qu'il s'adresse.

Claire murmure, le corps lové comme un escargot autour du combiné.

« Oui, très bien... sur le point de sortir... Nena... Jonathan Hart t'a appelé. »

Elle ne cite même pas mon nom, comme si je n'étais pas dans la pièce.

« ... aller en ville... Quand est-ce que tu penses... revenir... très bien... moi aussi... oui, moi aussi. »

Je suis assise dans le fauteuil rouge, tournant le dos à la conversation.

Rien ne pourrait être pire que cela.

Ces mots-là, je les prononce pour de bon, dans un chuchotement, afin qu'elle ne puisse pas m'entendre.

Je suis en trop dans cette maison, je ne devrais pas être là.

Elle revient vers moi en souriant.

« C'était Hunter. Il va essayer de rentrer après-demain.

— Oh. »

Nous sortons dans l'obscurité, les *askari* nous éclairant à la torche jusqu'à la voiture. Nous roulons en silence. Je me sens trop exténuée pour faire un effort de conversation. Dans la lueur des phares, on voit bondir dans l'herbe les lièvres sauvages. Des étoiles scintillent dans le ciel glacé.

Elle sent le lait corporel à la noix de coco. Faut-il être bête, pour choisir un parfum pareil !

Je sais que je ne me remettrai jamais de la mort de Fernandino. En fait, il me manque chaque jour davantage. Quand il était en vie, je regardais le monde par le filtre de son intelligence. Je pouvais la lui emprunter comme bon me semblait, de même qu'on laisse un enfant jouer avec les lunettes de son père. Chaque fois que je le faisais, les actes ou les paroles des autres cessaient de m'effrayer ou de me déconcerter. Il avait l'art de remettre les choses à leur place. Nous partagions le même poste d'observation. Il était chargé de la mise au point, et moi je me contentais d'en profiter. Fernandino savait percer les gens à jour, et n'était pas dupe de leurs grands airs. Il lui arrivait de les ridiculiser à tel point qu'ils étaient à jamais bannis de votre mémoire. J'ai souvent eu le sentiment qu'il agissait comme un enfant dont le jeu favori consistait à réduire en miettes mes poupées préférées. Mais, au bout du compte, une fois qu'il s'était livré à ses barbares opérations à cœur ouvert, j'étais bien obligée d'admettre qu'à l'intérieur il n'y avait rien d'autre que du plastique.

Je suppose que c'était le moyen qu'il avait trouvé de nous protéger, mon frère et moi. Il ne paraissait guère disposé à veiller sur nous autrement. Son poste d'observation constituait notre abri le plus sûr.

À présent, sans lui, me revoilà dans le brouillard. Je ne distingue plus le contour des choses. Je suppose que j'ai recommencé à prendre le plastique pour de l'or.

Je ne me suis jamais sentie aussi passive que lorsque Adam et moi avons fait l'amour, au cours de cette première nuit.

Je fus incapable de dormir. Je voulais rester éveillée, savourer sa proximité et son odeur. Je voulais m'en pénétrer et m'y faire le plus vite possible. Je regardais son corps respirer lentement à côté du mien, sa cage thoracique se soulever avec régularité. Je m'imprégnais en toute confiance de la tiédeur de son corps nu. Rien en lui ne me semblait étranger ou intimidant. J'aurais voulu arrêter le temps, ne plus jamais avoir à me lever, à parler, à prendre des décisions. Juste rester près de lui dans l'obscurité, à l'écouter respirer.

Je vis le ciel s'éclaircir lentement, à travers la toile de la tente, écoutai les premiers oiseaux s'éveiller dans les arbres. Dans la lumière blanche, le profil d'Adam se découpait à contre-jour, encore nimbé de rêves paisibles. Je vis les couleurs devenir peu à peu plus vives, les verts et les bleus se superposer au noir et blanc de la nuit, la lueur rosée de l'aube caresser les draps. Lorsque la tente se fut transformée en une aquarelle fanée, Adam ouvrit soudain les yeux. Je le regardai avec appréhension, mais je vis dans son regard la même expression que la nuit précédente. Son sommeil ne l'avait pas effacée. Elle reflétait, je crois, une totale euphorie.

Plus tard, nous nous assîmes près des braises du feu de la veille et bûmes du thé chaud, en silence. Puis il me demanda simplement :

« Tu comptes rester ? »

Sa question n'était pas très claire : voulait-il dire aujourd'hui, cette semaine ou encore davantage ?

« Je n'ai pas l'intention d'aller où que ce soit. J'espère que ça ne te gêne pas, dis-je, tentant de paraître aussi mystérieuse que possible.

— Parfait. Alors on va pouvoir se détendre. »

Ça me paraissait une bonne idée. Même si je ne savais pas bien si j'étais prête à me détendre.

La surfeuse démente qui vivait en moi était encore capable de tuer pour survivre. Depuis la mort de mon père, j'étais intoxiquée à la douleur, je me nourrissais de peur et de rage. À présent, pour la première fois, je mourais d'envie de m'en débarrasser. J'avais l'impression d'être l'héroïne d'un film d'aventures, à bord d'un vaisseau pris dans un cyclone, en plein Pacifique – les vagues le réduisent en pièces, ses mâts craquent et tombent, des cris s'élèvent, des corps sont propulsés par-dessus bord, les éclairs et le vent déchirent les voiles. Et puis – *plan suivant* –, c'est le matin, la mer est calme, le ciel dégagé. Notre héroïne, échouée sur une rive sableuse bordée de cocotiers, est secourue par des indigènes aux chevelures piquées de fleurs…

J'ai toujours été reconnaissante à Adam de m'avoir ainsi accueillie dans sa vie. Sans que j'aie à demander, à pousser ou à frapper, il avait ouvert toutes grandes ses portes, dès le début.

Je ne me suis jamais vue comme quelqu'un de bien. J'étais trop névrosée, trop malheureuse pour ça. Mais, tout à coup, je voulais qu'on m'apprivoise. Il me fallait retrouver mon intégrité. Après tout, je savais qu'il m'était possible d'être meilleure que je ne l'avais été ces derniers temps.

Nous passâmes, Adam et moi, presque deux semaines dans la brousse. Il leva le camp et renvoya son camion avec ses gars à Nairobi. Et nous partîmes tous deux en direction du nord.

Ce qui me frappa immédiatement chez Adam, c'est que – contrairement aux hommes que j'avais connus avant lui – il savait tout faire. Jamais je n'avais rencontré de personne plus compétente. Il ne se perdait jamais et n'avait même pas besoin de consulter la carte : il reconnaissait les arbres, les rochers, les cours d'eau. Le paysage était imprimé en lui et, en un sens, ça allait de soi. Après tout, rien n'avait véritablement changé depuis son enfance. J'aimais la manière dont il l'avait fait *sien*. Ce territoire lui appartenait, puisqu'il l'avait sillonné toute sa vie. Mon rapport à la brousse était à l'opposé : tout m'y était étranger. Je ne savais rien – au point d'ignorer s'il fallait ou non que je m'alarme. Je restais éveillée dans la tente, l'oreille tendue, bien après qu'Adam s'était endormi, attentive aux bruits des bêtes autour de nous. Je distinguais des craquements de branches, des grognements lointains ou proches, d'étranges sifflements. J'aurais pu jurer, parfois, sentir le dos d'un animal frôler la tente, de mon côté. Je ne savais jamais vraiment de quoi il s'agissait, mais je *flairais* littéralement la présence des bêtes. J'arrivais néanmoins à demeurer étendue sans bouger, dans une espèce d'exaltation pétrifiée, percevant près de moi la tiédeur du corps d'Adam, et plus surprise par mon courage que par l'éventualité de dormir entre un homme et un lion. Le lendemain matin, Adam étudiait les empreintes laissées sur le sable, autour de la tente. Des hyènes, des babouins, des hippopotames, un léopard, annonçait-il d'un ton neutre. Effectivement, à la lumière du jour, les traces de leurs sabots ou de leurs pattes semblaient tout à fait inoffensives, et j'avais du mal à concevoir que cet endroit paisible ait pu être le théâtre d'une telle agitation. Une fois la nuit tombée, Adam braquait sa lampe torche vers le fleuve, éclairant les yeux jaunes des crocodiles ou le dos lisse d'un hippopotame. Il adorait se savoir entouré d'animaux et était déçu par les campements trop tranquilles. Je me sentais perdue, je ne savais comment me comporter et je craignais de le décevoir ; par conséquent, je ne me plaignais jamais. J'ignorais si nous vivions une folie ou, au contraire, quelque chose de normal. Mais j'avais en lui une confiance totale et je me faisais un point d'honneur d'aimer tout ce qu'il aimait. Je me livrai à une expérience personnelle, au cours de ce safari, qui consistait à tester ma peur toutes les demi-heures, en la poussant chaque fois un peu plus loin, tout en m'efforçant de maîtriser son ampleur. On aurait dit que j'entraînais un muscle : sa capacité, ignorée jusque-là, me surprenait.

Je me souviens d'une soirée, en particulier. Après avoir monté la tente au sommet d'une colline, nous étions partis en balade. Adam, comme à l'accoutumée, ouvrait la marche sans dire un mot. De ses jumelles, il scrutait le flanc de la colline. Nous savions que les éléphants et les buffles n'étaient pas loin, car nous avions vu leurs empreintes encore fraîches. Par ailleurs, mon sixième sens s'était alors suffisamment affiné pour me permettre de flairer leur présence, quelque part derrière les arbres. Adam s'assit parmi les hautes herbes sur l'arête de la colline et se mit à contempler la forêt, juste au-dessous de nous. La peur s'empara de moi. Je m'imaginai des buffles enragés surgissant d'entre les arbres ou nous chargeant de tous côtés. Mon cœur battait à tout rompre, et chaque cellule de mon corps me suppliait de me mettre à l'abri. J'avais beau me sentir vulnérable et sans défense, je n'en demeurai pas moins sagement assise à côté d'Adam, qui gardait les yeux fixés sur le centre de la forêt, et tendait l'oreille. Nous restâmes ainsi un très long moment, et peu à peu ma respiration se fit plus régulière et les battements de mon cœur se calquèrent sur ceux d'Adam. On aurait dit que son calme s'était lentement deversé en moi, comme par transfusion sanguine. Notre silence ouvrit la voie à des sons auxquels je n'avais guère prêté attention jusque-là : le vent soufflant à travers le feuillage des arbres, le chant lointain des oiseaux, la stridulation des criquets. Peu à peu, toutes les particules terrifiées de mon corps se calmèrent et se tassèrent comme du sable dans le lit d'un fleuve. À présent que tout mon être avait enfin trouvé la paix, je pouvais m'abandonner à la vie de la forêt et à son parfum de mousse et de terre humide.

Un guib harnaché apparut soudain dans la prairie. Adam sourit et me passa les jumelles. C'était une bête d'une telle beauté, d'une telle perfection. Tout d'abord il resta pétrifié – il nous avait vus –, mais lorsqu'il se rendit compte que nous restions parfaitement immobiles et que nous n'avions pas l'intention de bouger, il se mit à brouter tranquillement. C'est alors que je compris que tout était pour le mieux : ma peur s'était évanouie, Adam, le guib et moi respirions au rythme de la forêt, notre pouls s'était accordé sur le sien, et rien de mauvais ne pouvait nous arriver. Aucune créature hostile ne surgirait des fourrés pour nous tuer. Quand nous nous taisions, nous ne faisions plus qu'un avec la forêt ; tant que nous l'écoutions, nous étions hors de danger.

C'est le silence d'Adam qui m'a appris tout ce que je sais de la brousse, je m'en rends bien compte maintenant. Mais, à l'époque, ce fut pour moi une révélation totale, quelque chose que je n'allais jamais oublier.

Quoi que fasse Adam, ça paraissait simple : chaque soir, sur le feu de camp, il préparait pour moi une nourriture exquise. Je le regardai bouche bée mélanger l'eau et la farine, puis pétrir la pâte, avant de la tasser dans une casserole noircie et de la recouvrir de braises, jusqu'à ce qu'elle devienne un pain à l'odeur délicieuse. Il savait également dégager une voiture embourbée, en rafistoler le radiateur, en réparer les pneus crevés, et parler samburu. Sans lui, j'aurais pu mourir cent fois.

Je compris très vite que, si je désirais rester, ce n'était pas seulement pour Adam. Tandis que nous sillonnions d'immenses territoires et que l'Afrique se déployait sous mes yeux, m'attirant à elle, je découvrais que toutes mes terreurs verticales, tous ces pièges et ces trous que j'avais, ma vie durant, pris garde d'éviter, se déroulaient sur le sol, jusqu'à paraître sans danger. Tout s'étirait, s'estompait dans l'espace, et mon souffle même ralentissait.

Je voulais apprendre à être capable de survivre là, et Adam était, pour me l'enseigner, la personne rêvée. La clé qui m'ouvrirait la porte. Au-delà de la beauté de l'Afrique, c'est à sa géographie morale qu'il me tardait d'appartenir. Soudain, tout me parut très clair. Cet endroit, je l'avais choisi afin de m'y retrouver. Sous les rayons implacables de ce soleil dont on ne peut s'abriter, qui ne permet pas de se cacher.

« Esmé, tu es aussi résistante qu'une mule », me dit un jour Adam, après que nous eûmes dû dégager, sous le soleil de midi, la voiture enlisée dans un banc de sable. « Mais regarde-toi », dit-il, tournant vers moi le rétroviseur, et je croisai mon reflet, pour la première fois depuis des jours. Mes cheveux, emmêlés comme ceux de la méduse, étaient couverts de poussière rouge. J'avais les bras et les jambes tout éraflés et de la graisse sur le nez.

Que j'étais heureuse ! Comme si l'on m'avait fait cadeau d'une nouvelle existence.

Il y avait dans notre relation un aspect incroyablement rafraîchissant, et j'y fus sensible dès ce premier safari : c'est qu'Adam et moi ne parlions pas la même langue, dans aucun sens du terme.

Ça me plaisait parce que devoir communiquer avec lui en anglais m'obligeait à m'adapter, à simplifier ma pensée, à me montrer moins retorse. De plus, l'usage de ma seconde langue me permettait de laisser de côté tout un pan de mon existence, à savoir, bien entendu, celui qui se rapportait à Fernandino. Je me sentais libérée d'un poids, comme si l'on m'avait autorisée à déposer mon fardeau.

Nous ignorions tout l'un de l'autre, et avions du mal à imaginer à quoi, jusque-là, avaient ressemblé nos vies.

Je tentais de me représenter son enfance dans la ferme de son grand-père, à poursuivre, pieds nus, les phaco-chères, à apprendre, dès l'âge de onze ans, à se servir d'un fusil. Il avait même, un jour, reçu dans les yeux le crachat d'un cobra.

Il était le produit d'événements et de circonstances qui ne ressemblaient en rien à ce que j'avais connu.

À ses yeux aussi, j'étais une énigme. Comment aurait-il pu se faire une idée de toutes ces choses : Naples, Fernandino et le Parti communiste, les taxis nous conduisant à l'école parce que mon père n'avait pas son permis, l'architecture baroque, les films de Truf-faut, les baignades, au printemps, dans les eaux tièdes de la Méditerranée. Nous évitions d'instinct d'évoquer le passé, sentant qu'il y avait entre nous trop de fossés, que nous n'éprouvions, au fond, ni l'un ni l'autre le besoin de combler. Nous passions notre temps à faire l'amour, à dormir, à manger et à rouler.

Mais nous apprîmes à nous rapprocher, physiquement parlant.

Sur la route de Nairobi, je m'arrêtai à la poste de Nanyuki pour appeler en PCV Louise, la troisième épouse de Fernandino. Par la fenêtre, je regardais Adam manger un samoussa en contrôlant le radiateur. Tout au long de la conversation, je ne le quittai pas des yeux, comme s'il me fallait opposer une réalité tangible à ma reprise de contact avec l'autre rive.

Ce que je voyais, c'était un bel homme que je connaissais à peine, en lisière d'une ville africaine digne d'un décor de western, en face du « Bazar du Colon », à Nanyuki, au Kenya, en Afrique de l'Est.

Louise avait un ton fatigué, déprimé. Elle me dit qu'elle avait dû s'occuper d'une énorme quantité de paperasse relative au testament de Fernandino. Elle disait « ton père » comme si, à présent qu'il était mort, je devenais responsable de la confusion qu'il avait laissée derrière lui.

« On ne sait même pas qui détient les droits des traductions américaines. Tu sais que ton père ne gardait rien. Quelle pagaille !

— Tu en as parlé avec Lorenzi ? Lui, il doit être au courant.

— Lorenzi est un salopard qui ne pense qu'au fric. Idem pour les autres. Rien qu'une bande de vautours !

— Louise, tout va bien se passer. Calme-toi, tu veux bien ?

— Je veux juste fiche le camp d'ici. Vendre la maison et partir aussi vite que possible. Je ne supporte plus ce pays. »

Elle paraissait au bord de la crise de nerfs. Je n'aimais pas cette manière qu'elle avait de rentrer dans sa coquille, d'exprimer soudain tant d'amertume à l'égard d'un endroit où elle vivait depuis quinze ans.

« J'ai eu ma dose. Quant aux amis de ton père, ce sont tous des *grandissimi stronzi.* »

À l'entendre parler avec une telle aigreur, j'avais le sentiment que, privés de l'aura de mon père, nous étions tous devenus à ses yeux une bande de barbares à qui elle ne souhaitait plus avoir affaire. Elle se révélait n'être qu'une de ces Américaines sans cœur qui ne clament leur amour de l'excès et de la vie de bohème que pour mieux garder leur homme. Je réalisai alors qu'elle méprisait sans doute depuis toujours notre mode de vie.

« Tu vas vendre la maison ? Mais je croyais que tu…

— C'est ce que nous étions convenus avec ton père. » Elle était maintenant sur la défensive. « Il savait que pour rien au monde je ne vivrais seule ici. »

Sa trahison me prenait au dépourvu. D'un autre côté, je me rendais compte qu'elle ne devait guère avoir le choix. Louise allait-elle me manquer ? Avais-je suffisamment d'affection vis-à-vis d'elle pour lui donner des raisons de rester ? La réponse était non.

Dans le monde dont je suis issue, il n'y avait jamais eu assez d'amour pour demeurer où que ce soit. Et nul n'avait jamais demandé à personne de changer ses projets au nom de quoi que ce soit.

Au nom de l'amour, devrais-je dire.

« Et Teo, qu'est-ce qu'il pense de tout ça ?

— Oh, ma foi, tu connais ton frère... Il n'a aucune opinion sur la question. »

Je gardais les yeux rivés sur la route poussiéreuse, encadrée par la fenêtre du bureau de poste.

« Tu es où, au fait ? » Notre conversation paraissait l'avoir exténuée.

« En Afrique.

— Ça j'ai bien compris. Mais où, au juste ?

— Oh, au Kenya. Sur l'équateur. Je viens juste de le traverser, à vrai dire.

— Et c'est moi qui paie la communication ?

— Oui.

— Quand est-ce que tu comptes rentrer ? Il faut que tu signes ces documents, et ton frère, bien entendu, est complètement...

— Louise...

— Oui ?

— Je t'en prie, ne me parle plus de ces papiers, pas *maintenant*.

— Très bien. Tu avais autre chose à me dire ?

— ...

— Ça va bien ?

— ...

— Esmé, ce coup de fil me coûte une fortune. »

Je lui raccrochai au nez.

Dix jours plus tard, je rentrai.

Il ne me fut pas trop difficile de changer de vie, car je ne laissais rien derrière moi : en Italie, je n'avais pas d'emploi fixe, je partageais un appartement avec une colocataire pour qui je n'avais aucune affection et, à part mon frère, personne n'allait particulièrement me manquer. Je signai les documents. Je touchai les droits qui m'étaient dus sur les traductions. Lorenzi, qui dans toute cette affaire avait fait preuve d'une bonne foi irréprochable, me dit que mes royalties tomberaient tous les six mois. En plus d'avoir été son avocat, il avait été un bon ami de mon père et n'était pas du genre à escroquer qui que ce fût.

« Ne t'attends pas à des fortunes, dit-il avec un sourire triste. La poésie, ça ne s'est jamais bien vendu. »

Mais il s'avéra que Fernandino avait laissé en ce qui nous concernait, mon frère et moi, des instructions très précises.

Non seulement nous toucherions une partie de la somme rapportée par la vente de la maison, mais nous héritions en outre de tableaux de grande valeur.

Par un jour pluvieux, Teo et moi allâmes déjeuner dans un restaurant avec lequel mon père avait passé une sorte de convention. Autrement dit, on ne le laissait jamais régler l'addition. Le propriétaire sortit de la cuisine, nous embrassa, nous dit que Fernandino lui manquerait beaucoup et qu'il était hors de question, à l'avenir, qu'il nous fasse jamais payer un repas. Il faisait bon, dans le restaurant aux murs lambrissés, parmi les manteaux mouillés, et de nous remémorer toutes les fois où nous avions déjeuné dans ce lieu nous rendait nostalgiques. En conséquence de quoi nous bûmes beaucoup de vin rouge très cher.

Teo est une version jeune du chevalier vieillissant, auquel il faut ajouter la délicatesse et le regard rêveur de ma mère. Ce matin-là, son allure à la Byron était plus prononcée qu'à l'accoutumée : la pluie avait mouillé ses longues boucles noires, et il flottait dans une chemise boutonnée jusqu'au cou, dégotée au marché aux puces.

« Tu crois que tu vas bientôt recommencer à travailler avec la compagnie ?

— Dieu seul le sait. En tout cas, personne n'est capable de le dire. Je n'arrive toujours pas bien à plier ma jambe. » Il promena sur la pièce un regard impatient. « Il se pourrait que ça ne s'arrange jamais.

— Je t'en prie, ne dis pas ça. »

Il s'était méchamment blessé au genou quelques mois plus tôt et il lui avait fallu arrêter de danser. Je savais qu'il en souffrait, car la danse comptait énormément pour lui. Sur scène, il avait toujours exprimé une sorte d'énergie argentée : c'était un acrobate virevoltant, un Ariel en plein vol.

« Et l'argent, à quoi tu vas l'employer ? » lui demandai-je. Ça faisait une drôle d'impression de parler de ça. Pour la première fois de notre vie, nous possédions une somme d'argent digne d'être mentionnée.

« Je pourrais acheter l'appartement dans lequel je vis. Ce serait un bon calcul. Ou bien dilapider joyeusement mes deniers en voyageant avec toi.

— On n'irait pas très loin. On aurait vite fait de tout jeter par les fenêtres. »

Teo ricana.

« Pour ça, oui, je crois qu'on serait très doués.

— C'est tout l'argent qu'on possédera jamais, dis-je. Par conséquent, on pourrait sinon l'utiliser sagement, au moins s'en servir pour accomplir quelque chose de décisif.

— Je suis d'accord. Pourquoi ne pas acheter un appartement plus grand et le partager, toi et moi ? On pourrait s'organiser sérieusement et essayer de vivre comme des grandes personnes.

— Précisément. »

Je me tus, bus davantage de vin.

Un appartement à Rome. Un lave-vaisselle flambant neuf. Une bonne chaîne stéréo. Un téléphone dans la salle de bains. Était-ce vraiment ce à quoi j'aspirais ?

« Teo, je crois que je veux aller vivre en Afrique. »

Il posa son verre de vin et me regarda avec stupéfaction, avant de s'efforcer de sourire.

« Eh bien, y a pas à dire, c'est décisif… »

Je m'obstinai à balayer des doigts les miettes de pain sur la table, sans trouver le courage de soutenir son regard. Oui, l'heure était venue, pour nous deux, de la séparation. Notre poste d'observation commun avait disparu à jamais avec Fernandino, et il nous fallait à tous deux en trouver un nouveau. Nous devions poursuivre notre route, chacun de son côté.

« Je ne sais pas. Ce gars, Adam, il… il veut que je revienne, pour vivre avec lui. »

Il me l'avait demandé. Au nom de l'amour. C'était aussi simple que ça.

Ça s'était produit à notre retour du safari, tandis que nous revenions à une espèce de réalité – celle des téléphones, des voitures, des supermarchés et du reste de l'humanité. J'avais alors commencé à céder à la panique : au bout de deux semaines et demie, il ne me restait plus que soixante-quinze dollars sur cinq cents. Adam dut reprendre son travail à l'agence, s'occuper des réservations, réparer des véhicules, communiquer par radio et préparer le camp pour de nouveaux clients. Une décision, quelle qu'elle fût, devait être prise. Je me sentais perdue.

« Il faut que je reparte bientôt, Adam. La semaine prochaine, je crois », lui dis-je un matin, alors que nous venions de nous réveiller dans sa petite maison tapissée de plantes grimpantes, à Langata.

Il était resté silencieux. Nous étions toujours au lit. Il avait gardé les yeux rivés sur la moustiquaire et avait serré ma main dans la sienne. Ça m'avait donné envie de pleurer, et j'avais été surprise de voir mes larmes couler sur l'oreiller. On aurait dit que mon corps avait décidé de fournir une preuve tangible de mon émotion. Mais Adam ne me vit pas pleurer. Ses yeux fixaient le plafond, comme si je n'étais pas là.

« Ne t'en va pas, fit-il d'une voix douce.

— Mais…

— Écoute-moi, coupa-t-il. À la seconde où je t'ai vue, j'ai compris que tu étais la femme de ma vie. J'ai pensé : "Ah, te voilà enfin." »

Il se tourna pour me regarder. Ses yeux verts, si sérieux, paraissaient contenir un reproche.

« C'est une chance qu'on ne rencontre qu'une ou deux fois dans sa vie, tu le sais ?

— Je le sais.

— Alors, ne fichons pas tout en l'air. »

Je m'essuyai les yeux.

« Bon. Ce que je pourrais faire, c'est partir et revenir.

— Je préfère ça. »

« Il dit qu'il m'aime. »

Teo me regarda, l'air surpris.

« C'est magnifique !

— Je ne sais pas. Ça me fiche un peu la trouille. Je n'ai jamais rien fait de ce genre.

— Vas-y. Saute dans le premier avion. Ici, il ne se passe plus rien.

— J'ai l'impression de m'embarquer pour une mission secrète dont j'ignore tout. Comme si on m'avait laissé des instructions griffonnées sur un morceau de papier et que je doive me contenter de les suivre. C'est bizarre.

— D'accord, tu ne comprends rien, mais c'est justement ça qui est palpitant : teins-toi les cheveux en noir corbeau, mets des lunettes noires et va chercher tes nouveaux papiers d'identité. On t'aura sûrement donné un nom à consonance germanique, du type Baader Meinhoff. Et puis, ils t'attendront à l'aéroport pour te communiquer des instructions… L'aventure, quoi !

— Je l'espère. »

Nous restâmes un moment sans rien dire.

« Oh là là ! Nairobi… » Il appuya sur les syllabes comme s'il voulait en tester la musique.

« C'est un nom massaï, soulignai-je, prise d'un soudain élan de mélancolie. Ça veut dire "froid". Le lieu froid.

— Oh, charmant. »

À nouveau, un silence.

« Tu viendras me voir ? demandai-je.

— Oui, mais toi, tu vas bien finir par revenir, non ?

— Bien sûr. »

Une vague de crainte m'envahit.

« Oh, Teo. Je ne suis pas sûre d'avoir le courage de faire ça.

— Bien sûr que si, mon amour. Appelle-moi souvent. » Il serra fort ma main dans la sienne, sur la table. « Appelle-moi en PCV. Je suis riche à présent, comme tu le sais. »

J'avais cru que ce serait une entreprise titanesque de changer d'existence. Mais, à vrai dire, l'histoire de ma vie tenait dans neuf cartons. J'envoyai un ou deux fax à la banque pour demander que l'on transfère chaque mois une petite somme d'argent sur un compte à Nairobi. Je vendis l'un des tableaux. Le côté finances était réglé. Moins de six semaines après mon arrivée, j'étais prête à repartir.

On était au début du mois de juillet. Lorsque l'avion de la compagnie Air Égypte décolla de Fiumicino, je fus saisie d'une nouvelle crise de panique. J'en eus même des palpitations ; mes mains devinrent moites et glacées.

Je tentai de contrôler ma respiration et m'efforçai, pour me calmer, de garder à l'esprit que, si mon état empirait, je pourrais toujours modifier mon vol et faire demi-tour, après l'atterrissage en Égypte.

Dans la zone de transit de l'aéroport du Caire, où j'attendais la correspondance pour Nairobi, ma panique fondit comme neige au soleil. Je me mis à observer les autres passagers, à demi assoupis sur leurs chaises de plastique orange, baignant dans la vive lumière des néons, si caractéristique de tous les aéroports du tiers-monde. Il y avait parmi eux des missionnaires américains, des touristes nigérians coiffés de casquettes de base-ball, des jeunes femmes yéménites avec des voiles épais, des familles indiennes accompagnées d'enfants incroyablement bruyants, de jeunes Allemands portant sac au dos, le nez dans *Le Guide du routard*.

La zone de transit : je me trouvais à présent dans cette zone neutre, uniquement peuplée d'êtres déracinés. Une sorte de purgatoire avant la Destination finale. Notre condition commune me réconfortait.

Il semblait y avoir assez de place, là où nous allions, pour accueillir toutes sortes de gens. Et je me dis que, après tout, si les jeunes filles yéménites, les missionnaires, les touristes nigérians et les enfants indiens s'y sentaient chez eux, pourquoi pas moi ?

5

Ne nous voilons pas la face.

Ce récit traite non pas de l'Afrique, mais de l'Afrique vue par les Blancs. Je ne prétends pas à autre chose.

Comme je l'ai déjà dit, nous n'avons pas d'amis africains ici. Parfois, mais c'est très exceptionnel, nous croisons un ou une jeune Kenyan(e), en général de bonne famille, qui a fait ses études en Angleterre. Quand ça se produit, nous les voulons plus fascinants qu'ils ne le sont réellement et nous nous promettons de les inviter au prochain dîner.

Ce n'est pas que nous ayons des préjugés. C'est comme ça, un point c'est tout, et l'on finit par ne même plus en parler.

Lorsque je revins ici pour vivre avec Adam, je savais que les Africains allaient jouer dans ma vie un rôle important. Je ne m'étais pas encore penchée sur l'attitude à adopter, mais ce que je voyais, autour de moi, des rapports entre Blancs et Noirs ne me plaisait guère. En réaction, j'en faisais trop : j'étais trop attentionnée, trop aimable, trop soucieuse de ne blesser personne. Je me fendais de pourboires astronomiques dès qu'on me rendait le plus petit service, et n'osais jamais protester quand les gens profitaient de la situation. On aurait dit que je participais au concours de la plus gentille fille de l'année.

Je me mis alors à observer Adam et la manière dont il se comportait avec ses employés africains. Il n'essayait pas de leur plaire, il n'avait rien à leur prouver. C'est ainsi que je me rendis compte que si quelqu'un avait un problème, c'était moi.

Je continuai néanmoins sur ma lancée, histoire d'avoir des choses à raconter dans mon pays. À Langata, je harcelai notre gouvernante Wambui Wambera, une veuve kikuyu de haut lignage, jusqu'à ce qu'elle accepte une invitation à prendre le thé un dimanche. Elle vint accompagnée de sa sœur et de deux de ses enfants. Les deux femmes s'étaient attifées de tenues en synthétique, portaient des perruques en nylon et avaient peint leurs ongles en rose bonbon. Raides comme des piquets, elles étaient assises sur le bord du canapé, les mains sur les genoux, tandis que les enfants me regardaient en silence avec des yeux d'otages terrifiés. Nous discutâmes poliment du climat, des frais scolaires et d'un film de Schwarzenegger qu'elles avaient loué la veille au soir dans un club vidéo. Ce fut là mon dernier essai.

« Ça prouve ton degré d'aliénation », répliqua sèchement Hunter lorsque, bien plus tard, je lui décrivis la scène du thé avec Wambui, espérant que ça allait l'amuser. Ce ne fut pas le cas.

« Ici, nous vivons en dehors du monde réel. Et tu sais quoi ? Au bout d'un moment, ça devient suicidaire de vivre comme ça. »

Au fond – à l'exception de Hunter, qui s'est attribué le meilleur rôle et incarne à lui seul notre mauvaise conscience –, nous sommes satisfaits des relations que nous entretenons avec nos employés et nous aimons nous croire indispensables à leur existence. Nous les accompagnons à l'hôpital quand ils sont malades, les soutenons financièrement lors de funérailles, de naissances ou de mariages, fumons parfois une cigarette avec eux dans la cuisine ou rions d'une blague faite en passant. Tout cela semble nous suffire amplement.

C'est l'argent qui domine nos rapports avec les Africains. Nous voudrions penser que c'est plus complexe que ça, mais à la fin de la journée nous nous retrouvons comme Karen Blixen avec Kamante, son cuisinier bien-aimé : nous les regardons avec la même bienveillance un peu stupide, et leur gratitude et leur fidélité ne manquent pas de nous rassurer. C'est pour ça que nous nous obstinons à arracher les étiquettes des prix sur nos achats exorbitants. Parce que nous avons cessé de nous inquiéter de nos propres contradictions.

Nous voilà donc, mon ennemie et moi, sur le point de nous joindre à une énième soirée strictement *mzungu* de Nairobi. C'est ce soir qu'elle fait son entrée officielle dans la famille des babouins blancs. Pas question de la quitter des yeux.

C'est Peter, le mari de Nena, qui nous ouvre la porte. Il possède la beauté caractéristique des hommes d'ici, ces garçons montés en graine qui ont passé leur vie à respirer l'air pur, et qui ont les cheveux dorés par le soleil, le corps endurci par les travaux physiques.

Peter, en plus d'être éthologue, est un as de l'informatique. Il suit de très près l'évolution des troupeaux d'éléphants dans la région de Tsavo, renouvelle ses données tous les mois et les diffuse sur Internet, apaisant ainsi l'inquiétude grandissante de tous les défenseurs mondiaux de l'environnement.

Les éléphants s'en sortiront-ils ? On pourrait croire que c'est l'unique question que l'Occident se pose au sujet de l'avenir de l'Afrique.

En tout cas, c'est à Peter qu'il convient de s'adresser pour obtenir la réponse. Au Kenya, il est *le* spécialiste des éléphants. Il a tous les chiffres, et les livres qu'il a publiés sur le sujet lui ont valu une reconnaissance internationale. Il est particulièrement admiré des lectrices à cause de sa photo sur la jaquette du livre, où il a l'air d'un baroudeur. Et, après tout, voilà un homme qui, à trente et quelques années, possède tout cela : une belle épouse, trois enfants, les cheveux d'un blond roux, les yeux bleus, la peau naturellement hâlée et un combat à mener.

Cette si brillante réputation vaut à Peter et à Nena d'être contactés par toutes les demi-célébrités occidentales de passage au Kenya : producteurs de cinéma, journalistes, écrivains… Quand ce n'est pas à cause des livres sur les éléphants, c'est en raison d'un reportage sur leur maison publié dans *Maisons et jardins*, qui procure l'illusion qu'il suffit de leur rendre visite pour pouvoir se vanter d'avoir goûté à la véritable atmosphère africaine.

Nena a l'art d'associer des objets incongrus de manière à obtenir un effet des plus réussis. Leur maison est encombrée de bois flotté, de coquillages, de repose-tête éthiopiens, de crânes de singe, de kilims, de tissus indiens, de fleurs séchées et de toutes sortes de babioles. Nena est capable de mettre un nénuphar dans un bol en verre à côté d'un os de girafe et de donner l'impression que Georgia O'Keeffe vient de quitter la pièce.

La voilà à présent chez elle, dans sa belle demeure, en compagnie de son beau mari. Ses beaux enfants, qui sortent du bain et sentent le savon, galopent partout en pyjama. La table est mise et merveilleusement éclairée à la bougie. Qui plus est, Nena, ce soir, la joue femme fatale : ses faux airs de Charlotte Rampling sont accentués par ses cheveux noirs remontés en chignon, une petite robe noire et des chaussures rouge vif à talons aiguilles. Elle se dirige vers moi et se penche pour m'embrasser.

« Bonsoir, ma chérie. »

Elle se tourne ensuite vers Claire et lui serre la main.

« Soyez la bienvenue. Comme c'est courageux de votre part de venir vous installer toute seule. »

Je fais volte-face et regarde Claire : elle est un peu intimidée par la classe de Nena, et se dit probablement que sa tenue à elle doit faire trop petite fille. Ce qui est bien sûr le cas, et la raison pour laquelle je l'ai amenée ici ce soir : afin qu'elle ne sous-estime pas les épreuves qui l'attendent. Elle ne paraît pas avoir réalisé que le style Lolita n'est plus, depuis longtemps, au goût du jour.

Une fois de plus, la liste des participants à ce rituel est des plus typiques.

Il y a le Cinéaste américain fraîchement débarqué, qui cherche un bon sujet de script. Il s'appelle Kevin Steinberg et a écrit, à ce qu'il semble, le scénario d'un film avec Jack Nicholson qu'aucun d'entre nous n'a vu. Il y a l'Humanitaire de service, un sublime Danois au nom parfaitement imprononçable, sur le point de rentrer au pays après sept mois passés en Éthiopie. Il y a Allison et Richard Fagen qui dirigent depuis des années un projet consistant à réapprovisionner les tribus du Nord en chèvres et en chameaux. Il y a un journaliste d'âge mûr, à l'air bourru, qui bosse pour le *Sunday Times*. Il s'appelle Ronald Bailey, je l'ai déjà rencontré et il est ici pour couvrir une nouvelle affaire de corruption, le président ayant, une fois de plus, fait les gros titres la semaine dernière, à cause d'un jet privé acheté au Texas pour une somme extravagante.

Je passe tout le monde en revue et distribue des poignées de main, traînant Claire dans mon sillage. Puis je m'assieds sur l'accoudoir du canapé, à côté de Miles.

« Claire, je vous présente mon ami Miles Sinclair, qui travaille pour le *Guardian*.

— Enchanté, Claire. Hunter m'a beaucoup parlé de vous. Bienvenue parmi nous.

— Merci. »

Miles examine Claire de la tête aux pieds, et semble approuver le spectacle.

« Dites, les filles, je peux vous amener quelque chose à boire ? »

Il revient avec deux gin-tonics et s'allume une cigarette. Il est prêt à commencer son numéro.

« Hunter m'a dit que vous et lui aviez passé beaucoup de temps ensemble au Rwanda, lance Claire d'un ton badin. À vrai dire, je vous ai vu sur certaines des photos qu'il m'a montrées. Je crois qu'elles ont été prises quand vous avez pénétré de force dans l'ambassade à Kigali.

— Ah oui, je vois, l'ambassade du Canada.

— Oui. Vous buviez du champagne au goulot avec un commandant rwandais.

— En fait, ce qui s'est passé, c'est que tout le monde avait fichu le camp. On mourait de faim, mais on n'a rien trouvé d'autre que du champagne au sous-sol. Mon Dieu, il n'a pas osé vous montrer ces photos ?

— Je les ai trouvées formidables. »

La chose a l'air de ravir Miles. Il est dans la situation de l'acteur rencontrant une jolie fille qui a vu tous ses films : il a marqué des points avant même d'entrer dans la partie.

Ils se mettent à parler de la guerre. Claire est désireuse de connaître le point de vue d'un initié. C'est le dernier sujet en date, dans son existence. Il lui faut vite se mettre au parfum.

Miles a l'art de raconter des histoires, c'est un grand professionnel. Il sait vous distraire de bout en bout en faisant ressortir les aspects grotesques et triviaux de la guerre. Il ne commet jamais l'erreur de vouloir paraître héroïque ou courageux, et évite de mettre la moindre distance entre le narrateur et l'auditeur. Non, il vous garde tout près de lui en vous donnant l'impression qu'il n'y a rien d'exceptionnel dans ce qu'il a traversé – après tout, il ne s'agit que d'hommes se tuant les uns les autres – et puis, quand vous commencez à vous détendre, paf ! il vous envoie une grande claque en mentionnant un détail épouvantable – des cadavres d'enfants en décomposition, entassés dans les toilettes ; un bras amputé venant frapper votre pare-brise tandis que vous roulez dans la nuit, l'odeur de pourriture dans une piscine désaffectée. En une seconde, il vous anéantit, vous donne toute la mesure de l'horreur grâce à un unique trait de génie : c'est un vrai maître du coup de théâtre.

Il gâche son talent dans le journalisme, il devrait être romancier, comme je ne cesse de le lui répéter. Ça lui fait parfois plaisir de l'entendre, mais pas toujours. Il a à peine dépassé la trentaine et a déjà couvert trois guerres et demie, sans avoir pour autant perdu son allure de Peter Pan.

Ici, il a le vent en poupe, et ça lui plaît. J'imagine qu'il est difficile de renoncer au statut de Star-de-la-presse-en-Afrique-de-l'Est pour le rôle plus obscur d'aspirant écrivain en Europe. Qui pourrait le lui reprocher : en ce moment même, Claire boit ses paroles, hochant la tête dès qu'il ouvre la bouche. Ils sont plongés dans l'évocation des horreurs Hutu-Tutsi.

« Dans le journal, on avait déjà dénoncé tout ce qui se passait, à ce moment-là. Et ne voilà-t-il pas qu'on croise, dans le hall de l'hôtel, le colonel Basagora. Autrement dit, le théoricien de la "solution finale", vous me suivez ?

— Oh, mon Dieu ! Et qu'est-ce que vous avez fait ? demande Claire, l'air terrifié.

— Eh bien… De la fenêtre on voyait des cadavres. Là, sous nos yeux, dans la cour, gisaient les corps sans vie d'au moins dix enfants. »

Je l'ai entendu raconter cela trop de fois, je préfère donc aller vider mon verre ailleurs.

Ne croyez pas que je sois blasée. En fait, c'est précisément le contraire.

Je me souviens que, lorsque Hunter revenait du Rwanda, il était capable de me faire fondre en larmes. Je crois que je ne supporte pas d'être témoin de cette scène, parce que Claire y joue mon ancien rôle. C'est aussi répétitif qu'une séance d'hypnose, ou qu'une représentation en boucle de *La Cerisaie*, où les acteurs se contenteraient d'échanger les rôles une fois dépassé l'âge de leur personnage.

Mais je ne suis pas blasée, non. Tout cela est bien réel. La guerre, ils l'ont vue pour de bon.

Chaque fois qu'ils repartaient, je craignais de les voir revenir dans un sac en plastique. Et encore, s'ils revenaient... Je n'en dormais plus la nuit, ce qui se passait était tellement incroyable.

Mais ils finissaient toujours par revenir et, à leur retour, ils se saoulaient, se droguaient et s'envoyaient en l'air. Et paraissaient n'avoir changé en rien, si ce n'est cette lueur sauvage dans les yeux.

Ils venaient se joindre à nos dîners, et à table nous les écoutions en hochant la tête, nous habituant peu à peu à leurs récits.

Nicole fait son entrée, vêtue de la robe verte qu'elle a proposé de me prêter. Elle est fraîche comme une nymphe. Elle a amené un autre spécimen tout juste débarqué : la Jeune Photographe américaine. Celle-ci s'appelle Linda quelque chose.

Dans cette ville, les gens vont et viennent. Mais ils font tous la même chose, posent tous les mêmes questions. Ils sont là pour un livre, un film ou un reportage photo. Sur les animaux, la guerre ou les tribus nomades.

Nous mettons docilement à leur disposition nos talents et nos connaissances, et nous efforçons de paraître très compétents. Nous leur procurons tout ce dont ils ont besoin : des numéros de téléphone, des paysages, des chefs massaïs, des lions. Nous les emmenons en safari, nous leur faisons parcourir des milliers de kilomètres, nous les saoulons à mort. En général, ils repartent vidés.

Lorsque nous rentrons en Europe, nous les contactons. Au téléphone, ils semblent tout excités et nous invitent à déjeuner. Mais, plus tard, une fois toutes les connaissances communes passées en revue, leur enthousiasme initial s'épuise invariablement.

Vous êtes leur « ami africain », espèce qui ne survit pas longtemps au climat européen. Après tout, il faut être réaliste : à combien de dîners pourrez-vous ressortir cette histoire du python qui a dévoré votre chien, avant que tout le monde ne la connaisse par cœur ?

Linda, la jeune photographe, est une beauté du Middle West, une blonde saine à l'air un peu bovin. Ne sachant pas exactement ce que lui réservait sa soirée chez *le* spécialiste des éléphants, elle a, optant pour la prudence, adopté une tenue de combat : short kaki et chaussures de marche, look qui cartonne à tous les coups, si l'on a de jolies jambes. Ce qui est son cas.

Claire et elle, les deux nouvelles venues, se sont instinctivement partagé le territoire, se plaçant chacune à un bout de la pièce. Claire se charge de conquérir les hommes, et raconte à Peter et à Miles un film iranien qui fait fureur à Londres. Elle ignore encore à quel point le cinéma est un sujet de conversation inepte, dans ce pays. Ça ne l'empêche pas de retenir toute leur attention, vu l'attrait de la nouveauté. Linda, plus courageuse, a décidé de nous tester, Nena, Nicole et moi.

« J'aimerais m'installer ici quelque temps, dit-elle sur un ton languissant.

— Quelle merveilleuse idée », répond Nena avec un considérable manque d'enthousiasme. Elle est affalée sur le sofa à côté de Nicole, qui est en train de rouler un joint. Je remarque dans sa voix un peu de mauvaise grâce, celle qu'on manifeste toujours ici lorsqu'on doit consacrer du temps à quelqu'un que l'on ne reverra probablement jamais.

« J'ai ce projet de reportage photo sur les femmes. J'en ai parlé avec mon éditeur new-yorkais et…

— Sur les femmes ? Quel genre de femmes ? demande Nicole distraitement, fixant son attention sur le papier à rouler.

— Sur les femmes et l'excision. Je crois que le terme approprié serait la clitoridectomie, non ?

— Oh, je n'en sais trop rien. » Nicole allume son joint et se met à tousser. « Nena, il y a une différence entre l'excision et la clitoridectomie ?

— Ouais. » Nena tend la main pour saisir le joint. « Je crois que l'excision, c'est quand on te coupe le clitoris et que la clitoridectomie c'est quand on te le coud.

— Quoi qu'il en soit…, interrompt Linda. En Amérique on appelle ça les MGF, mutilations génitales des femmes. »

Elle précise ce dernier point comme si nous étions des éditeurs en vogue qu'elle voudrait convaincre de lui accorder une avance.

Nicole se met davantage à l'aise sur le canapé, et pose ses jambes sur celles de Nena.

« Eh bien, ça devrait pas être trop difficile. Ça se pratique beaucoup dans la région. Les Massaïs, les Samburus, les Rendilles, peut-être même encore les Kikuyus. Ils le font toujours, vous savez. »

Je passe le joint à Linda.

« Vous en voulez ?

— Non merci, je ne fume pas.

— Il y a cette Française qui est venue, il y a deux ou trois ans. Comment elle s'appelait déjà, Nicole ? demande Nena.

— Sabine ?

— Oui, c'est ça. Sabine. Elle est venue et a bossé exactement sur votre sujet, l'excision et tout le tralala. Une femme formidable. Elle n'a pas gagné le prix Pulitzer ou un truc dans ce goût-là ?

— C'est ça. Sabine. Elle a gagné le prix Pulitzer, il me semble bien, dis-je.

— Oh. »

Linda a l'air découragée. Son sujet, à New York, avait dû paraître véritablement original.

« Vous savez, reprend-elle avec une pointe de méfiance, je n'en suis pas sûre à cent pour cent mais je crois que le prix Pulitzer est réservé aux citoyens américains. »

Nicole hausse les épaules et exhale un nuage de fumée épaisse.

« Je n'en sais rien. Peut-être bien que *sa mère* était américaine…

— Ou bien ce n'était pas le Pulitzer, interrompt Nena que cette conversation assomme déjà. En tout cas, ce qui est sûr, c'est qu'elle a gagné quelque chose.

— Un prix vraiment prestigieux. Je me souviens qu'on a même bu le champagne après, dis-je.

— C'était vraiment un livre merveilleux. Je crois que je dois en avoir un exemplaire. »

Nena va jusqu'à chercher pour de bon sur les rayons de la bibliothèque.

« Oui. Il faudrait vraiment que vous y jetiez un coup d'œil, je suis sûre que ça pourrait vous apporter beaucoup, dit Nicole.

— Oh, j'ai dû le prêter à quelqu'un qui ne me l'a jamais rendu.

— Ça ne fait rien », commente Linda. Son regard se pose sur nous trois. Nous planons complètement.

Nicole soupire, les yeux mi-clos.

« Sabine. C'était vraiment une femme extraordinaire.

— Ce serait chouette qu'elle revienne, ajoute Nena dans un bâillement. Elle était tellement marrante. »

À nouveau, un long silence. Linda fait cliqueter ses glaçons dans son verre vide et nous regarde en souriant et en se demandant si elle doit nous détester tout de suite ou bien nous laisser une chance de devenir plus aimables.

Le moment est venu de se mettre à table. Nena place ses hôtes avec diplomatie. Elle invite Linda à s'asseoir entre Ronald Bailey et Miles qui parlent des prostituées et des boîtes de Kinshasa. J'ai droit au scénariste de Hollywood, Kevin, qui me bombarde aussitôt de questions avec le zèle d'un rédacteur de *Vanity Fair*.

« Alors, comme ça, vous vivez ici ? »

Ça, c'est toujours la première question. Viennent ensuite : « Combien de temps avez-vous vécu ici ? » (pour connaître votre ancienneté) ; « Que faites-vous dans la vie ? » (votre degré d'importance) ; « Habitez-vous seule ? » (histoire de voir si la voie est libre). Je réponds sans rechigner, je connais la routine par cœur depuis longtemps.

Claire est assise entre Peter et le sublime coopérant danois.

« De la peau d'impala ? demande Peter avec incrédulité.

— Oui. Il faut découper la peau en bandes et l'appliquer sur la crevaison. C'est comme de la colle », précise le Danois avec un fort accent. Et il s'y connaît en la matière : il est venu d'Éthiopie en moto.

« Ça m'a l'air formidable. L'odeur est la seule chose qui m'inquiète, dit Peter avec un sourire condescendant.

— On ne peut pas l'éviter. C'est quand ça pourrit que ça colle. Je vous jure que c'est efficace. » Le jeune dieu viking verse du vin à Claire, faisant tourner la bouteille comme un serveur expérimenté. Elle semble requinquée par le vin et l'exaltation.

« Mais où est-ce que vous trouvez la peau d'impala ? Vous l'achetez ? »

Peter et le Danois éclatent de rire. Ils trouvent sa naïveté irrésistible.

« Tout d'abord, il faut tuer l'impala et le dépouiller. Ensuite, découper la peau en bandes et les appliquer sur la crevaison. » Il y a dans le ton du Danois quelque chose de menaçant. Je me l'imagine bien, une fois rentré dans son pays, dépouiller des vaches avec son canif suisse dès qu'il aura un pneu crevé.

« Ce n'est pas rien, objecte Peter. Je m'en tiendrais plutôt aux rustines. »

Claire éclate de rire, renversant légèrement la tête en arrière. Elle aime flirter, et comment pourrait-elle s'en empêcher, entre deux voisins pareils ?

Tandis qu'elle boit une autre gorgée de vin, je réalise à quel point elle saura s'adapter au lieu. Il est clair qu'elle a tout de suite compris quel ressort commandait secrètement notre univers : la tension sexuelle. Non seulement ça lui plaît, mais elle sait s'y prendre.

Nicole et moi échangeons un bref regard par-dessus la table. Elle est coincée entre Bailey (qui raconte à Miles à quoi ressemblait l'hôtel Métropole d'Accra au bon vieux temps) et Richard Fagen (qui expose à Nena sa théorie quant à la supériorité des chameaux sur les vaches dans la culture pastorale).

Elle se penche par-dessus la table et demande à Claire, dans un sourire :

« Dites-moi, Claire, qu'est-ce que vous avez l'intention de faire ici ? »

Claire se redresse, comme si elle venait d'être réprimandée par une maîtresse d'école, et se hâte de reprendre son air innocent.

« Eh bien, je pense que je pourrais commencer par explorer les environs. Hunter m'a prévenue qu'il me faudrait du temps pour comprendre comment tout marche ici. »

Je ne supporte pas de l'entendre prononcer ce prénom avec une telle familiarité.

« Ça me paraît raisonnable. Mais à vrai dire je crains que personne n'y soit encore parvenu.

— Ça, je m'en doute. » Claire rit de bon cœur. Redoutable, cette fille. « En tout cas, mon rêve serait de travailler à la sauvegarde des espèces menacées, ajoute-t-elle, adressant à Peter un sourire timide. *J'adore* les animaux. »

Pendant ce temps, le scénariste américain m'assomme de questions, ne me laissant pas le temps de souffler. Avant de rentrer au Serena Hotel, il lui faut dégoter quelque chose. Un truc qu'il puisse faxer à Hollywood dans la matinée, histoire de justifier son boulot ici.

« À votre avis, pourquoi le Kenya cultive-t-il depuis toujours cette tradition de... comment dire ? De décadence ? D'excentricité ? Ou plutôt de *romantisme* ? Je veux dire, tous ces gens extraordinaires qui sont venus s'installer ici... Pourquoi pas en Tanzanie ?

— Je ne...

— Précisément ! Pourquoi, à votre avis, la Tanzanie n'est pas aussi intéressante ? Du point de vue anthropologique, j'entends...

— À vrai dire, je n'en sais trop rien. Peut-être parce que... »

Il se contente de lancer des questions, sans se soucier d'écouter mes réponses.

« Vous voyez, le *romantisme*, c'est là la clé. C'est un genre de cocktail dont la recette est secrète. Bien sûr, il faut l'aventure, la lutte pour la survie et la conquête – mais ça, après tout, on le trouve dans la plupart des pays africains. Je crois que ce qui fait la particularité de cet endroit, c'est, ajoutée à tout ça, la présence de personnes si raffinées. D'où la décadence, et cette incroyable sensualité ! Vous n'êtes pas d'accord ?

— Je ne comprends pas très bien où vous voulez…

— Le romantisme ne vient pas du pays en soi, mais de la représentation que certaines personnes – certains intellectuels, devrait-on dire – comme Blixen ou Hemingway en ont donnée. Ils ont créé la mythologie du lieu en communiquant leur vision romanesque. Vous ne trouvez pas ?

— À vrai dire, je…

— Sinon… » Sa voix trahit à présent son impatience, et il me regarde comme si je l'avais vraiment exaspéré. « Sinon qu'est-ce qu'une personne comme vous viendrait faire dans un endroit pareil ? »

C'est Miles, pour finir, qui raccompagne Linda et Claire. Je plane trop pour conduire de nuit et décide donc de rester dormir dans la chambre d'ami. Nicole est la dernière à partir, après que nous avons bu un dernier whisky et fumé un dernier joint dans la cuisine avec Nena.

« Ça ne va pas durer, déclare Nena en secouant la tête. Je ne vous dis que ça. Elle n'a pas ce qu'il faut pour Hunter.

— Qu'est-ce que tu veux dire par là ? dis-je d'un ton plein d'espoir.

— Elle est trop petite fille, trop naïve. Il va s'ennuyer avec elle.

— Mais non, c'est justement ce qu'il aime chez elle. Il adore taquiner les femmes. Ça l'excite.

— En tout cas, elle n'est pas bête », dit Nicole, assise sur la table de la cuisine, toujours fraîche et sexy après six joints, trois gin-tonics, une bouteille de vin et un demi-gramme de mauvaise coke.

« J'ai discuté avec elle. Désolée d'avoir à te le dire, mais elle est plutôt marrante. »

Je la regarde avec incrédulité.

« *Marrante ?* »

Sexy, passe encore. Voire intelligente. Mais marrante, ça, ça me tue.

Nicole descend de la table.

« Bon, les filles, il est temps que je parte. Esmé, tu passes à la maison, demain matin, en rentrant chez toi ? On pourrait prendre le café ensemble. »

À la porte, elle me glisse à l'oreille : « Je t'en prie, ma chérie, retrouve ton sens de l'humour.

— J'ai juste envie qu'elle crève. »

Elle me fait la bise et me souhaite une bonne nuit. En chancelant, je me dirige vers la chambre d'ami. Je sombre dans l'oubli, puis je l'entends démarrer et s'éloigner dans la nuit, conduisant avec autant d'assurance qu'en plein jour.

Les cris des enfants de Nena, qui jouent dans la chambre voisine, me réveillent à sept heures. J'ai une gueule de bois carabinée. Il bruine et il fait frais. Nous sommes en juillet, l'hiver africain.

Étendue sur mon lit, j'écoute les bruits de la maison. À l'étage, quelqu'un prend une douche ; Juma met la table pour le petit déjeuner.

Je repense au dîner d'hier soir et j'essaie de comprendre pourquoi je m'y suis sentie mal de bout en bout. Ce n'est pas à cause de Claire. C'est à cause de moi. Il y a désormais en moi quelque chose qui me déplaît profondément, et dont je ne me rends compte que maintenant. Je suis devenue amère.

J'en voudrai toujours à Fernandino de m'avoir légué sa capacité de disséquer les gens, de les épingler avec l'insensibilité d'un entomologiste. Mon père avait cependant ses contradictions : il disait attendre le meilleur de chacun mais se contentait de moins que ça afin de ne pas être seul. Ainsi, démolir les gens ne l'empêchait pas d'avoir envie de dîner avec eux le même soir. Sa faiblesse, c'était qu'il lui fallait toujours un public.

Si lui était capable de compenser son cynisme par la poésie, moi, pauvre idiote, j'avais juste appris à singer sa cruauté sans rien pouvoir offrir en contrepartie. À présent, tous mes joujoux cassés gisent sur le sol et me voilà seule, sans ressource. Je voudrais pouvoir retrouver mon ancien état d'esprit ; on ne m'a malheureusement pas laissé le mode d'emploi.

Les enfants ouvrent la porte et se précipitent dans la pièce.

« Regarde, Esmé, on a un lapin !

— Oh, montrez-le-moi… venez, apportez-le ici. »

Toby et Natacha grimpent sur mon lit, suivis par le chien. Ils tiennent le lapin dans leurs minuscules mains.

« Vous lui avez donné un nom ?

— Ginger, dit Natacha. Tiens, tu veux le prendre ?

— Bien sûr, merci. Oh, comme il est doux !

— Si tu veux, tu peux le tenir par les oreilles », ajoute Toby, avant de me faire une démonstration.

Ils me regardent sérieusement tout en tenant le lapin, ces deux petits anges sales et à moitié nus, couverts de coups de soleil.

« Allez, venez. On va tous se mettre sous les couvertures, il fait tellement froid. Il y a de la place pour tous… Je suis sûre que ça va plaire à Ginger. »

J'arrive à leur faire imaginer que nous sommes sous une tente, dans la brousse. Nous nous blottissons sous les couvertures, chien et lapin compris. Je les embrasse, les serre contre moi et respire la tiédeur de leurs petits corps encore engourdis de sommeil. Ils gloussent et donnent des petits coups de pied. Je sens leurs jambes et leurs bras potelés contre mon corps ; enfin, je cesse d'avoir froid, mais mes yeux sont remplis de larmes.

Je continue de pleurer pendant le petit déjeuner. Il m'est impossible de contenir mes larmes : elles coulent sans trêve sur ma tartine beurrée. Je ne sanglote pas ; je ne fais pas de bruit, je pleure en silence et, j'espère, avec dignité. Nena m'observe sans rien dire et n'arrête pas de me tendre le beurre, le café, le sucre, et d'autres tartines. Toby et Natacha me regardent, pétrifiés, tandis que le lapin bondit gaiement sur la table. Même Juma, en voyant mon état, se met à soupirer. Dieu merci, Peter est déjà parti au bureau.

Nena me tend une serviette en papier.

« Pourquoi elle pleure ? demande Natacha dans un murmure effrayé.

— Chut… Maintenant toi et Toby vous allez emmener Ginger faire une petite balade dans le jardin… Mettez vos chaussures… Allez, dépêchez-vous. »

Les enfants ne me quittent pas des yeux. Toby attrape le lapin.

« Tu veux le prendre dans tes bras ?

— Non merci, mon trésor, tout va bien… » Je me mouche. « Sors jouer avec lui. »

Nena et moi restons silencieuses. Elle ne me demandera rien et c'est sa manière à elle de me faire comprendre qu'elle est au courant de tout.

« On ne peut pas éternellement combattre la douleur, tu sais, lui dis-je au bout d'un petit moment. Il y a toujours un temps où il faut s'avouer vaincu… »

Elle hoche la tête et sourit mystérieusement en regardant par la fenêtre.

À croire qu'elle sait exactement de quoi je parle. Et pourquoi pas, après tout ? Elle, la belle Nena qui a de beaux enfants, une charmante maison, un mari merveilleux. Nena qui, présumons-nous, n'a jamais l'ombre d'un coup de cafard.

Autour de moi, tout semble changé. Autrefois, ce pays me paraissait le lieu le plus proche du paradis. Il faudrait que je fasse un effort, que je tente de me souvenir de ce temps-là. C'est ce que je ne cesse de me répéter en roulant vers chez moi, sous la bruine.

Et puis, soudain, il me paraît vain de me rappeler quoi que ce soit. On trouve le bonheur si fade, si peu digne d'être décrit, dès que l'on commence à souffrir.

6

Lorsque je suis retournée en Afrique pour vivre avec Adam, j'ai été stupéfaite de découvrir la fascination que pouvait exercer le monde des objets inanimés, et la satisfaction que pouvait procurer le fait de le maîtriser.

En Europe, je n'avais jamais prêté la moindre attention aux mécanismes physiques nécessaires à la vie quotidienne. Comprendre comment fonctionnait une chasse d'eau ne m'avait jamais effleuré l'esprit. Quant à l'itinéraire secret qu'empruntait une conduite de gaz, et ce à quoi servaient vraiment les bougies du moteur…

Je ne m'étais jamais penchée sur la nature intrinsèque de ces objets. Je ne voyais pas le rapport entre une vis et un fil électrique, entre un ressort et un levier, entre un fusible et une étincelle. La vie intérieure de toutes ces choses était pour moi aussi abstraite que la peinture cubiste. Ça marchait, un point c'est tout, et quand ça cessait d'être le cas on les faisait réparer chez des spécialistes très cher payés ou on les jetait pour les remplacer par d'autres.

Dès mon arrivée au Kenya, je sus qu'il était inconcevable de faire de même. L'Afrique est la patrie de la vie mécanique : pour y survivre, il faut être capable de contrôler tous les rouages permettant de se rendre d'un point A à un point B. Si le moindre petit truc vous lâche, il faut savoir le remettre en place. Ici, le mot « pièce de rechange » jouit du même prestige que le mot « caviar ».

Oubliez le progrès. Ici, tout est question d'entretien.

Votre tâche quotidienne consiste à maintenir les choses dans l'état où elles sont, à barrer la route à la dégradation. Il vous faut protéger les poutres des termites, la carrosserie de votre véhicule de la rouille, votre peau du soleil ; et prendre garde que rien ne pourrisse, ne se fende ou ne tombe en morceaux.

Réparer les choses : c'est à cela qu'on consacre la plus grande partie de son temps et de son énergie – à éviter de se retrouver bloqué. Lorsque je m'en rendis compte, la panique s'empara de moi. J'étais complètement en dehors du coup, et, une fois de plus, mes capacités intellectuelles ne me seraient d'aucun secours. En d'autres termes, j'étais coincée là et je dépendais entièrement d'Adam.

Pour commencer, je ne savais même pas conduire sa voiture. La vieille Landcruiser Toyota me faisait l'effet d'un chien gigantesque et hostile, prêt à me grogner à la figure dès que son maître aurait le dos tourné. La simple éventualité de crever et d'être obligée de changer un pneu me donnait des sueurs froides. Elle me semblait trop énorme, trop imposante, trop masculine pour que je parvienne un jour à la maîtriser.

C'est alors que je me mis à me demander quel genre de femmes habitait ce pays. Si je pouvais seulement les repérer et observer leur comportement, peut-être pourrais-je suivre leur exemple.

Lorsqu'il m'arrivait d'accompagner Adam à la quincaillerie de Karen, je le voyais saluer et embrasser les Blanches du coin. Accoudés au comptoir, rapprochant leurs visages, ils discutaient clés, boulons et tuyaux. Je me sentais timide et mal à l'aise. En tant que nouvelle venue, je préférais rester en retrait. Je sais que tout en moi désignait la novice. Les filles, dans la boutique, me jaugeaient tandis que je les détaillais avec un intérêt égal : après tout, ce seraient elles, mes modèles. La plupart étaient de robustes cow-girls du Kenya : shorts informes, jambes épaisses et pas une miette de maquillage. La perspective de finir avec la même allure hommasse ne me tentait guère mais, chose étonnante, je souhaitais quand même les imiter tant était grande ma soif d'apprendre.

Je découvris bientôt qu'il existait une autre sorte de femmes. J'en repérai deux à la quincaillerie. Elles étaient incroyablement séduisantes, portaient des bracelets d'argent éthiopiens, des robes de soie achetées dans les fripes et des sandales. Elles avaient un rire rauque et un humour cassant. Ces femmes causaient avec Adam de drainage et de clôtures électrifiées, tout en repoussant d'une main ferme des clous de la mauvaise taille. Elles choisissaient des planches en parlant couramment le ki-swahili. Elles faisaient leurs emplettes avec la même distinction que si elles avaient déjeuné avec une star du rock dans un restaurant chic. Je les trouvais terriblement sexy et décidai de me mettre moi aussi à la langue du pays. Il s'agissait, bien entendu, de Nicole et de Nena.

Dès le début, il n'y eut, entre nous aucune trace d'hostilité. Un coup d'œil nous suffit pour comprendre que nous étions de la même espèce : nous appartenions à cette tribu de femmes dont la présence en Afrique relevait du hasard. Nous n'avions aucune prédisposition pour ce genre d'existence.

« Vous êtes peintre ? demandai-je à Nicole en désignant les châssis que des hommes chargeaient sur le toit de sa voiture, dans le parking.

— Oui, répondit-elle en souriant, avant de me regarder avec attention. Passez me rendre visite, un de ces quatre. Demandez à Adam de vous indiquer où est ma maison. »

Ça me faisait plaisir qu'elle m'ait invitée seule, ne laissant à Adam que le soin de me conduire jusqu'à elle. Nena sourit à son tour, et je constatai qu'elle portait un rouge à lèvres très sombre, assorti à son vernis à ongles – « Rouge Noir » de Chanel. Oh, non, ces deux-là n'étaient pas larguées pour un sou.

« Vous allez rester un peu ? demanda Nena. Nous désespérons de nous faire de nouveaux amis. »

Elles ne semblaient pas le moins du monde désespérées, mais j'étais contente de savoir qu'elles pourraient apprécier ma compagnie.

Un mois s'était écoulé depuis mon retour au Kenya, et j'avais consacré la majeure partie de mon temps à suivre Adam dans ses déplacements et à tenter d'imaginer ma nouvelle vie. Je commençais tout juste à perdre espoir, et cette rencontre fut par conséquent décisive. Ces deux femmes-là étaient les premiers spécimens de ma race que je croisais. Je songeai que, si elles étaient parvenues à survivre au climat et aux épreuves, je pourrais sans aucun doute en faire autant. Je les suivis des yeux tandis qu'elles grimpaient dans le 4 × 4 cabossé et manœuvraient habilement en marche arrière pour sortir du parking.

Oui, j'allais rester et apprendre à leur ressembler.

Il y a une chose qu'il est impossible de ne pas remarquer chez les Blancs installés au Kenya, c'est la manière dont tous travaillent en permanence à leur « pedigree africain », tout en prenant garde à ne laisser deviner à personne les efforts qu'ils font pour améliorer leurs aptitudes. C'est le secret, ici : ça doit avoir l'air inscrit dans vos gènes. Tout ce que vous faites, il faut que vous donniez l'impression de l'avoir fait toute votre vie, qu'il s'agisse de parler couramment massaï, de tuer des oiseaux au lance-pierre ou de capturer un rhinocéros au lasso.

Quand j'ai débarqué ici, tout le monde avait l'air de parfaitement tenir son rôle : la bonne voiture, la garde-robe adaptée, le goût de l'aventure. J'aurais juré que tout était authentique : le romantisme paraissait congénital, le style inné. On aurait dit que les acteurs n'avaient pas conscience de leur glamour, et que seul un observateur étranger était en mesure de le détecter.

« J'imagine qu'on pourrait dire que nous sommes des otages, dans ce pays », me déclara Nicole, lorsque je lui rendis visite pour la première fois. Puis, haussant les épaules : « Otages de la beauté. »

Nous étions en train de prendre le thé sur sa véranda encombrée de pinceaux, de pots de peinture, de fougères en pots suspendues aux chevrons. Une odeur de feu de bois flottait dans l'air, et le lieu dégageait une poétique atmosphère de bohème : les toiles appuyées au mur, les unes sur les autres ; un vieux kilim aux couleurs passées... Nous buvions du thé au gingembre dans des petites tasses ébréchées.

« Qu'est-ce que tu veux dire par là ?

— Je veux dire qu'on est tous coincés là, parce que cet endroit nous donne de la classe. Nulle part au monde on ne peut vivre et se distraire comme nous avec aussi peu d'argent. » Du doigt, elle désigna son boy, penché sur un parterre de fleurs. « On a des domestiques, on ne paie pas d'impôts, on va à des tas de dîners et, le week-end, on joue les explorateurs. Nous respirons la santé, nous sommes bronzés toute l'année et, quand les choses ne se passent pas comme on le voudrait, on peut toujours mettre ça sur le dos des Africains. C'est un plan du tonnerre !

— Oui, d'accord, mais je suppose que ce n'est pas aussi simple que ça ?

— Non, bien sûr. Mais, comme le dit si bien Hunter, les gens qui vivent ici sont des spécialistes du montage. Tu sais, l'opération qui consiste à couper tous les plans ratés et à ne garder que les prises réussies. Et je trouve qu'il a entièrement raison.

— Qui c'est, Hunter ?

— Hunter Reed… Il est journaliste à l'*Independent*. Il est né ici mais il vient juste de revenir d'Angleterre en tant que correspondant pour l'Afrique de l'Est. Il faut que tu le rencontres, il va vraiment te plaire. C'est un cerveau. Ce qui ne se rencontre pas à tous les coins de rue ici, si tu vois ce que je veux dire. »

Cette conversation me troubla. Je ne me sentais pas encore prête à me demander pourquoi les Blancs d'ici vivaient dans un tel déni de la réalité. J'étais surprise que Nicole ait pris le temps de se pencher sur la question : c'était précisément pour éviter les analyses intellectuelles que j'étais venue ici, et je m'étais naïvement attendue qu'il en soit de même pour tout le monde.

Cette nuit-là, je m'agrippai frénétiquement au corps d'Adam. Il me faisait l'effet d'être fort et solide comme un arbre. Non, ce n'était pas d'un cerveau impressionnant que j'avais besoin, mais de quelque chose d'infiniment plus simple : le moyen de creuser mon trou dans ce sol et d'y plonger mes jeunes racines, de manière qu'elles s'étendent suffisamment et me lient à cette riche terre africaine.

Le camp d'Adam était tout ce qu'il y a de plus luxueux. Pour l'approvisionner en vivres et mettre à la disposition des clients confort, toilettes et douches chaudes, il fallait s'y prendre longtemps à l'avance et ça coûtait très cher. Si vous voulez des glaçons dans le gin-tonic que vous buvez au coucher du soleil, il vous faut payer tout le boulot que ça implique.

Adam dirigeait un bureau, en ville, où tout était organisé par une équipe peu nombreuse mais très efficace. Ses membres se chargeaient des réservations, des fournitures et de tous les pépins qui pouvaient surgir inopinément en brousse. La radio crépitait en permanence, tandis que les gars du camp dressaient la liste de leurs besoins hebdomadaires : une nouvelle tête de Delco pour la Toyota, des tasses à café, de la lessive, des lampes tempête, de la cire, des allumettes, de la corde, des serviettes, de l'argenterie et Dieu sait quoi d'autre.

Adam allait chercher ses clients à l'aéroport, les déposait à l'hôtel Norfolk, où ils se remettaient du décalage horaire, et le lendemain il les conduisait au camp. Celui-ci changeait d'emplacement en fonction de la saison et des exigences des clients. Il avait quant à lui une prédilection pour le Nord et la rivière Ewaso Nyiro, là où vit l'ethnie samburu.

Sa clientèle était en majeure partie composée d'Américains pleins aux as. Dès leur descente d'avion, ils avaient l'air extraits du même moule, avec leurs chapeaux ridicules, leurs bracelets-montres en or et leurs lunettes de soleil signées. Les femmes avaient l'expression féroce de la blonde décolorée qui ne supporte pas de vieillir, le regard glacial de la jeune maîtresse ou celui, haineux, de l'épouse aigrie. Les hommes, eux, avaient les tempes grisonnantes et commençaient à prendre de la bedaine et à perdre de leur pouvoir. Pour impressionner les autres, il ne leur restait plus que leur argent, et c'est ainsi qu'ils s'offraient des vacances très, très chères.

Les clients de ce type étaient en général originaires du Middle West ou du sud des États-Unis, avaient un accent nasal et s'entêtaient à s'adresser au Samburu en anglais sans considérer une seconde la possibilité que des êtres humains, sur cette planète, puissent ne pas parler la même langue qu'eux. Ils étaient exigeants et se montraient irritables si l'organisation n'était pas digne d'un hôtel cinq étoiles. Ils n'avaient vraiment rien pour plaire.

On trouvait aussi des couples plus jeunes. Des producteurs de disques ou de cinéma californiens, des agents de change de New York ou des rois de l'immobilier de Miami. Ceux-là avaient bâti leur fortune dans les années quatre-vingt, avaient sniffé des tonnes de coke bolivienne et étaient en pleine reconversion new-age. Ils avaient cessé de fumer, de boire, de prendre des drogues, et l'entretien de leur corps était devenu pour eux une véritable religion. Leurs petites copines étaient en général au bord de l'anorexie, trimballaient dans leurs sacs Prada du maquillage très cher, étaient décidées à ne pas exposer leur peau blanche au soleil pour éviter tout risque de cancer, et gardaient sur leur table de nuit le dernier best-seller new-age en date.

Cette dernière catégorie de clientèle était, de toute évidence, atteinte du syndrome de l'Occidental en mal d'aventure. Les petites amies étaient toujours agréablement surprises quand Adam les accueillait à l'aéroport. Il était tellement plus séduisant qu'elles ne se l'étaient imaginé : cela donnait du piment au voyage.

Je les voyais venir, dès qu'elles avaient mis un pied dans le camp. Au bout de quarante-huit heures, elles ignoraient déjà royalement leur petit copain et se mettaient à bombarder Adam de questions :

« Quel genre de serpents trouve-t-on dans les parages ? Est-ce que leur morsure est mortelle ? Il y a des Massaïs dans le coin ? Des Samburus ? Est-ce que vous parlez leur langue ? »

Lorsque Adam me présentait comme sa petite amie, je voyais dans leurs yeux une ombre de déception tandis qu'elles me serraient la main.

Nous dînions tous ensemble au mess, après avoir bu quelques verres autour du feu. Au bout de trois ou quatre jours, les clients laissaient tomber l'eau minérale et se mettaient à picoler, ce qui avait pour effet – pas toujours convaincant – de leur faire perdre une partie de leurs inhibitions.

En général, à ce stade-là, les femmes flirtaient déjà ouvertement avec Adam. À leurs yeux, il était devenu l'homme le plus sexy qu'elles aient vu en dehors des stars de Hollywood. Il leur avait expliqué que faire si – ce qui était peu probable – un éléphant tentait de les charger, leur avait assuré qu'il était techniquement impossible qu'un lion les attaque pendant qu'elles étaient dans la voiture, leur avait patiemment précisé quels serpents étaient dangereux et comment empêcher que leur venin ne se répande dans le sang.

Jusque-là, leurs petits copains ou époux s'étaient chargés de nombre d'aspects essentiels de leur existence : leur position sociale, leur compte en banque, la décoration de leur nouvelle demeure. Mais, à présent, ce beau jeune homme était chargé de leur survie.

Et ça, c'était vraiment excitant. L'Afrique incarnait le danger, les ténèbres, la confrontation possible avec la mort. Et, comme nul ne l'ignore, il n'y a rien de plus érotique que la peur.

En fait, personne n'était mieux placé que moi pour le savoir : j'avais succombé à la virilité d'Adam bien avant ces femmes, mais j'aimais à croire que je l'avais fait avec plus de classe.

« Le rugissement de ce lion, aujourd'hui… Oh, mon Dieu… je n'oublierai jamais ça ! » soupirait la beauté anorexique en remuant les glaçons dans son verre et en levant les yeux vers Adam en quête d'un signe de confirmation cosmique. « Je me suis dit… Ouah !… c'est vraiment puissant… quand on entend ce bruit, on réalise qu'on est vraiment peu de chose sur cette planète… vous voyez ce que je veux dire ? »

Les hommes, alors, boudaient déjà depuis un bout de temps. Ce n'était pas exactement ce qu'ils avaient en tête lorsqu'ils avaient décidé d'emmener Beauté faire un safari en Afrique. Leur idée était de se donner à eux-mêmes l'air romantique, macho et séduisant. Au lieu de quoi ils se rendaient compte qu'ils avaient déboursé des sommes astronomiques pour que ce type les fasse paraître complètement fadasses.

« Mais comment vous arrivez à vivre ici ? » me demanda un matin un ex-cocaïnomane de New York, qui vivait désormais une vie plus saine et plus aisée à Los Angeles.

Il était très tôt, et nous étions tous deux seuls à table dans le mess. Il avait préféré sauter le safari matinal et rester travailler sur son ordinateur portable. Sans doute avait-il besoin de retrouver son autorité en opposant à la nature la Bourse de Hongkong. Il était agressif et visiblement de mauvaise humeur. Plus tôt, je l'avais vu s'engouffrer un petit déjeuner gargantuesque. Je crois qu'il ne s'envoyait pas autant en l'air qu'il l'aurait voulu.

« Je veux dire, Adam est né ici, je comprends donc qu'il se sente chez lui… Mais vous, qu'est-ce que vous fichez dans un trou pareil ? Moi, je deviendrais fou à lier si je devais passer autant de temps loin de la ville.

— Je suppose que j'en avais assez de vivre dans une ville », répliquai-je d'un ton sec.

Juste au-dessous de nous, le fleuve décrivait un coude. Je gardais les yeux rivés sur la rive opposée, où un grand crocodile faisait penser à une sculpture de boue. Je le lui désignai. Il plissa les yeux et approuva vaguement. Il n'allait certainement pas m'accorder la satisfaction de manifester le moindre intérêt pour la faune. Il se retourna vers son écran à cristaux liquides et pianota quelques secondes sur son clavier.

« Vous savez, tout ça, ça n'existe pas. Ce n'est qu'une gigantesque hallucination. »

Je ne daignai pas répondre. Il me cassait déjà tellement les pieds que j'avais envie de hurler.

« C'est un genre de Disneyland, ça n'a aucun rapport avec la réalité. On a laissé la nature prendre le dessus parce qu'on peut soutirer du fric aux gens sous prétexte de leur montrer à quoi ressemblait la planète il y a des milliers d'années, quand on devait chasser, lutter pour la survie et tout le tralala. À la seconde où ça cessera d'être rentable, on fichera tout en l'air, comme partout ailleurs dans le monde. »

Je saisis les jumelles et fis mine de scruter la rivière, à la recherche d'autres animaux.

« Au Nigeria, par exemple, ils n'ont pas besoin de la nature, et vous savez pourquoi ? Parce que, là-bas, ils ont du pétrole. Des quantités… », ajouta-t-il dans un ricanement.

Il montra du doigt l'écran de son ordinateur comme pour me rappeler l'importance des transactions financières se déroulant à Lagos au même moment, alors que nous perdions notre temps à observer des crocodiles embourbés.

« Vous vivez dans un musée, vous vous en rendez compte ?

— À vrai dire, je vous trouve plutôt ptolémaïque.

— Pardon ?

— Vous savez, avant Galilée, on croyait au système ptolémaïque, autrement dit que la Terre constituait le centre immuable de l'Univers. »

Il me jeta un regard soupçonneux. Il ne saisissait pas encore, mais ça ne lui plaisait pas d'être ainsi catalogué, je le voyais bien.

« En d'autres termes, pourquoi est-ce toujours à l'Occident de déterminer ce qui est réel et ce qui ne l'est pas ? » demandai-je.

Il secoua la tête, comme si j'étais complètement à côté de la plaque.

« Hé ! réveillez-vous, les gars ! On est à la fin du millénaire !

— Et alors ? » Je n'avais pas du tout apprécié qu'il m'appelle « les gars ».

« Et alors, pas besoin d'être un Prix Nobel pour comprendre que l'avenir ne tend pas vers cette partie de la planète. Si j'étais à votre place, ça ne me plairait pas de rester à la traîne.

— Et que feriez-vous donc si vous étiez à ma place ? » lui demandai-je en allumant ma première cigarette de la journée. Je savais qu'il trouvait dégoûtant qu'on fume si tôt et rejetai donc, à dessein, la fumée vers l'écran de son ordinateur.

« Eh bien, je profiterais de la merveilleuse technologie que fabrique l'Occident… Il y a tout un univers là-dedans et, croyez-moi, c'est sacrément fascinant !

— J'imagine, fis-je d'un ton sceptique.

— Et, de plus, reprit-il d'un ton menaçant, me regardant droit dans les yeux, vous êtes une femme intelligente et sexy. À votre place, je ficherais le camp d'ici vite fait et j'arrêterais de me demander comment s'appelle tel ou tel oiseau. »

Je ne connaissais pas le nom des oiseaux. Je ne connaissais le nom de rien et j'étais aussi effrayée, face aux bêtes féroces, que les beautés anorexiques. Tout comme elles, j'ignorais tout de leurs habitudes et de leurs comportements.

Et je n'arrivais toujours pas à me faire aux clients. Leur présence m'irritait parce qu'elle me rappelait tout ce que j'avais fui. Leurs regards inquisiteurs et leurs questions indiscrètes me mettaient mal à l'aise et troublaient la vision que j'avais du paysage. Ils me faisaient l'effet d'agents secrets dont la mission était de me passer les menottes et de me ramener chez moi.

Il y avait des exceptions, bien entendu. Des gens que vous pensiez avoir percés à jour à la seconde où ils étaient sortis de la voiture avec leurs bagages de marque et qui, en fait, vous réservaient des surprises.

Tara avait entre quarante-cinq et cinquante ans. Les cheveux blond platine, elle portait des vêtements voyants, de faux ongles peints d'un vernis argent et un chapeau texan. On aurait dit une riche tapineuse de Las Vegas. Adam et moi n'arrivions pas à nous imaginer ce qu'elle venait faire, seule, dans ce safari. Elle semblait détester la brousse, sursautait au moindre bruit, se mettait à hurler dès qu'elle voyait un insecte, se plaignait quand elle se cassait un ongle et se baladait dans le camp en hauts talons. Je n'arrêtais pas d'émettre des hypothèses à son sujet.

Fuyait-elle quelqu'un ? Était-ce une espionne ? Un transsexuel ? C'était quoi, son secret ?

« Je travaille dans l'industrie du cinéma, mon chou, me confia-t-elle, lorsque j'eus enfin le courage de lui poser la question, je m'occupe d'animaux exotiques. Je suis dresseuse, et ma spécialité c'est les félins. Tous les lions ou les tigres que vous voyez dans des films, ils sont à moi.

— *Des tigres ?*

— De Sibérie, du Bengale. Là-bas, chez moi, je dors avec quatre d'entre eux. Je me suis dit qu'il était temps que je vienne en Afrique pour voir à quoi ils ressemblent en liberté. »

Tout s'expliquait : il émanait d'elle cette flamboyante atmosphère de cirque caractéristique des femmes qui aiment les félins.

Tara savait tout ce qu'il y avait à savoir sur les fauves. Elle savait soigner leurs problèmes de peau, les débarrasser de la vermine, pallier leur manque de vitamines. Quand elle repérait un lion ou un guépard lors d'un safari, elle demandait à Adam de s'approcher le plus près possible avec la voiture et se mettait à lui murmurer des choses dans une langue incompréhensible. Chaque fois, les animaux tournaient la tête et l'écoutaient, comme hypnotisés. On aurait dit qu'ils la reconnaissaient.

« C'est quoi, ces sons que vous faites ? C'est un langage qu'ils comprennent ? lui demandait Adam.

— C'est un secret, répondait-elle avec un sourire énigmatique. Je ne peux pas me permettre de vous le révéler comme ça. »

Il était clair qu'elle aurait osé les toucher, son absence de peur était totale. Et, à côté d'une bête fauve, son allure extravagante subissait une inexplicable transformation. En dépit du mauvais goût de sa tenue, elle avait soudain l'air d'une reine. Adam lui demanda ce qui l'avait décidée à devenir dresseuse.

« Disons que je vois les choses comme ça, mon chou : ces temps-ci, là où je vis, tu cours chaque jour le risque de te prendre une balle dans la tête. Je préfère être tuée par une bête fauve superbe plutôt que de me faire éclater la cervelle par un taré défoncé au crack. C'est beaucoup plus sexy, comme façon de mourir. »

Qui aurait pu la contredire ?

En dehors de ces quelques exceptions, quand Adam partait en expédition avec les clients, je préférais ne pas être de la partie et aller me promener au bord de la rivière ou me balader dans la montagne, escortée par deux des *askari* sambourus employés au camp.

Lenjo marchait toujours en tête, tenant sa longue lance et son *rungu*, cette courte massue sculptée dans le bois d'olivier que tout Samburu porte constamment sur lui. Diani, à peine adolescent, marchait derrière moi. Je gardais les yeux rivés sur le dos de Lenjo : sa longue chevelure tressée et enduite de graisse de vache et d'ocre rouge se balançait au rythme de ses pas ; sa *shuka* rouge, nouée sur l'épaule comme une toge romaine, claquait au vent ; ses jambes incroyablement longues et minces semblaient toucher terre avec la légèreté d'une plume. C'était un Morane, un guerrier. Quant à Diani, il lui faudrait attendre d'être circoncis pour entrer dans le groupe des Moranes. Il avait encore les cheveux courts, ses oreilles n'étaient pas percées, et il ne portait pas les perles multicolores qui ornaient la peau sombre de Lenjo.

Nous marchions en silence, nous contentant d'écouter les bruits de la brousse et de sentir l'air frais du matin caresser nos bras et nos jambes. Lenjo s'arrêtait parfois pour observer la nature. Je voyais son regard fouiller la brousse, devant nous. Chaque fois il y avait un moment de suspense, au cours duquel je retenais mon souffle, me demandant ce qui allait suivre. Puis je me retournais pour voir l'expression de Diani et le trouvais invariablement en train de mâcher une brindille d'un air décontracté, appuyé sur sa lance.

Ndovu – « Éléphant » –, annonçait calmement Lenjo au bout d'un long silence, pointant un doigt vers la vallée, juste au-dessous de nous. On entendait à peine un bruit de branches brisées, tandis qu'au cœur de la brousse les arbres ployaient.

Oui, c'étaient bien eux. De gros éléphants aux énormes défenses. Un, deux, trois – jusqu'à vingt, parfois. Nous restions là, à les observer, sans un bruit. Lenjo et Diani commentaient en samburu la taille des animaux. Lenjo, qui avait quelques notions d'anglais, désignait une vague tache marron, entre les arbres, avant de préciser avec satisfaction « *Very very big one* ».

Il aimait aussi me montrer les herbes et les plantes dont font usage les Samburus.

« Ça, très dangereux. Ça peut tuer éléphant. Tu mets ça sur flèche et en deux minutes toi fini », commentait-il au sujet d'une branche verte à l'air des plus anodins. Puis, m'indiquant une feuille argentée et soyeuse : « Ça, on appelle "morane" parce que les Moranes, quand ils dorment sous les étoiles, ils se couchent sur ces feuilles. Très très doux, comme couverture… Ça, si tu respires, ton rhume sera guéri… Ça, ça rend très très fort. Si tu fais bouillir l'écorce et tu la bois comme de la soupe, tu deviens très affamé et tu manges une grande chèvre, peut-être même deux… »

J'aimais leur manière de se vanter sans cesse : oui, quoi de plus facile, pour les deux jeunes guerriers, que de tuer un lion avec leur lance, que de voler une centaine de vaches à une tribu voisine, que de parcourir à pied cinquante kilomètres ou dévorer une chèvre en une seule nuit ? Rien n'était trop gros ou trop difficile pour un Morane.

Un guerrier samburu devait être courageux, c'est ce qu'on lui répétait depuis son plus jeune âge.

« Et si toi remuer un peu les orteils pendant la circoncision, dit Lenjo dans un sourire, c'est fini pour toi ! Ils t'appelleront lâche, et la honte est sur ta famille. C'est sûr. »

Diani et lui rirent de ma surprise. La circoncision constituait le sujet de conversation favori des jeunes Samburus.

« Toi dois être courageux et rester tranquille quand ils te coupent avec un couteau. Tout le monde regarde pour voir si tu remues les orteils… Alors toi, dois pas bouger, comme ça. »

Lenjo fermait les yeux comme s'il somnolait. Diani l'encourageait d'un signe de tête. Ils souriaient avec fierté une fois la démonstration achevée.

« *Mape*. Maintenant, on s'en va. »

Nous marchions sans parler et, de temps en temps, faisions halte pour nous asseoir en tailleur sur un gros rocher surplombant la plaine qui s'étendait à perte de vue. Nous demeurions ainsi, toujours silencieux, à écouter le souffle du vent, juste au-dessous de nous. J'aimais me remémorer ce calme lorsque j'étais en compagnie des autres, et ne pas être tentée de rompre le silence par des bavardages inutiles.

Lenjo parlait le premier, nous sortant de notre torpeur :

« *Malo*. »

De très grands *kudu*, commentait-il en désignant une tache minuscule, perdue dans le lointain. Diani et lui riaient en me voyant plisser les yeux.

J'aimais ces longues promenades.

Un lien très particulier s'instaure entre les hommes qui marchent ensemble dans la nature. Il leur faut bouger avec prudence, être prêts à parer à toute éventualité. Personne ne pouvait être plus éloigné de moi que ces deux jeunes guerriers, et pourtant, tandis que nous nous glissions sans un mot entre les hautes herbes, nous guettions les mêmes signes, tous nos sens en éveil. Dans le cas – peu probable – où quelque chose se produirait, nous serions tous trois menacés, que le danger prenne la forme d'un buffle surgissant des fourrés, d'un lion ou d'un cobra. Oui, les clients blasés avaient beau ne voir dans la nature qu'une grande hallucination collective, elle restait à mes yeux bien réelle.

Et les sensations qu'elle me procurait étaient si vives que toute la rage et la douleur que j'éprouvais à mon arrivée me paraissaient désormais appartenir à une autre vie. On aurait dit que la tranquillité de la nature était entrée en moi pour tuer l'inutile vacarme de ma peur.

Lenjo souriait toujours lorsque je lui demandais ce qu'il fallait faire si on tombait sur un lion.

« Les lions ont peur des hommes. Mais il ne faut pas montrer à eux ta peur, parce que animaux savoir. Toi toujours être brave et lion te fuir. Bien sûr. »

Comme nous ne croisâmes jamais de lions, je n'eus pas l'occasion de vérifier sa théorie.

Un jour, cependant, alors que nous approchions du camp, il s'arrêta soudain. Mon cœur fit de même : cette fois-ci, je savais que quelque chose se passait. Lenjo se tourna vers moi et désigna un point parmi les arbres. Je ne parvins pas à distinguer de forme précise mais je vis des branches bouger.

« Des éléphants », murmura-t-il, et il se mit à reculer. Pendant ce qui nous sembla une éternité, nous marchâmes tous trois à reculons, les yeux rivés sur les branches secouées. Puis nous entendîmes un barrissement si puissant et si proche que la terre en trembla sous nos pieds : ils étaient tout près de nous. Un bruit de branches brisées lui succéda. J'eus une montée d'adrénaline. La peur sous sa forme la plus pure. L'espace d'une demi-seconde, Lenjo et Diani en demeurèrent pétrifiés. Puis ils me firent signe de me mettre à courir.

Je saisis immédiatement le coude de Lenjo. Je ne pensais pas que mes jambes puissent être aussi rapides que les siennes. Nous courûmes à perdre haleine, décrivant des zigzags entre les fourrés, pendant que les oiseaux voletaient autour de nous. J'ignorais si nous étions toujours poursuivis, je m'efforçais de rester concentrée sur la course quand soudain – et je ne sais pas d'où me vint cette certitude – je sus que nous allions nous en sortir.

Le plus incroyable, c'est que plus nous courions, plus nous riions. Toujours agrippés les uns aux autres, secoués d'un même rire hystérique, nous avions l'air d'enfants en train de jouer. Nous déboulâmes dans le camp haletants et hilares.

« *Huyu, anaweza kukimbia sana*, dit Lenjo à Adam et aux autres, me montrant du doigt et hochant la tête avec un sourire.

— Bien sûr que je sais courir, qu'est-ce que tu croyais ? » répondis-je sur le ton de la plaisanterie, essuyant de ma main mon front en sueur.

Et soudain, j'eus le sentiment d'avoir remporté une bataille. Ce n'était pas rien, après tout, de parvenir à courir plus vite qu'un éléphant furieux.

Iris se matérialisa un soir, dans la pénombre suivant le coucher de soleil... dans tous ses atours, c'est-à-dire dans sa Land-Rover vert olive toute cabossée, son revolver format sac à main dans la boîte à gants. Une longue natte blonde s'échappait de son vieux chapeau de feutre, et elle était couverte de poussière rouge, de sueur et de perles samburus. À l'arrière de sa voiture se trouvaient deux Moranes d'une beauté saisissante.

Nous avions installé le camp pas très loin de Wamba. Les clients, un groupe de chirurgiens d'âge mûr accompagnés de leurs épouses, fixèrent avec incrédulité cette créature blonde et sauvage. L'un d'entre eux alla jusqu'à sortir son appareil photo. Iris se jeta au cou d'Adam et l'embrassa avec fougue.

« Oh, mon vieux ! J'ai roulé depuis South Horr, je suis claquée ! Pour commencer, j'ai besoin d'un verre... Enchantée, je suis Iris Sorensen... Très heureuse de faire votre connaissance... Désolée de débarquer à l'heure de l'apéro... Oh, Esmé, enfin... Te voilà ! »

Je me retrouvai soudain broyée entre ses bras puissants. Elle sentait la poussière et l'essence. Elle me regarda attentivement et, se tournant vers les clients :

« J'ai tellement entendu parler de cette femme ! »

Iris s'apprêtait à rentrer à Nairobi après deux mois passés à voyager dans le Nord et à photographier, pour son nouveau livre, les ethnies locales. Grâce à la radio, elle avait appris qu'Adam avait dressé son camp sur la rivière Ewaso et avait donc décidé de s'arrêter une journée pour se reposer. Comment s'y était-elle prise pour nous retrouver, ça, je n'en sais rien, vu qu'on était perdus au milieu de nulle part. Mais ce pays n'avait visiblement aucun secret pour une fille telle qu'Iris.

Adam lui servit un verre, tandis qu'elle saluait ses employés. Elle avait l'air de les connaître depuis très longtemps. Lenjo était particulièrement ravi de la voir. Ils échangèrent une poignée de main très particulière avant de se mettre à blaguer en samburu.

« Ah, celui-là, quel numéro, dit-elle à Adam en se rasseyant. Un de ces jours, je vais te le piquer. »

Elle sortit un paquet de tabac et se roula une cigarette. Nous l'entourions, et tous les yeux étaient rivés sur elle comme sur un écran de cinéma. Elle secoua la tête et nous adressa un sourire.

« Ouah, faut que je vous dise que je suis vraiment contente d'être arrivée jusqu'ici. Vers Barsaloi, les gens sont plutôt nerveux ces derniers temps, à cause des *shifta*.

— À cause des quoi ? demanda l'épouse de l'un des médecins.

— Ce sont des bandits, répondit calmement Iris. Et ils sont tout ce qu'il y a de méchant. »

La curiosité des clients touchait à son comble. L'interview commença. Son livre allait-il sortir aux États-Unis ? Oui, évidemment.

Mais qui était donc cette femme ? Avais-je déjà entendu parler d'elle ? Oui, bien sûr. Mieux que ça : j'avais tenu entre mes mains son premier livre, peu de temps auparavant. Il était exposé dans la vitrine de la librairie du New Stanley Hotel. Il portait un titre du genre *Les Derniers Sacrements*, et je me souvenais de la photo sur la jaquette. On y voyait une Iris bronzée, ses longs cheveux lâchés, couverte de bijoux tribaux et souriant aux anges, dans sa Land-Rover couverte de boue. Je me rappelle avoir songé : « Pas possible qu'elle existe pour de bon ! »

Mais elle était là, devant mes yeux, accessoires compris.

Était-elle née au Kenya ? Les clients voulaient tout savoir.

Oui, et elle avait passé la plus grande partie de son existence parmi les ethnies nomades du Nord. Elle était la fille d'un fermier suédois venu s'installer en Afrique, près de Maralal, au milieu des années cinquante.

Après avoir dîné avec les clients, nous nous installâmes tous trois autour du feu. Elle était sobrement vêtue d'un *kikoy* somalien et d'une chemise d'homme ; ses longs cheveux soyeux lui tombaient librement dans le dos. On aurait dit, par certains côtés, la version blanche d'un Morane : elle possédait la même démarche élégante, la même silhouette longiligne.

Son arrivée paraissait réjouir Adam. On sentait entre eux une intimité qui devait remonter à loin. Iris ne cessait de faire allusion à des gens qu'ils connaissaient tous deux et de parler à demi-mot de régions et de lieux qui leur étaient familiers. Ils avaient visiblement une longue histoire en commun, faite de safaris, d'aventures, de voyages et de nuits passées sous les étoiles, avec une moustiquaire en guise de toit.

« Tu sais que j'ai été coincée une semaine dans les Ndotos. Le levier du changement de vitesses m'est resté dans la main, tu peux croire ça ? Il a fallu que j'attende que ce gars de la mission vienne me réparer ça... Tu te souviens, cette mission où on a acheté de l'essence quand on a traversé le désert de Kaisut ? C'est quoi, déjà, son nom ?

— Ouais, je me souviens… La mission de ce prêtre italien, ce mécani…

— Lui, il est mort à présent. C'est un prêtre canadien qui l'a remplacé, un type sensas. Pour finir, c'est lui qui m'a m'aidée à réparer la voiture.

— Super.

— Tu te souviens du pont, juste après le grand rocher volcanique, quand tu roules en direction d'Ol Doinyo Nyiro ?

— Oui, je sais, il a été emporté par les eaux. Je suis passé par là il y a à peu près un mois.

— Cette route, désormais, c'est un vrai cauchemar. Je n'ai pas arrêté de m'embourber. »

Ils utilisaient comme points de repère des rochers, des montagnes, des arbres, des points d'eau et des *manyatta* dispersés dans la brousse. Je demeurais là, à les écouter parler du territoire, et à en redessiner les contours, ne serait-ce que pour se donner la plaisante impression de pouvoir faire d'une abstraction une entité contrôlable. Toute cette terre qui s'étendait autour de nous et qui, pour moi, n'avait ni nom, ni forme, ni sens.

Leur conversation me rappela une croyance aborigène, selon laquelle le monde existe parce qu'il a été créé à partir d'un chant.

Au temps des Songes, les Ancêtres avaient surgi de ténèbres insondables et, comme la lumière commençait à poindre, s'étaient mis en marche. Puis ils avaient poursuivi leur chemin en chantant. Ils avaient chanté la forme de chaque rocher, de chaque point d'eau et de chaque colline. Ils avaient chanté les arbres et les pierres, les rivières et les canyons. C'est ainsi qu'ils avaient créé le monde : en le chantant, fragment par fragment. Les lignes de leur chant s'étaient faites routes, traces de leur chant d'un point à un autre. Leurs descendants n'héritèrent pas de parcelles de terrain mais des paroles de ce chant.

La totalité du paysage australien pouvait être contenue dans ce chant : il suffisait qu'une tribu le reprenne là où une autre l'avait laissé.

Ce soir-là, Adam et Iris chantèrent les terres du Nord, comme s'ils en avaient tous deux hérité à la naissance. Ils furent intarissables et ne se turent que lorsqu'ils eurent chanté chaque colline, chaque pont, chaque arbre, chaque obscur recoin de la brousse africaine.

Et c'était bon, de les entendre chanter.

« Elle a été ta maîtresse ? » murmurai-je, enveloppée dans l'obscurité de la tente. Adam et moi venions de faire l'amour et, allongé sur le côté, il fumait un joint. C'était une question inutile. La réponse, je la connaissais déjà.

« Oh, répondit Adam sur un ton distrait, oui, quand on était beaucoup plus jeunes. »

Il y eut un moment de silence. Il enregistra mon malaise.

« Tu sais, maintenant, c'est une sœur pour moi. »

Je n'étais pas sûre que ça me plaise, de les imaginer frère et sœur. Je crois, bien au contraire, que j'en éprouvais une plus grande menace.

« Et moi, qu'est-ce que je suis pour toi ? »

Je sentis ses doigts frôler ma tempe et caresser mes cheveux, comme s'il cherchait à balayer mes doutes. Je devais lui paraître si peu sûre de moi mais, après tout, je ne savais jamais à quoi m'en tenir. Étais-je censée rester ? À quoi ma vie ressemblerait-elle, désormais ? À celle d'une gardienne de musée, pour reprendre les termes sarcastiques de l'ex-cocaïnomane ?

« Chut…, fit-il, en m'embrassant. Pourquoi veux-tu toujours tout définir ? Tu n'es satisfaite que lorsqu'on te donne une étiquette que tu peux coller sur les choses. »

Il avait raison. J'avais besoin des mots, je croyais en eux.

« Je t'aime, dit-il. C'est aussi simple que ça. »

Il se retourna pour éteindre son joint et la lampe à pétrole.

« Et maintenant, dors ! »

Je souris dans le noir, pendant qu'il m'attirait à lui, m'entourant de ses bras. Je percevais sur mon ventre la chaleur de ses mains, son souffle dans mon cou.

Voilà qui aurait fait le bonheur de n'importe quelle femme.

Mais à moi ça ne me suffisait pas.

Car, voyez-vous, mon chant à moi différait en tout de celui d'Iris et d'Adam.

Au cours de mon « temps des Songes », de ma genèse européenne, je n'avais eu ni rochers ni arbres à chanter. Rien de visible, à vrai dire. Je m'étais contentée de passer sans but précis d'un état d'esprit à l'autre, inventant un univers tellement abstrait qu'à présent j'étais complètement perdue. Je désirais désespérément que mon exil s'achève. Mais, à la seconde où je croyais avoir trouvé la paix et une patrie, un élément nouveau surgissait, me plongeant dans la panique. Le réconfort et le repos me paraissaient impossibles à atteindre. Pourquoi donc ?

Toute ma vie, j'avais vu disparaître les miens : ma mère, puis mon père, et même mon frère désormais, dont l'image s'estompait. J'avais si bien intégré cette notion de perte que ma spécialité consistait à trancher net tout lien, pour minimiser la douleur. Je n'avais jamais appris à compter sur ceux qui disaient m'aimer : ça me semblait peu fiable, un mauvais investissement, en somme. Je préférais ignorer leur amour, chose qui pouvait disparaître du jour au lendemain.

Et pourtant, j'avais été bénie.

L'homme que Léonard de Vinci avait dessiné dans le cercle, le parfait représentant de l'espèce… cet homme m'appartenait, et ses intentions étaient des plus claires : il souhaitait veiller sur moi. C'étaient probablement les dieux qui me l'avaient envoyé. Comment pouvais-je ne pas m'en rendre compte ?

Et pourtant…

Je ne cessais de me ronger les sangs ; mon esprit diabolique préparait la contre-offensive sans me laisser une seconde de répit, me soufflant de trouver le moyen de m'en sortir sans Adam, sur cette terre étrangère. C'était un processus totalement inconscient, comme lorsqu'on se mord les ongles : au moment où l'on se rend compte de ce qu'on est en train de faire, on saigne déjà.

Le lendemain matin, tandis que je me glissais hors de ma tente, je tombai sur Iris, qui s'agitait depuis l'aube. Elle avait pris une douche, ses cheveux étaient brillants et elle sentait le shampooing. Une tasse de café fumant était posée sur le capot de sa voiture. Elle s'apprêtait à repartir, en compagnie de ses deux anges gardiens.

« Tiens, dit-elle d'une voix douce. Je veux que tu portes ça. »

Elle m'attacha autour du poignet un bracelet de perles samburu.

« Je suis sûre qu'on se reverra à Nairobi… Mais, en attendant, garde-le. C'est juste un petit souvenir. Je suis vraiment contente qu'on ait fini par se rencontrer.

— Merci. » Sa gentillesse me prenait au dépourvu. « C'est vraiment gentil de ta part. »

Je savais que le bracelet, dans le langage d'Iris, était un véritable signe d'amitié. Je ne doutai pas de la sincérité de son geste et m'en voulus de m'être montrée, la veille, méfiante à son égard. Je jugeai a posteriori mon attitude mesquine et peu généreuse. Il était clair qu'elle n'avait pas l'intention de me manipuler ou de me contrôler, qu'elle n'était pas venue jusque-là pour prouver quelque chose ou pour réaffirmer son emprise sur Adam. Ça, c'est ce que me dictait ma paranoïa. À présent, je souhaitais l'aimer mais, comme il ne me suffisait pas d'appuyer sur un bouton, je me contentai de sourire du mieux que je pus. Je la regardai verser avec soin de l'eau dans son radiateur rouillé, l'éclat du soleil matinal faisant briller la cascade dorée de sa chevelure.

« Pourquoi tu ne restes pas un jour de plus ? » demandai-je. C'était à mon tour, maintenant, de lui donner la sensation d'être la bienvenue.

« Merci, mais j'ai vraiment envie de rentrer. Il faut que je passe des coups de fil, que j'aille à la banque, que je prenne un bain. Tu sais, tous ces trucs formidables qu'offre le monde civilisé. » Elle me sourit. « Et puis, vu que j'ai passé presque deux mois dans la brousse, je crois qu'un petit safari urbain me ferait le plus grand bien, si tu vois ce que je veux dire ? »

J'imagine qu'elle parlait du sexe. Eh bien, pourquoi pas, songeai-je. De ce côté-là, elle devait avoir l'embarras du choix.

« Et, en plus, j'ai hâte de développer mes photos. C'est tout mon avenir qui est là-dedans », dit-elle en tapotant son gros sac de photo.

Pour avoir consulté son ouvrage précédent, je ne doutais pas que le résultat serait impressionnant. Son problème, c'est que son allure lui ôtait de la crédibilité. Sa beauté était pour elle autant un inconvénient qu'un atout.

En attendant, tous les employés du camp s'étaient rassemblés autour de sa voiture afin de prendre congé d'elle. Elle leur parla en ki-swahili et en samburu, leur distribua de généreux pourboires et leur lança des plaisanteries qui les firent rire aux larmes. Puis elle grimpa dans sa Land-Rover et démarra dans un nuage de poussière.

7

Je cessai soudain d'estimer normal de vivre des droits d'auteur de Fernandino.

De plus, cela ne me rapportait pas suffisamment d'argent, vu que peu d'Américains semblaient s'intéresser à la poésie de mon père.

Si bien qu'après six mois passés en brousse je réalisai qu'il était temps pour moi de retourner à Nairobi et d'y chercher du travail. Il me fallait trouver une bonne raison de rester.

La vie au camp avait constitué une expérience palpitante. J'étais désormais capable de changer un pneu avec un cric, de faire du pain sur un feu de bois et d'identifier à leurs empreintes la plupart des animaux. J'avais appris à ne pas ciller quand il m'arrivait de croiser un serpent ou de me prendre, de nuit, une chauve-souris dans la figure. Je me débrouillais suffisamment bien en ki-swahili pour qu'autour du feu les gars rient de mes blagues. J'avais désormais l'Afrique dans la peau. Il me fallait à présent découvrir ma voie.

Tandis qu'Adam allait et venait avec ses clients, je m'installai chez lui à Langata, un cottage de pierres sur une pente verdoyante, en face des Ngong Hills. C'était une agréable petite maison. J'aimais entendre craquer sous mes pas les lattes sombres de son plancher ;

j'aimais l'atmosphère chaleureuse du salon, où l'on allumait un feu de cheminée à la nuit tombée ; j'aimais la blancheur de notre grand lit à baldaquin. Wilson et Alice m'accueillirent avec un sourire timide et s'occupèrent de moi comme personne ne l'avait jamais fait auparavant.

J'étais consciente d'être devenue bien trop dépendante d'Adam. Si bien qu'il avait beau me manquer lorsqu'il n'était pas là, cela me procurait tout de même une étrange exaltation de me réveiller seule dans notre lit, avec toute la journée devant moi.

J'avais enfin le temps de regarder les choses avec un minimum de distance. Je commençais à avoir une idée de ce que ça signifiait vraiment, de vivre en Afrique. Qu'avais-je vu, jusque-là ?

J'avais vu des Blancs qui vivaient en Afrique et qui se gorgeaient de la beauté de ses paysages. Les Africains que j'avais vus – tels que les perçoivent les Blancs – se divisaient en deux catégories : les guerriers fiers et nobles d'ethnies perdant leurs traditions, et les fidèles serviteurs veillant sur leurs maîtres. Et, peu à peu, je me demandais s'il y avait autre chose à voir.

J'étais consciente d'ignorer une grande partie de la vie de ce pays, mais comment la découvrir seule ? Je sentais qu'elle était là, tout près – n'importe quel imbécile aurait pu le dire –, mais rien de plus difficile que de mettre le doigt dessus. Parmi les gens que j'avais rencontrés, personne n'avait vraiment envie de parler de cet aspect occulte.

Nicole, me semblait-il, devait savoir de quoi il s'agissait. *Nous sommes les otages de la beauté*, m'avait-elle dit. Nicole, cependant, plutôt qu'aborder sérieusement le sujet, avait préféré adopter un ton sarcastique.

En y repensant maintenant, je me rends compte que la question m'a travaillée dès le début. Mais une voix intérieure ne cessait de me murmurer : « Attends un peu pour tout fiche en l'air, profite des choses telles qu'elles sont… »

Mais lorsque je me retrouvai seule à Nairobi, sans Adam et avec beaucoup de temps libre pour réfléchir, je commençai à me faire une idée plus précise de la situation.

Les Africains que j'avais désormais sous les yeux étaient bien différents de ces nobles guerriers du Nord, parés de perles et de plumes d'autruche, et armés de longues lances. Je croisais désormais dans les rues des Kenyans ordinaires, pauvrement vêtus à l'européenne : vieux mendiants, au coin de Kaunda Street ; gamins des rues sniffant de la colle en face du New Stanley Hotel, qui mendiaient un shilling en glissant leurs mains osseuses par la vitre de votre voiture ; Noirs de la classe moyenne fréquentant « La Pâtisserie » à l'heure du déjeuner ; employés de station-service en combinaison impeccable ; et, au crépuscule, lent troupeau de femmes éreintées rentrant chez elles à pied au sortir des usines ou des ateliers, couvertes de graisse et de poussière.

En les observant, je ne pouvais m'empêcher de songer à Fernandino et à ses principes. Je savais qu'il m'aurait désapprouvée. Comment osais-je vivre dans le tiers-monde et profiter de tous mes privilèges de Blanche sans même me donner la peine de jeter un coup d'œil alentour et de regarder ce qui se passait de l'autre côté ? Que faisaient-ils, les Africains, pendant que j'étais en safari ? Que savais-je de leurs luttes ? Mais, avant tout : où étaient-ils ? Pourquoi nos routes ne se croisaient-elles jamais ?

Je me rappelle avoir un jour conduit Wilson à l'hôpital où sa femme venait d'accoucher. Sans l'uniforme qu'il portait chez nous, on aurait dit un autre homme. Dans ses habits de tous les jours, j'eus du mal à le reconnaître. Il avait juste revêtu un jean et une casquette de base-ball, mais ça le changeait du tout au tout. J'avais dû m'imaginer Wilson aussi démodé que l'uniforme qu'il portait et je fus, par conséquent, surprise de le voir se balader avec un Walkman et écouter du rap.

« Quel âge avez-vous, Wilson ? lui demandai-je, soudain honteuse de ne pas lui avoir posé cette question avant.

— J'ai vingt-huit ans, Memsahab. »

Oui, peut-être était-ce là la clé : l'association du rap et de ce « Memsahab ». C'était sans doute ça que j'avais du mal à assimiler.

Je ne tardai pas à comprendre qu'avoir une opinion sur les Noirs était en soi un métier. Nairobi regorgeait de spécialistes du tiers-monde. Il y avait, outre la bande des Nations unies – Unicef, Pnud, Unesco –, l'Amref, les missionnaires, des ONG de toutes sortes, et des types blafards, en bras de chemise, qui travaillaient pour la Banque mondiale. Chacun avait sa théorie, cherchait à débloquer des fonds ou dirigeait des projets. Les guerres des pays limitrophes, Somalie et Soudan, avaient poussé des milliers de réfugiés à franchir les frontières du Kenya. Le Rwanda était sur le point d'exploser, l'épidémie de sida faisait des ravages considérables, l'économie kenyane s'était effondrée. Tous les jours débarquaient des troupeaux de spécialistes.

Je ne savais par où commencer, et désirais néanmoins connaître la réponse à une question toute simple. Une question si élémentaire qu'il m'était impossible de la poser comme ça : Comment un Blanc parvient-il à vivre dans un pays noir ? Et, en premier lieu : Comment nous situons-nous les uns par rapport aux autres ? J'aurais voulu que quelqu'un m'explique les contradictions, me souligne les difficultés, m'apporte une réponse. Mais personne ne semblait prêt à le faire. Tous, autour de moi, prétendaient ignorer le problème.

Je crois qu'ils avaient une bonne raison pour éviter de s'y confronter.

Nairobi, voyez-vous, n'avait pas son Soweto. Le Kenya ne charriait pas une histoire de tensions raciales. Au Parlement, il n'y avait plus de Blancs à rendre responsables des injustices flagrantes dont les Africains étaient victimes. Alors, à quoi bon nous laisser ronger par la mauvaise conscience puisque, officiellement, nous ne faisions rien de mal et qu'en plus les Noirs n'y trouvaient rien à redire ?

Et pourtant, les Blancs, à l'abri de leurs demeures bien gardées, n'avaient rien changé à leur comportement colonial à l'égard des Africains. Quant aux nouveaux venus, ils s'empressaient de l'adopter ; à croire qu'ils avaient eu des serviteurs africains toute leur vie tandis qu'ils ne pouvaient même pas, en Europe, se payer une femme de ménage deux heures par semaine. C'est étonnant, le peu de temps qu'il faut aux Blancs pour apprendre à rudoyer les Africains. Une fois qu'ils ont compris que personne ne s'aviserait de critiquer leur attitude et que l'expression « politiquement correct » n'a pas cours dans ce pays, même les Blancs les plus libéraux se transforment, en l'espace de quelques jours, en véritables négriers. Ils oublient ce que signifie l'expression « heures supplémentaires », refusent une avance de quelques centaines de shillings, se mettent en colère pour les motifs les plus futiles et renvoient leurs employés pour un oui, pour un non.

C'est cela qui m'intriguait. Je n'étais pas une experte, j'étais bien incapable de tirer de mes observations une analyse socio-politique, mais je voulais tout de même comprendre pourquoi nous nous comportions tous ainsi.

Les expatriés parlaient sans cesse des Africains : en faisant allusion au mécanicien qui réparait leur voiture, ou à l'intermédiaire qu'ils soudoyaient pour obtenir un permis de construire. Ils secouaient alors la tête, avec des réflexions du type : « On ne peut pas vraiment leur faire confiance. Ils disent toujours que tout sera réglé le lendemain, et ils ne fichent rien. À moins de les avoir à l'œil en permanence. »

Du policier venu enquêter sur le vol de leur appareil photo, et de leur cuisinier de longue date, devenu leur principal suspect, ils disaient encore :

« Ils mentent comme ils respirent, il ne faut jamais les croire. »

À leurs yeux, tous les Africains étaient des menteurs ou des voleurs. Et, lorsqu'ils étaient un peu plus haut placés dans l'échelle sociale, des individus corrompus et sans scrupule.

Peut-être la méfiance était-elle nécessaire afin de contrebalancer la mauvaise conscience. Plus vous aviez l'impression qu'ils vous arnaquaient, moins vous vous sentiez coupables de profiter d'eux. Vivre dans une telle absence de confiance respective me semblait fort négatif.

Depuis quelques années, Nairobi était devenue une ville particulièrement dangereuse. La nuit, les gens devaient être prudents en rentrant chez eux au volant d'une nouvelle voiture. Quand ils allumaient leurs phares devant la grille pour demander aux *askari* de leur ouvrir, des gangs armés risquaient de surgir des ténèbres et de leur coller un pistolet sur la tempe. Il arrivait que les bandits n'obtiennent pas ce qu'ils désiraient et qu'ils laissent le chauffeur mort sur la route pour s'enfuir dans la Pajero flambant neuve. À Muthaiga, des bandes de voleurs armés de *panga* se faufilaient de nuit dans les maisons des Blancs. Là, ils tabassaient les hommes et leurs épouses et emportaient argent, chaîne stéréo et télévision. Sur la route Mombasa-Nairobi, il suffisait qu'un bus de touristes ait un pneu crevé pour que des hordes de gangsters affamés surgissent de derrière les fourrés et dépouillent les passagers, sous la menace de leurs couteaux rouillés. Il fallait en permanence se méfier des voleurs, rien n'était trop vieux ou trop usé pour un Africain au ventre vide. Même le pneu de rechange que vous gardiez dans votre coffre pouvait être dérobé. Les gens possédaient des armes pour protéger leurs demeures et se vantaient de ne pas hésiter à tirer si un bruit suspect les réveillait au milieu de la nuit.

S'il y avait un thème toujours d'actualité dans les dîners de Blancs, c'était bien la sécurité.

« Ça ne m'étonne pas qu'on en arrive là. Les Africains n'ont rien, ni boulot, ni eau courante, ni électricité. Ils vivent dans des huttes de terre avec cinq ou six enfants et rien à manger. Le contenu de notre frigo suffirait à nourrir une famille entière pendant deux semaines, déclarai-je impétueusement, tandis qu'autour de moi tous restaient muets de surprise. Je veux dire, comment pourrait-on s'attendre à vivre en paix dans un pays où les disparités sont telles ? Ils n'ont rien du tout, et nous, on a toujours plus que le nécessaire. On ferait exactement la même chose si on était à leur place. Mais, heureusement pour nous, il se trouve qu'on est du bon côté de la barrière.

— Et lequel c'est, d'après vous, le bon côté de la barrière ? demanda d'un ton sarcastique quelqu'un à l'autre bout de la table.

— Celui où l'on n'a pas besoin de voler. »

J'avais été invitée à dîner chez Peter et Nena. C'était la première fois que je me rendais chez *le* spécialiste des éléphants, et je tenais à faire bonne impression. Mais la conversation menaçait de dégénérer, et j'avais réagi trop impulsivement. Un homme qui ressemblait à un boucher – un champion de polo argentin, à ce qu'on m'avait dit – venait de raconter comment il avait tiré dans les jambes de deux voleurs, avant de les ficeler comme des cochons qu'on mène à l'abattoir et de les livrer à la police dans sa fourgonnette. Mon sang n'avait fait qu'un tour quand je l'avais entendu évoquer avec un plaisir sadique la manière dont il les avait blessés, puis rire de la terreur qu'il avait lue sur leurs visages lorsqu'il leur avait lié les mains derrière le dos, avant de les pousser au fond du camion.

« Ces salopards croyaient vraiment que j'allais les balancer dans un fossé et les cribler de balles. » Il gloussa. « Et ils ont eu du bol que je ne le fasse pas. »

J'ignorais encore tout des règles d'une ancienne colonie blanche. J'avais été élevée dans un pays où personne n'aurait jamais eu l'idée de parler armes à feu au cours d'un dîner. Nul, parmi les gens que je connaissais, n'avait jamais possédé de pistolet. Quant à s'en servir…

Je continuai sur ma lancée, vu qu'à présent tous les yeux étaient rivés sur moi.

« Il me semble que je ne pourrais jamais m'endormir avec une arme près de mon lit. C'est un cercle vicieux : on se sert d'un flingue, et voilà que les types vraiment méchants débarquent pour vous le piquer et, pourquoi pas, pour vous tirer dessus avec…

— Si vous aviez des enfants et que vous vous fassiez du souci pour leur sécurité, vous dormiriez avec un pistolet près de votre lit », dit Peter, qu'on ne pouvait certes pas traiter de raciste ou de fasciste, et vers qui je m'étais tournée, en quête de soutien pour mon argumentation pacifique. Non, je n'avais pas d'enfants qui dormaient sous la moustiquaire, dans des pyjamas en flanelle à l'effigie de Winnie the Pooh. Je n'avais, par conséquent, aucun droit d'infliger mes théories humanistes à des gens chargés de protéger des vies innocentes, menacées par le noir continent.

Essayer de comprendre l'Afrique, c'est se sentir aspiré par un trou noir. Plus on tente d'explorer ces ténèbres, moins on a de chances de ressortir de l'autre côté. Mais, comme il n'y a de toute façon pas d'autre côté, mieux vaut se tenir à distance.

En rentrant chez moi cette nuit-là, comme je braquais mes phares sur la grille d'entrée, je me surpris à jeter un regard anxieux au rétroviseur. Pour la première fois je me dis qu'il n'était peut-être pas très prudent de rouler seule si tard. La prochaine fois, songeai-je, je demanderais à un *askari* de m'accompagner.

Étendue sur mon lit, seule dans les ténèbres de la maison vide, tandis que s'élevait des arbres le cri effrayant d'un daman, je me demandai si Adam gardait une arme dans la maison. Nous n'avions jamais abordé la question. Je savais qu'au camp il en avait une. Mais, dans la brousse, quoi de plus légitime que de craindre les bêtes sauvages ? Les hommes désespérés des villes étaient-ils aussi redoutables ? Comment Adam aurait-il pris mon éclat de ce soir ? M'aurait-il, comme Peter, trouvée naïve ? Je dois admettre que je n'en savais rien.

Et, pour commencer, aurais-je seulement abordé une telle discussion s'il avait été à mes côtés ? Probablement pas. Je me rendais compte qu'en sa présence j'étais beaucoup plus discrète, comme si je craignais que mes opinions ne paraissent trop ingénues.

Entre nous subsistaient ces mystérieux fossés liés aux éducations si différentes que nous avions reçues. Cette distance, parfois, nourrissait notre désir. Mais il arrivait aussi qu'à travers elle je me sente exclue, étrangère.

La vitre tremblait sous l'effet du vent, le plancher crissait, et moi, je suais à grosses gouttes. La peur en était la cause. Et la peur, en Afrique, est toujours personnifiée par un visage noir.

Cela me sauverait-il, d'exposer à mes tueurs mes théories sur la disparité des richesses ? Sauraient-ils apprécier la manière dont j'avais rembarré le joueur de polo argentin ? Suspendraient-ils le geste du bras armé du *panga* pour me taper amicalement dans le dos et m'appeler « camarade » ? Non, bien sûr que non. Tout ça ne les empêcherait pas de me massacrer. J'étais du mauvais côté de la barrière, à cause de la couleur de ma peau. Parce que j'étais blanche et que je possédais les choses auxquelles ils ne pouvaient prétendre. Point final.

Vivre en Afrique est impossible à qui ne sait oublier sa peur.

Le lendemain matin, j'appelai Nicole.

« C'est moi qui me fais des idées ou bien les Blancs ont la gâchette facile, dans ce pays ? lâchai-je sans même avoir pris la peine de lui dire bonjour.

— … Esmé. Mais quelle heure est-il ? Bon Dieu, tu n'as pas la gueule de bois ?

— Si, mais bizarrement ça m'empêche de dormir. Est-ce que je me suis comportée comme une idiote, hier soir ?

— Oh, tu veux parler de cet affreux Argentin… Il est fou des armes à feu. Je ne sais pas pourquoi Nena l'invite encore chez elle. Mais non, tu ne t'es pas comportée comme une idiote. Ce type est un vrai cauchemar. »

Alors, dans ce cas, pourquoi avais-je été la seule à exprimer le fond de ma pensée ? Pourquoi les autres ne m'avaient-ils pas soutenue, au lieu de paraître agacés par mon attitude ? Je ne comprenais plus rien.

La vie suivait son cours, et nous continuions tous à verser de rondelettes cotisations mensuelles à des policiers privés chargés de monter la garde autour de nos maisons, armés d'arcs et de flèches, et escortés de rottweilers et de dobermans dressés pour tuer.

Pendant ce temps, les troupes américaines, et leur armement hi-tech, étaient entrées en Somalie pour un remake d'*Apocalypse Now*.

136

Des tee-shirts « J'ai fait Mogadiscio » et des autocollants figurant des hélicoptères Cobra firent leur apparition. Dans la presse internationale, on voyait des guerriers somaliens en tongs et en *kikoy* brandissant des AK 47, tandis que, le regard perdu dans le lointain, les marines avaient l'air soucieux.

La guerre en Somalie était une guerre romantique menée par une poignée d'hommes du désert décidés à empêcher l'Occident d'intervenir. Les Somaliens ne craignaient pas la mort : ils pointaient vers le ciel leurs mitrailleuses rouillées, plus soucieux d'abattre des Cobra que de se mettre à l'abri. De jeunes journalistes entraient dans le pays et en sortaient à bord d'avions de l'ONU décollant de Nairobi. En ville, les récits de guerre prenaient le pas sur les histoires de brousse. D'un jour à l'autre, le « Carnivore » se trouva assailli par des hordes de jeunes reporters, photographes et cameramen, marquant une pause entre deux missions. Accoudés au comptoir, ils tenaient leur auditoire en haleine en racontant comment, en plein centre de Mogadiscio, ils avaient échappé aux obus. Ils portaient des treillis verts, des lunettes de soleil à verres refléchissants et ils avaient pris goût à la *miraa*, cette herbe amère que les Somaliens mâchent en permanence afin de planer. Ils bourraient leurs poches de petites poignées de brindilles enveloppées de papier journal et mastiquaient les pousses fraîches, jusqu'à ce qu'une boulette se forme dans leurs joues et qu'ils en aient mal aux mâchoires. Ils buvaient bière sur bière, et l'accumulation des nuits blanches et des montées d'adrénaline leur donnait un air hagard.

La guerre en Somalie avait réveillé Nairobi.

Nicole raffolait des journalistes. Avec eux, elle mâchait de la *miraa* et discutait politique. C'est chez elle que j'avais rencontré Miles, qui était venu accompagné de Bernard, un jeune reporter photographe français, et d'un inclassable personnage nommé Reuben, cameraman américain bossant pour WTN. Ils étaient beaux gosses, vifs et nerveux, et avaient dans les vingt-cinq ans. Certains avaient couvert la Bosnie, d'autres l'Érythrée, mais la plupart d'entre eux avaient eu, jusque-là, peu d'expérience de la guerre. Aucun, en tout cas, n'était préparé à ce qui allait suivre.

Ayant passé tant de temps seule avec Adam, je réalisai soudain à quel point la compagnie amicale des hommes m'avait manqué. Je pris l'habitude de les retrouver chez Nicole, devant la cheminée, et de mâcher de la *miraa* en leur compagnie, ce qui nous faisait planer et délirer jusque tard dans la nuit. Chaque fois que je rassemblais mes forces pour rentrer chez moi, ils me faisaient retomber parmi les coussins.

« Pas question que tu partes, disait Miles. Il ne fait même pas encore jour. »

J'aimais me sentir leur otage. Nicole et moi trouvions stimulante leur énergie débridée : nous étions séduites par le comportement déconcertant de ces hommes qui mettaient leur vie en péril. On aurait dit qu'ils carburaient depuis des jours à l'acide.

Au cours de ces nuits, le nom de Hunter Reed revint souvent dans la conversation. C'était un de leurs très bons amis parmi les journalistes. Je ne m'explique pas bien pourquoi mais, chaque fois que j'entendais son nom, je suivais la conversation avec davantage d'attention. En moi, ça faisait « tilt », c'était comme une sorte de prémonition, comme si je savais déjà que nos routes allaient se croiser, et que notre rencontre laisserait des traces.

« Sa mère a épousé un des leaders de la BC, dit Ruben en manière d'explication. Tu sais, le parti de Steve Biko.

— Oh, m'exclamai-je, je croyais que Hunter était *mzungu*.

— Il l'est. C'est là toute l'histoire, reprit Reuben, amusé par mon commentaire. Il est plus blanc que blanc.

Pour tout dire, il est anglais ; mais il a grandi en Afrique du Sud, au milieu des activistes. Sa mère était reporter à la BBC en Afrique de l'Est. Lorsqu'elle a été transférée à Johannesburg, à la fin des années soixante, elle a quitté le père de Hunter pour ce gars de Biko. Ils vivent toujours ensemble.

— Je l'ai rencontrée, une seule fois, ajouta Miles. C'est une femme très chouette. Très, *très* radicale.

— On dirait, dis-je.

— Ça explique le rapport amour-haine que Hunter entretient avec l'Afrique, continua Miles. Quand nous nous sommes rencontrés à Londres, il y a quelques années, il était prêt à jurer qu'il ne remettrait jamais les pieds ici. Il disait qu'il avait eu sa dose, qu'il voulait vivre comme tout le monde. Mais il est accro à ce continent, il ne peut pas s'en passer. Et il connaît l'Afrique trop à fond pour que son journal ne le supplie pas d'y retourner, en lui offrant pour cela des ponts d'or. »

À les en croire, Hunter Reed était la star du journalisme en Afrique de l'Est. Et, comme toutes les stars, il paraissait fuyant et inabordable. Je me dis qu'on ne devait pas le croiser par hasard dans la rue, et l'idée de le rencontrer un jour me rendait inexplicablement nerveuse.

Mon premier contact avec Hunter Reed, c'est à Iris que je le dois.

Elle était plongée dans la préparation de son livre, et je l'avais à peine vue depuis mon retour à Nairobi, à l'exception d'une ou deux virées au « Carnivore » avec « les gars », où l'on avait pris une cuite de tous les diables.

J'avais le sentiment que, cette fois-ci, c'était mon tour d'aller la trouver et de lui montrer que je souhaitais vraiment devenir son amie. Je décidai de la fréquenter davantage lorsque je serais sobre, et je me garai donc, un matin, devant chez elle. Je venais juste de faire des courses aux *dukas* de Karen, et j'avais dans les mains un bouquet de fleurs et un sachet de café fraîchement moulu. De l'extérieur, son cottage avait l'air d'une maison de poupée : toit de bardeaux, jolies fleurs plantées tout autour de la maison et suspendues dans des pots sur la véranda. Je poussai la porte. À l'intérieur régnait un désordre impressionnant : des vêtements en tas dans tous les coins, des magazines, du papier photographique, des outils automobiles, des bombes de peinture, des tas de planches-contacts et de négatifs. On aurait dit le repaire d'un adolescent bordélique.

J'entendis une voix masculine qui venait de la cuisine. J'entrai, pour y découvrir Iris vêtue d'un pyjama d'homme rayé, buvant son thé toute seule, assise devant une petite table.

« *G pour générosité* – déclamait poliment une voix au fort accent indien sortant d'un magnétophone – *Le seul moyen de faire venir l'argent à vous, c'est de le distribuer aussi généreusement que possible…* »

« Oh, Esmé, je ne peux pas croire que tu sois vraiment là ! Tu es justement la personne qu'il fallait que je voie.

— Oh, très bien. C'est quoi, ce que tu écoutes ? »

« *… Toutes vos pensées, toutes vos impulsions sont composées d'atomes, et chacun de vos actes projette dans l'espace une somme déterminée d'énergie* », continuait la voix.

« Oh, c'est cette cassette formidable, enregistrée par un gourou indien. C'est mon cousin qui me l'a envoyée d'Europe. Pour résumer, ça t'apprend à contrôler ton énergie positive, de manière qu'elle te soit intégralement renvoyée.

— Ça m'a l'air épatant. Et qu'est-ce que tu en fais, une fois que tu l'as récupérée ? »

— Eh bien…, hésita-t-elle. Je sais que ça a l'air d'un truc de dingues, mais l'idée, c'est que toute l'énergie positive que tu libères dans l'Univers finira par te revenir. »

Elle appuya sur la touche pour rembobiner et remit la cassette au commencement.

« En bref, il suffit de répéter ce qu'il dit, à voix haute, pour que la fortune vienne à toi. »

« *A pour abondance. L'abondance doit être, avant tout, un état spirituel. La richesse viendra ensuite…* »

« Donc, si j'ai bien compris, fis-je, tout ce que tu dois faire pour devenir riche, c'est rester là et répéter ça tous les matins ? Je peux faire du café ?

— C'est tout à fait ça, et tu n'es même pas censée essayer de comprendre. La simple répétition des mots suffit à diriger l'énergie et… Oh, merci, comme c'est gentil, dit-elle en me prenant le sachet de café des mains. Je vais mettre l'eau à bouillir. Le principe de base, c'est que plus on apprend à donner, plus il nous est rendu. L'argent, le travail, l'amour, ça marche pour tout. C'est incroyable. »

« *… Laissez vos pensées positives se répandre librement et l'Univers se chargera des détails…* »

« Ouah, ce passage me plaît vraiment, dis-je.

— Et ça marche, je te le jure.

— L'Univers se charge de tes détails ?

— Plutôt, oui… » Elle éclata de rire. « Comme maintenant, par exemple : on vient de m'envoyer un fax pour me proposer un boulot, mais j'ai trop à faire avec le bouquin. J'étais donc juste en train de me demander qui pourrait bien le faire à ma place quand tu es entrée. À vrai dire, tu es la personne idéale.

— De quoi s'agit-il ?

— C'est l'édition française de *Vogue*. Ils veulent faire un reportage sur les correspondants de guerre et ils ont besoin de quelqu'un pour établir les contacts, préparer les interviews, trouver les décors, etc. Je crois que c'est bien payé et, de toute façon, je vais leur dire que tu es la personne idéale. Tu sais, ils vont se contenter de photographier tous les beaux journalistes en train de porter des fringues de marque. Il te faudra juste convaincre des mecs comme Miles, Reuben, Hunter, et, comment il s'appelle déjà, ce mignon photographe français...

— Bernard.

— C'est ça. Je suis sûre que tu te débrouilleras très bien.

— Oh, ma foi, je n'en sais trop rien... Mais, en tous les cas, merci, Iris. C'est vraiment chouette de ta part. »

L'idée m'enthousiasmait. Je suppose que je devais en être également reconnaissante au gourou indien.

Ce serait mon premier boulot depuis mon arrivée au Kenya, presque un an plus tôt. En rentrant chez moi, j'appelai immédiatement Paris. Le responsable de la rubrique mode eut l'air enchanté d'apprendre que je me mettais à sa disposition. Ils allaient envoyer un photographe italien très célèbre, ainsi qu'un rédacteur. Il était essentiel, souligna-t-il, que les sujets choisis aient du *charme*. Je l'en assurai.

« Ceux que j'ai en tête sont tous terriblement beaux, ne vous faites pas de souci là-dessus », affirmai-je avec la détermination d'un agent vantant ses poulains à un directeur de casting.

Je suppose que, lorsqu'on est pris dans l'action, il est parfois difficile de replacer les choses dans leur contexte, de les considérer avec objectivité. À l'époque, cela ne me choqua pas qu'un magazine de mode veuille faire un papier sur les beaux correspondants de guerre. Par conséquent, tout excitée par mon nouveau rôle dans l'univers de la mode internationale, je décrochai mon téléphone et informai Miles, Reuben et Bernard que *Vogue* avait l'intention de publier un reportage sur eux et qu'ils pourraient garder les vêtements avec lesquels on les prendrait en photo. Ils semblèrent flattés et réjouis par la perspective d'une garde-robe gratuite. J'appelai ensuite le correspondant allemand de la ZDF, un bel homme à la quarantaine robuste et énergique, et laissai deux messages sur le répondeur d'un très beau photographe sud-africain.

Puis j'allumai une cigarette et me préparai à appeler Hunter Reed.

« Pourrais-je parler à Hunter Reed, s'il vous plaît ?

— C'est moi.

— Bonjour. Comment allez-vous ? Je suis une amie d'Iris Sorensen, nous ne nous sommes jamais rencontrés... Je m'appelle Esmé...

— Oui, je sais qui vous êtes.

— ...

— Oui, Esmé ? Je vous écoute, allez-y.

— ... Eh bien, voilà. Je... je travaille... Enfin, je collabore à... Laissez-moi vous expliquer... L'édition française de *Vogue* veut publier un reportage sur les correspondants de guerre et...

— L'édition française de quoi ?

— De *Vogue*. Le magazine de mode.

— Je vois.

— ... Ils voudraient interviewer quelques-uns des journalistes qui ont l'habitude de couvrir les guerres en Afrique de l'Est, et les prendre en photo. J'ai déjà contacté Miles Sinclair, Bernard Marchand et Reuben Torres, je crois que ce sont de bons amis à vous. Ils ont tous accepté. J'attends encore la réponse du correspondant de la ZDF et...

— L'édition française de *Vogue*, vous avez bien dit ?

143

— Oui. Ils vont envoyer un photographe italien et un rédacteur. Une page sera consacrée à chacun d'entre vous, et vous pourrez garder les vêtements.

— Quels vêtements ?

— Oh, ceux que vous porterez sur la photographie. Il y aura du Armani, du Comme des Garçons et…

— Vous voulez dire qu'on va devoir faire les *mannequins* ?

— Pas tout à fait, mais dans un sens, oui. Ils publieront le portrait, sur une page, de chacun d'entre vous, vêtu des habits de leur choix. Ça marche comme ça, dans les magazines de mode.

— Esmé, ça fait combien de temps que vous vivez là ?

— …

— … Vous lisez les journaux ? Vous êtes au courant de ce qui se passe ?

— … Bien entendu. Pourquoi me poser une question pareille ?

— Parce que chaque jour les gens se font tuer dans les rues de Mogadiscio, c'est pour *ça*, Esmé. Ce qu'Armani vient faire dans cette histoire, j'ai du mal à le…

— Écoutez, je travaille pour eux, c'est tout. Ce n'est pas moi qui ai eu l'idée de ce truc. Je n'ai rien à voir avec ça, vous comprenez ?

— J'avais cru comprendre que vous appeliez de leur part.

— Rien ne vous oblige à le faire, si ça ne vous dit rien, j'ai juste voulu vous le proposer, c'est tout. Si l'idée vous déplaît, pas de problème, je comprends parfaitement bien.

— Oui, c'est précisément le cas. L'idée me déplaît. À vrai dire, elle *m'horripile*.

— Très bien, pas de problème. Je suis désolée de vous avoir dérangé avec ça.

— Je vous en prie.

— Bon, alors au revoir, Hunter, merci tout de même.

— Au revoir, Esmé. J'espère que tout marchera bien.

— Vous n'êtes pas obligé d'être condescendant.

— Je suis condescendant ?

— Oui.

— Je m'en excuse.

— Aucune importance. Oubliez tout ça, d'accord ?

— Comme vous voulez.

— Au revoir, Hunter.

— Au revoir, Esmé. »

Je raccrochai avec fureur. Va te faire voir, Hunter Reed, pensai-je. Bon Dieu, t'es vraiment un sale con !

Environ un mois plus tard, un groupe de journalistes ayant appris que les Cobra avaient bombardé un immeuble du centre de Mogadiscio, tuant de nombreux civils, se précipita sur les lieux. Lorsqu'ils arrivèrent, armés de caméras prêtes à filmer, ils furent assaillis par une foule déchaînée, et lapidés. Le récit de la manière dont leurs cadavres avaient été traînés dans les rues de Mogadiscio fit les gros titres de la presse du monde entier.

Une brume sinistre nous enveloppait tous.

« Pourquoi eux, précisément ? demanda Nicole, le visage pâle comme un linge, des larmes silencieuses coulant sur ses joues. Ils n'y étaient pour rien. »

Mais est-ce que ça avait pour autant empêché les pierres de les atteindre ? Est-ce que la foule avait réalisé que ces jeunes hommes n'étaient pas leurs ennemis ? Qu'ils n'étaient là que pour informer le monde de ce qui s'était passé ? Non, on les avait tués parce qu'une fois de plus ils étaient, à cause de la couleur de leur peau, du mauvais côté de la barrière.

Reuben et Miles rentrèrent à Nairobi à bord d'un avion de l'ONU. Hagards et fébriles, ils ne parvenaient pas à parler d'autre chose. Ils pleurèrent et se saoulèrent, jusqu'à ce que leurs paroles n'aient plus de sens. Ils s'endormirent, le visage baigné de larmes, empestant la vodka, sur les coussins de Nicole, devant la cheminée. Ils se connaissaient tous si bien. Ce qu'ils avaient vécu et la menace permanente de la mort en avaient fait des frères. Cela, nous ne pouvions même pas le comprendre, et nous ne nous en sentions que plus impuissantes. Le meilleur ami de Hunter Reed avait été tué. Il rentrerait le lendemain, à bord de l'avion de l'ONU chargé de rapatrier les corps. Une messe et une veillée funèbre avaient été prévues dans une église de Hurlingham. Tout Nairobi serait en deuil.

Je ne me rendis pas à la messe ; je ne voulais pas m'immiscer dans leur douleur. Je n'avais ni visage, ni corps, ni souvenirs sur lesquels verser des larmes. Et, de plus, je n'aurais pas supporté de voir pour la première fois Hunter Reed alors qu'il pleurait son meilleur ami tué dans les rues de Mogadiscio. Désormais, comme vous le voyez, les choses commençaient à prendre forme devant mes yeux, mais le résultat était décourageant. Plus je saisissais tout ce qu'impliquait le fait de vivre en Afrique, plus j'étais perdue quant à la position à adopter. Peut-être mon erreur était-elle de me tenir au centre : me fallait-il choisir mon bord et m'y tenir ? Mais lequel ? Celui d'Iris et Adam qui aimaient l'Afrique pour ses paysages sauvages et pour son innocence primordiale, ou celui du joueur de polo argentin, qui redoutait l'avidité et la haine de l'Afrique ? Celui des magazines branchés européens pour qui l'Afrique constituait la parfaite toile de fond pour des clichés de mode ou celui de ces jeunes hommes en deuil, rassemblés pour pleurer leurs amis disparus, lapidés par une foule déchaînée ? Ce côté-là, me semblait-il, montrait à quel point l'Afrique pouvait se révéler désespérante et aveuglément cruelle.

C'est étrange, comme les gens finissent par entrer dans votre vie, quelles voies détournées ou quels raccourcis ils empruntent avant de se retrouver sur la route où vous accomplissez votre voyage. Il arrive qu'on sache qu'ils sont depuis un certain temps sur une voie parallèle et que l'on s'attende, d'un moment à l'autre, à les croiser à un carrefour – on peut littéralement les sentir tout proches. Parfois, ça leur prend un temps fou de parvenir jusqu'à vous, et vous en devenez presque impatient. Lorsque nous nous rencontrâmes enfin, Hunter Reed et moi, nous avions déjà appris trop de choses l'un sur l'autre pour être surpris.

Mais il y avait une chose que j'ignorais et, curieusement, que je n'avais pas cherché à savoir. Je n'avais aucune idée de ce à quoi il ressemblait. Je ne voulais pas savoir qu'il pouvait être séduisant, et la pensée qu'il pouvait l'être m'ennuyait.

Adam avait emmené un groupe en Tanzanie. Au cours des derniers mois, je ne l'avais pas beaucoup vu. Sa voix était associée au crépitement de la radio grâce à laquelle, depuis son bureau, nous pouvions communiquer à des horaires bien précis. Entre les safaris, il n'était rentré que pour quelques jours. Il était toujours claqué, inquiet quant au suivant et triste d'avoir à me quitter si vite.

J'avais presque l'impression d'être une femme de soldat : je n'y pouvais pas grand-chose, à part m'adapter à la situation. Mes quelques nouveaux amis comptaient donc beaucoup pour moi.

Ce soir-là, il pleuvait. Nicole m'avait invitée à dîner, Nena et Peter étaient déjà là, et Miles ne tarda pas à nous rejoindre en compagnie d'Iris, ce qui irrita Nicole.

« Je crois qu'ils viennent de coucher ensemble, me dit-elle dans la cuisine, tout en salant sa soupe aux pommes de terre et aux poireaux. Ça me rend folle !

— Oh ! – j'étais stupéfaite – je n'avais pas réalisé que toi et Miles étiez…

— Enfin, juste un petit peu, tu sais. Guère plus que des câlins. Mais il suffit qu'Iris débarque en ville pour qu'on se retrouve à la cuisine en tablier, pendant qu'elle siffle ta tequila dans le salon en épatant les mecs avec le récit de ses aventures. Au moment où tu apportes le café, ils crèvent déjà tous d'envie de se la faire. À côté d'elle, j'ai toujours l'impression d'être une *ménagère*. »

Iris était particulièrement sexy ce soir-là, avec sa minijupe de daim dévoilant généreusement ses jambes dorées, sa ceinture en coquilles de cauri nouée autour de la taille et sa longue chevelure lui tombant dans le dos. Elle rayonnait, et aucun homme, dans la pièce, ne pouvait résister à la séduction qui émanait d'elle.

Tandis que nous nous apprêtions à nous mettre à table, la porte s'ouvrit brusquement, et je vis Reuben entrer dans la pièce accompagné d'un étranger.

« Désolé, Nicole, on a un pneu qui a crevé », furent les premiers mots qu'il prononça.

Il portait de lourdes bottes, une veste de daim marron, et il ruisselait de pluie. Il était mince, anguleux, et sa longue chevelure noire faisait ressortir la blancheur de sa peau. Ses mains étaient maculées de graisse, et je remarquai qu'il avait les ongles rongés jusqu'au sang. Je devinai immédiatement qu'il s'agissait de Hunter.

« Alors, voici donc la fameuse Esmé », dit-il lorsqu'on nous présenta l'un à l'autre. Ses yeux sombres étaient tels que je les avais imaginés au cours de notre conversation téléphonique : des lames brillantes qui me transperçaient. Il me sourit comme s'il trouvait très amusant que j'ose exister pour de bon, et sous une forme humaine. Il sortit de sa poche un paquet de Rooster, ces cigarettes bon marché, sans filtre, que seuls les Africains achètent. Il me souffla la fumée au visage et sourit à nouveau.

« J'ai entendu dire que votre père était poète.

— En effet.

— Vous savez, il me semble que j'ai lu certains de ses poèmes.

— J'en doute… Il n'est pas très célèbre en dehors de l'Italie. Il vient tout juste d'être publié aux États-Unis.

— C'est ça ! Cet ami à moi, un journaliste américain, m'avait laissé un des recueils de votre père, lorsqu'on était en Somalie. Je ne me souviens plus du titre. Je l'ai lu il y a à peu près deux mois.

— Vraiment ? » Je m'efforçais de paraître blasée, mais en réalité j'étais impressionnée.

« Il m'a beaucoup plu.

— C'est vraiment bizarre.

— Quoi ? Que j'aie lu le livre, ou qu'il m'ait plu ?

— Que vous l'ayez lu dans un endroit comme Mogadiscio.

— Ce genre de choses se produit. Rien n'arrive par hasard, comme disent les bouddhistes. »

Il me regarda avec un demi-sourire, comme s'il attendait de ma part une réaction qui ne vint pas. Je ne comprenais absolument pas le sens de sa remarque, et son amabilité soudaine me prenait au dépourvu. Pourquoi avait-il décidé d'ignorer notre conversation téléphonique, comme si elle n'avait jamais eu lieu ?

Oui, j'aurais dû l'avouer tout de suite : Hunter Reed était *très* séduisant. Je n'étais pas préparée à ce qu'il le soit autant. Il avait des traits aigus et l'air d'un être qui ne s'expose pas souvent aux rayons du soleil, mais qui se réveille tard, boit du café et fume des cigarettes jusqu'à l'aube. Sa beauté avait un caractère changeant, son corps osseux semblait vibrer comme une corde de violon. On pouvait littéralement sentir l'électricité qui l'entourait comme une aura. Seule sa bouche charnue apportait un peu de douceur à sa physionomie.

Nous nous installâmes autour de la table, que Nicole avait décorée de fleurs et de bougies.

« Alors, Hunter, dit Peter. J'ai entendu dire que tu venais de passer une semaine à Londres. Ça a dû être agréable comme coupure, après la Somalie.

— Pas vraiment. En fait, c'est plutôt déconcertant, surtout quand c'est pour y rester si peu de temps.

— Pas de fêtes marrantes ? Pas de minettes ? » insista Peter.

Hunter, par-dessus la table, gardait les yeux rivés sur moi.

« Non. À vrai dire, j'ai trouvé Londres plein de filles avec des sous-vêtements très excitants et des vies très ennuyeuses. »

Tout le monde éclata de rire. Je rougis sans raison, comme si cette allusion sexuelle m'était destinée.

Pendant ce temps, Iris s'était lancée dans une opération dont la conquête de Miles constituait l'objectif. Elle expliquait comment, lorsqu'elle était en train de prendre des photos dans le Nord, pour son livre, les Moranes lui avaient donné un nom samburu. Il fallait considérer cela comme un honneur. Ils ne donnaient de nom qu'aux gens de leur propre ethnie. Miles était admiratif.

« Et qu'est-ce que ce nom signifie ? demanda-t-il.

— Il signifie "riche". »

Hunter ricana.

« Ça ne me surprend guère.

— Riche, au sens spirituel du terme, précisa Iris avec froideur.

— Oh, bien sûr. Et c'est quoi, l'équivalent samburu pour préciser "au sens spirituel du terme" ? Je meurs d'envie de savoir comment tu es au courant de la nuance, Iris.

— Il se trouve que je parle leur langue, vois-tu.

150

— C'est ce que j'ai cru comprendre. Et vu que ce n'est le cas de personne d'autre ici, personne ne peut soutenir le contraire. » Il se tourna vers Miles. « Elle est la suprême autorité en matière de garçons des tribus. Ne te dispute jamais avec elle à ce sujet si tu tiens à la vie ! »

Tout le monde éclata de rire, à l'exception d'Iris. Je notai qu'elle manquait d'humour quand celui-ci était dirigé contre elle.

« Quant à Hunter, il est la suprême autorité en matière de guerres tribales. J'imagine que tout le monde, ici, possède son doctorat africain. Il se trouve que l'avenir de ces populations me préoccupe, est-ce que ça te pose un problème ? Ou est-ce que tu penses que les tribus nomades d'Afrique de l'Est sont moins dignes de survivre que les Tutsis ou les Dinkas ?

— À ma connaissance, personne ne met leur existence en péril…

— Bien sûr que si. Leur culture est menacée d'extinction. Cette génération sera probablement la dernière à subir les rites initiatiques. Le système scolaire est en train de détruire leur identité culturelle, ils risquent de perdre toutes leurs connaissances ancestrales et de…

— Je t'en prie, ne me sers pas ces foutaises, OK, Iris ? interrompit Hunter d'un ton sarcastique. Je n'arriverai pas à digérer un cliché de plus.

— Vraiment ? En quoi est-ce un cliché de vouloir préserver son identité ?

— Je vais te le dire : le moment est venu pour eux d'arrêter de boire du sang et de se couper le bout de la bite, ma chérie ! Il est temps que tes magnifiques paons samburus laissent tomber leurs perles et leurs lances, partent retrouver le reste du monde et apprennent à se servir d'un ordinateur s'ils n'ont pas envie qu'on profite méchamment d'eux ! »

Iris éleva la voix :

« Et qui es-tu pour savoir ce qu'ils doivent faire ?

— Et toi, qui es-tu pour le savoir, tu peux me le dire ?

— J'*ai été élevée* avec eux, Hunter.

— Ah ouais. Eh bien, c'est le cas de beaucoup d'entre nous. Maintenant, il faudrait peut-être que vous grandissiez pour de bon, eux et toi. Lis *The Economist* pour te faire une idée plus précise de l'avenir du tiers-monde. Mais je suis sûr que c'est la dernière chose que tu souhaites. C'est beaucoup plus marrant de se balader couverte de perles avec de magnifiques guerriers, et de faire du fric grâce à leurs airs sauvages ! Une chose est certaine : à peine se seront-ils coupé les cheveux et auront-ils trouvé un boulot que toi, tu perdras le tien. Ça ne m'étonne donc pas que tu ne veuilles pas les voir changer. »

Iris était rouge de colère.

« À la minute où les guerres tribales cesseront de causer la mort de milliers d'individus, tu perdras toi aussi ton boulot. Tu peux m'expliquer en quoi il est plus moral d'écrire sur les guérilleros armés d'AK 47 ? »

Hunter sourit et alluma une Rooster. Il exhalait très lentement en étudiant la fumée qu'il soufflait vers le haut.

« Je n'ai jamais eu l'intention de faire des comparaisons de ce genre. Je voudrais juste que tu cesses de nous infliger le récit de tes glorieuses aventures dans la brousse. » Il se tourna vers Miles. « Voilà des années qu'on doit se les coltiner. »

Nicole me regarda et m'adressa un sourire. Elle savourait le jeu de massacre. Enfin, quelqu'un remettait Iris à sa place.

« Ça suffit, vous deux ! s'écria Peter. Arrêtez de vous chamailler.

— Pas de problème », répondit Iris, glaciale. Puis, se tournant vers Hunter : « De quoi tu préfères qu'on discute ? Des guerres ? Des virus ? Des coups d'État ?

Des catastrophes écologiques ? De la corruption ? Vu que tu es une star incontestée dans tous ces domaines.

— On peut passer à autre chose ? demanda Nicole. Vous voulez bien arrêter de me gâcher ma soirée, maintenant ?

— Très bien. Excuse-moi, je voudrais juste poser une dernière question. » Hunter leva son verre en direction d'Iris et lui adressa un sourire salace. « Il y a un truc que je me suis toujours demandé : tu baises avec eux ou…

— Arrête, tu veux bien ! interrompit Iris, souriant enfin, comme s'il avait fini par lui donner la réplique. Bon Dieu, Hunter, qu'est-ce qui te prend, ce soir ? »

Elle s'amusait à présent, la conversation ayant pris un tour sexuel, ce qui était davantage dans ses cordes. C'était sa petite revanche.

Elle se tourna vers Miles avec un sourire radieux.

« Je ne couche jamais avec mes sujets. Je me contente de les observer. »

Hunter s'installa à côté de moi sur le canapé tandis que nous prenions le café, après dîner.

« Vous ne parlez pas beaucoup, Esmé.

— Si… non… enfin, ça dépend. » Il me mettait mal à l'aise, me rendait méfiante. J'avais le sentiment qu'il pouvait lui venir l'envie de me mettre en pièces à n'importe quel moment, et restais donc assise dans mon coin, prête à bondir. Une seule chose était sûre : je ne le laisserais pas faire de moi sa prochaine victime. Mais, contre toute attente, son regard s'éclaircit et sa voix devint douce.

« Les poèmes de votre père sont merveilleux. Je me rappelle celui au sujet des oiseaux… les plumes vertes des oiseaux ?

— Les plumes… ? Oh oui, je crois savoir lequel.

— Vous auriez une photo de lui, par hasard ?

— Pardon ? Oui, bien sûr. Vous voudriez la voir ?

— Oui, ça me ferait très plaisir. J'ai toujours envie de savoir à quoi ressemblent les gens lorsque leurs pensées me plaisent. Vous lui ressemblez ? »

Je me mis à rougir comme une adolescente. J'étais bouleversée à la pensée qu'il ait pu lire Fernandino. Pour la première fois depuis des mois, quelqu'un, ici, sur la planète Mars, avait été en contact avec mon passé. Les poèmes de mon père à Mogadiscio ! Je n'en revenais toujours pas. Et dire que Hunter Reed, précisément, les avait eus entre les mains.

Il avait touché un point sensible.

« Oui, je crois, un petit peu. Je vous montrerai sa photo si vous le souhaitez. »

Je ne l'invitai pas, je ne lui expliquai pas où j'habitais. Je me dis qu'il valait mieux laisser l'univers se charger de ces détails. S'il voulait vraiment me revoir, il lui serait facile de me trouver. Car, maintenant, je savais que Hunter Reed voulait me revoir et que la photographie n'était qu'un prétexte. J'en étais certaine. Il arrive que des gens se devinent avant même de s'être rencontrés. On sent l'autre s'approcher, comme si le désir précédait les corps.

En y repensant après coup, je crois que nous nous en doutions déjà quand nous nous étions parlé au téléphone, et que tout s'était si mal passé. En revanche, ce que je refusai de m'avouer ce soir-là, c'est à quel point j'avais envie de le revoir.

Adam revint d'Arusha le lendemain. Il était bronzé, couvert de poussière et sentait la brousse. J'étais soulagée de le retrouver. Quant à lui, pris entre ses clients cauchemardesques et son désir de rentrer chez nous, le temps lui avait vraiment paru long.

Nous nous assîmes l'un en face de l'autre dans la baignoire pleine d'eau chaude. La vapeur remplissait la pièce, nous coulait le long du dos.

« C'est horrible d'être l'otage de gens qu'on méprise. Tout ça parce qu'ils nous paient pour leur montrer ce qu'on aime.

— Tu parles de la brousse comme si c'était ta maîtresse.

— Eh bien... c'est tout ce qu'on possède quand on a grandi ici. Et, en un sens, c'est tout ce qu'on a à offrir aux autres. »

Oui. Les arbres, les oiseaux, les pistes, les rochers, les rivières, les éléphants, les buffles, les odeurs, les bruits dans la nuit : c'était ça, les richesses d'Adam. Il me les avait offertes lorsque nous nous étions rencontrés, me les avait présentées comme des cadeaux de mariage. Je les avais acceptées avec gratitude, car je me disais que son amour de l'Afrique allait m'apprendre à m'en sortir.

Mais un nouvel élément était intervenu pendant notre séparation : au cours de mon exploration personnelle, j'avais commencé à entrevoir un autre visage de l'Afrique, où je ne distinguais ni animaux, ni paysages, ni couchers de soleil, ni traces de beauté ou d'amour. Ce visage était plus dur, plus laid.

Pourtant, sans que je puisse m'expliquer pourquoi, il m'attirait.

À présent qu'Adam était de nouveau près de moi, je m'en voulais secrètement d'avoir apprécié les opinions cyniques de Hunter au sujet de l'avenir du continent. Mais comment ignorer que sa tirade contre Iris m'avait rappelé un jeu destructeur qui m'était familier depuis toujours : le passe-temps favori de Fernandino n'était-il pas de détruire les illusions de tout un chacun ?

Nous sortîmes du bain. Adam alla à la cuisine et revint avec un verre. Il me demanda ce que j'avais fait pendant son absence, et je lui racontai le dîner chez Nicole.

« Hunter ? Ça fait un temps fou que je ne l'ai pas vu. Comment il va ?

« — Ça a l'air d'aller. À part… je sais pas… Il a été horrible avec Iris. Il est toujours aussi agressif ? »

Adam sourit.

« Oh, non. Mais il aime bien lui taper sur les nerfs. C'est sa manière de la taquiner.

— Taquiner, c'est pas vraiment le mot. Je dirais plutôt qu'il s'est fichu d'elle devant tout le monde, comme si elle était une pauvre tarée.

— Ces deux-là passent leur temps à se chamailler. C'est un des syndromes des ex-amants, ils n'y peuvent rien.

— Ils ont été *amants* ?

— Oh, oui. Pendant des années. Il y a longtemps. »

Une vague d'irritation m'envahit.

« Nom de Dieu, j'ai l'impression qu'ici tout le monde a couché avec tout le monde. »

Adam m'attira vers lui et m'embrassa tendrement sur les lèvres.

« Il faut s'y faire.

— Ça me débecte. C'est trop incestueux. »

Il éclata de rire. J'essayai de me détacher de lui mais il m'en empêcha et me murmura, taquin :

« On s'efforce juste de maintenir notre taux de croissance et de reproduire notre espèce dans un environnement des plus hostiles. Comment peux-tu nous en vouloir ? »

Nous tombâmes sur le lit. Je fermai les yeux et souris en sentant la lente pression de son genou entre mes cuisses. C'était si bon de le retrouver.

Voilà ce que l'Afrique fait aux femmes : elle les ramène à la case départ, là où, sans hommes, elles se sentent des bonnes à rien.

Non, je ne voulais pas être une femme seule en Afrique et – chose étrange – j'étais tout à fait disposée à le reconnaître.

8

« Ça pourrait être la bobine ou les pistons, dit M.
Kilonzo, la tête plongée sous le capot. À moins que ce ne
soit la tête de Delco.

— On vient de la changer », protestai-je entre deux
gorgées de thé.

Je dis « on » parce que M. Kilonzo et moi-même en
sommes venus à nous identifier à une équipe de chirurgiens tentant en vain de ranimer un patient dont la vie ne
tient qu'à un fil, grâce à une longue série d'opérations,
toutes plus extravagantes les unes que les autres. Nous
avons désormais remplacé chaque organe possible dans
le corps éprouvé de ma voiture mais, malheureusement,
notre patiente s'acharne à retomber dans un coma
profond. À ce stade, la déception est cruelle.

Il n'est que huit heures et demie du matin, le lendemain du jour où Nena a fait son dîner : la voiture m'a
encore lâchée à mi-trajet, pendant que je rentrais chez
moi, après le petit déjeuner. Je n'avais qu'une seule
chose en tête : me glisser sous mon duvet et, dans
l'obscurité, lutter contre la gueule de bois. Au lieu de ça,
il m'a fallu arrêter un camion – toujours vêtue de ma
robe de la veille et chaussée d'escarpins – et lui
demander de me remorquer jusqu'au garage de Kilonzo.

« Si c'est les pistons, on est vraiment dans la poisse, non ? demandai-je en tentant de décrypter son air soucieux.

— Ne concluons pas trop vite. Ça ne sert à rien de crier au loup ! » dit Kilonzo, dont la philosophie consiste à éviter à ses clients de se sentir inutilement déprimés. « Il se peut que le problème vienne des vis platinées.

— J'aimerais bien, mais franchement j'en doute. » Je suis assise sur un tabouret, dans l'obscurité de son atelier, juste éclairé par un néon. Comme à son habitude, Kilonzo m'a offert une tasse de thé épicé, très fort, ainsi qu'une cigarette.

À vrai dire, j'aime être là, dans l'atelier, à respirer l'odeur de l'essence et de la graisse, et à regarder Kilonzo réparer les organes malades de ma voiture. Cela me rappelle comment, dans mon enfance, je restais assise dans la cuisine de notre maison de Naples pour regarder Sylvia, notre vieille gouvernante, repasser le linge. C'était une femme bien en chair, qui sentait la poudre à récurer. Je me souviens du parfum de propreté émanant de sa chair et des vêtements fraîchement nettoyés. Elle gardait toujours une radio allumée, et me faisait un bol de chocolat chaud tandis que, installée sur la machine à laver, j'observais la manière dont elle empilait les chemises empesées.

Regarder les gens modifier de leurs mains la forme des choses – un miracle qui a lieu chaque jour, dans toutes les cuisines et tous les ateliers du monde – a quelque chose de très relaxant. C'est aussi la tâche du magicien et du guérisseur, que de transformer la matière inerte en matière vibrante, que d'associer les fragments épars. Mais, ce matin, je me sens moi-même aussi chiffonnée et brisée que les vêtements de Sylvia ou que les tuyaux rouillés de Kilonzo.

C'est un homme corpulent qui a dépassé la cinquantaine, porte des lunettes à verres épais et une impeccable combinaison bleue. Ex-flic, il possède une culture au-dessus de la moyenne, un grand sens de l'humour et, pour lui, les termes « respect du prochain » ne sont pas une vaine expression.

« Vous savez, monsieur Kilonzo, vous êtes devenu l'un de mes amis les plus proches. Je crois que vous êtes, dans cette ville, la personne avec laquelle je passe le plus de temps. J'ai vraiment pris goût à vous voir examiner ma voiture. »

Kilonzo éclate de rire.

« Peut-être la sabotez-vous exprès pour venir me rendre visite.

— Bien que j'apprécie énormément votre compagnie, je crois que ça me coûterait trop cher. Beaucoup plus, en tout cas, que de vous inviter à dîner. »

Kilonzo s'esclaffe et lève la tête du moteur, tenant entre ses doigts une petite chose noirâtre et luisante de graisse qu'il examine scrupuleusement à la lumière du néon. Puis il crie des paroles en kikuyu à son mécano, qui revient avec un minuscule tournevis.

« Je peux passer un coup de fil ? » Je voudrais demander à Nicole de venir me chercher.

« Désolé, le téléphone ne marche pas, aujourd'hui.

— Tant pis, je vais aller jusqu'à la cabine.

— Dans tout le quartier c'est la même chose. Depuis hier. »

Il essaie de faire démarrer la voiture en criant des ordres au mécano, qui maintient le câble de la batterie, mais rien ne se produit. Soudain, c'est la panne, et nous nous retrouvons plongés dans l'obscurité.

« Et maintenant, qu'est-ce qu'on fait ? dis-je avec une nuance d'irritation.

— On attend que l'électricité revienne », dit la voix de Kilonzo que, dans le noir, je ne distingue plus. Quelqu'un allume une lampe à pétrole.

« Combien de temps ça prendra ? » Je sens la colère, en moi, prendre le pas sur le découragement. Cette colère que je connais si bien, qui vous frappe lorsque tout vous lâche au même moment. Vous voilà de nouveau coincée, embourbée jusqu'au cou dans la gadoue africaine.

« Enfin, Esmé, comment voulez-vous que je le sache ? Ça peut durer une heure, quatre heures, toute la journée. » Dans la faible lueur de la lampe à pétrole, je parviens à deviner ses traits. Il vient de s'allumer une cigarette et sourit, comme toujours. « Ils rationnent.

— Je n'arrive plus à supporter ça ! Comment les gens peuvent-ils bosser dans des conditions pareilles ? Leurs affaires ne se cassent pas la gueule ? » J'ai haussé la voix. Kilonzo se sert une autre tasse de thé et continue à sourire de mon impatience, qu'il commence à bien connaître, à présent. Il la sent chaque fois que je lui demande de réparer ma voiture, avec une telle anxiété qu'on dirait que c'est ma vie que je lui demande de réparer, une bonne fois pour toutes !

« Comment peut-on envoyer des fax, se servir d'ordinateurs ? C'est insensé ! Dites-moi comment les gens, ici, arrivent à travailler.

— Ils n'y arrivent pas, bien sûr, répond-il de sa voix polie, chargée d'inflexions africaines. Mais ça ne sert à rien de se mettre en colère.

— Ouais, je sais. J'imagine que c'est trop me demander, vu mon caractère, dis-je en tirant rageusement une bouffée de ma cigarette.

— Dans ce cas, je vais vous raconter une histoire sur votre type de caractère », poursuit Kilonzo avec un sourire. Dans le noir, je vois étinceler ses dents blanches. « Lorsque je possédais un *shamba* près de Nakuru, nous avions un voisin, un *mzungu*, qui venait d'Allemagne. Il ne cessait de se plaindre parce que ceci ou cela ne marchait pas. Il m'arrivait d'aller lui réparer sa

160

fourgonnette ou sa pompe à eau, mais dans le temps, vous savez, il était beaucoup plus difficile de se procurer des pièces détachées et la route était vraiment mauvaise. Si bien que, quand les choses se cassaient, elles le restaient un bon moment. Le *mzungu* reprochait toujours aux autres d'être responsables de sa mauvaise humeur et se plaignait de ses ouvriers qu'il accusait de ne pas prendre soin du matériel. D'après lui, tout ce qu'il leur confiait neuf, il le retrouvait en pièces quelque temps plus tard. Un jour, tandis qu'il était en train de construire ou de réparer quelque chose, il s'arrêta à la quincaillerie de Nakuru et acheta un seau rouge. Un seau de plastique rouge, d'accord ? Il était très satisfait de son achat et le donna à ses ouvriers. Ce soir-là, lorsqu'il alla contrôler leur travail de la journée, il découvrit que ses ouvriers avaient cassé le nouveau seau rouge.

— Comment s'y étaient-ils pris ? Ce n'est pas facile de casser un seau en plastique…

— Précisément ! Il est venu me voir, son seau à la main. *Dites-moi, comment c'est possible*, n'arrêtait-il pas de me demander, en s'étranglant presque de rage, tant sa colère était grande. » Kilonzo éclate de rire et fait claquer sa paume contre sa jambe. « *Je quitte ce pays ! Je refuse de vivre dans un endroit pareil*. Oh, mon Dieu, vous auriez dû voir dans quel état il était ! Et c'est ce qu'il a fait. Il a fait ses bagages le jour même, il est parti, et il n'est jamais revenu. »

Kilonzo rit si fort qu'il doit retirer ses lunettes et s'essuyer les yeux du revers de la main ; son corps replet est secoué de hoquets.

« Oh non, dis-je, riant avec lui. C'était la goutte qui fait déborder le vase !

— Oui ! Il a tout laissé tomber à cause de ce seau rouge ! C'est pour ça que, désormais, ma femme et moi, lorsque la journée a été dure et que rien ne s'est passé

161

comme il fallait, nous appelons ça "passer une journée seau rouge". Vous saisissez ?

— Tout à fait. Et c'est ce qui m'arrive aujourd'hui : une journée *vraiment* seau rouge. »

Kilonzo glousse en signe d'approbation.

« Très bien ! Vous voyez, pas la peine que vous quittiez le pays ! Contentez-vous d'acheter un nouveau seau rouge ! C'est quand même plus simple que de faire ses bagages et de commencer une nouvelle vie, non ?

— Oui. Mais je n'ai pas besoin de seau rouge, alors de quoi, au juste, est-ce que j'ai besoin ? dis-je en jetant à Kilonzo le regard implorant d'un disciple à son gourou.

— Oh, eh bien… Je vais demander à Ndegwa de vous déposer au centre commercial de Lenana Forest. Là, pour vous relaxer, vous allez passer deux heures chez le coiffeur, vous faire faire une nouvelle coupe et lire des magazines féminins. Achetez-vous aussi quelque chose de bon à manger. Lorsque vous en aurez fini, la voiture sera prête et vous serez redevenue une femme heureuse. »

Suivant ses conseils, je me fais conduire par Ndegwa au Heather's, l'institut de beauté de Karen. Je passe prendre un sandwich chez le traiteur d'à côté et laisse Sheila, une blonde ingrate à l'accent cockney, me couper les cheveux. J'avale un sandwich au tarama et au fromage tout en dévorant de vieux numéros de *Hello*, dans lesquels je découvre comment tout le monde était habillé lors de la remise des oscars. J'apprends également que rien ne va plus entre Jerry Hall et Mick Jagger, et que Pavarotti est au régime. Sheila me dit qu'elle revient d'Angleterre et qu'elle est en train de me faire la dernière coupe branchée. Je ferme les yeux et me laisse glisser dans le monde familier des conversations de filles, réconfortée par l'odeur de la teinture, du vernis à ongles et des magazines sur papier glacé : cet univers où toute femme a l'impression de se retrouver chez elle, à quelque distance qu'elle soit de son pays natal. Je finis par me relaxer, comme me l'avait préconisé Kilonzo.

Ndegwa m'attend toujours devant chez Heather's lorsque je ressors, afin de me ramener au garage. L'Afrique est après tout le seul lieu au monde où un mécanicien est disposé à vous accompagner chez le coiffeur pour que vous vous calmiez les nerfs. L'absurdité de la situation me fait sourire. Chez Kilonzo, l'électricité est revenue et ma voiture est prête. Le problème n'était effectivement pas du côté des pistons, et la note n'est, par conséquent, pas trop salée. Ce qui a commencé comme une journée seau rouge est en train de devenir une bonne surprise à l'africaine.

« Qu'est-ce que je vous avais dit ? Pas de conclusions hâtives, fait Kilonzo en tapotant le capot. Vous aimez trop le drame, Esmé. »

Oui, vous avez raison, monsieur Kilonzo, me dis-je en quittant le garage, ça doit être à cause des gènes italiens, ou un truc dans ce goût-là.

Il bruine toujours, le temps est gris. Je m'arrête au bord de la route pour acheter du bois et, tandis que les gars chargent les bûches à l'arrière de la voiture, je respire l'odeur du bois humide, de la fumée et de la terre mouillée : ce parfum piquant qui me rappellera toujours ma vie dans ce pays.

Ce climat hivernal sied à mon humeur et me donne des envies de confort. Et voilà que je peux enfin faire du feu dans la cheminée, m'étendre sur mon lit, regarder le plafond, et considérer – comme une enfant sortant tous ses jouets de la boîte pour s'assurer qu'ils sont toujours bien à elle – les petits morceaux, les scènes mémorables, les fragments de conversation et les moments décisifs : tout ce dont je suis capable de me souvenir, qui paraît être arrivé sans rime ni raison mais qui a tout de même abouti à faire de ma vie dans ce pays ce qu'elle est aujourd'hui. À présent, c'est ce que je suis : la conséquence de ces actes mécaniques. Au départ, ils ne semblaient pas devoir me conduire où que ce soit en particulier ; or, il s'avère qu'ils m'ont entraînée dans un territoire plutôt dangereux, dont je ne sais plus comment m'échapper.

Je ne revis pas Hunter avant longtemps. Il ne vint jamais voir la photo de Fernandino. Si, au début, j'en éprouvai un certain dépit – je ne m'étais pas attendue à être ainsi ignorée –, je cessai, au bout de quelques jours, de songer à Hunter Reed. Ou, du moins, c'est ce que je croyais.

Des semaines s'écoulèrent et, comme Pâques approchait, le temps sec fit soudain place à la saison des pluies. Peu après, Adam leva le camp pour la saison et revint chez nous. Un matin, le vrombissement lointain du tonnerre annonça la première averse. Quel soulagement ce fut, après des mois de chaleur brûlante et de poussière, de voir danser et rebondir les gouttes d'eau sur les feuilles sèches du jardin. Grâce à l'eau, tout se remettait à respirer, la vie reprenait ses droits. À la suite de cette première averse, la pluie ne cessa plus. Elle tambourinait sur notre toit de *mabati*, et nous ne pouvions courir de la véranda à la voiture sans être trempés de la tête aux pieds. Langata tout entier ressemblait à une flaque de boue géante.

Le soir, les pluies s'interrompaient, et dans la nuit calme s'élevait le champ ininterrompu des crapauds-buffles. Il y en avait partout, de toutes les sortes. Des grenouilles orange et noir vivaient dans les tuyaux et, lorsque je me brossais les dents le matin, je voyais leur tête dépasser, par le trou d'évacuation du lavabo.

Un tel déluge n'empêchait pas Adam d'avoir la bougeotte : il était toujours occupé à réparer ou à souder quelque chose, dans l'atelier ou derrière la maison, à courir chercher une pièce détachée au fin fond de la zone industrielle, à commander la fabrication de nouvelles tentes. Je compris que cet homme était accro à l'activité physique : il ne supportait pas de rester sans rien faire. Mais nous nous débrouillions tout de même pour passer nos soirées ensemble à regarder des vidéos, à discuter devant un feu de cheminée où à dîner en ville : à faire tout ce que font les gens normaux, en somme. Peu à peu, notre existence en tant que couple prenait forme. Et moi, je commençais à m'y habituer.

De temps en temps, si les câbles n'étaient pas tombés des arbres à cause du mauvais temps ou si les Massaïs ne les avaient pas volés pour en faire des bijoux, je téléphonais à Teo. De l'entendre me décrire les premiers jours du printemps sur la côte d'Amalfi ou dans la campagne toscane me plongeait en pleine nostalgie : je revoyais les *ginestre* jaunes et les champs de lavande bleu foncé. Je me pris à regretter le parfum de l'herbe fraîche et des rosiers sauvages, et la douce lumière d'avril. Les plantes et les êtres humains sortent alors de la torpeur hivernale et, délicatement, étirent leurs membres engourdis. Pendant ce temps, je me trouvais dans un pays où la pluie tombait en permanence, tandis que toutes sortes d'insectes répugnants se livraient à d'inquiétantes parades amoureuses autour des lampes. Il arrivait que des milliers de fourmis recouvrent entièrement un mur, en l'espace de quelques minutes, formant un tapis noir et grouillant que Wilson et moi devions littéralement balayer. La nature sortait de la léthargie de la saison sèche et s'accouplait furieusement, farouchement décidée à survivre à six autres mois de chaleur sans vie.

« Tout est extrême ici, me plaignais-je à Adam. Tout passe directement de la vie à la mort, sans transition.

— Qu'est-ce que tu veux dire par là ?

— Vous n'avez pas d'intermédiaires, comme le printemps ou l'automne…

— J'adore comme tu dis "vous", comme si c'était moi qui étais responsable du climat africain. Et des saisons, on en a, Esmé, c'est juste toi qui n'y prêtes pas suffisamment attention. Et de belles saisons aussi, exactement comme en Europe : le ciel se modifie, le vent tourne, les couleurs ne sont plus les mêmes, tout comme le parfum de l'herbe et des fleurs. Je te montrerai lorsque nous irons sur la côte. »

Au début de l'été, les pluies se calmèrent. Tous les expatriés partirent passer leurs vacances en Europe.

« Allons en Italie, dis-je à Adam. Je veux que tu fasses la connaissance de mon frère.

— J'aimerais bien, vraiment, me répondit-il sur un ton un peu coupable. Mais là, je ne peux pas me le permettre. Il faut que j'aille aux États-Unis pour préparer la prochaine saison touristique. On fera ça l'année prochaine, c'est promis. »

Il y aurait donc une année prochaine. Un avenir. Je me sentis rassurée.

Adam commença à organiser son voyage promotionnel aux États-Unis. Il s'y rendait chaque année afin de rallier de riches clients à ses safaris de la saison suivante, grâce à une série de conférences organisées dans les rotary clubs locaux, ou équivalents. Adam allait s'absenter pour six semaines. Il lui faudrait dîner avec des directeurs d'agence de voyages, des rédacteurs de magazine, et revenir avec des commandes. Si ses séances diapos montraient la nature et les animaux que le safari permettait d'approcher, elles avaient pour but essentiel de rassurer son auditoire quant au confort dispensé par les camps. En général, les néophytes des safaris africains avaient la hantise des ablutions dans la brousse, et leur principale objection à ce type de voyage était liée à leur crainte de devoir s'accroupir derrière les buissons. C'est pour ça qu'Adam prenait soin de leur montrer ce qui les attendait dans ses très coûteux camps haut de gamme. Un « ouf » de soulagement, parfois accompagné d'applaudissements, parcourait l'assistance, tandis que défilait sur l'écran une suite de diapositives révélant la splendeur d'une salle de bains, réservoir de porcelaine et siège de bois compris.

Cette entreprise devait relever du pur cauchemar.

« Mais il faut que je le fasse, précisait-il en haussant les épaules. Sinon, toute l'affaire est à l'eau. Et puis, ça marche. »

Son boulot s'apparentait par certains côtés à celui d'un acteur en tournée promotionnelle : il montrait la bande-annonce et des extraits du film, et en vantait l'intrigue ; la beauté du protagoniste faisait le reste. Tout le monde était désireux d'acheter le décor de *Out of Africa*, mais sans la poussière, sans la bière tiède, et surtout sans avoir à se soulager dans les buissons. Adam et son diaporama étaient là pour apporter la preuve qu'il était possible d'avoir l'un sans l'autre. Connaissant la réserve d'Adam, je comprenais à quel point il devait détester ça ; en même temps, je m'étonnais de tout ce qu'il était capable de supporter. Il est vrai que ça lui rapportait beaucoup d'argent.

« Je ne vais pas pouvoir continuer comme ça bien longtemps. Tout ce que je veux, c'est gagner assez d'argent pour m'acheter du terrain. Et là, j'arrêterai tout. Je veux pouvoir profiter de la nature sans avoir à la *commenter* pour des touristes équipés de caméras vidéo. Je ne désire qu'une chose : m'asseoir en silence près d'un feu de camp. »

N'étant pas obligée de gagner ma vie, il m'était facile de snober les horribles couples riches en tenue de safari, puant la république bananière. J'avais choisi de dépendre luxueusement des revenus d'Adam et de la reconnaissance posthume de mon père.

167

Avant de partir pour les États-Unis, Adam décida que nous ferions un safari tous les deux et il organisa un voyage sur la côte, où sa famille possédait une maison, près de Mombasa. Ses parents y passaient désormais le plus clair de leur temps, même s'ils étaient toujours propriétaires d'une ferme, plus à l'intérieur du pays, que dirigeait le frère aîné d'Adam, Brian.

La perspective d'être présentée à ses parents me troublait. Il y avait quelque chose d'officiel à aller ensemble pour quelques jours chez eux mais, après tout, cela faisait désormais presque un an qu'Adam et moi vivions ensemble et j'avais eu l'occasion de leur parler au téléphone lorsqu'ils appelaient pour dire bonjour.

« Sois tranquille, mes parents sont vraiment cool, me répétait Adam, pendant que nous roulions sur la route de Mombasa, en direction du nord. On va juste se baigner et prendre un peu le soleil. Ce n'est pas comme si on allait *se marier*, tu sais ! »

Je sursautai sur mon siège. Le mot continua à me trotter dans la tête, tandis que nous perdions de l'altitude et plongions dans la plaine, traversant le luxuriant parc national de Tsavo, qui regorgeait de fleurs bleues.

« Tu vois, dit Adam. C'est ça, le printemps africain, tu ne le sens pas ? »

Se marier. Jamais auparavant cette idée ne m'avait effleuré l'esprit. Mais, à ce moment-là, comme je regardais Adam renifler ce printemps africain qu'il aimait tant, je me dis pour la première fois que oui, c'était possible. Il m'avait guérie, il s'était si bien occupé de moi. Non, il ne pouvait plus être question pour moi de revenir en arrière, de retourner à mes peurs et à la solitude qui m'attendait en Europe, pas plus qu'à ma langue maternelle ou à mon ancien mode de pensée. Adam posa sa main sur mon genou, et je la recouvris de la mienne, prise d'un soudain élan de tendresse. Une fois de plus, nous voyagions au milieu du néant, nous voguions dans l'immensité vierge... et c'est alors, consciente de la grandeur de ce qui nous entourait, que je songeai « oui, je pourrais vraiment vivre avec cet homme, l'épouser et être la mère de ses enfants ». Entourés de si vastes espaces, c'était une idée rassurante que de désirer former un petit groupe d'individus soudés, se protégeant les uns les autres.

C'est là l'effet qu'avait sur moi l'Afrique : elle remettait les choses à leur place, ou plutôt à la place qui aurait dû, dès le départ, être la leur. Dans ce pays, l'amour paraissait enfin nécessaire, et c'était un soulagement que d'éprouver de la confiance ; dans ce pays, il était vain de se battre pour maîtriser quoi que ce soit puisqu'il était évident que tout vous échappait ; dans ce pays, le fait d'épouser un homme et d'avoir des enfants représentait davantage qu'un simple choix petit-bourgeois.

Fernandino se serait arraché les cheveux dans un endroit pareil.

La propriété des parents d'Adam se trouvait au sud de Mombasa, près de la frontière tanzanienne. Elle était juchée sur des falaises de corail et surplombait l'océan Indien, dans une anse d'une beauté renversante miraculeusement épargnée par la rapide expansion immobilière des quinze dernières années. Leur propriété jouxtait une *kaya* – nom donné en swahili à une forêt sacrée, où la faune et la flore locales, protégées, se développaient librement. C'était un lieu magique, l'un des derniers à n'avoir pas été gâché par le tourisme de masse. La mère d'Adam, Julia, était jardinière paysagiste et cultivait des plantes rares et des palmiers en pépinière, derrière leur propriété. Elle était grande, mince et jolie et, comme nombre d'Anglaises que j'avais eu l'occasion d'observer au Kenya, elle possédait la délicatesse toute particulière des stars de cinéma de la fin des années cinquante. Pour les femmes de la génération de Julia, qui ont vécu la majeure partie de leur existence dans les plantations de café de leur père, le temps semble s'être arrêté à l'époque de Doris Day ou de Joan Fontaine. Elles portent des vêtements de coton imprimé aux coloris pastel et des lunettes qui leur donnent l'air tout droit sorties de photos Kodak des années soixante. Glenn, son époux, était un homme robuste qui possédait la même présence physique qu'Adam. Son visage était sillonné de rides seyantes, témoignant de trop d'années sous le soleil. Ils m'embrassèrent chaleureusement, comme s'ils me connaissaient déjà depuis longtemps.

« Venez, j'ai servi le thé sur la véranda, dit Julia.

— Tu ne pourrais pas nous servir quelque chose de plus fort, maman ? protesta Adam. J'ai passé la journée à conduire, dans cette chaleur.

— Ça, c'est une bien meilleure idée, approuva Glenn. Esmé, venez vous asseoir, vous devez être épuisée. C'est un vrai cauchemar, de faire la route depuis Nairobi. J'ai toujours détesté ce trajet. »

Il me mit un bras autour de l'épaule et m'entraîna dans la maison, jusqu'à la véranda qui dominait la mer.

La demeure était vieille et charmante : des lits à baldaquin de style Lamu, d'anciennes tables et chaises de bois, des rideaux blancs flottant au vent. Les étagères étaient bourrées de vieilles éditions de romans de Graham Greene ou de Daphné Du Maurier, d'anciens numéros du *National Geographic* et d'ouvrages aux reliures de cuir, exhalant une odeur d'humidité. Des trophées impressionnants ornaient le salon, témoignant des exploits de jeunesse de Glenn.

« Ça, c'est le plus gros impala jamais tué en Afrique », dit-il fièrement, en me désignant une tête gigantesque. De voir tous ces animaux de brousse au bord de la mer me faisait vraiment une drôle d'impression.

« Aliii ! cria Julia d'une voix haut perchée. *Tafadhali, lete drinks na barafu !* »

Un jeune homme vêtu de blanc, pieds nus, apparut, portant un plateau. Dès qu'il vit Adam, il poussa un cri de joie. Ils se tapèrent affectueusement sur l'épaule et se serrèrent la main. Bientôt, les autres membres du personnel se joignirent à lui pour accueillir Adam. Tous étaient depuis longtemps au service de la famille et l'avaient connu enfant. Je me pris aussitôt d'affection pour eux. Le cuisinier, Rajabu, était un *mzee* d'une beauté frappante, à la barbe blanche et aux yeux presque verts. Adam me confia qu'il était un peu sorcier et qu'il connaissait sur le bout des doigts les plantes locales et leur usage médicinal.

Dès le moment où j'étais sortie de la voiture, je m'étais sentie euphorique. Peut-être était-ce dû à la perte d'altitude. Toujours est-il que mon corps se détendait, que les pores de ma peau semblaient s'ouvrir à la tiédeur humide de l'air et que je trouvais que tout, autour de moi, exhalait l'odeur capiteuse des mangues trop mûres ou de la pâte d'amandes. Comment avais-je pu demeurer si longtemps loin de la mer ? On aurait dit que rien de cruel, d'atroce ou d'injustifié ne pouvait se produire au bord de l'océan.

Nous étions dans le Sud, et ce Sud, comme tous les autres Sud du monde, était plus doux, plus calme que le Nord, et possédait une culture plus ancienne et plus raffinée. Lorsque Adam m'emmena à Mombasa, j'eus l'impression d'être retournée chez moi. Le lieu m'évoqua le sud de l'Italie, et je crus reconnaître quelque chose de l'atmosphère napolitaine. Malgré la chaleur, le vacarme et la dégradation, la ville me parut vivante et cosmopolite. À l'ombre du marché, tous les vieillards assis en tailleur parmi des piles de fruits ou de légumes ressemblaient à des philosophes soufis ou à des sultans. On devinait immédiatement que cet endroit avait une histoire, qui plus est, une histoire écrite. Les ethnies de la côte différaient en tout des ethnies du centre, telles que les Kikuyus, les Kambas ou les Luos. Leur sang, depuis des siècles, s'était mêlé à celui des Arabes, des Portugais et des Indiens. Leurs ancêtres avaient voyagé entre Zanzibar et Oman, Lamu et Mombasa, Karachi et Pemba. Ils avaient fait le commerce de l'ivoire, du bois, des esclaves et des épices, sur leurs boutres. Ces hommes étaient toujours vêtus de blanc, et coiffés des calottes brodées des musulmans. Assis chaque soir à l'ombre des arbres, ils buvaient à petites gorgées leur thé à la cardamome dans de minuscules tasses. Les vieux *wazee* vous saluaient toujours de la manière la plus démodée et la plus merveilleuse qui soit, en vous murmurant de mélodieux saluts, tandis que vous passiez près d'eux.

« *Shikamuu...*

— *Maharaba...*

— *Salam alekum...*

— *Salama sana...* »

Tous les matins, Adam et moi, allions nous promener sur la plage. Là, nous regardions les pêcheurs installer leurs filets à l'intérieur du récif et tapoter l'eau tout autour pour y emprisonner les poissons. Leurs silhouettes couvraient l'horizon de points, et l'on distinguait, venant de tous côtés, le clapotis de l'eau. Les chiens nous accompagnaient et couraient après les crabes et les oiseaux, pendant que nous nous installions dans des bassins peu profonds, à marée basse, pour discuter pendant des heures. Je réalisai que, jusque-là, Adam et moi avions eu très peu de temps pour parler vraiment. De sa vie avant notre rencontre, j'ignorais presque tout. Au cours de cette semaine-là, son enfance à la ferme et sur la côte défila devant mes yeux. Il me désigna tous les endroits secrets où il aimait à jouer dans son enfance ; et chaque rocher, chaque arbre était encore en place, à l'endroit où il les avait laissés. Il me montra les ruines de la vieille mosquée, au fin fond de la forêt sacrée ; il venait se cacher là tous les après-midi, lorsque les rayons bas du soleil, filtrant à travers le feuillage, transformaient les ruines en illustration de roman d'aventures. Il m'emmena au « bassin des hirondelles », sous les falaises. Là nichaient les oiseaux durant la saison froide, remplissant l'air de leurs pépiements. On pouvait même s'y baigner à marée basse et, en nageant sous l'eau avec un tuyau, observer la plus extraordinaire collection d'étoiles de mer aux couleurs vives, disposées sur le sable blanc comme dans une scène de *Fantasia*. Nous nagions côte à côte, et j'aimais sentir, sous l'eau, nos deux corps se frôler et mes longs cheveux caresser son bras tandis que sur nos peaux miroitait le soleil. J'aimais aussi le goût salé de sa bouche quand nous nous embrassions.

Juste avant le crépuscule, nous marchions jusqu'au cap, où le récif rejoignait la rive et où les vagues venaient frapper la falaise. Il y avait toujours du vent et, à cause des embruns, comme nous nous tenions au bord de la falaise pour contempler la mer, nous étions vite couverts d'une fine pellicule d'eau salée. J'avais l'impression d'être au paradis.

« Pourquoi est-ce qu'on ne viendrait pas vivre ici ? » lui demandai-je. La question m'avait paru évidente.

« C'est exactement là que je veux acheter du terrain, répondit Adam. C'est pour ça qu'il faut encore que je travaille un an ou deux. Après, on pourra construire notre maison, ici même. »

Jamais personne ne m'avait parlé en des termes aussi simples, aussi définitifs. Jamais personne n'avait osé faire avec moi de tels projets. *Acheter du terrain. Construire une maison.* Je n'avais entendu ce genre de répliques que dans ces films où Henry Fonda joue le personnage d'un pionnier. Je serrai la main d'Adam, incapable d'articuler une parole, en proie à un léger sentiment de culpabilité, comme si on m'avait attribué par erreur le rôle d'une autre et que je risquasse, à tout moment, d'être écartée du plateau.

Mais, tout au fond de moi, je n'ignorais pas que, même s'il y avait eu, au départ, erreur sur la personne, j'avais fini par devenir celle pour qui on m'avait prise. Il était temps que je cesse de me faire du souci : personne ne se rendrait compte de rien. L'Esmé d'autrefois était enterrée depuis longtemps, bien loin d'ici. Personne ne retrouverait jamais le corps. Je parviendrais à m'en tirer. Je souris. Oui, j'allais être heureuse.

Il me plaît de penser que c'est cette nuit-là que je suis tombée enceinte. Tout mon corps était éperdu de reconnaissance et de confiance, et je m'abandonnai totalement, comme quelqu'un qui ne redoute pas la noyade, à tel point que je me souviens d'avoir songé, tandis que nous faisions l'amour : Oui, oui, oui, je viens, me voilà. Plus jamais je ne me retiendrai.

Je me rappelle avoir fermé les yeux et m'être endormie, bercée par le son lointain des vagues se brisant contre le récif, m'identifiant à elles : après avoir été traversée par tous les courants, j'étais moi aussi venue me briser contre la barrière de corail, et j'étais prête à me transformer en eau calme.

Cette nuit-là, blottie dans les bras d'Adam, je rêvai de nos deux corps plongeant côte à côte dans l'immensité bleue. Mes membres me semblaient fluides, ma peau aussi lisse que celle d'un dauphin. Alors que la mer devenait d'un bleu plus profond, je relevai la tête afin d'apercevoir la lumière. Mais je n'avais plus besoin de remonter à la surface : j'étais désormais capable de respirer sous l'eau.

9

Fernandino a un jour écrit un poème intitulé « Sirène ». Il traitait d'une femme – *nè carne nè pesce* –, créature des ténèbres au regard glacial. Une sirène qui sentait les algues, respirait et s'agitait tel un poisson. Cette sirène était un hybride de chair tiède et de sang froid ; d'animal et d'humain ; de sexe et de mort. Du coup, elle n'était plus rien du tout : ni chair ni poisson, ni jeune ni vieille. Éternellement prisonnière de sa queue de poisson, elle n'avait pas de sexe et était incapable d'enfanter.

Curieusement, j'avais toujours considéré ma mère comme l'inspiratrice du poème, à cause de son regard froid, peut-être, ou de ses longs cheveux roux faisant ressortir la blancheur de sa peau. Je trouvais à cette image de femme sirène quelque chose de cauchemardesque, d'obscène, et à l'idée de cette sexualité prisonnière d'écailles de poisson j'éprouvais une fascination mêlée d'horreur.

« Ta mère ? »

Je me rappelle la manière dont Fernandino avait levé les yeux de l'ouvrage qu'il était en train de lire, et comment, baissant ses lunettes sur le nez, il m'avait alors fixée. C'était par une fin d'après-midi d'été. J'étais assise en face de lui, sur le bord de la terrasse. J'étais alors une adolescente maigrichonne d'environ seize ans. J'avais horreur de son habitude de rester plongé dans une lecture pendant des heures, sans prêter la moindre attention à ce qui l'entourait.

Ma question avait dû l'intriguer, car il posa son livre.

« Pourquoi pas ? Ça ne lui aurait pas déplu. Elle aimait l'idée de pouvoir être dangereuse.

— Mais pourquoi une sirène serait-elle nécessairement dangereuse ?

— Parce que ce n'est pas en portant votre enfant qu'elle vous possède, mais en vous entraînant avec elle dans les profondeurs, pour ne jamais plus vous libérer. Elle est stérile, vois-tu, et celui qui fait l'amour avec une sirène ne crée rien ; il commet un acte contre nature.

— Mais maman a eu deux enfants.

— C'est vrai, mais au fond c'était une sirène. C'est une catégorie mentale. »

Il s'arrêta, puis me regarda dans les yeux.

« Toi aussi, tu en es une.

— Pourquoi tu dis ça ?

— Parce que c'est quelque chose que je vois en toi. »

Je fronçai les sourcils.

« Je crois que ça ne me plaît pas tellement.

— Eh bien, tu as tort. Venant de moi, il faut prendre ça comme un compliment.

— Je trouve ça morbide et malsain, protestai-je, soudain très irritée.

— Ce n'est pas malsain du tout. C'est toi qui joues les puritaines.

— Non, c'est affreux. » J'élevai la voix. À présent, je voulais vraiment lui faire ravaler ses paroles. « J'ai l'impression d'être une aberration, un genre de monstre. »

Fernandino soupira. Je sais à quel point je l'ennuyais lorsque j'exprimais de telles opinions. Il n'avait jamais apprécié que je veuille parfois ressembler à tout le

176

monde. Il remonta donc ses lunettes sur le nez et reprit sa lecture où il l'avait laissée.

En y repensant maintenant, je ne vois pas ce qu'il y avait de puritain à refuser d'être associée par mon père à des images de destruction, d'algues pourrissantes, d'eaux troubles, et d'être en cela comparée à ma mère. Je n'aimais pas me sentir maudite. Mais je ne pouvais m'empêcher de songer à ce poème comme à l'expression de ma malédiction personnelle : ni chair ni poisson, stérile et taboue.

Je crois désormais que ce que Fernandino voulait dire, c'est qu'il ne voyait pas en moi une génitrice. Il m'attribuait avec raison une nature aussi tourmentée que la sienne et que celle des femmes qu'il avait aimées. De plus, la paix de l'esprit ne l'intéressait guère, et il estimait indigne qu'on consacre du temps à sa recherche, comme à celle du bonheur ou de l'épanouissement. Ces derniers états lui paraissaient impossibles à atteindre, et les gens qui luttaient pour leur conquête ne lui inspiraient aucune compassion.

Mais, pour finir, mon corps s'était avéré être autre chose que celui d'une sirène. Je m'étais secrètement libérée de ma queue de poisson, et ça faisait un petit moment que je marchais sur le sable et qu'à la place des eaux troubles je respirais l'air pur.

J'ai tendance à éviter la fréquentation des familles unies : je ne sais jamais où me mettre. C'est une question de manque d'expérience : je n'ai jamais aidé ma mère à faire des tartes à la cuisine ; je ne suis jamais allée faire des courses avec elle ; nous n'avons jamais organisé de pique-niques en famille, et ni mon frère ni moi n'avons jamais eu droit à des gâteaux d'anniversaire décorés de bougies. Le jour de Noël, Fernandino se contentait de nous emmener au restaurant, chinois de préférence, vu qu'il vouait une haine farouche à toutes les fêtes religieuses.

Mais Julia et Glenn s'étaient montrés si ouverts et si accueillants à mon égard que, devant leur gentillesse, je fus contrainte de capituler. Ils insistèrent pour que je revienne les voir lorsque Adam serait parti en safari avec des clients et que j'en aurais assez de Nairobi. C'était leur manière de me montrer que je faisais dorénavant partie de la famille.

« Ils t'ont adorée, me déclara fièrement Adam, comme nous faisions route vers Nairobi. Mon père surtout, il a été conquis.

— Vraiment. Tu crois ? »

Il hocha la tête.

« Il m'a pris à part, pendant que j'étais en train de charger les bagages dans la voiture, et il m'a dit : "Mon fils, quoi que tu fasses, ne la laisse pas sortir de ta vie." » Il secoua la tête avec un sourire. « Mon père adore faire ce genre de déclarations sentencieuses. »

Nous en rîmes tous les deux. Mais je savais que l'approbation de ses parents signifiait énormément pour nous.

Après notre voyage sur la côte, la perspective de devoir à nouveau être séparée d'Adam me fut soudain intolérable. Je redoutais plus que jamais le moment de son départ. À peine une semaine plus tard, lorsqu'il lui fallut se rendre aux États-Unis, je fondis en larmes comme une enfant abandonnée, après l'avoir conduit à l'aéroport. C'était ridicule, mais je ne supportais plus l'idée de rester à nouveau seule.

Un matin, en regardant ma taille et en palpant mes seins, je me rendis compte que quelque chose de nouveau se passait en moi, depuis qui sait combien de temps. Le moment était venu de m'en assurer. Assise sur le rebord de la baignoire, le test de grossesse à la main, je fixai avec stupéfaction la ligne bleue. Mon cœur battait à tout rompre, la sueur s'écoulait sous mes aisselles. Je portais l'enfant d'Adam.

« Je n'arrive pas à y croire, dit mon frère Teo, depuis le bout du monde. Arrête de pleurer, tu es trop loin, je ne peux rien faire pour toi. Calme-toi !

— Je n'arrive pas à me calmer, je n'y peux rien. » J'éclatai en sanglots, tout en croyant distinguer, entre Teo et moi, l'impitoyable battement de l'océan Indien. « Je ne sais pas ce que je dois faire.

— Tu veux dire que tu ne sais pas si tu vas le garder ?

— Bien sûr, je vais le garder ! Je ne sais pas ce qui va m'arriver, c'est tout. Je n'aurais jamais cru pouvoir devenir *mère*.

— Moi non plus. » Je devinais son sourire, à l'autre bout de la ligne. « Et, tu sais quoi ? Il est peut-être temps que ça cesse d'être toi, l'enfant. Tu vas être forcée d'arrêter de penser tout le temps à toi. C'est formidable.

— Je t'en prie, ce n'est pas drôle. Tu ne sais pas quel effet ça fait.

— Non, en effet. Mais je pense ce que je dis. J'aimerais bien, moi, pouvoir penser à autre chose qu'à moi-même. Vraiment Esmé, je suis sérieux. Je trouve que tu as de la chance.

— C'est comme si ton corps, tout d'un coup, avait pris le dessus sur ton esprit. Et maintenant, c'est lui qui est aux commandes. C'est un vrai coup d'État. Il n'y a plus moyen de l'arrêter. Il y a de quoi paniquer, je te jure… »

Je posai une main sur mon ventre. Non, désormais, je n'avais plus aucun pouvoir sur mon corps. Quoi qu'il advienne, il allait fabriquer un autre être humain, sans avoir pour cela besoin de mes bons conseils. Je ne me sentais pas plus qualifiée que Teo, par exemple, pour devenir parent. Mais parce que j'étais femme, mon corps avait pris les devants et donné chair à ce qui, pour moi, n'avait été qu'un fantasme, tandis que, sur les falaises, j'avais serré la main d'Adam.

« Arrête de toujours tout vouloir contrôler, Esmeralda », dit Teo. Et, à sa voix, je savais qu'il était bouleversé.

« Mais rien ne sera plus jamais pareil ! Rien de rien, tu te rends compte de ça ?

— Oui, et c'est là l'intérêt de la chose. C'est pour ça que les gens font des enfants : pour aller de l'avant. C'est merveilleux, tu passes enfin au premier plan. »

Plus il insistait dans ce sens-là, plus je sanglotais. Je n'étais pas malheureuse, j'étais juste terrifiée à l'idée d'un changement sans billet de retour.

« Mon corps est sens dessus dessous : tu ne peux pas t'imaginer à quel point ça s'agite, là-dedans. J'ai chaud, j'ai froid, j'ai la nausée, je suis fatiguée, j'ai faim, j'ai envie de pleurer. C'est *délirant*, fis-je, en tirant avec avidité sur ma cigarette.

— Va voir un docteur, il t'expliquera tout ça. Et tu fumes encore, à ce que j'entends.

— Oui, comme un pompier.

— Tu ferais mieux de t'arrêter et de t'inscrire vite à un de ces cours où on t'apprend à respirer », dit-il en gloussant.

Avoir un bébé signifiait peut-être ne pas pouvoir revenir en arrière ; d'un autre côté, c'est ce que je souhaitais depuis mon arrivée dans ce pays : m'intégrer et y plonger mes racines. À présent, j'allais avoir un enfant en Afrique, et faire de ce continent sa terre natale. Alors, pourquoi pleurer ? Je fus surprise de me sentir seule dans mon voyage vers la maternité. J'abandonnais Teo – qui, je le savais, ne deviendrait jamais adulte, qui n'en avait pas besoin –, mais aussi Fernandino, sa poésie et sa façon de voir les choses. En d'autres termes, je quittais la tribu dont j'avais fait partie. Cette fois, j'avais enterré mon passé pour de bon, et cela me parut terrifiant et complètement insensé. C'est drôle : nous avons beau désirer changer de toutes nos forces, le changement nous prend toujours à l'improviste, comme une claque.

Mais ma panique ne dura qu'un moment. Elle disparut miraculeusement dès que j'entendis, ce jour-là, la voix d'Adam au téléphone.

Il était à Santa Fe. À des millions de kilomètres, eût-on dit.

« Tu veux que je revienne ? » Il avait la voix stupéfaite d'un petit garçon.

« Bien sûr que non. Je vais tout à fait bien.

— Je… je…, bredouilla-t-il. J'ai hâte de te voir. De te serrer dans mes bras.

— Tu vas pouvoir le faire bientôt. »

Je rayonnais, fière comme une poule qui vient de pondre. J'avais fini par *produire* quelque chose. Et ce serait *à nous*, pour toujours. Même Adam était sous le choc.

J'avais été plus forte que les intuitions de Fernandino : je ne serais pas un autre monstre marin maudit, attirant les hommes dans ses eaux ténébreuses. J'allais devenir une mère, une génitrice, sous l'éclatant soleil d'Afrique. Et, à cette pensée, j'éprouvais la sensation d'une délivrance.

Je patientais dans la salle d'attente du Dr Singh, un dépliant à la main : « Cours de yoga prénatal, tous les jeudis au Light House Center ». Il était illustré d'une femme enceinte dans la position du lotus. Je poussai un soupir.

Promenant mon regard autour de la pièce, j'examinai avec attention chacune des femmes présentes. Plongées dans de vieux numéros de *Cosmopolitan*, elles paraissaient confiantes et décontractées. La plupart d'entre elles étaient à un stade avancé de leur grossesse et dissimulaient leurs ventres ronds sous d'amples robes à fleurs. Leurs jambes étaient un peu enflées, elles avaient toutes un type de l'Europe du Nord. Je me sentis à nouveau gagner par l'irritation : pourquoi était-ce toujours ainsi à Nairobi ? Pourquoi les *mzungu* se partageaient-elles toutes les mêmes coiffeur, gynécologue, dentiste, professeur d'aérobic et masseuse ? Pourquoi nous entassions-nous toutes dans les mêmes salles d'attente, comme un troupeau de brebis débiles, unies dans notre effort pour éviter que des mains africaines ne touchent nos corps blancs et sacrés.

C'est Nena qui m'avait donné le numéro de Singh.

« Il est très bon, avait-elle précisé. C'est un sikh. J'allais le consulter quand j'étais enceinte de Natacha. Il va te plaire. »

J'attendais, toujours incertaine, des paroles encore plus rassurantes. Elles vinrent aussitôt :

« Il a fait ses études à Oxford. Il est revenu s'établir ici il y a quelques années. »

Oxford. Le pouvoir de réconfort de tels mots est étonnant, lorsqu'on vit à l'autre bout du monde et qu'il s'agit de laisser un inconnu vous tripoter.

J'étais donc là, perdue dans ce troupeau de jeunes futures mères blanches, à attendre de me transformer moi aussi en pudding géant, de me glisser dans les mêmes robes hideuses et de les appeler par leur petit nom, au cours de yoga du jeudi soir. Une vague d'angoisse me submergea, tandis que je m'imaginais copinant avec elles.

« Vous êtes en parfaite santé », me dit mon tout nouveau docteur. Singh était en effet réconfortant. Son charisme d'homme sûr de lui aurait pu en faire le chouchou du Tout-Hollywood new-age. Il devait avoir dans les quarante-cinq ans, et plusieurs trophées posés sur l'étagère témoignaient de son excellence au golf. Il portait un turban rouge aux plis bien nets, un blazer bleu, des lunettes de marque à monture d'écaille et des mocassins italiens. Il griffonna quelque chose sur un bout de papier.

« Tenez. C'est l'adresse du labo pour l'échographie. Il se trouve à Lavington, près de la station-service BP. C'est le meilleur de Nairobi, je vous le recommande.

— Très bien.

— Au bout de huit semaines on doit pouvoir détecter les battements du cœur. Attendez encore au moins dix jours pour y aller. Avant, on ne verra rien. »

J'aimai ce « on », comme si lui et moi formions désormais une équipe, soucieuse de parvenir au même résultat.

« Est-ce qu'il y a des choses que je ne dois pas faire ?

— Comme quoi ?

— Je ne sais pas… conduire, fumer, par exemple… »

Le Dr Singh sourit. Depuis le temps, il devait être habitué à ce que ces paranoïaques de futures mères blanches le harcèlent de questions.

« En principe, vous pouvez faire ce que vous voulez… avec prudence et modération, bien sûr, ajouta-t-il en souriant. Ne vous inquiétez pas, tout ira bien. »

Quelle chose stupéfiante : ce parfait étranger – venant d'un autre pays, pratiquant une autre religion, parlant une autre langue – se révélait être mon guide pour le voyage le plus intime, le plus révolutionnaire de ma vie.

Je quittai les lieux en souhaitant la mort de toutes les futures mères assises dans la salle d'attente. J'aurais voulu que Singh ne se penche que sur mon cas à moi. Puisque nous formions tous deux une équipe et que cette mission était pour moi d'une importance primordiale, comment pouvait-il consacrer autant de temps et d'attention à toutes ces insignifiantes épouses « Nations unies », grassouillettes et couvertes de taches de rousseur ?

Les modifications que la grossesse opère en vous sont étonnantes. Pour commencer, vous devenez égoïste et méchante. Je crois que c'est dû au fait que vous vous sentez soudain extrêmement vulnérable, et exposée à l'incompétence médicale, à la malaria, aux chauffeurs de *matatu* irresponsables et aux nids-de-poule géants. Vous réalisez vite à quel point votre corps est un frêle réceptacle, et combien est fragile la barrière protégeant des dangers extérieurs la petite créature immergée et dormante que vous portez en vous.

Vous vous retrouvez prête à demander de l'aide à chaque coin de rue et, en même temps, à frapper et à tailler en pièces tout ce qui pourrait menacer ce qui se passe à l'intérieur de votre corps.

Au cours des semaines qui suivirent, en attendant le retour d'Adam, je menai une vie très spéciale : je me déplaçais au ralenti, avec la sensation que mon cerveau était bourré de coton. Je me pelotonnais sous une couverture, sur le divan, et ne songeais à rien. Je me contentais de regarder les jacarandas jusqu'à la tombée de la nuit. Wilson se glissait alors dans la pièce sur la pointe des pieds pour fermer les rideaux et allumer les lumières, et il me tirait ainsi de ma torpeur. La compagnie des autres m'épuisait. De plus, à neuf heures et demie, j'avais déjà envie d'aller me coucher. Sortir avec moi avait donc cessé d'être marrant.

La première chose que je faisais le matin, à peine levée, était d'aller me regarder dans le miroir, de profil. Mon ventre n'était pas bien gros – un œil non exercé n'y aurait vu que du feu – mais tout de même parfaitement rond. Pendant la journée, je me livrais à toutes sortes de tâches inutiles : je teignais les moustiquaires, tapissais les fauteuils d'un nouveau tissu, ne cessais de me vernir frénétiquement les ongles des mains et des pieds.

Je me mis aussi à appeler Teo plus souvent qu'à l'ordinaire.

« Au secours ! lui dis-je un jour. Je suis sur le point de changer les rideaux. Tu crois que le fait d'attendre un enfant modifie à ce point la personnalité ?

— Non, tu es juste en train d'entrer dans un état d'hibernation provisoire, soupira-t-il. Ça ne va pas durer. J'ai lu un truc sur le sujet. »

Nous nous penchâmes sur la question des prénoms et parlâmes du voyage que j'allais faire en Italie pour montrer le bébé. Nous dépensions des sommes astronomiques en conversations téléphoniques.

Entre-temps, l'Afrique faisait à nouveau les gros titres des journaux.

Le sang coulait au Rwanda et rien, désormais, ne semblait pouvoir arrêter le massacre. Ce qui avait commencé comme une banale guerre tribale avait rapidement dégénéré en un génocide effrayant. En Occident, tout le monde s'habituait à voir en première page des photos d'enfants massacrés, de corps mutilés. Vu de là-bas, cela devait faire l'effet d'un cauchemar lointain, de ceux dont seule l'Afrique profonde, brutale, sauvage, sombre et sans Dieu pouvait être le cadre. Mais tout cela nous paraissait également étranger et distant, à nous, ceux de la tribu blanche qui vivait pourtant juste à côté.

Je me refusais à lire les journaux. Je n'avais pas le courage de regarder les photos, elles me donnaient la nausée. Mon instinct de vie avait fait de moi une maîtresse de maison bornée et égoïste qui poussait son Caddie vers le rayon des crèmes glacées en ignorant délibérément celui des magazines aux couvertures trop dérangeantes. Je ne supportais plus l'idée de la mort ; et encore moins de la mort en Afrique.

Les « gars » y avaient tous été envoyés. Ils entraient et repartaient en avion par Kigali, et revenaient chaque fois dans un état d'hébétude plus prononcé.

Je vis Miles et Reuben une ou deux fois. En eux, il n'y avait plus rien de l'exaltation du temps de Mogadiscio. Cette guerre-là n'avait rien à voir avec celle qu'ils avaient couverte en Somalie.

Quand, deux mois plus tôt, les troupes de l'ONU s'étaient retirées de Somalie, les journalistes avaient vite compris que c'était fini, du moins pour la presse. À présent que les Blancs avaient été évacués, le monde ne risquait plus de s'intéresser à la Somalie.

Au cours de leur dernier aller-retour, ils avaient senti, en se retrouvant pour la toute dernière fois dans le légendaire hôtel Sahafi, au centre de Mogadiscio, qu'une glorieuse année d'apprentissage arrivait à son terme. Désormais, on allait les envoyer en mission aux quatre coins du monde. C'était la fin de quelque chose. Du temps de l'innocence, pourrait-on dire a posteriori. Si bien que, lorsque la guerre éclata au Rwanda, peu après, le monde de la presse s'en réjouit presque. Extra, pensèrent-ils. On va retourner dans le feu de l'action avec les copains. Le parcours initiatique n'était donc pas fini.

Tout cela ne les empêchait pas d'être pleins d'appréhension. Ils avaient bien perçu que cette guerre-là n'avait aucun rapport avec la « Mog ». Seuls les y attendaient la mort et le désespoir.

« Ils ne s'en remettront jamais, me confia Nicole. Ce qu'il leur faut voir et photographier, ils ne vont jamais pouvoir l'effacer de leurs mémoires. »

Nous étions en train de déjeuner sur la terrasse de l'hôtel Norfolk. Le restaurant était bourré de sa clientèle habituelle : des familles en tenues kaki, en route pour le Masai Mara.

« Je me demande combien de temps ils vont tenir le coup ? »

Elle avait passé la veille au soir en compagnie de Bernard, de Miles, de Reuben et de Hunter. Bernard lui avait montré certains de ses clichés. « Trop choquants pour être publiés » : tel avait été le verdict de son agence. Ils étaient tous repartis pour Kigali le matin même, à cinq heures, en quête de plus de désespoir.

Nicole avait les traits tirés et le teint blême. On aurait dit qu'elle venait d'assister à un meurtre. Elle secoua la tête.

« Je ne sais pas... Mais tout cela me semble absurde.

— Qu'est-ce qui te paraît absurde ?

— D'être là, à manger une salade César, alors que...

— Tu ne pourrais pas faire grand-chose, de toute façon, non ?

— Bien sûr que non. Eux, au moins, ils sont là où ça se passe. C'est un vrai cauchemar, mais c'est ça, la réalité de l'Afrique, alors que ça... » Elle jeta un regard alentour et me désigna des touristes arborant des tee-shirts *I love Kenya*. « Alors que ça, c'est un putain de cirque. »

J'étais sur la défensive.

« Tu ne te sentirais pas mieux si tu les accompagnais au Rwanda.

— Non, mais le but n'est pas de se sentir *mieux*. Le problème n'est pas là.

— Je sais que tout ça est décourageant. » Je poussai un soupir et regardai l'heure à ma montre. « Excuse-moi, ma chérie, mais il faut que je me sauve. »

Je laissai quelques billets sur la table.

« J'ai rendez-vous dans dix minutes. Pour l'échographie.

— Ah oui, l'échographie. » Elle secoua la tête et me regarda comme du fond d'une piscine.

J'étais étendue sur le lit. Le technicien du labo et son assistant avaient les yeux rivés sur l'écran. Leur silence avait l'air de durer trop longtemps. Je m'efforçai de lever la tête pour regarder l'écran, mais je ne parvins pas à distinguer grand-chose. Le technicien toussa avec nervosité. C'était un homme de grande taille, et je me souviens d'avoir songé qu'il s'agissait probablement d'un Luo.

« Je ne vois rien ici, madame.

— Qu'est-ce que vous voulez dire, *rien* ?

— Le cœur ne bat pas. »

Je demeurai immobile. J'attendis encore quelques secondes, mais l'homme ne pipait mot.

« Comment ça, le cœur ne bat pas ?

— Je crois que le bébé est mort, madame. »

Je me précipitai dans le bureau de Singh sans même laisser à sa secrétaire le temps de m'annoncer. J'avais roulé jusque-là depuis le laboratoire, à demi sonnée : le monde dansait devant mes yeux ; j'avais remis ma chemise à l'envers.

Je poussai brusquement la porte, une vraie furie.

Il sursauta.

Je m'assis en face de lui, de l'autre côté de son bureau. Je me rappelle distinctement le bruit de son stylo sur le bloc-notes tandis que je bafouillais ce qui venait de se produire. Ce bruit me rendait dingue, à tel point que j'aurais pu le frapper.

« Vous ne pouvez absolument rien faire ?

— Rien du tout, répondit-il. Ce sont des choses qui arrivent, surtout au cours des trois premiers mois. »

Puis il examina l'échographie, à la lueur de sa lampe de bureau. Je retins mon souffle. Peut-être y avait-il eu erreur ?

188

« Je suis désolé, dit Singh, avant de replacer l'échographie dans son enveloppe.

— Je n'ai pourtant rien fait de mal. Vous m'aviez dit que je pouvais conduire », protestai-je sur un ton accusateur.

Oui, il me l'avait dit. Et, bien que je n'aie rien fait de mal, de telles choses se produisaient fréquemment.

Le téléphone sonna. Je l'entendis répondre, rapidement mais d'une voix neutre que, oui, les résultats étaient parfaits et qu'il faudrait repasser dans deux semaines pour une visite de routine. Il se retourna ensuite vers moi, sans aucune compassion, à ce qu'il me sembla.

J'avais l'impression d'être une brebis galeuse échappée du troupeau. Pourquoi, désormais, se soucierait-il de moi ?

En luttant contre les larmes, je me plaignis du laboratoire qu'il m'avait si chaleureusement recommandé. Le technicien, dis-je, s'était montré d'une incroyable brutalité. Pas le moindre tact dans les mots qu'il avait employés : *le bébé est mort*. Jamais, en Europe, on n'aurait osé annoncer les choses ainsi.

« Oui, dit Singh. Vous avez tout à fait raison. C'est inacceptable, et je ne manquerai pas de le réprimander à ce sujet. Mais, à présent, il faut vous hospitaliser, cet après-midi même. Nous devons enlever le... » Le mot qu'il utilisa, je l'ai oublié. C'était un terme technique : ce que je portais n'était plus un être vivant, mais une *chose*.

J'étais pétrifiée en roulant jusque chez moi. C'est dans le même état que je rassemblai ma brosse à dents et mon pyjama et annonçai à Wilson que je ne dormirais pas à la maison. Toujours pétrifiée, je m'allongeai sur le lit, à la maternité de l'hôpital, pris le narcotique qu'on m'administra et m'endormis. Quand je me réveillai, une heure plus tard, la chose était faite, sans que j'aie rien senti. Tout était fini.

Chez nous, la ligne était coupée, et il me fut donc impossible de prévenir Adam. Cela valait mieux ainsi, car je n'avais guère envie de lui parler. Non, je n'avais pas envie de lui dire : « Attends ! Reviens en arrière. Rien n'a changé. Nous voilà de retour à la case départ. Tout cet avenir déployé devant nous, cet avenir qui, jusqu'à la fin de nos vies, allait faire de nous une seule chair – un couple, un père et une mère –, cet avenir n'existe plus. »

J'en étais de nouveau réduite à craindre le lendemain et à n'appartenir à rien ni à personne. Je n'aurais sans doute pas de mal à me réhabituer à tout cela : de toute ma vie, je n'avais jamais connu autre chose.

Je ne désirais pas davantage appeler mon frère et lui dire : « Tu sais quoi ? J'avais raison. Je n'avais pas le droit d'enterrer l'Esmé d'autrefois et de me libérer de ma queue de poisson. Comme j'ai été naïve de le penser. Je suis toujours là, à nager en eaux troubles. Dans mes veines coule un sang glacé, et je suis couverte d'algues, comme toutes les femmes de ma tribu. »

DEUXIÈME PARTIE

Hunter

1

Je suis toujours allongée, les yeux rivés au plafond. Autour de moi, tout n'est que calme et blancheur. On dirait une clinique.

Je sors lentement de la boîte tous les fragments de mon histoire, puis je tente de les assembler, afin d'en démêler le sens. J'espère trouver au moins une réponse à toutes ces questions que nous n'avons cessé de nous poser en vain, Adam, Hunter et moi. Nous nous sommes soumis à la torture, nous nous sommes déchargés de notre peine les uns sur les autres, sans pour autant être capables d'obtenir une seule réponse susceptible de panser nos plaies. À quel moment nous sommes-nous trompés ?

Et, pour commencer, à quoi ressemble une erreur ? S'agit-il d'un seul acte que l'on commet par mégarde, d'un mot qui nous échappe ? Est-il possible d'isoler le moment où l'on s'est trompé, de manière à pouvoir – théoriquement du moins – revenir sur nos pas et l'effacer ? Se tromper, n'est-ce pas plutôt perdre pied, ne plus savoir où l'on en est ? Ou bien, dans un état semblable au sommeil, laisser les choses nous arriver tandis qu'on a les yeux fermés ? Je suis encline à penser que c'est cette dernière hypothèse qui est la plus juste : nous prétendons ne rien entendre et ne rien voir, tout comme ces enfants qui, dans leur lit, ferment les yeux de toutes leurs forces pendant que leurs parents se disputent dans la pièce voisine.

Quelle que soit la nature de ce qui nous fait souffrir, nous retardons autant que possible l'instant de la confrontation, jusqu'à ce que le poison nous rende si malades que nous ne parvenons plus à bluffer.

Quand ce poison s'est-il mis à corrompre mon sang ? Était-ce après l'enfant ? Après la mort d'Iris ? Et pourquoi ? Était-ce à cause de Hunter ou, en fin de compte, à cause de moi ? À présent, par ce matin d'hiver, dans la désolation de cette chambre blanche reflétant mon vide intérieur, je parviens enfin à voir les choses telles qu'elles sont.

C'est moi qui suis responsable, et personne d'autre.

Wilson frappe discrètement à la porte.

« *Unataka kula nini kwa lunch, mama ?*

— Non merci, Wilson, j'ai déjà déjeuné. Mais je prendrais bien une tasse de café. »

Il me regarde et s'attarde un instant sur le seuil. Il sent qu'il y a quelque chose qui cloche. Je m'efforce de sourire.

« *Hakuna tabu, bwana*. Je suis juste un peu fatiguée.

— Alors il faut vous reposer, *mama*. »

Il se dirige lentement vers la fenêtre et tire les rideaux de coton blanc, voilant la lumière trop vive. Je distingue à peine ses pas, légers comme ceux d'un danseur, alors qu'il quitte la pièce.

Oui, tout est ma faute. Mais j'ai des circonstances atténuantes.

Cet endroit n'est pas tendre.

Ne vous laissez pas tromper par cette douce lumière ni par les pas légers de Wilson. Ce n'est pas ici que vous découvrirez un nid où vous blottir et vous sentir à l'abri. Si cet endroit commence par vous assimiler, il finit par vous recracher dans un désert. Vous vous retrouvez seule, sans refuge et sans ombre, mais vous savez que c'est là le destin des hommes. Que depuis que le monde est monde, tout est dureté, désolation. Non, ne vous laissez pas abuser par la beauté.

Je cessai de penser à l'enfant. Je voulais oublier, aussi vite que possible.

Adam m'appela le soir où je revins de l'hôpital. Il était dans le Colorado, m'apprit-il sur un ton exalté. On lui avait proposé de rester une semaine de plus pour donner une conférence dans une université du coin. Il avait déjà récolté plein de réservations et…

Je lui dis. Rapidement. Sans faire de manières.

Son silence me donna la mesure de sa déception. Puis il parla : il était désolé. Il m'aimait énormément. Fallait-il qu'il rentre ?

« Non, ne t'inquiète pas. Je vais bien.

— Tu es sûre ?

— Absolument. Tout est arrangé. Il n'y a plus rien à faire. Je vais bien, vraiment. Je t'assure. »

Je crois qu'il fut soulagé d'entendre que je pouvais me débrouiller seule. Il lui aurait été difficile, dans sa situation, d'interrompre son voyage. Il m'expliqua à quel point cette conférence était cruciale, pour un tas de raisons dont je ne me souviens plus.

« Bien sûr, dis-je. Tu n'as pas besoin de te justifier. Comme je viens de te le dire, ça ne servirait à rien, de toute manière, que tu rentres maintenant. »

Il s'efforça de me remonter le moral en me racontant qu'il avait vu le Grand Canyon et que ça lui avait donné le mal du pays. Il répéta qu'il m'aimait et que je lui manquais. Je me rappelle juste avoir songé, à propos de cet appel longue distance, qu'il paraissait effectivement très lointain.

Le lendemain, Iris sonnait à ma porte. Elle avait tiré ses cheveux en une natte serrée et portait une chemise blanche et un pantalon de treillis. Elle était fraîche comme une rose.

« Nom de Dieu, comment tu te sens ? Nicole vient de m'apprendre ce qui s'est passé. Tu aurais dû m'appeler, je t'aurais conduite à l'hôpital. Tu es folle d'y être allée toute seule. »

Elle me tendit une assiette recouverte de papier d'aluminium.

« Tiens, c'est pour toi.

— Je vais bien. Je préférais être seule. Ce n'était qu'une petite intervention de rien du tout. Qu'est-ce que c'est ?

— Un gâteau. Je viens juste de le faire. Fais attention, il est encore chaud. Je n'arrive pas à croire que tu n'aies appelé personne. Alors, ça sert à quoi, au juste, les amis ?

— Je sais, mais… *Toi*, tu as fait ça ? C'est incroyable ! Je ne savais pas que tu cuisinais.

— Et pourquoi pas ? Je ne suis qu'une fille de fermiers suédois, tu sais. »

Nous nous assîmes sur le tapis et bûmes une tasse de thé en dégustant son délicieux pain d'épice. Sa visite me remontait le moral et son attention m'avait touchée. Elle était calme et discrète, et sa présence s'accordait à mon humeur.

Elle partait pour l'Angleterre deux semaines plus tard.

Afin de rencontrer l'éditeur de son livre, précisa-t-elle.

« Ils veulent qu'il sorte juste avant Noël. » Elle fit tomber distraitement la cendre de sa cigarette dans sa tasse de thé vide. « Ce qui est formidable, tu sais, pour la vente. »

Elle ne me semblait pas aussi sûre d'elle que d'habitude.

« Quand est-ce que tu vas rentrer ?

— Oh, je ne sais pas. J'avais pensé que je pourrais peut-être mettre un nouveau projet sur pied là-bas. Je crois que j'ai fait tout ce que je pouvais sur ce continent-ci.

— Tu veux dire que tu songes à retourner vivre en Europe ? » demandai-je incrédule. Ça me faisait l'effet d'une décision tellement improbable, venant d'Iris.

« Eh bien, pourquoi pas ? Si ça se présente bien, si le bouquin marche. Tu sais, au fond, il n'y a pas tant de trucs à faire en Afrique. Et, pour ce qui est des livres, combien de sujets est-ce qu'il me reste à traiter ? De plus, je n'ai jamais vécu en Europe, par conséquent je n'y *retournerai* pas. J'irai y vivre pour la première fois.

— C'est vrai. Bizarre, comme ça me sort tout le temps de la tête.

— Tu vois, les gens comme Adam ou moi, on est allés à l'école ici et on n'a jamais connu autre chose. Lui, il gagne sa vie avec ça et il peut continuer tant que ça lui chante, très bien. Mais moi, je n'ai pas l'intention de finir en matrone pathétique et de me trimballer jusqu'à ma mort accompagnée de guerriers. Je peux faire mieux que ça, tu ne crois pas ?

— Oui, bien sûr… » Mais je n'en étais pas si sûre. « Comme quoi, par exemple ?

— Je ne sais pas encore. C'est pour ça que je veux partir. J'ai besoin de voir des musées, des galeries d'art, des films. Je veux pouvoir entrer dans des librairies et acheter des livres de photo, histoire de savoir ce que font les autres. De comparer. Comment est-ce que je peux faire un travail original si je ne compare pas mon boulot à celui des autres ?

— Comparer, oui, c'est essentiel. » J'avais l'impression, à en juger par la fermeté de son discours, que quelqu'un d'autre lui avait fait la leçon.

« Tu devrais passer quelque temps en Italie, suggérai-je. Il faut que tu voies les tableaux de Piero della Francesca, de Giotto, de Masaccio. Et que tu visites Venise, Florence, Palerme, Naples. Oh, oui, le Sud, qu'est-ce que ça va te plaire ! »

Ça m'inspirait, d'imaginer Iris, avide de connaissance comme elle l'était, découvrant l'Italie. Soudain, la somme de beauté, de raffinement, de grâce et d'harmonie contenue dans l'art de mon pays natal me sembla écrasante. Rien que d'y penser, j'en avais le vertige.

« Il y a tellement de choses à voir ! Ça va te tuer. » Je me sentais exaltée pour elle. « Tu ne seras jamais plus la même après ça, je te le jure. Tu verras cet endroit avec un autre regard… »

Je me rendis compte que ça serait comparable à ce qui m'était arrivé à moi : j'étais tombée des nues lorsque j'avais découvert le ciel et l'immensité des paysages africains. Comme si tous les rideaux s'étaient soulevés en même temps et m'avaient laissée là, au beau milieu de la scène, foudroyée…

« Tu ne seras plus jamais la même, répétai-je. Tu dois me promettre d'y aller. Il faut que tu ailles voir mon frère. Il te plaira.

— Oui, je le ferai. J'essaierai… » Visiblement, elle avait déjà autre chose en tête. Elle regarda autour d'elle, les yeux perdus dans le vague.

« Je me demandais si tu ne pouvais pas me prêter des livres. J'aimerais bien lire quelque chose.

— Des livres ? Oui, bien sûr. Quel genre de livres ?

— Oh, je ne sais pas. De la poésie, peut-être ? T. S. Eliot, Whitman, n'importe lequel… et un Russe. J'aimerais bien lire un roman russe.

198

« — Un Russe ?

— Oui.

— Lequel, par exemple ? »

Elle haussa les épaules.

« J'en sais rien. N'importe lequel. Un que tu trouves bon. »

Je me dirigeai vers la bibliothèque et sortis une vieille édition de poche de *Crime et châtiment*.

« Eh bien, si tu veux te mettre aux Russes, autant commencer par celui-là. » Je lui mis le livre entre les mains. « D'où ça te vient, cet intérêt soudain pour les Russes ? »

Iris était plongée dans la lecture de la quatrième de couverture.

« Oh… on a discuté, avec Miles, l'autre soir. Il m'a dit que j'allais vraiment les adorer… »

Elle glissa le livre dans la poche arrière de son pantalon kaki et donna une tape dessus, dans un geste de garçon manqué.

« Tu sais, tous ces mecs me prennent pour une demeurée parce que je n'ai jamais rien lu… » Elle sourit malicieusement. « Ce qui, par ailleurs, est la pure vérité…

— Quels mecs ?

— Tu sais bien. La bande des journalistes de Nairobi. Bla, bla, bla, toujours à radoter sur *Cœur des ténèbres*. Je les trouve insupportables. » Elle soupira et secoua la tête. « Miles, au moins, est le seul qui se donne la peine de me conseiller des lectures. J'apprécie vraiment ça. Avec lui, j'ai l'impression de ne pas être un cas désespéré, une fois sortie de la brousse. »

Je compris qu'elle avait vraiment le béguin pour Miles. Il devait être à l'origine de ses projets européens. Elle me semblait si différente à présent, à la veille de son départ pour l'Angleterre, de la fille que j'avais vue pour la première fois au camp. Je compris soudain à quel point elle paraîtrait à côté de la plaque, à Londres, parmi la faune littéraire branchée. Ses fringues ne seraient pas à la mode, pas plus que sa conversation. On la prendrait aisément pour une fille de fermiers suédois parmi d'autres, tout juste bonne à faire de délicieux gâteaux. On avait envie de la prévenir de ce qui l'attendait.

Elle se leva, prête à repartir.

« Merci beaucoup, Esmé. Et, au fait, c'est mon anniversaire après-demain et Nena m'a proposé d'organiser un dîner chez elle, vu que chez moi c'est trop petit.

— Super. » Je l'accompagnai à la porte. Soudain, je pivotai sur mes talons.

« Attends, je voudrais te faire un petit cadeau d'anniversaire. »

Je me suis toujours demandé, par la suite, d'où m'était venue cette intuition de le lui donner à ce moment-là, plutôt que le jour de son anniversaire. Toujours est-il que je retournai à la bibliothèque pour y prendre une édition en anglais du recueil de Fernandino. Je griffonnai quelques mots sur la page de garde.

« Tu m'as dit que tu voulais lire de la poésie. Voilà, c'est celle de mon père. »

Son visage s'éclaira, et elle se mit à le feuilleter.

« Merci, oh, c'est dingue ! » Elle lut ce que j'avais écrit. « Ça me fait vraiment plaisir !

— Si tu veux m'emprunter des habits d'hiver avant de partir, dis-je. J'ai tellement de trucs dans cette malle.

— Oh oui, ce serait super. » Elle me serra dans ses bras et plaqua deux baisers sur mes joues. « Ouah, t'es vraiment chouette. Je te remercie. »

Je la regardai grimper dans son auto et faire une marche arrière, dans un crissement de pneus. Elle conduisait comme un homme. Je lui souris et la saluai d'un geste de la main.

Un autre hybride, songeai-je. Moitié garçon, moitié princesse. Moitié guerrière, moitié enfant.

Nous étions à nouveau réunies, vêtues de nos jolies robes du soir. Il se faisait tard, même pour Nairobi, et Nena commençait à s'impatienter.

« C'est Iris tout craché, dit-elle en consultant sa montre. Arriver en retard à son propre anniversaire. »

Nous entendîmes une voiture dans l'allée. Puis je vis Hunter entrer et je sentis soudain mon pouls s'emballer : mon cœur battait la chamade, j'avais les jambes en coton… J'étais stupéfaite de ma réaction. Il retira ses lunettes et, d'une main, plaqua ses cheveux noirs en arrière. Son visage sentait l'air frais. Il avait dû faire le trajet dans un véhicule découvert.

Il se dirigea vers Nena et l'embrassa.

« Désolé pour le retard, dit-il, tendant une bouteille de vin. Je mets ça au frigo ?

— Oui, je t'en prie. Tu n'es pas en retard. Nous attendons encore qu'Iris daigne faire son apparition. » Elle était furieuse. Iris avait vraiment le chic pour agacer les autres femmes, songeai-je.

Je me fichais bien de dîner en retard. Je sifflai ma vodka et en ressentis un agréable picotement. Hunter s'avança vers moi, un verre à la main.

« Vous, je ne vous ai pas vu depuis un bout de temps, dis-je sur le ton du flirt.

— Je n'étais pas dans le coin. »

Il était pâle et tendu. Il s'efforça de sourire.

« Malheureusement, mes destinations ont été plutôt tragiques. » Il leva son verre et me regarda droit dans les yeux.

« À votre santé apparemment inaltérable. »

J'éclatai de rire.

« Et à la vôtre. »

Le téléphone sonna dans la pièce bruyante, et Nena alla décrocher. Ce n'est pas le ton de sa voix qui attira notre attention, ni même ce qu'elle dit. Plutôt la nature de son silence : nous nous tûmes tous aussitôt. Et écoutâmes.

« … Quoi ?… »

Ses yeux s'écarquillèrent.

« … Quand ?… »

À présent, la pièce était plongée dans le silence. Tous les yeux étaient rivés sur elle. Elle raccrocha lentement le combiné, l'air stupéfaite.

« Iris est morte. »

Personne ne prononça une parole. Personne ne fit un geste. Nous attendîmes, paralysés, et elle nous rejoignit sur le canapé, devant la cheminée. Elle baissa les yeux, serrant ses mains entre ses genoux.

« Elle a eu un accident de voiture. Elle est… » Ses lèvres frémirent.

Elle nous jeta un regard implorant comme celui d'une petite fille.

« Elle est morte. »

Ce genre de nouvelle tombe comme une pierre. Il suffit que ce mot roule dans une pièce pour tout détruire en un clin d'œil.

Nous nous tenions là, tel un groupe de fêtards pétrifiés : des bras levés s'apprêtant à porter un toast, l'odeur de l'agneau qui rôtit au four : autant d'Eurydices cristallisées sur le seuil des enfers. Le mot funeste avait été prononcé. Et laisserait bientôt place au chagrin, aux larmes et au désespoir.

Puis la panique s'empara de nous comme d'un groupe de fourmis, nous rendant frénétiques. Nous passâmes des coups de fil ici et là, puis nous nous rendîmes en ville : à l'hôpital tout d'abord, puis à la morgue. Peter, Hunter et Miles parlèrent, se mirent en colère, payèrent des bakchichs et se chargèrent de la bureaucratie kenyane, qui avait pris possession du corps d'Iris, le

202

transformant en une *chose* ; chose qui nécessitait soudain des formulaires, des certificats et des signatures. Nicole, Nena et moi nous contentions d'attendre, assommées par le choc, dans les diverses salles d'attente – celles de l'hôpital, de la morgue, des pompes funèbres. Nous les laissions s'occuper de tout et surprenions leurs discussions tendues avec les policiers et le personnel de l'hôpital. Nous fumions en silence à la lueur des néons, les yeux rouges et le mascara coulant sur nos joues, semblables à un effrayant trio du carnaval vénitien.

Le lendemain, les parents d'Iris arrivèrent, depuis leur ferme, pour se charger des formalités. Ils étaient tous deux blonds, fortement charpentés et simples. Leur anglais était chargé d'inflexions suédoises et leur peau tannée par le soleil. Ils parlaient peu et, comme si le chagrin leur pesait trop, ne parvenaient même pas à relever la tête.

Je ne réussis pas à joindre Adam. Il ne m'avait pas laissé de numéro. Je me souvenais juste qu'il était dans le Colorado. J'appelai l'université de Boulder. Lorsque je demandai à la standardiste si elle savait quelque chose d'une prochaine conférence sur les safaris d'Afrique de l'Est, elle me rit au nez.

« Des centaines de conférences se tiennent ici, madame. Et il y a des milliers de gens qui fréquentent chaque jour l'université. Quel département désirez-vous, au juste ? »

Je raccrochai.

« Nous sommes une fois de plus réunis pour la mort d'un être cher. » Hunter regardait tous ceux qui s'étaient rassemblés dans la petite église. Sa voix résonnait, calme et claire, contre la pierre froide des murs. « Cette scène, nous l'avons déjà souvent vécue. Nous autres, qui vivons en Afrique, avons appris à nous familiariser avec la mort. Tant de gens que nous aimons meurent, nous ne cessons de perdre des êtres chers. Cependant, chaque fois que la mort frappe, nous sommes anéantis ; il nous semble impossible que cela ait pu se produire à nouveau. Et pourtant, c'est sans doute à cause de la mort, à cause de ces ténèbres et de cette peur qui nous poursuivent sans trêve, que les gens, ici, se sentent si proches les uns des autres. C'est la présence continuelle de la mort qui crée entre nous des liens si forts et si profonds.

« Iris a été tuée le jour de son anniversaire. Elle n'avait que vingt-sept ans, mais possédait davantage d'expérience que bien des hommes plus âgés de ce pays. Elle savait tirer au fusil et, confrontée à un buffle en train de charger ou à un bandit, elle aurait su riposter. Au lieu de ça, elle est morte en plein jour, avec tous ses achats sur la banquette arrière, à cause d'un Kikuyu ivre mort qui a grillé un feu rouge à Westlands. Ce qui nous enseigne que la mort, quand elle frappe, le fait toujours sans prévenir et qu'elle est toujours cruelle, avide, stupide et absurde. » Sa voix trembla légèrement. Il s'arrêta et fixa le plafond. « Ses amis samburus lui avaient donné un nom. Ils l'appelaient Celle qui est riche. Je l'ai souvent taquinée à ce sujet, mais je comprends à présent qu'ils avaient raison. »

Il se tut. Il y eut un moment de silence. On distinguait des sanglots étouffés, des chuchotements. Puis, au fond de l'église, les Moranes se mirent à soupirer et à geindre, et ce soupir se transforma progressivement en un chant de douleur. Nous nous retournâmes pour les regarder. Ils étaient venus de très loin pour dire adieu à leur amie. Nous connaissions déjà certains de leurs visages par les photographies. Ils se tenaient bien droits, en rang, le poing crispé autour de leurs lances. Leurs longues chevelures étaient enduites d'ocre et, enveloppés de leurs *shuka* rouge vif, ils paraissaient aussi stoïques qu'une légion égarée de l'Empire romain. De leurs poumons s'échappait un son évoquant le vent qui traverse les arbres, l'eau d'un ruisseau, le souffle d'un animal qui court. La vibration de leurs respirations syncopées s'élevait comme la musique de l'orgue dans une cathédrale.

Nos épaules se touchaient tant nous étions proches, dans la minuscule église ; et nous nous tenions tous la main, pendant que les Moranes continuaient à chanter.

Et, soudain, cela fit du bien de se sentir tous si soudés, tandis que nous pleurions ensemble une mort de plus en Afrique.

Cette nuit-là, j'entendis devant chez moi un crissement de pneus. Il était tard mais je ne dormais pas. J'ignore pourquoi, dès que je vis la lumière des phares braqués sur les arbres je sus tout de suite que c'était lui.

« Je n'arrivais pas à dormir, dit-il. J'espérais que vous seriez encore réveillée.

— Entrez. Moi non plus, je ne pouvais pas dormir. Comme tout le monde cette nuit, j'imagine.

— Oui, mais je me suis dit qu'à part moi il n'y aurait que vous à être seule ce soir. Miles est allé dormir chez Nicole.

— Comment il va ?

— Une épave.

— Ça l'a vraiment bouleversé, non ? Asseyez-vous, je vais faire du thé. »

Il me suivit dans la cuisine. Il ne regarda pas autour de lui, ne parut pas s'intéresser à l'endroit où j'habitais. Non, il se contenta d'entrer comme s'il venait me voir pour la centième fois, s'assit sur la table de bois et m'observa, tandis que je remplissais la bouilloire.

« Vous savez quoi ? Le thé, ce n'est pas une mauvaise idée, mais je meurs de faim. Je n'ai rien avalé depuis deux jours.

— Oh, très bien. »

J'ouvris le frigo et sortis du pain et du fromage, les restes d'un poulet au curry et de la salade.

« Maintenant que vous m'y faites penser, moi non plus je n'ai rien mangé, dis-je, me sentant soudain affamée. Laissons tomber le thé, buvons plutôt du vin. »

Dans le placard, je tombai sur ce qui restait du gâteau d'Iris. Je le sortis. Ça me faisait un drôle d'effet, de l'avoir dans les mains, enveloppé d'une pellicule de plastique. Encore frais.

« Elle a fait ce gâteau pour moi, dis-je sur un ton hésitant. C'est… »

Je m'interrompis et le regardai, ne sachant que faire.

Hunter me considéra avec gravité et me le prit des mains.

« Oui, mangeons-le. »

Nous sortîmes deux chaises et nous assîmes. La vue de la nourriture nous avait donné si faim que nous ne prîmes même pas le temps de réchauffer le poulet. Nous mangeâmes et bûmes sans échanger une parole. Nous ne cessâmes de nous regarder jusqu'à ce que nous ayons englouti la dernière miette. Les ultimes quarante-huit heures nous avaient épuisés, si bien que de nous retrouver ensemble, et si tard, ne provoquait aucun malaise. Le vin nous avait réchauffés et mis dans un état de doux engourdissement. Nous passâmes au salon où je ravivai le feu de cheminée.

« Grands dieux, je me sens mieux, dit-il en s'installant sur le sofa, avant d'allumer une Rooster. Je n'étais pas d'attaque pour affronter une autre nuit d'insomnie dans ma maison froide et vide. »

Je me blottis à l'autre bout du canapé, aussi loin que possible de son corps.

« Je suis contente que vous soyez venu. Moi non plus, je n'aurais pas voulu rester seule une nuit comme celle-ci. »

206

Nous demeurâmes un moment silencieux. J'allumai une cigarette et écoutai le son de nos respirations enfumées.

D'un coup, je me rendis compte que ça faisait un bout de temps que je voulais le voir ainsi : juste nous deux, assis sur mon canapé.

« Ce que vous avez dit, à l'église, ça m'a beaucoup touchée… Surtout le passage sur les gens qui meurent. » Hunter restait impassible. « En Europe, vous rentrez chez vous le soir, et la seule chose qui vous inquiète, c'est de savoir combien de messages vous attendent sur votre répondeur. Ici, c'est de savoir si vos amis sont encore en vie.

— Vous savez, dit Hunter, faisant tomber la cendre de sa cigarette sur le sol et s'appuyant sur un coude. Si on lui avait dit qu'elle allait mourir comme ça, elle aurait été horrifiée.

— Pourquoi ?

— Mourir comme une ménagère qui rentre du super-marché ? Ce n'est vraiment pas sexy. » Il s'enfonça dans le canapé et fixa le plafond. « Elle était d'une telle coquetterie. »

Je l'entendis soupirer.

« Ça vous ennuyait ?

— Parfois, oui. J'imagine que c'est parce que sa vie, comme celle de tant de gens ici, ressemblait à une publi-cité de magazine : achetez, et vous aurez droit, en prime, à l'aventure, au sexe, à la beauté et au vieux charme colonial. Et voilà que dans tout ça – et c'est ce que j'essayais de dire à l'église – un enfoiré de Kikuyu bourré lui rentre dedans en plein centre-ville. Et vous savez ce que ça nous enseigne ?

— Non.

— Ça nous enseigne que l'Afrique c'est ça, mon chou. Le reste, c'est de la foutaise, de la décoration inté-rieure, de la pub. Parce que l'Afrique, c'est ça, au bout du compte : un enfoiré de Kikuyu bourré au volant d'une Nissan. C'est ça qui a eu raison d'elle. C'est pour ça que j'ai dit que ce pays était rapace. Il ne lui a pas laissé la chance de faire la sortie qu'elle méritait. Il s'en fiche bien que vous fassiez bonne figure ou pas, le jour de votre mort.

— Je crois qu'elle vous adorait.

— Et moi, je l'*aimais*, dit-il d'une voix rageuse. Il y avait plus de vie en elle que dans un jardin d'enfants. J'étais fou amoureux d'elle à mon premier retour ici. »

Je me sentis rougir. Ça m'avait mise mal à l'aise d'entendre, de sa bouche, les mots « fou amoureux ».

« Et qu'est-ce qui s'est passé ?

— Je n'arrivais pas à la suivre, elle n'arrivait pas à me suivre. On habitait dans le même pays, mais on voyait tout différemment. Mon boulot m'obligeait à supporter un tas de trucs déplaisants et Iris… enfin, vous savez comment elle est, elle… »

Nous avions tous deux remarqué l'usage du présent, nous ne fîmes cependant aucun commentaire.

« … Elle était trop occupée à faire de sa vie une parfaite campagne de pub – la Beauté, et toute cette mythologie des guerriers en voie de disparition. Ça, ça ne me plaisait pas. Elle ne voulait pas qu'on lui ouvre les yeux. La vérité n'a jamais été son truc, parce qu'il lui aurait aussi fallu considérer le mauvais côté des choses, et qu'elle avait horreur de ça. Elle m'accusait de ne l'aimer que lorsque j'étais parvenu à la rendre malheureuse. »

Il s'interrompit, regarda au plafond, puis ses yeux se posèrent sur moi.

« C'est peut-être elle qui avait raison, qui sait ? ajouta-t-il dans un soupir. Je prenais peut-être mon pied à lui gâter son plaisir, mais je crois en la *vérité*, et elle est, le plus souvent, très laide, très injuste et très, très cruelle. Surtout dans cette partie du monde. Et je crois aussi qu'il ne faut pas l'ignorer, sinon je n'aurais pas choisi de faire ce métier.

— Je comprends, dis-je. Vous devez avoir vraiment du mal à vous réadapter aux petites soirées de Karen, après avoir été au Rwanda. »

Il haussa les épaules.

« Ce n'est pas le problème. C'est à tout qu'il est difficile de retourner, après avoir vu ça… »

Pendant un long moment, aucun de nous deux ne parla. Puis il reprit :

« Quand j'ai vu mon premier cadavre, ça m'a vraiment fait de l'effet. Un choc. C'était en Somalie. Il était si gonflé qu'on aurait dit une vache, et la puanteur était insoutenable. Je me suis dit : Ah, te voilà, mon premier cadavre ! Dès que nous avons mis le pied à Kigali, nous avons senti que ce serait vraiment une sale histoire, très différente de la Somalie. Mais on ignorait encore qu'on allait assister à un génocide. Au cours des deux premiers jours, j'ai compté les cadavres dans les rues. Et puis j'ai arrêté, de même que les autres journalistes. On n'y faisait même plus allusion. »

Il me regardait d'un air sérieux, comme un enfant surpris en train de faire une bêtise.

« Au cours de notre première semaine à Kigali, les massacres ont été si massifs qu'on n'en croyait pas nos yeux. À la morgue, les corps empilés atteignaient le plafond, et le sang coulait sous les portes fermées. Il nous arrivait de croiser un groupe de femmes en larmes à un poste de contrôle, et de savoir qu'à notre retour elles ne seraient plus là. Il se pouvait qu'on les revoie, mais allongées mortes sur le sol. La nuit, nous montions sur le toit de l'hôtel et, sans prononcer un mot, pétrifiés d'horreur, nous écoutions les hurlements des gens qu'on massacrait, tout autour de nous.

— Et comment… Je veux dire, avec quoi…

— Avec quoi ils les tuent ? Avec des machettes, quand ils ne les tabassent pas à mort avec ces énormes *rungu* couverts de clous. À ce qu'il semble, lorsqu'ils entrent dans une maison et entreprennent d'anéantir toute une famille, des gens négocient et leur donnent du fric pour qu'ils utilisent des balles à la place. Mais les Hutus ont le meurtre dans le sang. Ils se baladent en groupes composés d'une vingtaine d'individus, couverts de sang et accros à la violence et à l'effort physique. Vous vous rendez compte que le boulot de ces gars, c'est de tuer à longueur de journée des gens qui ne cessent de se débattre. Ça exige une incroyable résistance physique. Ils sont comme possédés et, en même temps, on ne peut pas ne pas remarquer l'exaltation et l'incroyable énergie que leur confère leur soif de sang. »

Il me fixa d'un regard absent. Je tendis la main pour prendre son briquet et il me le passa machinalement, me frôlant à peine. Je crois qu'il ne me voyait même plus.

« Le moment le plus effrayant, c'est quand vous réalisez qu'un seuil a été franchi, reprit-il, posant son menton sur son genou, les yeux rivés sur le feu, des mèches noires lui retombant devant les yeux. Cette frontière qui régit nos existences et nous répète chaque jour où sont les limites. Eh bien, ces gens ont démoli cette frontière et, assoiffés de sang, ils se précipitent bien au-delà. Dès lors, il n'y a plus aucune limite et il devient impossible de retourner en arrière. »

Il se plaqua une mèche de cheveux derrière l'oreille et me regarda comme s'il était surpris de me trouver là, à l'écouter.

« Et ça n'a plus rien à voir avec le fait d'être africain. C'est de l'être humain qu'il s'agit. Même si j'imagine qu'en Afrique le pas entre la raison et la folie meurtrière est plus rapidement franchi. »

J'étais bouleversée au point d'avoir la nausée, mais il était impossible de l'interrompre à présent. Ce n'était plus à moi qu'il s'adressait, mais à lui-même, comme s'il se livrait à une sorte de rituel, consistant à nommer les horreurs une par une afin de les exorciser.

« Les cadavres sont des cadavres. Ce qui me tue, ce sont les enfants blessés. Il vous arrive de marcher parmi ce que vous croyez être des cadavres, et de sentir des petites mains qui vous agrippent les mollets. Parfois, ce sont leurs cris qui vous parviennent. Et impossible de les prendre avec soi dans la voiture parce que alors, les types de la milice vous arrêtent, vous les arrachent, et les tuent devant vos yeux. On a donc cessé de le faire.

— Oh, mon Dieu, Hunter. » J'enfonçai mon visage dans mes mains.

« C'est la vérité. Je ne raconte pas ça pour vous impressionner, je le dis seulement parce que c'est vrai. » Il poussa un profond soupir. « Lorsque j'ai vu *son* corps à elle, à la morgue…

— Oui… » Je hochai la tête et sentis une boule dans ma gorge.

« … Nom de Dieu, j'avais fait l'amour à ce corps, mais ce n'était plus qu'un autre cadavre sanguinolent. Je n'arrivais pas à l'enregistrer comme étant le *sien*. Le cerveau aussi doit posséder ses petits trucs, pour parvenir à tenir le coup. Il ne s'agit pas de cynisme, plutôt d'instinct de survie. »

Il me regardait toujours dans les yeux, tandis que j'écoutais, pétrifiée. Je sentais mes pupilles se dilater comme sous l'effet d'une drogue hallucinogène.

« La vie doit continuer. Rien ne l'arrête, rien du tout, pas même la bombe atomique. Il y a quinze jours, au Rwanda, Reuben et moi sommes parvenus dans une église, en lisière d'un village. Des gens y avaient trouvé refuge, espérant être épargnés. Nous sommes arrivés à l'aube, la caméra de Reuben tournait. Dehors, il y avait des centaines, vraiment des centaines, de corps. L'odeur de décomposition était si forte qu'il était impossible de respirer. C'est une puanteur qui vous reste pour toujours dans les narines. À l'intérieur, des piles de cadavres pourrissants nous arrivaient à la taille, vous imaginez le tableau ? Il devait y en avoir des milliers. Des femmes, des enfants… Ils n'avaient épargné personne. On avait du liquide putride jusqu'aux chevilles, de la… matière en liquéfaction. Les chiens étaient déjà passés par là, avaient fait leur boulot. Je n'ai jamais adoré les chiens, mais après ça… » Il laissa tomber la cendre de sa cigarette dans la cheminée. « Enfin… Avant d'être, bien entendu, évacués, les curés catholiques avaient planté des rosiers derrière l'église. Miraculeusement, les fleurs avaient été préservées ; elles étaient intactes, comme si rien ne s'était passé. Pendant un bon moment, je les ai regardées. C'était la seule chose sur laquelle je pouvais me concentrer pour ne pas devenir fou. C'était une matinée ensoleillée, voyez-vous, et les abeilles, comme tous les matins, volaient de rose en rose. Dans ce petit univers parallèle, la vie suivait son cours, insensible au contexte. Reuben filmait tout avec sa Betacam. Il y a un truc avec les micros de Beta, c'est qu'ils sont sensibles aux fréquences les plus bizarres, qu'ils enregistrent les sons de manière très arbitraire. Et la bande-son accompagnant ces images – d'un des plus importants, des plus monstrueux carnages que j'aie vus, que l'humanité ait vus, si vous voulez mon avis –, c'est le bourdonnement des abeilles et le pépiement des oiseaux. »

Je sentis des larmes tièdes couler sur mes joues.

« On a poursuivi notre route et traversé des villages, en sanglotant comme deux idiots, et partout où on a été, ce silence effrayant nous attendait. On n'entendait que le bruit des oiseaux. Il nous suffisait littéralement de coller le nez à la fenêtre pour deviner qu'on allait encore découvrir des cadavres. Le plus étonnant, c'est la manière dont les animaux s'étaient mis à occuper les maisons. Dans toutes les maisons, on tombait sur des vaches dans la chambre à coucher, des cochons dans la salle de bains. En train de se nourrir de ce qui restait. Quant aux propriétaires, ils gisaient à terre, baignant dans des mares de sang caillé. Les animaux, eux, circulaient tranquillement d'une pièce à l'autre. Et sur tout ça pesait un silence insoutenable. »

Il s'aperçut que je pleurais, et c'est cela, je pense, qui le sortit de sa torpeur.

« Je ne sais pas pourquoi je vous raconte tout ça. Je suis désolé, Esmé. Je ne voulais pas…

— Non, ne soyez pas désolé. C'est *moi* qui le suis.

— Pourquoi donc ?

— Pour vous. Pour tout ça. » J'éclatai en sanglots.

Il s'approcha de moi et, du bout des doigts, essuya doucement mes larmes.

« Ne pleurez pas, je vous en prie.

— Et pourquoi pas ? Pourquoi est-ce que je ne devrais pas pleurer ? protestai-je d'un ton furieux. C'est quand, alors, le moment de pleurer ? »

Mes larmes coulaient comme un torrent de montagne s'enfonçant dans un précipice. Je pleurais pour lui, pour Iris, pour les cadavres dans l'église, pour moi, pour mon enfant, pour mon père, pour ma mère. Pour tout ce qui avait été brisé, arraché, perdu, oublié.

« Oui, dit-il. Vous avez raison. Mais venez ici. »

Il m'attira à lui. Je sentis ses bras entourer fortement mes épaules, et ses doigts contre mes tempes. Nous restâmes ainsi un bon moment, jusqu'à ce que je cesse de pleurer. Nous ne bougions pas. Nous demeurions ainsi, chacun à écouter le souffle et le cœur battant de l'autre, à s'habituer à son odeur. Nous avions peur de faire un seul geste, de prononcer le moindre mot. Nous nous contentions d'écouter : comme lorsque, dans l'obscurité, on tend l'oreille à chaque craquement ou à chaque murmure. Nous retenions notre souffle, attentifs au martèlement de nos cœurs, comme quand on croit, dans

le noir, percevoir des pas lointains qui se rapprochent.
J'avais peur de moi-même, de mon désir ; car, intérieurement, je priais pour que ces pas s'arrêtent devant ma
porte et s'avancent jusqu'à moi. Et je craignais qu'au
lieu de cela ils ne s'éloignent.

Il dit enfin :

« Laissez-moi rester avec vous cette nuit.

— Pardon ?

— Vous m'avez bien entendu. Je n'ai pas du tout
envie de repartir.

— Non… » Mon cœur battait à tout rompre. « Je
veux dire, oui, vous pouvez rester. »

Je laissai ces quelques mots résonner dans la pièce, les
sachant chargés de tous les sous-entendus possibles.
Puis je me détachai de lui et, le regardant droit dans les
yeux :

« Vous pouvez dormir là, sur le canapé.

— Oui, bien sûr. Le canapé fera parfaitement
l'affaire. » Il avait repris un ton condescendant. Je
réalisai qu'il n'avait probablement, à aucun instant,
songé à autre chose. Il sourit, comme pour m'arracher à
ma propre confusion.

« C'est simplement que j'ai pas envie de vous laisser
seule à présent et de rentrer chez moi. Je veux dormir
tout près de là où vous dormez.

— Oui, fis-je, hochant la tête. Mais pourquoi ?

— Parce qu'il n'y a pas de raison que nous nous séparions, vous et moi, par une nuit comme celle-ci. »

Je posai à nouveau ma tête sur son épaule. Nous ne
prononçâmes pas une parole de plus. Je sentis le battement de son cœur s'apaiser, ses muscles se relâcher. Il
s'était endormi. Lorsque j'entendis chanter les premiers
oiseaux, je me levai, le recouvris d'une couverture et me
glissai dans mon lit.

Je ne parvins pas à trouver le sommeil. Je n'arrêtais
pas de remuer, de me retourner dans tous les sens,

tentant désespérément de percevoir le moindre bruit provenant du salon. De savoir qu'il était là, juste derrière la porte, me perturbait plus que je ne l'aurais cru.

Cela me rendait folle, de ne pas être en train de faire l'amour avec lui.

De comprendre que c'était là ce que mon corps réclamait de toutes ses forces me plongea dans la terreur.

Je ne cessais de m'agiter, en espérant pouvoir me libérer de mon désir, et m'endormir. Au lieu de cela, je vis le ciel pâlir derrière les arbres, et une lueur blanche envahir la pièce. Puis j'entendis, au loin, les coqs chanter.

« Bordel de merde ! » murmurai-je, remontant les draps sur mon visage, essayant absolument de trouver la délivrance dans l'obscurité. Mais on n'échappe pas à la lumière : elle surgit chaque jour, ponctuelle, éclairant toutes les choses que vous n'êtes pas encore prêt à admettre.

Je ne devais pas être endormie depuis plus d'une demi-heure lorsque le téléphone sonna. Le bip des appels longue distance me parvint.

« Bonjour, ma chérie, désolé de te réveiller, dit la voix d'Adam. Mais je voulais te parler avant d'aller me coucher. » Le son de sa voix me fit sursauter. Je me redressai, en nage.

« Il est très tard ici, et je reviens juste d'une fête délirante au…

— Adam, dis-je dans un sanglot. Oh, Adam…

— Qu'est-ce qui se passe ?

— Il s'est passé une chose terrible. Iris…

— Quoi ?

— Elle a eu un accident de voiture.

— Oh, non… Elle est gravement blessée ?

— Non. Non… Elle est… »

Cette fois, c'était à moi de prononcer le mot.

« Elle est morte. »

Le silence dura une éternité. J'entendais des bips, de la friture sur la ligne.

« Quand est-ce que c'est arrivé ? » Sa voix semblait celle d'un robot.

« Il y a trois jours. Les funérailles ont eu lieu hier. Je ne savais pas comment te…

— Je rentre à la maison. Tout de suite.

— Oui, *je t'en prie*. »

Un déclic, puis le sifflement des communications internationales s'interrompit.

Dans le salon ne subsistait comme trace de son passage qu'un creux entre les coussins.

J'entrai dans la cuisine. Je vis une tasse vide sur la table. Wilson, debout devant l'évier, se tourna vers moi avec un sourire.

« Bonjour, Wilson. *Habari ?* » Je tentais de me comporter aussi naturellement que possible.

« *Mzuri, mama.* » Il me surprit à jeter, par la fenêtre, un regard dans l'allée.

« *Bwana Hunter ametoka saa hii.* »

Sa voiture n'était plus là.

« *Amewacha barua kwa wewe.* » Wilson me tendit un morceau de papier.

Il écrivait tout petit, mais très lisiblement.

« Je m'en vais. Je penserai à vous. » Comme ça. Impérial.

Oui, tout rentrait dans l'ordre. Adam allait revenir, et Hunter, une fois de plus, s'était évanoui : hors de mon univers, hors de ma portée.

Je m'assis dans la cuisine, absorbée par les mouvements rapides de Wilson qui versait de l'eau chaude dans la théière et qui sortait les toasts du four.

Un autre petit déjeuner pour les vivants, songeai-je.

Mais je ne jetai pas son petit mot. Je voulais pouvoir y revenir plus tard.

Je penserai à vous. C'est cette phrase que je souhaitais lire et relire dans l'espoir vain qu'elle me révélerait un sens secret.

Comment s'empêcher de chercher un signe quand il ne vous reste, en tout et pour tout, qu'un petit bout de papier ?

J'appelai Nicole.

« Tu es réveillée ? »

Il n'était pas encore huit heures.

« *Réveillée ?* Tu veux rire ? Je n'ai pas fermé l'œil, dit-elle. J'ai fumé deux paquets de clopes et bu six espressos.

— Et Miles ?

— Sans connaissance. Il dort du sommeil du juste. Viens qu'on s'en grille encore quelques-unes ensemble. »

Je la trouvai assise sur la véranda, enveloppée dans un kimono aux couleurs passées, le vernis de ses ongles tout écaillé.

« Oh, dit-elle en me voyant arriver. Dieu merci, tu es venue. »

Elle avait l'air tendue. Sa chevelure était ébouriffée, et ses bras maigres et pâles sillonnés de veines bleuâtres.

« Qu'est-ce qui ne va pas ?

— Rien de particulier. J'ai passé une nuit interminable avec Miles, et à présent je me sens un peu vidée. Il a fallu que je le console de ne pas s'être suffisamment occupé d'Iris, et de ne jamais lui avoir dit à quel point il la trouvait merveilleuse. Et puis, ajouta-t-elle en soupirant, on a baisé. Frénétiquement.

— Oh.

— C'était de la baise par procuration, bien entendu. »

Tout le monde a dû passer sa nuit à faire l'amour, pensai-je. C'est en général ce qui arrive lorsque quelqu'un meurt. Pour contrebalancer la perte, réaffirmer le principe de vie. C'est une pulsion très naturelle.

« À vrai dire, ça m'a quand même un peu secouée. Même si je sais très bien à quoi c'était dû. Ça doit bien la faire marrer.

— Qui ça, Iris ?

— Tu m'étonnes ! Toutes les femmes de la ville s'envoient en l'air par procuration avec ses anciens amants le soir de son départ. »

Je la regardai, stupéfaite. Avait-elle aperçu la voiture de Hunter devant chez moi ? Tout était possible à Langata.

« Hunter est venu chez moi la nuit dernière », avouai-je, tel un suspect qui pense que mieux vaut ne jamais rien cacher aux flics.

« Ah, ah ! Hunter ! dit-elle sur le ton de Sherlock Holmes s'adressant à Watson… Et ?

— Rien du tout. Il a dormi sur le canapé, il ne voulait pas rester seul chez lui. J'imagine qu'il avait besoin d'un peu de chaleur.

— Impossible de refuser ça, non ? » demanda-t-elle d'une voix triste. Elle détourna les yeux. « Surtout par une nuit pareille.

— On n'a pas… Rien ne s'est passé, expliquai-je précipitamment.

— Ça vaut mieux, dit-elle avant de pousser un nouveau soupir en pensant à ses propres erreurs de jugement. Mieux vaut ne jamais franchir la ligne. On a souvent bien plus de mal qu'on ne l'imagine à retrouver ses marques.

— Oui, tout à fait d'accord. C'est bien trop dangereux », ajoutai-je sur un ton un peu trop véhément.

Ça lui mit la puce à l'oreille. Elle se tourna vers moi, surprise. Je soutins son regard sans ciller. C'est alors qu'elle comprit que j'en pinçais pour lui.

2

« Encore au lit à cette heure-ci ? »

Miles déboule dans ma chambre, troublant le cours de mes pensées.

« Nom de Dieu, Miles ! Tu m'as fichu une de ces trouilles. Et comment ça, "encore" ? Je me suis levée à sept heures. Je me reposais un peu, c'est tout. Je me suis réveillée avec la gueule de bois mais, à présent, ça va mieux. »

Je suis étendue sur mon lit depuis que je suis revenue du garage de Kilonzo et, depuis des heures, fidèle à mon projet, je fixe le plafond. Tout tourne en rond dans ma tête, et des détails surprenants, que j'aurais crus perdus à jamais, me sont revenus à l'esprit.

Miles s'assied au bord de mon lit et me regarde attentivement. Son intrusion me dérange un peu.

« Qu'est-ce que tu as fait à tes cheveux ?

— Une nouvelle coupe. Ça ne te plaît pas ?

— C'est pas mal. » Il n'a pas l'air très sûr de lui.

« De toute manière, c'est trop tard pour en changer. »

Je n'aime pas avoir quelqu'un assis sur mon lit, qui me regarde comme si j'étais malade. Ça me met en état d'infériorité. Je me redresse donc et me dirige avec détermination vers le salon.

« Je n'ai pas dit que ça ne me plaisait pas.

220

— Eh, je m'en tape complètement, de ma coupe de cheveux. » Je secoue la tête. « Tu as une cigarette ?

— Oui. » Il s'empresse de m'en allumer une. « Ça ne te dit pas, une tasse de café ? »

Je sens qu'il est trop tendu pour que sa visite soit due, comme d'habitude, au seul désir de tailler une bavette. Il a besoin de quelque chose, vite, et lorsque je le lui aurai donné il repartira. Wilson a laissé une Thermos de café dans la cuisine, et j'en sers deux tasses, pour Miles et moi. Il me suit, débitant des platitudes pour alimenter la conversation.

« Chouette, non, le dîner d'hier soir ? Il était marrant, le scénariste de Hollywood ?

— Non, pas vraiment, je réponds à contrecœur, tandis que Wilson sort le lait froid du frigo. Merci, Wilson. Viens, Miles, allons nous installer sur la véranda.

— Ah bon ? Il m'a pourtant paru cool.

— Peut-être bien. Mais pas ce que moi j'appelle "cool".

— Très bien, j'ai compris. » Il boit son café à petites gorgées et, s'efforçant de paraître à son aise, étend ses jambes sur la table basse.

« Cette photographe américaine, Linda, elle m'a fait de l'effet.

— Ah oui ?

— Une sacrée nana, j'ai trouvé.

— Mmmm… »

J'espère qu'il ne va pas passer en revue toute la liste des invités.

« J'ai vu ses photos. Je dois dire qu'elles sont pas mal. »

De l'entendre mentionner le travail de cette fille m'exaspère. C'est à Iris que je pense à présent, et je suis furieuse pour elle. Pourquoi remplace-t-on les gens, pourquoi les oublions-nous si aisément ?

221

« Quand j'ai raccompagné les filles chez elles, hier soir… elle et… Claire, Linda nous a montré ses photos les plus récentes.

— Vraiment ? Elle voyage avec son book ?

— Oh, ça va, Esmé, dit-il sur un ton de reproche. Elle a juste emporté des vieux numéros de revues qui ont publié ses photos. Histoire de pouvoir montrer ce qu'elle fait.

— Comme c'est pratique. » Je prends un malin plaisir à lui taper sur les nerfs. « Et alors, ce qu'elle fait est formidable ?

— Comme ci, comme ça, concède-t-il. On a bu quelques verres et fumé un ou deux joints à son hôtel.

— Tu t'es vraiment couché tard, à ce qu'il semble…

— Elles n'ont pas arrêté de poser des questions, comme si leur survie dans ce pays dépendait de moi. Ce sont toutes les deux de vraies filles de la ville. C'est la première fois qu'elles mettent le pied en Afrique, et elles ne sont donc pas tout à fait rassurées.

— Elles ont dû adorer ta prestation. »

Ma mauvaise volonté ne le décourage visiblement pas. Il glousse.

« Linda essayait de paraître un peu plus experte, du genre qui sait des trucs sur la brousse. Et voilà qu'elle va au petit coin, voit une araignée et que ça la met dans tous ses états. Tu aurais vu la crise qu'elle a piquée, dit-il en ricanant.

— Et Claire, qu'est-ce que tu en as fait ?

— Je l'ai raccompagnée chez elle. On a un peu discuté dans la voiture. Elle est très intelligente et extrêmement cultivée.

— Vraiment ? » dis-je en affectant un ton blasé.

Wilson apparaît devant nous, avec une petite assiette de biscuits faits maison. Il sourit en les posant sur la table, entre Miles et moi.

« Merci Wilson, dis-je. C'est vraiment une bonne idée. »

Miles se met à engouffrer les biscuits.

« Quoi qu'il en soit, je les amène toutes deux admirer le coucher du soleil au sommet des Ngong Hills, plus tard dans l'après-midi. Je suis venu te demander si tu pouvais me prêter une glacière, pour le vin…

— Tu sais, Miles, quand tu viens chez moi, j'aimerais bien que tu te donnes le mal de dire "bonjour", "merci", "comment allez-vous ?" à mes domestiques. Ce ne sont pas des objets, tu sais.

— Pardon ? » Il me regarde avec incrédulité.

« Tu viens de le faire à l'instant. Tu as vu Wilson deux fois et tu n'as même pas semblé relever sa présence, à croire qu'il est transparent.

— Eh, je suis désolé. Il n'y a pas de quoi se mettre dans un état pareil…

— Non, tu as tort, il y a de quoi… Il est temps de prendre conscience de ces choses-là. Que quelqu'un le fasse. Pour une fois. » Je me sens sur le point d'éclater. Je sens mon visage s'échauffer. « Ça me rend malade, que personne ne se soucie de ce genre de détails. À croire que rien n'importe, que rien ne fait jamais la moindre différence ! Qu'on se fiche de tout, au fond ! »

À présent, je ne parle plus, je hurle. Je vois ma main s'emparer de la tasse de café et je la regarde – comme dans un ralenti parfait – voler au-dessus de la pelouse avant de s'écraser en morceaux. Miles est horrifié.

« Nom de Dieu, qu'est-ce qui ne va pas chez toi ? » Je perçois dans ses yeux une lueur de panique.

« Chez *moi*, tout va bien ! Et toi, ça ne t'arrive jamais de penser qu'il pourrait y avoir quelque chose de tordu dans la manière dont *tu* te comportes ?

— Je… j'en sais rien.

— Laisse tomber. Va à la cuisine, demande à Wilson de te donner la glacière, prends-la et fiche-moi le camp.

— Esmé, je t'en prie, qu'est-ce qui t'arrive ? Je suis désolé pour Wilson. Je ne voulais pas… Mais je t'en prie, est-ce que j'ai fait quelque chose que…

— Non, tu n'as rien fait du tout. Personne ici, ne fait jamais rien de mal. C'est moi qui n'arrête pas de m'imaginer des choses. »

Je donne un coup de pied sur une chaise de safari, qui tombe sur le sol. Miles se redresse, très british, indigné par mon comportement à la Anna Magnani.

« Salut, Miles. Bon coucher de soleil. »

Je retourne dans la maison et m'enferme dans ma chambre. Puis je compte jusqu'à quinze et j'entends le moteur vrombir et la voiture s'éloigner dans l'allée.

Adam revint des États-Unis effondré, tendu et durci par le chagrin et l'épuisement physique. En allant le chercher à l'aéroport, moins de quarante-huit heures après son coup de fil, je ne pus m'empêcher de songer à quel point son retour chez nous différait de celui que je m'étais imaginé, à peine dix jours plus tôt. Dire que je courais alors les supermarchés, curieuse de voir à quoi ressemblaient les aliments pour bébés. Entre-temps, j'étais passée à la machine à laver, au sèche-linge et je m'étais réincarnée en au moins trois personnes depuis les jours heureux où j'attendais mes consultations dans la salle d'attente de Singh. Je n'aurais su dire laquelle de ces trois personnes j'étais maintenant ; en tout cas, je n'étais pas celle qu'Adam avait quittée cinq semaines plus tôt.

Lorsque je le vis à l'aéroport, il avait lui aussi l'air changé. Il avait maigri, ses yeux étaient injectés de sang et sa peau plus blanche que jamais. Il semblait absent, pas encore tout à fait là.

« De Boulder, j'ai appelé ses parents, dit-il dans la voiture, comme nous rentrions chez nous. Je veux aller passer deux ou trois jours avec eux, à la ferme. Ils m'ont dit qu'ils l'avaient enterrée dans cet endroit magnifique, sous un arbre. Ça me fera du bien, d'aller me recueillir un peu là-bas.

— Oui.

— Ça te va, si on part demain matin ?

— Oui. Mais tu es sûr que tu veux que je t'accompagne ?

— Oui, pourquoi ?

— Tu préfères peut-être y aller tout seul. Et je crois aussi que ce sera plus facile s'il n'y a que toi et ses parents. Tu les connais depuis que tu es gosse, c'est comme si tu faisais partie de la famille.

— Oui, mais…

— Je pense vraiment qu'il vaut mieux que tu partes seul. Moi, je lui ai déjà fait mes adieux. Je t'assure, je le pense vraiment. »

Il savait que j'avais raison.

Cette nuit-là, tandis que nous étions étendus, côte à côte, dans le lit, je sentis tout le poids de son chagrin. Je savais qu'il le tenait profondément enfoui en lui, à un endroit auquel je n'avais pas accès. Je serrai sa main dans l'obscurité.

« Merde, dit-il. Elle va vraiment me manquer. »

J'ai honte d'avouer des sentiments aussi vils, mais, alors, je ne pouvais pas m'empêcher de songer qu'il était trop abattu pour pleurer la perte de notre enfant. Il n'avait pas prononcé un seul mot à ce sujet depuis son retour. Je savais que pour lui, si loin, c'était resté relativement abstrait. Rien de plus qu'une conversation téléphonique.

Pour moi, c'était bien différent. Je l'avais porté, il avait modifié la forme de mon corps. Rien n'aurait pu être plus réel. Et j'étais là, à rivaliser avec la mort d'Iris pour obtenir son attention. Je commettais une lourde erreur, personne ne peut gagner une bataille aussi absurde.

Aujourd'hui, quand je revois tout ça avec un peu de recul, je comprends qu'aucun moment n'aurait pu être plus mal choisi pour exiger quoi que ce soit d'Adam. Mais, au cours des dix derniers jours, j'avais, moi aussi, perdu un enfant et une amie. L'aspect le plus dur de l'Afrique m'avait frappée de plein fouet, et j'en avais été profondément ébranlée.

Le lendemain matin, très tôt, pieds nus et vêtue en tout et pour tout d'une de ses chemises, je déboulai comme une furie dans le garage où Adam vérifiait la voiture, en compagnie d'un de ses mécaniciens, avant son départ pour Maralal.

« Tu veux bien rentrer une minute ? Il faut que je te parle », dis-je d'un ton brusque. Il me regarda d'un air surpris et me suivit dans la chambre.

Nous nous assîmes sur le lit et je fondis en larmes.

« Je te jure, Adam, j'ai eu ma dose. Je crois que j'ai envie de repartir. Je suis tellement fatiguée de tout ça.

— Repartir où ?

— Chez moi. En Italie. Quitter ce pays. »

J'étais à présent secouée de sanglots.

« Hé ! » Il m'attira à lui, soudain inquiet. « Hé, Esmé, qu'est-ce qui ne va pas ? Je t'en prie, dis-le-moi.

— Tu... tu n'arrêtes pas de faire tous ces trucs.

— Qu'est-ce que tu veux dire par "tous ces trucs"... Quoi, par exemple ?

— Conduire, réparer, courir d'un endroit à l'autre... Je ne peux plus le supporter. »

Il me regarda avec stupéfaction. Il ne voyait vraiment pas de quoi je voulais parler.

« Tu sais, continuai-je, dans mon pays, dans ma famille, on se sert de mots pour exprimer ses senti-ments. Et... tu sais quoi ? Ça change tout. Toi, après tout ce qui t'est arrivé, tout ce que tu es capable de faire, c'est de vérifier que le radiateur ne fuit pas. C'est monstrueux, ça me rend dingue.

— Je suis désolé. » Il expira lentement puis me passa la main dans les cheveux et plongea son regard dans le mien. « C'est juste que je me sens tellement mal, moi aussi, que je ne sais pas comment…

— Tu ne dis jamais rien, l'interrompis-je.

— C'est vrai, pour ça tu es beaucoup plus douée que moi. »

Il se tut. Puis :

« Moi aussi, Esmé, je voulais cet enfant. »

Je m'en voulus soudain de lui avoir fait cette scène ridicule. Je m'essuyai rapidement les yeux.

« Oui, je le sais.

— Très bien. Alors, garde bien ça en tête, d'accord ? »

Je hochai la tête.

« Je t'aime », dit-il.

Je le fixai, hagarde.

« Je t'aime, Esmé, répéta-t-il en détachant chaque syllabe, comme si je ne comprenais plus l'anglais.

— Je sais.

— Je ne sais pas ce que je dois faire d'autre pour te le montrer. Je t'en prie, ne te mets plus dans ces états-là. »

Deux jours plus tard, lorsque Adam revint de Maralal, j'étais plus calme et il était à nouveau lui-même.

« Je veux que tu m'accompagnes en safari, déclara-t-il. Tu as l'air de quelqu'un qui a désespérément besoin de partir d'ici. »

Il lui fallait trouver un nouveau site pour son camp, avant le début de la saison. Il était revenu des États-Unis avec des tas de réservations, et les affaires marchaient du tonnerre.

« Beaucoup de clients de l'année dernière se sont à nouveau inscrits pour cette année. Je veux leur faire connaître de nouveaux coins, des coins où personne n'est encore jamais allé.

— Personne ? Pour de bon ?

— Tu serais surprise de savoir combien d'endroits, dans ce pays, n'ont jamais été explorés par l'homme. Tu verras : on va emprunter des pistes qui ne voient pas souvent âme qui vive. »

Nous nous préparâmes à un safari des plus rudes : treuil électrique, boîte à outils archicomplète, pièces de rechange pour la voiture, cartes, fusils et munitions. Je fis des provisions de nourriture extravagantes : sauce d'huître, curry vert de Thaïlande et lemon-grass en bocal pour accompagner les légumes sautés ; sauce au chocolat et tous les biscuits importés qui me tombèrent sous la main.

Adam était en proie à une étrange fureur. Après cinq semaines passées dans le monde civilisé, je le voyais aussi agité qu'un animal en cage. Mais, au-delà de son apparence, je sentais qu'il lui fallait se débarrasser de quelque chose. De la douleur, d'un sentiment d'impuissance... je ne sais pas au juste. Mais il éprouvait le besoin de lutter et, n'ayant pas d'ennemi sur qui défouler sa rage, il s'était décidé à partir en safari, bien déterminé à triompher de tous les obstacles qu'il pourrait rencontrer.

La nature releva son défi et nous montra son mauvais visage.

À un jour de route de Nairobi, nous pénétrâmes dans une région de plaines, qui paraissaient s'étendre à l'infini. Le paysage était rocailleux, aride et poussiéreux. Il n'y avait pas un seul être humain en vue, pas même un enfant veillant sur un troupeau de chèvres. Il faisait chaud comme dans une fournaise. Toutes les pistes que nous empruntions ne menaient nulle part.

Cependant, Adam ne rebroussa pas chemin une seule fois. Il poursuivait sa route implacablement. Il nous fallut littéralement reconstruire à la pelle des portions de routes emportées par les pluies. Nous dégagions la voiture prise dans le lit de rivières asséchées. Nous sectionnions les fourrés au *panga* lorsque, trop denses, ils empêchaient la voiture de progresser ; nous glissions des pierres et des branches sous les pneus afin de désensabler le véhicule. Chaque jour, nous peinions comme des esclaves pour conquérir quelques kilomètres de territoire sauvage. Et plus nous nous enfoncions dans la brousse, plus ça devenait dur. On se serait crus dans un épais buisson d'épines, impénétrable et suffocant. La rivière que j'avais tellement hâte d'atteindre s'avéra boueuse, grouillante de crocodiles et infestée de moustiques.

« C'est un pays incroyable, non ? me demandait Adam, assis sous les étoiles, tandis que nous nous reposions enfin, une fois la nuit tombée. Personne n'est jamais venu ici, ajoutait-il avec orgueil. N'est-ce pas que c'est beau ? »

Non, à mes yeux, ce n'était pas beau. C'était dur, étrange, hostile. Il n'y avait ni paix ni bonheur dans tous ces piquants. Ma peau était zébrée de coupures, et les mouches bourdonnaient autour des plaies. Je me sentais épuisée et sale. La viande que nous avions achetée ayant pourri à cause de la chaleur, nous finîmes par lancer des biftecks aux crocodiles.

Un soir, après le crépuscule, nous ramassions du bois pour faire du feu quand nous faillîmes trébucher sur un gros serpent qui se déplaçait lentement dans l'herbe, tout près de notre tente. Le serpent, surpris par le rai de lumière de notre lampe torche, demeura immobile, comme pétrifié. Il était énorme.

« Ne bouge pas ! » ordonna Adam, et il me laissa là, lampe torche en main, à éclairer le serpent. Il revint en courant, armé d'un fusil.

« Quel monstre, nom d'un chien », fit-il avant de lui tirer dessus.

C'était une vipère heurtante, la plus grosse qu'il ait jamais rencontrée, précisa Adam en secouant la tête. Je n'avais jamais rien vu qui y ressemblât de près ou de loin. Elle devait mesurer au moins un mètre cinquante, était aussi large qu'un boa constricteur et pesait plus de dix kilos. Pleins d'un poison mortel. Nous lui tranchâmes la tête avec un *panga* avant de la jeter au feu. Elle grésilla, répandant une odeur âcre. Adam s'enfonça dans les fourrés, tenant dans ses mains le corps décapité du serpent, toujours secoué de mouvements convulsifs.

« Où vas-tu ? demandai-je d'une toute petite voix.

— Jeter ce truc aussi loin que possible de notre tente.

— Pourquoi ? Tu as peur que les hyènes viennent le dévorer ?

— C'est possible. Elles bouffent tout. Mais c'est juste que je ne veux pas dormir près de cette *chose*. »

C'était la première fois que j'entendais Adam exprimer à l'égard de quelque chose non de la peur, mais du dégoût. La nuit, le cri effrayant et presque humain des babouins m'empêcha de dormir.

« Ce ne sont que des babouins, dit Adam dans l'obscurité de la tente. Tu les as déjà entendus des milliers de fois.

— Non, ceux-là sont différents, on dirait des enfants qui hurlent. C'est horrible. »

Je savais que cette fois-ci la nature nous montrait les dents. Mon instinct me le disait. Mais jamais Adam n'aurait pu l'admettre. Il était décidé à trouver coûte que coûte le salut dans la perfection de la nature, et il n'était pas question pour lui de la laisser aussi facilement lui tourner le dos.

Je l'observai, tandis qu'il se baignait dans la rivière boueuse. Il était si fort, si beau dans la douce lumière du soir. Il tendit la main vers moi.

« Viens, dit-il. C'est magnifique. »

Mais l'eau paraissait trop trouble et la rive trop glissante pour que je puisse y trouver un quelconque réconfort. Ce que Hunter avait dit au sujet d'Iris et de lui-même me revint à l'esprit. Je ne pouvais m'empêcher de songer que, désormais, Adam et moi avions aussi cessé de voir les choses de la même manière. Peut-être avions-nous commencé à nous éloigner l'un de l'autre ? Cette pensée me perturba profondément.

Nous laissâmes enfin la rivière derrière nous et, prenant de l'altitude, pénétrâmes dans un paysage de collines verdoyantes. L'air fraîchit, les palmiers disparurent, remplacés par des fougères et des hautes herbes. Nous croisâmes des hordes d'impalas, de kongonis, d'élands du Cap. Nous les vîmes débouler sur le flanc des collines et se disperser dans l'herbe. La fraîcheur de l'air était réconfortante mais, plus que tout, c'était un vrai bonheur que de revoir le ciel et l'espace après avoir traversé la masse compacte de la brousse.

Il nous fallut un jour entier pour atteindre la crête du massif montagneux. Ce fut une véritable épreuve. La piste menant au sommet était si abrupte que nous avions l'impression de défier les lois de la pesanteur. Nous la gravîmes avec une lenteur incroyable, en première, les roues de la Toyota luttant pour maintenir leur prise sur les cailloux. Nous étions toujours en train de rouler, secoués par les cahots, lorsque la nuit tomba. Nous cessâmes de parler et chacun de nous se retrancha dans son propre silence, dans sa propre fatigue.

Nous roulâmes dans la nuit, immergés dans l'espace comme un vaisseau spatial voguant dans la galaxie, conscients que nos phares, perçant l'obscurité, devaient être visibles à des centaines de kilomètres à la ronde. À présent que nous avions presque atteint le sommet, nous distinguions la faible lueur d'un feu de camp, tout en bas, au fond de la plaine – seul signe de vie humaine dans le vaste territoire qui s'étendait au pied des collines.

Il s'agissait probablement d'un camp de Moranes massaïs où l'on venait de se livrer à un *olpul*, au sacrifice d'une chèvre. Les guerriers devaient en ce moment même dévorer l'animal entier, après avoir bu son sang. Leurs règles l'exigeaient : les Moranes devaient manger et dormir entre eux, loin du regard des femmes et des enfants ; comme si, ayant atteint le statut de demi-dieu, ils ne pouvaient être vus en train de se livrer à des fonctions aussi triviales que celles de nourrir leur corps ou de lui accorder du repos. Je songeai à Lenjo et à ses récits. Son assurance et son sourire amical me manquaient. Je regrettai soudain de ne pas être dans la plaine, assise autour du feu en compagnie des Moranes, à respirer l'odeur de la fumée, bercée par leur langue, dont la rapidité et la monotonie évoquaient la danse bondissante d'un Massaï.

Je savais que les Moranes devaient, à cette seconde précise, avoir les yeux rivés sur la lumière de nos phares, projetée vers le haut. Ils devaient se dire qu'il s'agissait encore d'un cinglé de *wazungu*. Qui d'autre roulerait de nuit dans une pareille direction ? Mais Adam aimait être aussi loin que possible des autres êtres humains, quoi qu'il lui en coûtât.

Tandis que nous nous rapprochions du but et que la voiture laissait sur l'herbe fraîche des traces semblables à des cicatrices, nous étions tous deux parfaitement conscients de violer l'intégrité de ces monts éloignés.

Nous installâmes la tente en luttant contre le vent et nous couchâmes presque aussitôt, trop épuisés pour prendre la peine de dîner.

Lorsque je m'éveillai à l'aube, il faisait un froid glacial et mon duvet était humide. Je vis Adam près du feu, un bol de thé chaud à la main. J'attendis que le soleil eût percé les nuages pour avoir le courage d'affronter la température extérieure.

Le paysage était renversant. À mesure que la brume du matin se dissipait peu à peu, on pouvait apercevoir la silhouette du Kilimandjaro se profiler plus nettement sur l'horizon et distinguer son sommet enneigé. Au-dessous de nous, les collines verdoyantes, aussi lisses et fermes que des seins de femme, formaient des vagues qui descendaient doucement vers la vaste plaine, comme un océan vert. On se serait cru sur le toit du monde.

« Les vertes collines d'Afrique. C'est de là que Hemingway a tiré le titre de sa nouvelle, non ?

— Sauf qu'il ne les a jamais vues d'ici, c'est certain. Personne n'a jamais profité de cette vue, je te le garantis. »

Il fixait toujours la plaine, buvant son thé à petites gorgées. Il paraissait distant et heureux, à la manière d'un enfant ayant réussi à prouver quelque chose qui n'a d'importance qu'à ses yeux.

Mais il s'était trompé. Quelqu'un avait profité de la vue, à supposer que la vue l'ait intéressé.

Le lendemain matin, nous partîmes en balade. Adam avait emporté le fusil, car les buffles abondaient dans le coin, et qu'il n'y a rien de plus méchant que les lions de haute altitude. Nous marchions lentement, en silence. Soudain, l'odeur nous frappa, tandis que le vent tournait. Une vraie gifle.

« Qu'est-ce que c'est ? Une bête tuée par un lion, tu crois ? » demandai-je. Nous nous dirigeâmes vers un groupe d'arbres, dans la prairie. La puanteur se fit insoutenable, à tel point qu'il me fallut couvrir mon nez de ma chemise. Lorsque nous nous approchâmes des arbres, un bourdonnement devint perceptible. On aurait dit qu'un million de guêpes et de mouches étaient à l'œuvre.

« Merde ! s'exclama Adam. Je crois que je sais de quoi il s'agit. »

Parmi les arbres gisait une forme immense, une masse semblable à une montagne noire qui se convulsait et palpitait comme si elle respirait encore.

C'est alors que je compris que le mouvement était provoqué par une épaisse couche d'asticots, de vers et de mouches – des millions d'insectes grouillant et bourdonnant sur la chair décomposée d'un animal. C'était un gigantesque éléphant. Les braconniers avaient scié les défenses avant de prendre la fuite.

On aurait dit un totem effrayant, un cauchemar infernal provoqué par la lecture de *Sa Majesté des mouches*, une chose sur laquelle les hommes n'étaient pas censés poser les yeux.

Mon sang se glaça dans mes veines et une peur irrationnelle s'empara de moi – comme si nous étions tombés sur un terrible présage. Je ne pus m'empêcher de partir en courant, sans adresser un seul mot à Adam. Je courus à perdre haleine, jusqu'à la tente, sans m'inquiéter des buffles ou des lions cachés dans les fourrés.

Une fois que j'eus atteint le camp, je fis chauffer un seau d'eau sur le feu de camp, me déshabillai dans l'herbe et me nettoyai en m'aspergeant d'eau chaude à l'aide d'un gobelet en fer-blanc. Il était encore relativement tôt, l'air était frais et les collines baignaient dans une tiède lumière dorée. Un groupe d'impalas traversant la vallée s'immobilisa, les yeux rivés sur ma douche improvisée. Mais je ne pouvais m'ôter de l'esprit l'image de la masse noire et vibrante…

Une tasse de café instantané à la main, je m'assis devant le feu pour faire sécher mes cheveux. Je vis

Adam surgir de derrière le sommet de la colline. Il marchait lentement, les épaules légèrement voûtées.

« Ne te sauve pas comme ça ! dit-il, posant le fusil sur les accoudoirs d'une chaise safari. Ça m'angoisse de perdre ta trace dans un coin pareil, OK ? »

Il avait effectivement l'air inquiet.

« Les braconniers ne doivent pas être bien loin, ajouta-t-il en scrutant les alentours avec ses jumelles. Ils l'ont tué à la mitrailleuse.

— Merveilleux ! Ça signifie que nous voilà seuls avec une bande de braconniers assoiffés de sang et armés d'AK 47 ? »

Il ne répondit pas.

« Tu veux dire qu'il se pourrait qu'ils nous attaquent ? »

Toujours pas de réponse.

« Il faut qu'on aille signaler ça aux gens du KWS, dit-il enfin.

— Allons-y. » Je me levai d'un bond.

« Non, attends. On peut attendre demain matin et passer encore une nuit…

— Non, l'interrompis-je. Pas question que je passe une nuit de plus près de cette *chose*. Je veux partir. *Tout de suite*. »

Il poussa un soupir.

J'étais plutôt contente de prendre sur moi la responsabilité de notre défaite.

Nous levâmes le camp et descendîmes dans la plaine, jusqu'à la plus proche entrée de la réserve, et nous expliquâmes aux gardes forestiers du KWS où ils trouveraient l'éléphant.

Puis, dans la voiture, nous sirotâmes des Fanta tièdes. Adam avait déplié l'une de ses vieilles cartes sur le tableau de bord et il était plongé dans l'étude de ses mystérieux symboles. Un gamin nu sortit d'un des baraquements de tôle mis à la disposition des employés du

KWS. Je l'entendis pousser un cri déchirant, alors qu'il trébuchait dans la lumière aveuglante de midi.

« Rentrons chez nous, dis-je. J'ai envie de dormir dans mon lit. »

Adam me regarda avec stupéfaction.

« Tu veux vraiment retourner à *Nairobi* ? »

Je savais que je le décevais. Mais ça m'était égal. J'avais épuisé toutes mes réserves d'énergie, physique et mentale.

« Oui. On pourrait y être à six heures. On prendrait un bain chaud, on irait manger un steak au poivre et boire du vin rouge au restaurant français de l'hippodrome. Je t'en prie, dis-moi oui, j'en ai tellement envie ! »

Il soupira et, levant les yeux, regarda à travers le pare-brise. L'enfant pleurait toujours, et son corps chétif était couvert de poussière rouge. Adam replia la carte et la rangea dans la boîte à gants. Puis il effectua une marche arrière un peu trop rapide, avant de se diriger vers le nord.

« Très bien. Si c'est ce que tu veux… »

J'étais soulagée : une fois de retour chez nous, il serait sans doute plus facile de fermer notre porte à ce qui pesait sur nous depuis son retour : cette crainte d'un désastre imminent, cette douleur indéfinissable. Quelle que soit la nature de ces sensations, il nous serait plus facile de les ignorer entre les quatre murs de notre demeure que sous cette lumière impitoyable.

En y repensant à présent, il m'est possible d'isoler ce moment et de voir que c'est probablement à cet instant précis que nous commençâmes à nous éloigner l'un de l'autre et à nous mentir. Par la suite, nous avons choisi de garder les yeux fermés, bien que le poison se soit déjà répandu – très lentement, goutte à goutte – dans nos veines. Oui, nous avons préféré faire semblant d'être paisiblement endormis.

3

« Esmé ? Hunter à l'appareil », dit une voix au téléphone. Il n'était pas encore huit heures, la sonnerie m'avait réveillée. Une standardiste avait prononcé mon nom de la manière la plus fantaisiste qui soit, avant de me mettre en attente et de m'imposer une exaspérante musique d'ambiance.

« *Hunter ?* » Mon cœur cessa de battre.

Depuis cette nuit chez moi – presque deux mois plus tôt –, je n'avais pas eu de ses nouvelles, il avait complètement disparu. Il était retourné au Rwanda, en Somalie, au Zaïre… Il était retourné, en tout cas, là où les choses allaient mal.

« Oui, Hunter Reed, dit-il, sur un ton aussi formel que si nous n'étions que de vagues connaissances. Écoutez, je suis à Kinshasa en ce moment, et je serai ce soir à Nairobi.

— Oui…, dis-je docilement.

— Je vous appelle pour vous demander si vous seriez prête à me filer un coup de main. Vous êtes libre demain ?

— Demain ? » Je tentai de paraître sceptique. « Mmm… je crois que oui. De quoi vous avez besoin, au juste ?

— Je dois faire un papier sur ce missionnaire italien qui vit dans les bidonvilles. On m'a dit qu'il ne parlait pas couramment anglais, j'ai donc pensé que vous pourriez peut-être... vous savez, m'aider un peu de ce côté-là.

— Pour traduire ? Oui, bien entendu. Pas de problème.

— Bien. »

Un silence suivit. Il ne paraissait guère d'humeur loquace. Je m'efforçai donc de conclure rapidement.

« C'est d'accord, alors, comment est-ce que... Je veux dire, vous avez prévu quoi ?

— Passez chez moi demain. Vous savez où j'habite ?

— Non.

— Colobus Lane. Prenez la deuxième allée sur la gauche. Il y a une petite pancarte qui indique "Wilkinson", c'est chez moi, je n'ai jamais pris la peine de changer le nom. Huit heures, c'est trop tôt ? » Il avait adopté un ton professionnel : rien que les informations essentielles, pas une seconde à perdre en bavardages inutiles.

« Non, ça ira très bien. Wilkinson. À demain, huit heures, alors, répondis-je sur un ton que je voulais aussi efficace que le sien.

— Très bien. À demain.

— Ciao », dis-je, et je le regrettai immédiatement.

« Hunter Reed te demande de bosser pour lui ? » Adam se rasait avant de se rendre à son bureau en ville. Il se retourna vers moi, surpris. « Qu'est-ce que tu dois faire ?

— Oh, juste traduire. Il doit interviewer un missionnaire italien qui ne parle pas anglais.

— Tu veux dire qu'il te paie pour ça ?

238

— Qu'il me paie ? Non, je ne crois pas… en tout cas, il n'en a rien dit.

— Ah, d'accord. » Il revint à son reflet dans le miroir et leva le menton. « Ce qu'il te demande, c'est un service.

— Oui, je pense que c'est ça. »

Je me tus, avant d'ajouter, comme pour justifier mon enthousiasme :

« Mais je pense que ça peut être intéressant. Tu ne crois pas ? »

Je l'observai, tandis qu'il passait la lame sous l'eau.

J'aime regarder les hommes se raser. Il y a quelque chose de tellement séduisant dans la parfaite symétrie de leurs gestes, pendant qu'ils appliquent la mousse sur leur visage d'une main et qu'ils font glisser la lame sur la peau de l'autre ; dans la manière dont ils penchent la tête en regardant de biais ; et dont ils s'aspergent d'eau et soupirent avec satisfaction. Et comme ils sentent bon, après !

« Je suis sûre que ce sera vraiment intéressant de rencontrer cet homme. » J'insistai, vu qu'Adam ne réagissait guère. « Il habite dans les bidonvilles, incroyable, non ?

— Ouais, fit Adam d'un ton indifférent, s'essuyant le visage avec une serviette. Il y a de sacrés personnages parmi les missionnaires. »

Il me dépassa avec brusquerie et entra dans la chambre. Là, il ouvrit le placard et en retira une chemise propre.

« Tu sais, je me demandais si tu ne pouvais pas aller dans la zone industrielle aujourd'hui et me ramener ces peintures dont j'ai besoin pour la voiture et la fourgonnette. Wilson a la liste.

— Oui, pas de problème », dis-je sur un ton soumis.

La vérité, c'est que ce qui me paraissait *vraiment* intéressant était de passer une journée entière en compagnie de Hunter Reed.

Les hommes seuls vivent comme des loups.

Ils ne rentrent chez eux qu'une fois la nuit venue, pour s'écrouler dans un lit toujours défait, et y sombrer aussitôt dans le sommeil. Durant la journée, ils n'ont rien à faire dans ces pièces : il n'y a jamais une miette de nourriture dans le frigo, pas même une goutte de lait pour le café. Il n'y a pas non plus de canapé confortable, d'abat-jour diffusant une lumière tamisée, de bois pour faire un feu de cheminée.

Dans l'air flotte une odeur de nourriture rance et de chaussettes sales.

La salle de bains est vide, à l'exception d'un petit bout de savon bon marché qui jaunit sur le bord du lavabo, d'une brosse à dents aux poils écartés et d'un flacon de shampooing à moitié vide. Et que faut-il de plus à un homme, pour rester propre ?

La triste austérité de leurs demeures finit parfois par les gêner. Ils se rendent compte que les choses, en étant ordonnées différemment – mais comment ? –, pourraient produire une impression de confort. Ils savent quel effet ça ferait. Ils ont l'habitude de fréquenter les maisons des autres. L'odeur de la cheminée, la viande qui mijote au four, la musique qu'on entend à peine, les enfants qui jouent avant d'aller se coucher : grâce à tout cela, on sent la vie et la chaleur émaner de ces demeures.

Quant à eux, peut-être leur suffirait-il de remplir le frigo, de remplacer une ampoule ou de changer les draps. Et, de temps à autre, en effet, les voilà qui s'efforcent de recréer l'atmosphère accueillante qu'ils ont trouvée ailleurs – à laquelle ils aspirent en secret – en accomplissant toutes ces petites tâches. Mais le résultat est toujours froid, impersonnel, sans vie. Aucun objet ne s'associe à l'autre pour créer une mystérieuse harmonie : l'abat-jour ne va pas avec l'oreiller, pas plus que le livre avec l'étagère ou le tapis avec le plancher. Même le lait refuse de se mélanger au café. Chaque molécule de ces corps distincts s'obstine à se raidir et à rejeter les autres. Rien ne s'associe ou ne parvient à suggérer, même de loin, l'idée d'une cohérence interne ou d'une étincelle de vie.

Les bonnes résolutions ne dureront que quelques jours, au terme desquels les vêtements recommenceront à s'accumuler en tas aux quatre coins de la pièce, parmi les bottes crottées, les verres vides et les cendriers pleins. Le lieu paraîtra vite aussi froid et inconfortable qu'à l'ordinaire. Tout ce qui traîne aura été soit balancé, soit jeté, soit cassé, comme si absolument rien n'était digne d'attention.

C'est à cela que ressemblait la maison de Hunter la première fois que j'y mis les pieds. La tanière dénudée d'un loup.

J'y arrivai à huit heures tapantes, enregistrant avec le zèle d'un détective tous les détails qui pourraient m'en apprendre plus sur Hunter.

L'austérité du lieu ne me fit pas peur ; bien au contraire, je m'y retrouvais. J'y reconnus le mépris du confort de Fernandino, davantage exalté par l'aventure qui le guettait au coin de la rue.

Dans la manière de se comporter de Hunter, je parvenais à isoler une caractéristique qui, si elle m'avait tout d'abord déconcertée, finissait par m'irriter : chaque fois que nous nous revoyions, il faisait mine d'avoir oublié ce qui s'était passé lors de notre précédente rencontre.

Je ne m'attendais pas à une déclaration d'amour, mais nous avions tout de même, peu de temps auparavant, vécu ensemble quelques heures mémorables. Il s'était livré à moi et m'avait raconté des choses déchirantes, insoutenables, tandis que je sanglotais dans ses bras. Il s'était endormi sur mon canapé en me pressant sur son cœur et m'avait laissé un petit mot qui m'avait paru intense. Tout ça supposait un minimum d'intimité, du moins à mes yeux.

Et pourtant, alors qu'il venait vers moi en me tendant une tasse de Nescafé tiède, rien ne transparaissait, dans son attitude envers moi, de cette complicité passée.

« Vous êtes prête ? me demanda-t-il sur le ton d'un cameraman s'adressant à son nouvel assistant.

— Je suis prête. » Je reposai immédiatement la tasse qu'il venait de me tendre.

Il étudia scrupuleusement ma tenue, une robe à fleurs choisie après d'interminables essais devant le miroir, pendant qu'Adam dormait encore. J'avais fait de mon mieux pour avoir l'air sexy sans donner l'impression que c'était voulu.

« J'aurais dû vous demander de porter quelque chose de moins…

— De moins quoi ? demandai-je, sur la défensive.

— Eh bien, de moins élégant.

— Oh, ce n'est rien. » J'effleurai l'ourlet de la robe portant la griffe d'un couturier belge, et qui m'avait coûté une fortune. « À vrai dire, ce n'est qu'un chiffon.

— On va dans la principale décharge de la ville. Je vous assure que c'est *sérieusement* dégueulasse.

— Ah ? Je pensais qu'on allait dans les bidonvilles. » Je dis cela sur le même ton que si j'avais dit « Chez Maxim's ».

« C'est là qu'il habite. Juste en lisière de la décharge, précisa-t-il avec une nuance d'impatience. On va tous les deux sentir vraiment mauvais, si vous voulez mon avis.

— Très bien. Dans ce cas, prêtez-moi un jean et une chemise », dis-je, m'arrachant à ma docilité pour prendre un ton plus décidé. J'en avais assez de me montrer si soumise.

« Et une ceinture, aussi », ajoutai-je énergiquement, m'allumant une cigarette et traînant les pieds.

Un quart d'heure plus tard, j'étais assise près de lui dans la voiture. J'avais l'air d'un plombier vêtu d'habits trop grands. Mais j'aimais porter ses vêtements : je trouvais que la situation avait quelque chose d'intime, de provocant.

« Alors, qu'avez-vous fait ces derniers temps ? » demandai-je sur le ton décontracté de quelqu'un qui a la politesse d'engager la conversation.

« Oh, vous ne voulez pas vraiment le savoir.

— Si, je *veux* le savoir.

— J'ai passé la majeure partie de mon temps au Rwanda. À regarder d'autres corps pourrir et d'autres journalistes devenir dingues. C'est pour ça que le journal m'a permis de revenir à Nairobi quelques jours pour bosser sur une histoire plus optimiste. Ils sont bien obligés de nous accorder une pause de temps à autre s'ils veulent qu'on tienne le coup. Vous, racontez-moi ce que vous avez fait. Je préfère écouter ça. »

Je sentais qu'il n'avait, cette fois-ci, aucune envie de se confier à moi et qu'il préférait, sur le plan affectif, garder ses distances. J'en éprouvai de la déception : j'avais le sentiment d'avoir perdu du terrain. Je m'efforçai de triompher de sa réserve en lui racontant mon safari avec Adam, et comment nous avions été forcés de reconstituer des portions de pistes emportées par les pluies. Je m'efforçai de retenir son attention et de faire paraître ma vie aussi intéressante et aventureuse que possible.

« Nous avons campé dans des endroits où personne n'a mis les pieds depuis très, très longtemps, c'était vraiment incroyable. Du haut de la montagne, on pouvait distinguer la lueur d'un feu de camp à cent cinquante kilomètres de distance. Et ça change votre vision des choses, d'apercevoir au loin un signe de vie humaine. Soudain, vous comprenez que vous n'êtes pas seul.

— C'est étonnant, dit-il en secouant la tête, un sourire aux lèvres.

— Oui, c'est vraiment étonnant. » J'avais hâte d'arriver à l'épisode de l'éléphant. Je pensais que ça lui ferait de l'effet.

« Non, ce qui est étonnant, c'est que pour la majorité des gens qui habitent ce pays – des *Blancs*, j'entends –, l'intérêt de vivre ici, c'est d'éviter la vue des autres êtres humains.

— Qu'entendez-vous par là ?

— Que s'il suffisait d'appuyer sur un bouton pour faire disparaître les hommes qui gâchent le panorama, nous n'hésiterions pas. C'est là tout l'intérêt des safaris, non ? Ne pas croiser âme qui vive.

— Eh bien, oui..., admis-je avec prudence. J'imagine que c'est une des raisons pour lesquelles on se donne tant de mal. Pour trouver des régions vraiment isolées et...

— Pas même un berger massaï, grâce à Dieu. Je suis sûr que vous détestez ça, au fond, quand un berger massaï déboule dans votre camp, avec son troupeau. Ils broutent trop et saccagent la brousse, non ? »

Il faisait référence à Adam, je l'entendais dans sa voix.

« Ce qui est tout de même un paradoxe extraordinaire, quand on considère que ce pays possède un des taux de natalité les plus élevés au monde. En fait, la principale caractéristique de ce pays, ce n'est pas la faune et la flore, c'est la surpopulation.

— Oui, mais...

— Mais tout le monde, m'interrompit-il, absolument *tout le monde* célèbre et décrit l'Afrique de l'Est comme un paradis vierge, un jardin d'Éden. Toutes les librairies

244

des pays industrialisés sont inondées de jolis livres sur le Kenya, de récits sur l'homme confronté aux immensités sauvages, et autres conneries dans ce goût-là. Je crois que nul ne se donne jamais la peine de jeter un coup d'œil aux chiffres ou aux lieux comme celui où nous allons. »

Ne connaissant pas les chiffres et n'ayant jamais mis les pieds dans un bidonville, je me trouvais, une fois de plus, à court d'arguments. Hunter Reed me mettait chaque fois dans la même position : le dos au mur, incapable de répliquer quoi que ce soit.

« Vous devez avoir raison, approuvai-je, ne serait-ce que pour qu'il me laisse le temps de respirer. En même temps, c'est pour ça que le Kenya se vend bien en Occident.

— Oh, bien sûr. Mais ce qui me stupéfie, ce sont les gens qui vivent dans ce pays. Personne, absolument *personne* ici ne se soucie le moins du monde des Africains, croyez-moi. » Il secoua la tête et mit la main à sa poche pour en sortir une Rooster. Il l'alluma et reprit son sermon : « Après tout, si les gens sont venus vivre ici, c'est – hormis pour exploiter la terre et la main-d'œuvre africaine bon marché – à cause du paysage et des animaux sauvages. Et, aujourd'hui encore, la seule chose qui les préoccupe, c'est de conserver intactes la brousse et la faune. Vous les avez entendus : pas un dîner en ville où il ne se trouve quelqu'un pour se plaindre du fait qu'à l'endroit précis où, au bon vieux temps, son père allait chasser il n'y a désormais que *shamba* à perte de vue. Ils se déchaînent pour peu que quelqu'un plante une pomme de terre pour nourrir sa famille. Je veux dire, comment diable s'attend-on à ce que ces gens *mangent* ? »

J'aurais voulu ne jamais avoir mentionné mon safari et le feu de camp lointain. J'aurais voulu ne jamais avoir choisi de porter cette maudite robe et je regrettais de n'avoir jamais rien lu sur la surpopulation par opposition à la faune en Afrique de l'Est.

« Je ne sais pas », répondis-je. Je n'avais pas d'autre choix que de capituler.

Je me sentais lasse avant même que nous ayons commencé à travailler. Je me laissai aller en arrière sur mon siège et le regardai, tandis que ses yeux étaient rivés sur la route. Son profil me rappela ces têtes que l'on voit sur les pièces romaines. Un jeune consul. Il me fallut fermer les yeux. Pourquoi Hunter Reed rendait-il toujours tout si compliqué ?

Le père Marco, le missionnaire italien, nous attendait devant l'église de Kariobangi, en bordure de la ville. C'était un bel homme d'une cinquantaine d'années, petit et costaud, qui possédait cette démarche énergique propre aux montagnards italiens. Il avait les yeux bleu sombre, enfoncés dans un visage osseux, des lunettes rondes, une barbe flottante et de longs cheveux. Il portait un vieux tee-shirt aux couleurs passées, des chinos et un petit sac à dos qui lui donnait un curieux air d'écolier.

« Marco », fit-il en tendant la main et en me regardant, derrière ses verres, avec la timidité d'un homme peu habitué aux femmes. Il n'avait cependant pas l'air d'un prêtre, mais plutôt d'un hippie sur le retour. Il avait les ongles et les pieds crasseux, et sentait mauvais.

En dépit d'un vocabulaire limité, il s'exprimait couramment en anglais, et je ne servais donc pas à grand-chose. Marco vivait en Afrique depuis vingt-cinq ans et maîtrisait parfaitement le ki-swahili.

« C'est la seule langue qui permet d'être proche des gens d'ici, dit-il en haussant les épaules. Et de dire la messe pour eux, bien sûr. »

Korokocho, le bidonville, s'étendait de l'église de Kariobangi à la décharge, montagne de déchets et d'émanations toxiques. Marco déclara qu'il serait plus prudent d'y aller en voiture, même si un très court trajet la séparait de l'église. Alors que nous prenions place dans le véhicule, il ajouta avec timidité :

« Mieux vaut fermer les portes. On ne sait jamais.

— Pourquoi ? demandai-je.

— On voit très peu de voitures à Korokocho. Et pas beaucoup de Blancs », dit-il comme s'il voulait s'excuser du risque encouru.

Tandis que nous parcourions lentement la voie principale, j'éprouvais une sensation de malaise. Je sentais tous les regards posés sur moi, et tous ces regards ne retenaient qu'une chose : la blancheur de ma peau. Nous roulions en silence, négociant notre droit de passage avec les gens qui nous bouchaient la route. Les visages qui scrutaient notre voiture ne ressemblaient pas à ceux que l'on voyait dans le centre de Nairobi. Tous posaient la même question :

« Qu'est-ce que vous faites dans cette partie de la ville ? Combien d'argent avez-vous dans votre portefeuille ? » Plus nous nous enfoncions dans le bidonville, plus j'étais loin de ce que je croyais connaître de la ville. Cet endroit paraissait tout à fait différent, hostile et imprévisible.

Comme nous ralentissions à l'approche d'un nid-de-poule, quelqu'un frappa violemment sur le capot. Nous nous retrouvâmes aussitôt entourés d'une foule. Des visages et des mains se pressant contre les fenêtres, des rictus et des ricanements, des coups sur les flancs du véhicule. Nous restâmes de marbre, Hunter et moi. J'étais pétrifiée et baignée d'une sueur froide. Marco ne bougea pas, comme si tout allait bien, puis quelqu'un finit par le reconnaître. On nous laissa passer. Je retins mon souffle jusqu'à ce que nous soyons enfin arrivés devant chez Marco. Lorsque je sortis de la voiture, mes jambes me portaient à peine.

Marco vivait dans une baraque en *mabati* et contre-plaqué, semblable à toutes les autres bicoques du bidon-ville. Il n'avait ni l'électricité ni l'eau courante, et partout, à l'extérieur, s'écoulaient les eaux usées. L'odeur âcre de la fumée, émanant en permanence des monceaux de déchets, flottait dans l'air. Des enfants vêtus de haillons crasseux, des femmes aux habits en lambeaux surgissaient de toutes parts pour voir le *wazungu* venu rendre visite au prêtre. Tout semblait triste, comme si une main anonyme avait recouvert d'une fine couche de gris les vives couleurs de l'Afrique. Pour tout confort dans la baraque, il y avait un petit lit de camp, des ustensiles de cuisine suspendus au mur, une casserole et une poêle à frire, et des piles de livres s'amoncelant sur le sol et sur l'unique table. Les quelques vêtements de Marco étaient pendus derrière la porte. Je crois qu'il ne possédait guère plus que cela. Il sortit une chaise pliante pour Hunter et s'assit sur un tabouret bas tandis que je m'installai sur le bord du lit.

Hunter tira de sa poche son paquet de cigarettes et lui en proposa une.

« Non merci. Il m'a fallu arrêter quand je suis venu vivre ici. Vous savez, à cause des émanations… On souffre tous d'affections pulmonaires. »

Il fut secoué par une terrible quinte de toux. De même que les enfants qui s'étaient faufilés dans la pièce et gloussaient dans la pénombre. Et que les femmes, au-dehors. Tous les habitants de Korokocho se tous-saient au visage, se transmettant les uns aux autres leurs virus, dus à la proximité de la décharge fumante.

Cela faisait cinq ans que Marco habitait cette bicoque, depuis qu'il avait décidé de quitter sa mission, dans la zone rurale près du mont Meru, pour venir partager le sort des véritables pauvres.

« Parce que vous voyez, dit-il poliment, avec un fort accent italien, l'avenir de ce continent est ici. C'est à ça que ressemblera l'Afrique dans quelques années, et pas à la vie de village, avec les sorciers et le bétail qui broute. Le gros problème auquel on est confrontés, c'est l'urbanisation. Tous ces gens migrent vers la ville dans l'espoir d'obtenir du boulot, de s'enrichir. Ici, il n'y a ni boulot ni argent. Pas même pour rentrer au village. Ils se retrouvent donc coincés parce qu'ils n'ont nulle part où aller. Et ici, ils perdent leur identité, leur appartenance ethnique. Ils ne sont plus bons qu'à fouiller les poubelles. Dieu est plus nécessaire ici que dans les villages. C'est là où l'on a le moins d'espoir qu'on a le plus besoin de Dieu, non ? »

Je hochai la tête. Il arborait un sourire radieux.

« Les hommes deviennent donc des voleurs, et les femmes des prostituées. La plupart d'entre eux sont atteints du sida. C'est ce qui les attend tous. » Il pointa un doigt en direction de la décharge. « Lorsqu'ils n'ont plus d'argent, ils se tournent vers les déchets. Rivalisant avec les vautours, c'est là qu'ils vont chercher de quoi manger. C'est vraiment le stade le plus désespéré. Sinon, ils se contentent de récupérer des bouts de métal ou du papier recyclable, et je les aide à les vendre. Comme vous le savez, nous avons une petite coopérative. »

Hunter prenait des notes. Il voulait en savoir davantage sur la coopérative : quels étaient ses profits ? Combien de personnes en vivaient ? Les chiffres étaient encore très bas.

« Mais on est sur la bonne voie, dit Marco. Les gens commencent à comprendre ce que signifie travailler pour la communauté, unir ses forces. Vous voyez, tous ces gens ont subi des traumatismes et, comme je vous l'ai dit, ils ne savent plus très bien qui ils sont. » Il désigna les enfants en haillons qui gloussaient dans la pièce. « Ces enfants n'ont jamais eu de famille. Comment est-il possible d'inculquer des principes – et je ne parle pas uniquement de principes religieux, mais de principes moraux élémentaires – à une population aussi meurtrie, aussi traumatisée ? »

Nous restâmes assis, sans dire un mot, incapables de répondre à une question aussi simple.

Marco se leva.

« Venez, pour comprendre il faut que vous voyiez où nous travaillons. »

Nous sortîmes et nous engageâmes à sa suite à travers les ruelles malsaines menant à la vallée. La fumée s'élevant du monticule épaississait l'air, de la cendre grise me brûlait les yeux. L'odeur tenace de la mort et de la putréfaction imprégnait mes vêtements, s'insinuait dans ma gorge et dans mes poumons. Nous descendîmes la pente de la décharge, avec des détritus jusqu'aux chevilles. Les marabouts rasaient le sol dans un grand bruit de claquements d'ailes, et se perchaient en groupes sur les tas d'ordures.

Au loin on pouvait voir, se détachant sur la fumée comme ces silhouettes qui hantent l'Enfer de Dante, des hommes courbés sous le poids d'énormes sacs. C'étaient les ramasseurs de déchets.

Nous demeurâmes immobiles, les yeux fixés sur l'un des hommes qui s'avançait lentement vers nous. Il reconnut Marco, et tous deux échangèrent quelques mots. L'homme releva la tête, sous son fardeau, et nous vîmes ses yeux. Il avait le regard d'un fou, le regard de quelqu'un qui a vécu l'inimaginable et ne s'en remettra jamais.

« Quand on passe toute la journée au milieu des ordures et de la pourriture, il est très difficile de conserver sa dignité, dit Marco, tandis que l'homme s'éloignait, plié en deux sous le poids. En ce moment, ces gens sont de vrais parias, les plus pauvres parmi les pauvres. Mais, vous savez, je crois qu'ils peuvent, petit à petit, remonter la pente. La récupération des déchets recyclables constitue un moyen honnête de gagner sa vie. C'est peut-être un sale boulot, mais c'est le début de quelque chose. »

Nous retournâmes lentement à sa baraque. Hunter demanda à Marco combien de temps il avait encore l'intention de rester à Korokocho.

« Aussi longtemps que je tiendrai le coup. Mes poumons sont en mauvais état. Et aussi longtemps qu'on m'autorise à rester. Ce que je fais ne plaît pas vraiment au gouvernement. Ils envoient leurs espions à l'église, pendant que je dis la messe. Ils prétendent que j'exhorte les habitants du ghetto à la révolte.

— Et c'est le cas ? demanda Hunter sur le ton de la blague.

— Bien sûr que non. Tout ce que je tente de faire, c'est d'expliquer à ces gens des principes politiques élémentaires. Comme le fait que le gouvernement doit nous attribuer les bicoques dans lesquelles nous vivons. Nous occupons illégalement des terrains de l'État, voyez-vous. Ils ne cessent de nous menacer d'expulsion. Et, quand on pense que même dans les favelas du Brésil ou à Soweto, les gens sont propriétaires de leurs baraques. Nairobi est le seul endroit au monde où...

— Mais, alors, vous incitez pour de bon le ghetto à la révolte ! l'interrompit Hunter, avant d'éclater de rire. Pas étonnant, qu'ils aient envie de se débarrasser de vous ! »

Marco sourit, amusé.

« Vous parlez le ki-swahili ?

— Je me débrouille, répondit Hunter. Pourquoi ?

— Alors, venez à la messe écouter mon sermon, dimanche. On y discutera du problème des expulsions.

— Dit comme ça, on a l'impression qu'il s'agit davantage d'une réunion de parti que d'un rassemblement religieux.

— Oui, mais c'est au nom du parti de Dieu que j'agis. »

Nous lui serrâmes la main en promettant de revenir. Hunter lui dit qu'il lui enverrait une copie de son article.

Marco garda ma main dans la sienne et sourit.

« *Torna presto, e comportati bene. Ci vuole coraggio, sai, per capire.*

— *Lo so. Grazie davvero.* »

Nous retournâmes à la voiture et sortîmes de Korokocho en silence, attentifs à l'expression de chaque visage noir paraissant à la vitre. Nous retînmes notre souffle jusqu'à ce que nous ayons atteint l'église et le rond-point, et soudain… nous nous retrouvâmes, comme par magie, dans les rues familières de Nairobi, puis dans une station-service où l'employé noir nous souriait aimablement en tendant la main pour prendre nos clés. Nous étions de retour dans l'univers des « Memsahab » et des « Bwana ».

« Qu'est-ce qu'il vous a dit, en italien ? demanda Hunter.

— Il m'a dit de bien me comporter. Et puis qu'il fallait être courageux pour comprendre. »

Hunter resta un moment silencieux. Puis il secoua la tête.

« L'Afrique est le lieu où l'on a le plus envie de croire en Dieu. J'imagine que c'est le seul moyen d'accepter une telle dose de souffrance. » Il se tourna vers moi, esquissant un sourire. « Les journalistes de la presse occidentale, malheureusement, ne sont pas autorisés à craindre la fureur divine. Cela risquerait de faire de nous de moins bons menteurs. »

Je reniflai mes vêtements, mes cheveux. Une écœurante odeur de putréfaction s'était attachée à moi et me donnait la nausée.

« Allons chez vous prendre une douche, dis-je. Il faut que je me débarrasse de ces frusques.

— On ne se débarrasse pas facilement de cette puanteur, je vous avais prévenue. Tout le Rwanda sent comme ça, en dix fois plus fort. »

Les cadavres pourrissants des victimes de la folie hutu ; la carcasse pourrissante de l'éléphant ; le monticule pourrissant de déchets et de désespoir : la même odeur de mort, les mêmes mouches qui bourdonnent.

« Pourquoi m'avez-vous amenée ici, m'entendis-je demander sur un ton agressif. Il parlait anglais couramment, vous n'aviez pas besoin de mon aide. »

La colère m'envahit soudain. Pourquoi avait-il fallu qu'il me traîne dans une telle désolation ? Écrire des articles, c'était son travail, il était payé pour ça. Mais moi, qu'avais-je à gagner, si ce n'est une bonne claque ? Et pourquoi m'avoir choisie moi, précisément ?

« Parce que j'avais envie de vous revoir », répondit-il d'un ton calme, un peu agacé par mon accès de mauvaise humeur, et sans cesser de fixer les feux de signalisation. Comme si c'était une évidence, et la seule réponse possible.

« Eh bien, dans ce cas-là, vous auriez mieux fait de m'inviter à déjeuner », répliquai-je, m'efforçant de ne pas paraître troublée par son aveu. M'efforçant de ne pas perdre pied alors que mon cœur, de nouveau, avait cessé de battre. « Je veux dire, vous auriez pu me dire…

— Je n'avais pas envie de *dire* quoi que ce soit, m'interrompit-il, toujours sans me regarder. Je voulais seulement vous *voir*. Et je voulais aussi vous faire découvrir Korokocho. Je pensais que c'était une bonne idée.

— Pourquoi ?

— Comment ça, *pourquoi* ? Parce que désormais vous vivez ici. Ou à cause de ce que Marco vient de vous dire : il faut du courage pour ne pas tourner le dos à la vérité. Je pense que vous avez suffisamment de cran pour ça.

— Je dirais plutôt que vous voulez partager toute cette douleur avec quelqu'un.

— Oui, c'est probable. »

Il haussa les épaules, comme si je commençais à l'énerver. Il ramena une mèche de cheveux derrière son oreille. Ils étaient si noirs, si brillants. J'avais envie de les toucher.

« Je ne sais pas. Mais qu'est-ce que ça change, de savoir *pourquoi* ? » Il consulta sa montre. « Écoutez, il faut vraiment que je déjeune. Et vous ?

— Je... je...

— Il faut que je mange ou je n'arriverai plus à penser », dit-il d'un ton grognon, les yeux imperturbablement rivés sur la route. Puis il tourna la tête vers moi et me regarda avec une expression inquiète. Ses yeux étaient gris foncé.

« Nom de Dieu. Vous êtes *beaucoup* plus belle que dans mon souvenir. »

Hunter déclara que c'était le journal qui paierait le déjeuner, et nous décidâmes que nous avions bien mérité de nous faire plaisir. Nous nous assîmes face à face à une table, sur la pelouse du Safari Park Hotel. Le doux murmure de la cascade ruisselant sur les rochers du jardin japonais nous parvenait aux oreilles. Et, autour de nous, les garçons en costume empesé et les touristes en tenues infantiles et fluo se prenant en photo les uns les autres en train de manger des hamburgers créaient une atmosphère rassurante. Le contraste avec Korokocho – situé à seulement huit kilomètres – était trop évident pour nous inspirer le moindre commentaire. Nous commandâmes des montagnes de nourriture. Le garçon garda prudemment ses distances en prenant la commande. Je le vis murmurer quelque chose à l'oreille d'un de ses collègues. Ils nous regardèrent tous deux.

« Je parie qu'il lui a dit qu'on puait », dis-je.

Hunter ne répondit rien. Je redoutais qu'il n'ait, une fois de plus, changé d'humeur et qu'il n'ait pas l'intention de poursuivre la confession commencée dans la voiture. Car c'était là tout ce qui m'intéressait. Avait-il vraiment pensé à moi, comme il me l'avait écrit sur la note ? Ou bien parlait-il au hasard, balançant ces stupéfiantes répliques pour le seul plaisir de me prendre au dépourvu ? Agissait-il de manière déterminée, avait-il une raison de se comporter ainsi ? Qu'étais-je censée déduire de sa versatilité ? Était-il timide ou jouait-il avec moi ?

Il jeta un regard distrait alentour, sans me prêter la moindre attention. Il me fallut recourir à un cliché des plus éculés :

« À quoi pensez-vous ? »

Je devais le secouer et le faire sortir du puits où il s'était enfoncé.

« C'est bizarre, ce que vous m'avez dit, tout à l'heure, dans la voiture. Sur le fait que je veuille *partager ma douleur*. Ça me paraît assez juste, comme formulation. Je crois que je me suis toujours senti très isolé, dans ma manière de percevoir ce pays.

— Pourquoi ?

— Parce que ma position a toujours été très différente de celle des autres, que je n'ai jamais collé aux clichés établis. Je n'ai jamais rencontré personne qui soit dans la même situation que moi et, a posteriori, je crois que j'ai ressenti cela comme une très grande injustice. Surtout lorsque j'étais plus jeune.

— En quoi votre situation était-elle différente de celle des autres ?

— C'est une longue histoire.

— Racontez-la-moi. »

J'avais hâte qu'il se confie à moi. Pourquoi était-il en permanence un indéchiffrable mystère ?

Il alluma une cigarette et se redressa sur sa chaise, ses yeux gris plongés dans les miens. Il commença son récit sur le ton patient avec lequel on s'adresse aux enfants.

« J'avais à peu près dix ans quand nous sommes partis vivre en Afrique du Sud et que mes parents se sont séparés. Ma mère était tombée amoureuse d'un autre homme. Dans les années soixante, c'était déjà assez grave, mais ma mère a fait beaucoup plus fort. Parce que l'homme en question était noir. Et, comme si cela ne suffisait pas, il militait au Black Consciousness, le parti de Steve Biko, qui considérait tous les Blancs, sans exception, comme des ennemis. Vous voyez, ma mère a fait la pire chose qu'une femme blanche pouvait faire à cette époque et dans ce pays.

— Oh ! Et comment avez-vous pris la chose ? »

J'affectai la surprise, car je ne voulais pas qu'il devine que je savais cela depuis un bout de temps déjà.

« On ne nous a révélé la vérité que bien plus tard, à moi et à mes frères. Au moment de la séparation, nous n'avons pas fait le rapprochement. Nous savions qu'elle fréquentait beaucoup d'Africains, ça faisait partie de son métier. Elle travaillait pour la BBC – mes parents étaient tous deux journalistes et avaient toujours été extrêmement libéraux. Mais bien sûr, en Afrique du Sud, en ce temps-là, un Noir n'avait pas le droit d'avoir des rapports sexuels avec une Blanche. Ils risquaient, si on découvrait leur liaison, d'être envoyés en prison. Ils ne pouvaient donc la vivre que dans le plus grand secret. Même nous, nous n'en savions rien Le plus dingue, c'est qu'ils devaient aussi se cacher de ses compagnons de lutte à lui. Ça allait à l'encontre du credo de Biko, qu'un Noir puisse avoir quoi que ce soit à faire avec une femme blanche. À leurs yeux, tous les Blancs se valaient, quelles que soient les opinions qu'ils professaient. Beaucoup de libéraux blancs considéraient que les membres du parti de Biko étaient des racistes noirs. Si bien que, d'une certaine manière, ils sont tous deux devenus des parias en s'éprenant l'un de l'autre.

— Mais quel effet ça vous a fait, quand vous avez découvert la vérité ? insistai-je.

— Au fond, je crois que je l'ai toujours su. C'était juste une de ces choses dont on ne parle jamais. Et puis un jour, Simon, l'homme que ma mère aimait, a été arrêté. Ma mère a craqué, elle croyait ne plus jamais le revoir en vie. Elle m'a tout raconté. J'imagine qu'elle devait avoir besoin de soutien et qu'elle avait senti que j'étais assez mûr pour lui apporter le mien.

— Et c'était le cas ?

— Je pense que oui. Ça m'a fait de la peine de la voir comme ça. Rejetée par les deux bords, le sien et celui de Simon, avec juste un petit garçon comme moi vers qui se tourner. Mais ça n'a pas été facile. La police secrète a débarqué chez nous, avec des mandats de perquisition, pour venir fouiller dans les papiers de ma mère. À ce stade-là, mes frères cadets et moi avions parfaitement compris la situation et nous redoutions en permanence qu'ils ne l'envoient également en prison. Nous détestions la police secrète. On savait qu'ils cherchaient désormais à nous coincer nous aussi. Notre existence a basculé du jour au lendemain. Nos voisins blancs se sont mis à nous regarder avec mépris, et puis on a commencé à recevoir des coups de fil anonymes en pleine nuit, et des lettres de menace. Je pense qu'en un sens j'en voulais à ma mère d'avoir ainsi mis nos vies en péril. On n'a qu'une seule envie, quand on est gosse, c'est d'être comme les autres, d'avoir la même existence que ses camarades de classe. On n'a pas envie d'être le fils d'une folle amoureuse qui prône la révolution, surtout quand on habite Johannesburg. Partout où nous allions, nous percevions une haine incroyable. Les Blancs haïssaient les Noirs, et haïssaient aussi ma mère ; les Noirs haïssaient ma mère, et haïssaient Simon. On a tous souffert, au nom de l'amour. Un vrai paradoxe. J'ai donc grandi avec des sentiments très mélangés. La mauvaise conscience et l'hostilité, l'amour et la peur... Ils formaient un tout si difficile à démêler.

— Et votre père ? Où était-il quand tout cela s'est produit ?

— Mon père a fini par se remarier en Angleterre. Il a gardé pour elle un respect immense et ne s'en est jamais caché. Vous savez, à l'époque où ils sont allés vivre en Afrique du Sud, ils étaient tous les deux jeunes et idéalistes. Mon père, en particulier, était amoureux de la résistance noire, de son combat pour la liberté et la justice... »

Il eut un sourire sarcastique et but une gorgée de bière fraîche.

« Il adorait l'idée d'être un démocrate libéral blanc sincèrement amoureux de la cause des Africains. Il avait l'impression d'être un véritable héros.

— Et votre mère ? Est-ce qu'elle ne... »

Il m'interrompit, comme si je n'étais plus là ; comme si, dès lors, le fil de son récit importait davantage que le fait que je l'écoute ou non.

« Mais, en fait, ce qui s'est passé, c'est que ma mère l'a doublé sur toute la ligne : en aimant *physiquement* un Africain. En allant jusqu'à en *baiser* un. »

Il insista sur ce mot, comme pour souligner l'extravagance de cet acte. Comme s'il voulait le rendre obscène, désagréable à l'oreille. Je demeurai paralysée par sa véhémence, tandis que le serveur posait devant nous nos assiettes de salade aux avocats et aux crevettes. Hunter poursuivit, ne prêtant aucune attention à la nourriture.

« Ce n'était plus une cause, voyez-vous, c'était un individu. C'est nettement plus concret. C'est ce qui s'appelle être aux prises avec la *réalité*. Elle avait passé les bornes, et mon père n'avait plus prise sur elle. Je crois qu'il a compris qu'elle ne reviendrait pas en arrière. Alors, il est parti, vaincu. Il s'est rendu compte, j'imagine, que ma mère avait plus de courage qu'il n'en avait jamais eu. Celui de s'engager pour de bon, et pas seulement de jouer un rôle qui ferait bonne figure une fois de retour au pays.

— Et d'en accepter les conséquences, ajoutai-je à mi-voix, pour qu'il comprenne que je le suivais, et qu'il ne m'avait pas choquée.

— Pour ça, oui. C'est quelque chose que j'ai toujours admiré en elle. Elle est allée de l'avant, elle a fait ce qu'elle devait faire. Rien ni personne n'aurait pu l'en empêcher. Ni l'apartheid ni ses enfants. Elle était possédée. »

Je sentais qu'il s'efforçait de paraître magnanime. En théorie, oui, il l'admirait. Dans la pratique, ça n'avait pas dû être facile d'être son fils.

« Et comment ça s'est passé, ensuite, pour elle et Simon ?

— Simon a été libéré quelque temps après, mais il était clair qu'on ne lui ficherait plus jamais la paix. Comme tous ses camarades, il risquait d'être l'objet d'arrestations et de tortures innombrables. Telle était la destinée de tous ces militants noirs. En plus, Biko avait été tué. Ma mère a donc fini par le convaincre de partir avec elle pour l'Angleterre. Elle est parvenue à lui faire quitter l'Afrique du Sud. Je crois qu'il s'est toujours demandé s'il avait pris la bonne décision. Quitter son pays, ses frères, vivre toute sa vie en exil. Pour cette femme blanche. »

Je demeurai silencieuse. Qu'aurais-je pu ajouter ? Tout ce que je constatais, c'est que plus Hunter se confiait à moi, plus j'avais peur de lui. Il avait l'air de venir d'un monde où tout était extrême.

Je tentai d'avaler une bouchée, mais la nourriture me restait coincée dans la gorge. Hunter me regardait comme s'il ne m'avait jamais vue, comme si j'étais soudain pour lui une étrangère surprenant malgré moi ses propos dans un train. Il continua, paraissant s'adresser à un ami imaginaire :

« Ils forment à présent un couple d'âge mûr et vivent dans la campagne anglaise. Ils se rendent de temps en temps à Johannesburg, et profitent de l'occasion pour prendre le thé avec Mandela et faire d'autres trucs dans ce goût-là. Ils sont accueillis comme des célébrités. » Il gloussa. « Roméo et Juliette arrachés au sommeil, trente ans plus tard. La presse sud-africaine adore publier des articles sur eux, désormais. »

Il eut un sourire un peu désolé et, contemplant son assiette, décida qu'il était temps de s'attaquer à sa salade d'avocats.

« Ils n'ont pas envie d'y retourner, maintenant ?

— Non. À quoi bon ? Leur vie en Angleterre est réglée comme du papier à musique. Et ils trouvent Johannesburg bien trop dangereuse. Si vous les croisiez en train de pousser leur Caddie un dimanche matin au supermarché du coin, vous ne devineriez jamais qu'il s'agit des mêmes. C'est drôle, ce que fait l'âge. Ça dilue tout.

— J'imagine que ça doit fatiguer, de lutter. Et, à ce qu'il semble, ils ont eu leur dose.

— Oui, je crois qu'ils sont fatigués. On peut toujours changer de bord politique, de femme ou de mari, de pays ou de religion. Mais on ne peut pas changer de *race*. La lutte des classes, le bouddhisme, le socialisme, le catholicisme, rien n'a encore été inventé pour résoudre *ce* problème-là, n'est-ce pas ? Tout ce qu'on peut faire, c'est s'éloigner au maximum de la source du mal. »

Il releva alors la tête et me fixa d'un air étrangement absent, comme s'il venait de se réveiller.

« Vous n'avez pas faim ? » me demanda-t-il doucement, en regardant mon assiette.

Il me parut si merveilleusement beau à cet instant précis, ses longs cheveux noirs tombant sur ses yeux. Ses yeux vif-argent.

Et j'étais amoureuse de lui. Un, deux, trois. Aussi simplement que ça.

« Non... oui... je vous écoutais et j'en ai oublié de manger.

— Vous voulez que je me taise pour que vous puissiez manger ? »

J'étais sensible à la tendresse que contenait sa voix. Oui, il pouvait aussi être tendre et chaleureux ; et pas seulement intimidant et catégorique. Et, tandis que cette tendresse se révélait à moi, je me surpris à souhaiter de toutes mes forces qu'elle se manifeste à nouveau. Je redoutais qu'il ne m'en prive, je voulais être certaine de ne pas avoir été le jouet d'une illusion. Oui, il me fallait être sûre que la tendresse et la chaleur étaient bien là, au fond de lui. Et puis, j'avais enfin osé franchir un pas décisif, en m'avouant que j'étais folle de lui. Je savais qu'il était désormais trop tard pour reculer.

« Non. Parlez-moi, je vous en prie. Vous m'intéressez beaucoup plus que la nourriture. À vrai dire, je ne pourrais pas supporter que vous vous taisiez », dis-je impulsivement, et la véhémence de mon ton parut le surprendre.

Il repoussa d'un geste son assiette.

« En fait, je n'ai pas faim non plus. »

Un blanc. Puis il ajouta :

« On y va ?

— Oui. Partons. »

Nous quittâmes le restaurant sans une parole. Et, toujours en silence, roulâmes jusque chez lui, comme si un calme soudain était tombé sur nous, pareil à de la neige, pour rafraîchir et tapisser le terrain, pour masquer notre tension et assourdir nos pensées.

Je ne prenais pas les choses à la légère. Je réalisais déjà qu'après ce début il serait très difficile de faire marche arrière. Mais il m'était impossible d'agir autrement. Moi aussi, j'étais possédée.

Lorsque nous fûmes de retour chez lui, nous nous douchâmes tour à tour. J'avais beau me frotter vigoureusement sous le jet d'eau chaude, l'odeur collait à mes cheveux et à ma peau, comme une couche poisseuse refusant de partir. Cela ne me dérangeait plus. En revanche, la vision de mon corps nu sous la douche m'inquiétait ; car je savais que bientôt, dans quelques minutes peut-être, il allait le regarder, le toucher.

Je pénétrai dans le salon vêtue de ma robe légère, les cheveux ruisselants d'eau. Il était assis devant son bureau, la chevelure trempée, d'un noir d'ébène. La maison était plongée dans le silence.

Je m'assis en face de lui. Nous nous regardâmes pendant une minute ou deux. Puis il leva la main et, du bout des doigts, toucha ma joue. Ses doigts se déplacèrent lentement sur mon visage.

« Qu'est-ce que vous avez l'intention de faire maintenant ? demanda-t-il.

— Que voudriez-vous que je fasse ?

— Vous *savez* ce que je voudrais que vous fassiez. »

Je ne fis pas un geste. Je fermai les yeux et le sentis s'éloigner de moi. Il n'avait pas l'intention de m'imposer quoi que ce soit. Il voulait visiblement que je reste parfaitement consciente de la situation. Je détestais la manière dont il avait retiré sa main.

« Pourquoi est-ce que vous êtes comme ça ?

— Comme quoi ?

— Toujours à vous retrancher dans votre coquille, comme un escargot. Il y a des moments où je vous sens si proche, c'est incroyable. Et l'instant d'après, on dirait que vous mourez d'envie de vous débarrasser de moi.

— À vrai dire, je meurs d'envie de faire une seule chose, c'est de vous faire l'amour.

— Alors faites-le. »

Cela me tue, de songer à cet après-midi-là.

J'ai du mal à croire désormais que c'est à moi que ça arrivait.

À présent qu'il ne m'en reste absolument rien, et que je ne peux rien réclamer, il me semble incroyable qu'un jour – il n'y a pas si longtemps – j'ai ressenti tant d'amour et de passion venant de Hunter.

Je me souviens de notre avidité, cette première fois. Et, tandis que nous nous touchions, que nous nous embrassions et que nous vibrions au contact de nos deux corps, il paraissait inconcevable que nous ayons pu attendre si longtemps, que nous ayons pu dormir, manger, parler et rire avec les autres tout en réprimant ce désir. Je me rendis tout de suite compte qu'il serait impossible, à l'avenir, de prétendre l'ignorer.

Je le couvris de baisers : si près de moi, son visage était inconnu, c'était celui d'un parfait étranger. Son corps mince m'avait étonnée : il parlait la langue des petites imperfections, ses défauts le rendaient unique. J'étais stupéfiée par sa nouveauté.

Et pourtant, nulle barrière ne subsista entre nous après que nous eûmes fait l'amour : elles s'étaient effondrées à jamais, et je pouvais enfin le toucher sans crainte. Des doigts, je caressai ses yeux, son nez, ses lèvres et son cou, comme l'aurait fait une aveugle. J'avais besoin d'enregistrer ses traits, de les déchiffrer, de les connaître par cœur. Il me fallait l'imprimer sur mes mains, aussi vite que possible. Je souffrais déjà à la pensée de le quitter.

Nous fîmes l'amour désespérément, intensément, et sans cesser de nous regarder. Nous nous regardâmes droit dans les yeux, nous regardâmes encore et encore. Si franchement. Mais nous ne prononçâmes pas une parole, aucun de ces mots dangereux que les amants se murmurent dans l'obscurité. Aucun de ces mots qui vous lient et qui dévastent tout ce qui existait auparavant ; de ces mots qui vous emportent et vous rejettent dans des vagues parmi lesquelles vous risquez à chaque instant de vous noyer.

Lorsque Adam et moi avions fait l'amour pour la première fois, j'avais eu la sensation d'arriver quelque part – entre ses bras, j'étais *rentrée chez moi*. En revanche, dès que Hunter me toucha, je me sentis arrachée à tout ce à quoi je pensais appartenir, à tout ce qui préexistait, y compris la simple notion du temps. Je le compris immédiatement : désormais, ma vie ne serait qu'attente, nostalgie et journées interminables, passées à le désirer près de moi.

J'étais exilée de mon univers rassurant, j'avais quitté les territoires que je contrôlais, depuis peu, avec tant d'adresse. Quel faux pas ! Quel geste inconsidéré !

« Tu es tellement belle », murmura-t-il dans un sourire, tandis que sa main glissait sur ma hanche et qu'il se familiarisait lentement avec mon corps. Il n'y avait nulle frayeur en lui. Il était satisfait, comblé.

Je restais muette, comme droguée par sa présence, incapable d'articuler un son. Je regardai son corps se détendre, jusqu'à ce qu'il s'endorme près de moi. Je lui en voulus d'être capable de se glisser si facilement dans un autre monde, et si loin de moi, alors que je venais d'être plongée dans des ténèbres inconnues. Je fus jalouse de son aptitude à rêver, à respirer comme un enfant. J'éprouvais tant de colère – de fureur – à le voir ainsi sombrer dans le sommeil et partir à la dérive.

Nous ne serons jamais ensemble. La phrase me traversa l'esprit dans un éclair pendant que je le contemplais en train de dormir. C'était dur de l'admettre, mais non, nous ne serions jamais ensemble, pas même lorsque nous serions aussi près que possible l'un de l'autre, pas même lorsque nous ferions l'amour.

Ce que j'entrevoyais à ce moment-là n'était peut-être rien d'autre que cette vérité douloureuse : il fallait apprendre à vivre en dehors de l'illusion. Aucun être ne pouvait fusionner totalement avec un autre. On ne rentrait *jamais* chez soi. Il n'y avait ni racines ni arbre auxquels se raccrocher.

Il fallait apprendre à aimer sans se sentir à l'abri, sans se sentir lié au sol. Il fallait accepter d'être projeté dans les ténèbres, là où nul ne peut prévoir ce qui va se passer.

4

Les ombres s'étirent sous les arbres. Il commence à se faire tard.

Je crois bien que j'ai dormi. Mon sommeil est plein d'une telle rage que je dois me réveiller pour que mon esprit se repose.

J'erre dans la maison vide, encore engluée dans mon sommeil poisseux, tandis que le plancher craque sous mes pieds nus.

Wilson est probablement en train de faire la sieste dans la baraque des domestiques. L'expression ne vous fait-elle pas horreur ? On se croirait vraiment à l'époque du Dr Livingstone.

Nous sommes dimanche, et rien n'est censé arriver. Un dimanche pourri, à vrai dire, une journée à se tirer une balle dans la tête. Sauf qu'ici on ne peut même pas choisir un bon film sur le journal et se faire une toile. Ou s'acheter de l'herbe et passer une soirée zapping devant la télé. Ou aller voir une expo, faire du patin à glace, sortir manger une pizza. Ou bien se balader dans les rues et mêler sa déprime à celle des foules du dimanche ; ou dissimuler son angoisse dans les couloirs du métro.

Dans un endroit pareil, où les demeures des Blancs ont toutes leur « baraque des domestiques », comment pourrait-on accorder la moindre attention à l'aliénation d'un seul être humain ? Ici, on est censés faire partie d'une famille ou d'un groupe, en tout cas d'un genre d'association. Nous sommes tous des pionniers, et les pionniers n'ont pas de temps à consacrer à de sombres réflexions métaphysiques. Comme je déteste, à présent, l'attitude férocement optimiste de la tribu blanche d'Afrique de l'Est, son pragmatisme imbécile et sa totale absence d'autocritique ! J'aimerais tant pouvoir appeler Fernandino, histoire qu'il me donne son opinion sur le sujet. Comme ça lui aurait plu de savoir à quel degré de désolation et d'écœurement j'étais parvenue, en cette fin de semaine sous l'équateur ! Il aurait bien rigolé, de ma petite maison dans la prairie, de ma foi aveugle dans le pouvoir de la nature et de ma passion pour les origines. Il aurait jugé tout cela si naïf, si puéril…

Au lieu de ça, je prends la voiture pour aller rendre visite à Nicole, la seule personne devant laquelle j'ose me montrer. Une femme seule en Afrique. Un spécimen rarissime.

Je la trouve occupée à nettoyer ses pinceaux sur la véranda. Elle est simplement vêtue d'un vieux sarong indonésien et d'un pull vert pâle très court. Sur la table, il y a du thé et du gâteau. Je ne peux m'empêcher de comparer, à son avantage, ses après-midi et les miens.

Je lui envie sa capacité de rester seule pendant des heures d'affilée. Je crois qu'il faut pour cela une passion comme la sienne. Un but, devrais-je dire, quelque chose qui permet de se sentir satisfait et épanoui sans avoir besoin des autres. Je n'ai jamais possédé cela : le genre de passions que j'ai éprouvé n'a fait qu'accroître mon sentiment de solitude et d'inutilité.

Un grand portrait inachevé, figurant une jeune fille, est posé sur le chevalet. Il est étrangement réaliste, comme peint d'après photo.

« Qui est-ce ?

— Tu le détestes, non ?

— Non, je ne le *déteste* pas. Mais ce n'est pas mon préféré. »

Elle soupire et le regarde en mordillant sa lèvre inférieure.

« Oh, je le trouve tellement moche, je ne supporte pas de l'avoir sous les yeux. Tu sais, j'ai eu une commande des De Vere, pour peindre toute la dynastie. C'est cette famille richissime qui habite dans un ranch, près de Nanyuki. Ça, c'est l'une des filles, conclut-elle avec une grimace. *Edwina*.

— Oui, j'ai entendu parler d'eux.

— La mère est pleine aux as. Vraiment bourrée de thunes. Américaine. Elle a épousé De Vere dans les années soixante, lorsque William Holden vivait ici et que ça faisait très hollywoodien d'habiter au Kenya…

— Combien de portraits ont-ils commandés ?

— Cinq, jusqu'à présent. La mère, le père, et les trois filles. »

Elle se laisse tomber sur une chaise et allume une cigarette.

« Edwina, Imogen et *Venetia*. Heureusement que le ridicule ne tue pas. » Elle soupire et secoue la tête. « Mais ils me paient royalement.

— Super. Alors c'est quoi, au juste, le problème ?

— Ils veulent être beaux. Royaux. Ils veulent que je les peigne exactement comme ils aimeraient être, que je les fasse ressembler à toutes ces superbes princesses blondes. La mère me téléphone tous les jours pour me communiquer ses directives. Si elle vivait ici, elle viendrait sur ma véranda mélanger elle-même les couleurs. Elle me prend pour la *maquilleuse* de la famille. C'est invraisemblable. » Puis, sa voix prenant des inflexions nasales et traînantes : « *Ma chérie, je vous en supplie, faites attention au nez de Venetia. Il a tendance à être légèrement empâté au niveau des narines. Voyez ce que vous pouvez faire à ce sujet.* Je veux dire, elle parle de ses propres filles comme un vétérinaire parle de *chevaux*. Tu prends du thé ?

— Non merci, je ne veux rien. »

Je regarde à nouveau le tableau. Il est terne, vide, absolument rien ne s'en dégage. Il ne ressemble aucunement aux autres toiles de Nicole.

Elle sort un petit tableau carré d'une pile posée contre le mur. Il représente une jeune fille très maigre, assise en tailleur sur un tapis turc. Elle porte une robe sans manches à rayures noires et orange, sur fond vert pomme. Ses cheveux relevés font ressortir la longueur de son cou. Dans une petite assiette, sur le tapis, une cigarette fume. La mince colonne de fumée bleuâtre est le seul élément mobile du tableau. La fille a quelque chose de morbide, de mystérieux, de presque effrayant.

« Voilà Imogen, dit Nicole. Ou, du moins, c'est ainsi que je l'avais peinte.

— Oh ! Ça, c'est beau !

— La mère l'a trouvé épouvantable et me l'a tout de suite renvoyé. Elle a piqué une crise en le voyant. J'ai failli perdre mon boulot à cause de cette pauvre Imogen.

— Elle ressemble à ces prostituées viennoises cadavériques, tu sais, du genre qu'on trouve dans les tableaux d'Egon Schiele. Pas à une héritière de Nanyuki.

— Parfaitement. Pourtant, c'est exactement ça. Imogen est *complètement* à côté de la plaque. Elle prend de l'héro, elle a un petit copain indien très décadent, mais elle m'a confié qu'en fait elle préférait les filles. Elle est belle, beaucoup plus intéressante que les deux autres. Mais suicidaire, pour ça crois-moi. »

Nicole contemple son œuvre en souriant.

« Il est bien, non ? Je l'aime vraiment beaucoup. Regarde ces bras, si minces. Ce sont les bras d'une junkie, tellement blancs, tellement fragiles, tellement abîmés. »

Elle le pose sur sa table de travail, l'appuyant contre le mur de manière que nous puissions mieux le voir.

« Tu me crois si je te dis que la mère veut que je la peigne à nouveau, vêtue de jodhpurs et d'une chemise en jean, sur fond d'acacias ? Elle choisit même la garde-robe, à présent. L'arrogance de certaines personnes me dépasse : elles osent penser que la réalité peut être peinte et repeinte de façon à s'accorder à leurs désirs, juste parce qu'elles peuvent y mettre le prix. »

Nous demeurons silencieuses. Le soleil a disparu derrière les Ngong Hills ; bientôt il fera nuit. J'entends quelqu'un, à l'intérieur de la maison, disposer des bûches dans la cheminée.

« Viens, propose Nicole. Rentrons boire un verre. »

Sa maison est petite et confortable, et embaume l'encaustique et l'encens. Elle se dirige vers le bar et prépare deux vodka-tonics.

« Tu sais, Esmé, dit-elle, me tournant le dos, juste après la mort d'Iris j'ai décidé de commencer à faire des portraits de Blancs qui habitent ici. Mais ce que je voulais... »

Elle me tend mon verre et s'affale sur le sofa en frissonnant.

« ... ce que je voulais, c'était ne peindre que des gens meurtris. Des Blancs portant la trace de coups ou de blessures. Tu sais, les gens, ici, n'arrêtent pas de se couper, de se cogner... Ils ont des accidents de voiture, de moto, ils se font attaquer par des bandits armés de couteaux, piétiner par des bêtes sauvages. Tu trouves que c'est une bonne idée ?

— Oh oui, absolument. Les Blancs blessés.

— Ce que cette imbécile de femme ne comprend pas lorsqu'elle me demande d'embellir ses filles, c'est que la seule beauté possible, dans ce pays, c'est celle de la destruction. Toute autre forme de beauté, ici, est fausse, petite-bourgeoise et gnangnan. C'est un mensonge de Blancs. »

Nous méditons un moment là-dessus.

« Nicole, tu devrais retourner en Europe. »

Elle se raidit. Je sais que ce type de discussion l'exaspère.

« Tu gâches ton talent ici.

— Je ne suis pas assez bonne pour l'Europe.

— Si, tu l'es.

— Eh bien, même en supposant que ce soit vrai, il y a beaucoup trop de bons peintres là-bas. Et une sacrée file d'attente. » Elle remue impatiemment la glace dans son verre. « J'ai acquis des goûts de luxe.

— D'accord, mais où est l'intérêt de bosser dans un contexte pareil ? Qui, ici, veut entendre parler de la beauté de la destruction ? Tout ce que les gens veulent, c'est des portraits à accrocher au-dessus de leur cheminée pour se donner l'impression qu'ils vivent dans des châteaux. Tu es en passe de devenir le peintre officiel des colons kenyans.

— Le peintre officiel des colons kenyans ! Mon Dieu, je touche vraiment le fond ! »

Immédiatement, je regrette mes paroles et je voudrais pouvoir les retirer. Qui suis-je, pour lui dire comment elle devrait mener sa vie ? Ai-je fait preuve de plus de courage qu'elle, ai-je accompli le moindre travail, ai-je participé à quoi que ce soit ? Pas vraiment. Nicole, en revanche, habite seule et gagne sa vie sans avoir besoin d'un homme. Elle est bien plus forte que moi.

« Qu'est-ce que tu as fait à Miles ? » me demande Nicole en se hâtant de passer à autre chose, sans me tenir rigueur de mon agressivité. Pour ça, elle est vraiment chouette. « Il est passé il y a un moment, et il m'a dit que tu lui avais envoyé des tasses et des chaises à la figure.

— Oui, c'est vrai. J'espère que tu ne lui as pas donné la glacière.

— Si. Je n'aurais pas dû ?

— Il a l'intention d'emmener Claire et cette photographe américaine boire l'apéro dans les Ngong en contemplant le coucher de soleil. Il tenait visiblement à faire montre de ses talents d'organisateur en leur servant des boissons glacées. »

Nicole hausse les sourcils. Je sens que Miles a encore le pouvoir de l'irriter.

« Je veux dire, franchement… Quelle enflure ! Il ne m'a pas dit ce qu'il voulait faire avec la glacière. »

Elle fixe le fond de son verre, puis secoue la tête avec un rire forcé.

« Contempler le coucher de soleil sur les Ngong ! J'ai déjà entendu *ça* quelque part. Ne me dis pas qu'il a l'intention de séduire Linda, à présent.

— Si. Absolument. Et il séduirait Claire aussi, s'il le pouvait.

— Oh, pitié ! On se croirait dans une série télé. Est-ce que les gens arrêtent seulement une seconde de penser à s'envoyer en l'air, dans ce pays ? Je veux dire, sérieusement… Je lui aurais balancé toutes les chaises à la figure. Et la théière. »

Le téléphone sonne, elle se lève d'un bond pour décrocher. Je passe en revue sa collection de CD et je mets un vieux tube de Van Morrison qui me rappelle Hunter, histoire d'enfoncer le couteau dans la plaie. Je suis envahie par la nostalgie. Dieu merci, Nicole revient et baisse le volume. Elle a l'air ravie.

« C'était Kevin.

— Kevin qui ?

— Kevin Steinberg. »

Je la regarde sans percuter. Elle fait un deuxième essai, impatiente.

« Le scénariste dont tu as fait la connaissance hier, chez Nena ?

— Oh, mon Dieu, oui. Insupportable.

— Esmé, ne sois pas si dure, proteste-t-elle avec un sourire malicieux. Moi, je l'aime bien.

— Vraiment ? »

Ça me stupéfie toujours, de voir comment, dans cette ville, se forment sans cesse de nouvelles combinaisons, comme dans un jeu de cartes.

« Oui. Je le trouve sexy et j'aime son esprit. À vrai dire, j'en suis folle. »

Kevin Steinberg nous revient, dans le rôle du Roi de Cœur.

« En tout cas, ajoute Nicole avec un haussement d'épaules, il nous emmène dîner dehors ce soir.

— Comment ça, *nous* ?

— Je lui ai dit que tu étais là et il a dit : Super, ça me fera plaisir de la voir, elle est si intéressante, si intelligente. Apparemment, il ne s'est pas rendu compte que tu l'avais trouvé insupportable, alors, je t'en prie, fais l'effort d'être agréable. Malheureusement, il m'a dit qu'il voulait manger africain.

— Africain ? Mais où ?

— Pas la moindre idée. Ça me rend folle, quand les gens qui viennent dans cette ville décident de jouer les indigènes. Ce serait comme supplier des gens de New York de t'amener à Harlem. Il n'y a absolument rien de bon à manger dans un restaurant africain, mis à part les frites et le ragoût de chèvre. Mais mieux vaut ne pas paraître réfractaire à la culture africaine devant un Américain, non ? Il risquerait de nous prendre pour d'horribles colons d'extrême droite.

— Qu'est-ce qu'on va faire, alors ? Aller dans une gargote de Dagoretti Road ?

— Oui, comme ça on évite de le contrarier. De toute façon, vu qu'il ne mange probablement pas de viande, on ne devrait pas avoir de mal à le convaincre de nous inviter ailleurs, avec sa carte de crédit.

— J'espère. Je me ferais bien un restau thaïlandais.

— Merveilleuse idée ! Je vais me préparer, alors. »

Nicole se précipite dans la salle de bains et se fait couler un bain.

Comme j'aimerais pouvoir, moi aussi, me sentir légère et avide de nouvelles rencontres. Je regrette le temps où, impatiente et nerveuse, je passais des heures à choisir ma robe, comme si la réussite de la soirée en dépendait. Il me semble à présent impossible de jamais retrouver cet état. De préférer porter telle robe plutôt qu'une autre.

Nicole reparaît trois chansons plus tard, impeccablement pomponnée et maquillée. Elle porte la robe sans manches à rayures noires et orange, celle du portrait d'Imogène. Elle la lui avait visiblement prêtée pour poser. C'est tout Nicole, cette robe : une frusque que personne n'oserait ramasser dans un marché aux puces et qui lui va néanmoins comme un gant.

« Je te préviens tout de suite. Si Kevin nous invite à dîner, c'est parce qu'il est en train de recueillir des idées pour un scénario.

— Il ne se repose donc jamais ?

— Il est tombé sur les bouquins d'Iris, et ça a fait tilt. En fait, il m'a appelé pour savoir si je la connaissais. Il pense que ça pourrait faire une histoire formidable pour Hollywood.

— Oh, mon Dieu, Nicole... Je ne crois pas que nous devrions faire ça.

— Calme-toi, OK ? Écoutons d'abord ce qu'il a à dire. En plus, s'il a envie de le faire, il ira de l'avant. Les photos et les bouquins sont dans toutes les librairies. Ce n'est pas comme si on pouvait l'en empêcher.

— Je n'ai vraiment pas envie de discuter d'Iris sous forme de scénario hollywoodien, et je n'arrive pas à croire que tu...

— Esmé, tu es devenue encore plus moralisatrice que Hunter Reed ne l'a jamais été. Maintenant, tais-toi, mets du rouge à lèvres et cesse de t'agiter, tu veux bien ? »

Je m'exécute sans dire un mot. Je ne sais plus que penser, j'ai vraiment l'impression d'avoir perdu le fil de l'intrigue.

Tandis que je me passe sur les lèvres le rouge le plus sombre de Nicole, j'entends sa voix, derrière moi.

« Iris transformée en script hollywoodien. C'est à ça qu'elle a travaillé toute sa vie. C'était un scénario parfaitement huilé. Et voilà que débarque cet auteur à succès, qu'il tombe sur ses livres à la boutique de l'hôtel, les lit et rêve de faire d'elle la Karen Blixen de l'an 2000, et toi, *tu refuserais d'y contribuer* ? Elle doit te maudire, ma chérie, là-haut, au paradis. »

5

Effectivement, tout le monde, ici, voudrait devenir une légende. C'est peut-être à force de nous sentir loin de tout que nous vient l'envie de vendre le récit de nos vies, pour tirer enfin profit du temps passé ici.

Et, bien que les étendues vierges n'existent plus nulle part au monde – excepté peut-être dans l'Antarctique –, notre prestige repose sur la présomption que *ici* se trouve le dernier avant-poste du monde sauvage et que nous constituons quant à nous la dernière fournée de héros romantiques. La plupart d'entre nous ont bâti leurs carrières autour de cette hypothèse, et des familles entières en vivent.

Oui, c'est vrai, les guépards du Masai Mara ont modifié leurs habitudes de chasse : ils traquent désormais leurs proies au moment le plus chaud de la journée, lorsque les minibus de touristes sont retournés aux lodges pour le déjeuner, ce qui les laisse alors libres de se déplacer sans traîner à leur suite des hordes de paparazzi. De vastes portions de territoire, dans les parcs de Tsavo et d'Amboseli, ont été tant et si bien endommagées par les pneus des véhicules qu'il a fallu en interdire l'accès pour permettre à la nature de reprendre ses droits. Les troupeaux des Massaïs et des Samburus ont été décimés, car leur seul point d'eau fiable pendant la saison sèche sert dorénavant à alimenter les piscines des lodges, dans les parcs où ils n'ont même plus le droit de brouter. Beaucoup de Moranes sont contraints de s'exiler sur la côte afin de trouver du travail. Là, on les embauche comme veilleurs de nuit, et ils finissent bientôt par tenir compagnie à des dames d'âge mûr venues de Francfort ou de Milan, et par porter des jeans griffés et des lunettes à verres réfléchissants.

Je découvris qu'à Nairobi pas mal de gens se méfiaient de Hunter, parce qu'il semblait tenir à tout prix à infirmer l'hypothèse selon laquelle nous vivrions au paradis et, de plus, à en tirer un malin plaisir. Il connaissait sur le bout des doigts tous les faits et les statistiques, et il était par conséquent toujours très difficile de le contredire, à moins d'être également un spécialiste de la question. Il était devenu une espèce de phophète de la malédiction, et certaines personnes n'appréciaient guère qu'il leur gâche ainsi leur vision de l'avenir.

« Pourquoi ne retourne-t-il pas en Afrique du Sud ? dit un jour Peter, l'homme aux éléphants. C'est un animal politique, sa passion pour l'humanité est digne des grands romans russes. Les tortues marines et les rhinocéros ne lui paraissent pas dignes d'intérêt. »

Je sentais mon cœur chavirer, désormais, chaque fois que quelqu'un prononçait son nom.

Il ne m'avait pas appelée après la journée que nous avions passée ensemble. J'en avais tout d'abord éprouvé du soulagement, car ce qui s'était produit m'avait terrifiée. Ce jour-là, en rentrant, j'avais trouvé Adam souriant et de bonne humeur, prêt à boire un verre avec moi devant la cheminée. Au lieu de ça, j'avais traversé la pièce comme une flèche, en bredouillant quelque chose à propos de la misère et de la situation désespérée du bidonville, afin de justifier ma distance et mon manque de concentration. Avant toute chose, il me fallait absolument prendre un bain, dis-je. En fait, je voulais rester seule un moment, pour repenser à ce que j'avais vécu avec Hunter et pour me remettre d'aplomb. Je demeurai une heure allongée dans la baignoire, priant pour que ce nouvel état de folie se dissipe avec la vapeur.

Mais ce ne fut pas le cas.

Le silence de Hunter se fit bientôt oppressant. Comme je l'avais redouté, je cessai d'avoir une vie à moi, et mon existence se résuma à l'attendre. J'inventais les excuses les plus invraisemblables pour être aussi souvent que possible à la maison, dans le vain espoir que le téléphone sonnerait. J'allais vingt fois par jour vérifier le contenu de la boîte aux lettres et je cuisinais sans cesse Wilson pour savoir si quelqu'un n'avait pas laissé un message pendant que j'étais sortie. Je ne pouvais m'empêcher de songer à Hunter : il me possédait tout entière, sa journée était la mienne. J'étais toujours à essayer de deviner où il se trouvait et ce qu'il pouvait bien être en train de faire, comme si j'avais à mon poignet une montre parallèle. Je le savais encore en ville et suivais ses agissements grâce à Miles et à Nicole. Mais je savais aussi qu'il ne tarderait pas à repartir. Bientôt, le Rwanda le happerait de nouveau.

J'interprétais son silence de deux façons : il signifiait soit que c'était à moi de faire le deuxième pas, soit qu'il m'avait effacée de son esprit, une fois de plus. J'ignore laquelle de ces deux hypothèses me terrifiait le plus.

Un matin, je vis sa voiture garée devant le restaurant Horseman's. La pensée de le savoir là, juste derrière cette grille et ces fougères, me donna des sueurs froides. J'avais tout de l'ex-toxico qui vient de croiser son ancien dealer.

Il faut que je le voie, tout de suite, juste pour lui parler. Rien de plus, me dis-je.

Longeant le petit bassin, je m'engageai sur l'allée bordée d'une végétation luxuriante, puis sous le toit de chaume du restaurant en plein air. Il était encore tôt, et la plupart des tables étaient inoccupées. J'eus un pince-ment au cœur en l'apercevant, assis en face d'une femme dont je ne distinguais que le dos. Comme à son habitude, il était absorbé dans une conversation animée et faisait de grands gestes pour souligner ses propos. Je n'arrivais pas à me faire une idée de l'identité de la femme mais, avant que j'aie pu pivoter sur mes talons et prendre la fuite, il me vit et m'appela.

Son interlocutrice se révéla être une reporter alle-mande d'une cinquantaine d'années, une vieille connaissance. Tous deux insistèrent afin que je me joigne à eux. La femme avait l'air sympathique et agréable.

« Ulla, m'expliqua-t-il, est en train d'écrire un article sur le scandale Goldenberg.

— Vraiment ? » Je m'efforçai de paraître intéressée, n'ayant aucune idée de ce qu'était le scandale Golden-berg. Que Hunter en revanche – inutile de le préciser – connaissait dans les moindres détails. Je me calai sur mon siège avec un sourire crispé et fis mine de suivre leur conversation.

Je ne possédais plus de volonté propre, plus de désir hormis celui d'intercepter ses mouvements, de l'autre côté de la table, et de saisir la moindre opportunité de toucher son genou, de frôler sa main ou de sentir l'odeur de ses cheveux, tandis que nous nous passions le briquet, les cigarettes ou le menu. Je n'étais capable de rester concentrée que sur un seul but : celui de maintenir notre tension sexuelle en la rechargeant en permanence par mon attitude corporelle. En dehors de ça, je me bornais à hocher la tête comme une idiote dès qu'Ulla souli-gnait un point précis ou que Hunter disait quelque chose qui appelait manifestement l'approbation.

À la fin du repas, je m'en voulais à mort. Je ne me savais pas capable d'une telle passivité – d'une soumis-sion quasi animale –, et cette découverte me terrifiait.

Non, je n'aurais jamais cru pouvoir être ainsi, si nue, si exposée, comme si rien d'autre n'importait, rien ni personne. Tout ce que je sentais, tout ce que j'étais *devenue*, c'était cette énergie sexuelle vibrante – trop charnelle, trop crue – qui s'était emparée de moi au point d'en être physiquement insupportable. Je fus littéralement contrainte de grimper le petit escalier de bois menant aux toilettes pour aller me regarder dans le miroir.

« Arrête ce cirque ! Tu es *lamentable* ! » commandai-je à mon reflet.

Je redescendis, fermement décidée à reprendre le contrôle de la situation. Et dire que Hunter, pendant tout ce temps, avait semblé parfaitement à l'aise, pas du tout troublé de me voir. Pourquoi menais-je toujours seule ces combats titanesques lorsque nous nous trouvions en présence l'un de l'autre ?

La scène était pathétique, et mon attitude bien trop névrotique. *Il faut que ça cesse immédiatement !* me répétais-je. Ce qui m'exaspérait le plus était son imperturbable concentration sur l'affaire Goldenberg. On aurait dit que rien ne lui importait plus au monde que d'établir, pour l'article d'Ulla, que celui-ci était plus corrompu que celui-là, et qu'un tel avait fait du fric sur le dos de tel autre.

Je me mis à détester sa suffisance. Il était prêt à répéter inlassablement les mêmes discours, sur le même ton passionné, à tous ceux qui se présentaient. Juste pour le plaisir de s'indigner ou de prendre parti. Dire que, quelques jours plus tôt, il me parlait avec la même passion de son enfance, de sa mère et de son père, en me donnant l'impression de m'avoir choisie, moi, parce que j'étais *particulière*. Et il était là, à présent, à gesticuler tel un possédé et à regarder Ulla comme s'il n'avait jamais eu, dans sa vie, d'autre cheval de bataille que le scandale Goldenberg. Soudain, tout, en lui, me parut insupportable : ses ongles rongés jusqu'au sang, la manière dont sa cigarette lui pendait au coin des lèvres et jusqu'à la couleur de sa chemise. Depuis le début, j'avais vu juste, son côté poseur le rendait odieux.

Je consultai ma montre.

« Hunter… Je crois qu'il vaut mieux que je parte.

— Non, attends, répliqua-t-il, vif comme l'éclair, et sa main se posa sur mon poignet comme une menotte. On part ensemble, laisse-moi le temps de donner à Ulla quelques noms. »

Il se mit à griffonner les numéros de téléphone de gens qui pourraient fournir davantage de détails sur le scandale Goldenberg, et, sous la table, retint fermement ma cheville entre ses pieds.

Toute ma colère fondit comme neige au soleil. Je me rassis et le regardai avec un sourire hébété tendre ses notes à Ulla.

Il me voulait. Il n'avait pas l'intention de me laisser filer.

Et, comme par magie, j'étais à nouveau la femme la plus heureuse de Karen.

Plus tard, chez lui, après que nous eûmes à nouveau fait l'amour, il me dit :

« Tu m'as manqué. Je n'ai pas arrêté de rêver de toi.

— Toi aussi, tu m'as manqué.

— J'espérais que tu viendrais ici. Je t'attendais.

— C'est vrai ?

— Bien sûr.

— J'avais peur de revenir.

— De quoi tu avais peur ?

— Oh, eh bien… » Je le regardai. « Tu sais… »

Nous n'en dîmes pas davantage. Après cela, il nous était difficile d'ajouter quoi que ce soit. Nous ne voulions ni l'un ni l'autre entrer dans les détails et admettre la trivialité de notre situation. Nous ne voulions ni l'un ni l'autre prendre les décisions qui s'imposaient. Mais je savais que c'était à moi de le faire, puisque c'était moi qui vivais avec un autre, moi qui devais mentir et tromper. C'était donc à moi d'énoncer mes intentions.

Je ne souhaitais pas encore le faire. Non, je n'étais pas encore prête à dire que ce que nous faisions était mal et qu'il valait mieux en rester là. Ni que c'était là tout ce que je désirais au monde, et que je ne parviendrais pas à m'en priver un jour de plus.

Au lieu de cela, je me tournai vers lui et l'embrassai lentement. Sentant la chaleur de son corps, je glissai mes doigts dans sa chemise et caressai ses flancs maigres. Je me mentis à moi-même en me disant que, si je pouvais seulement faire l'amour avec lui une fois de plus, je rentrerais à la maison comblée et satisfaite.

Je savais que j'avais franchi la limite, mais la junkie que j'étais devenue se répétait : Tu peux décrocher quand tu veux. Prends tout de suite une autre bouffée et tu n'y penseras plus. Tout va bien se passer. Tu ne vas pas redevenir accro à cause d'une seule bouffée.

Mais mes justifications tordues étaient vaines : à peine entrée dans ma voiture, je savais déjà que j'étais fatalement intoxiquée. Pourtant, je me disais que je pourrais survivre à la dépendance, à condition de prétendre qu'elle n'était que de nature *physique*. Pas question de reconnaître que j'étais en train de tomber amoureuse.

Ainsi armée de ces mensonges sur mesure, taillés pour répondre aux exigences de la situation, je crus avoir de nouveau repris le dessus. Je rentrai chez moi, fière et ravie, comme si je venais d'apprendre un bon tour de magie.

6

Cassandre sommeillait dans le temple.

Apollon apparut et lui proposa de la faire prophétesse, si elle acceptait de coucher avec lui. Elle commença par accepter, avant de revenir sur sa décision. Apollon la supplia de lui accorder au moins un baiser et, comme elle se pliait à sa demande, il lui cracha dans la bouche pour se venger, de manière que nul ne crût jamais ses prophéties. Et que tous la fuient, personne n'appréciant la compagnie d'une prophétesse maudite. J'ai toujours eu de la compassion pour Cassandre. Et encore plus depuis que Hunter m'a craché dans la bouche.

Voyons donc. Je ne cesse de me remémorer cette histoire, dans l'espoir de découvrir caché dans ses plis un élément qui la rachète. Mon récit s'apparente peut-être au labeur du chercheur d'or qui passe au crible tout le sable d'une rivière dans l'espoir d'en extraire une seule poignée d'or.

Mais, jusqu'à présent, je ne suis parvenue qu'à une seule conviction : nous en arrivons au point où le paradis se gâte encore plus vite que nos esprits décadents.

Nous autres qui pensions que l'Afrique allait nous rendre meilleurs, plus sains et plus en phase avec notre moi profond, nous semblons au contraire laisser s'exprimer, petit à petit, nos plus mauvais côtés. Mais je crois que si nous finissons par paraître plus impitoyables, plus narcissiques et plus fourbes ici qu'ailleurs, c'est parce que cet endroit offre si peu de distractions et d'échappatoires. Il nous est presque impossible de nous cacher. L'Afrique s'avère donc un excellent poste d'observation pour qui veut jouir d'une vision d'ensemble de la nature humaine.

Je savais parfaitement ce qui s'était passé : je disposais de tant de temps pour ruminer mes pensées. L'analyse des raisons pour lesquelles j'étais désespérément attirée par Adam et incapable de quitter Hunter était devenue l'un de mes passe-temps privilégiés.

Oui, les prénoms ont une destinée en soi, et je comprenais à présent comment Hunter[1] m'avait traquée dès le début, comme s'il avait flairé en moi les gènes de Fernandino. Il avait immédiatement deviné que j'étais une fuyarde, une renégate ayant échappé à la froideur de l'analyse intellectuelle pour se réfugier dans la richesse d'une existence purement sensuelle. Il m'avait repérée parmi la foule et m'avait crié : Bas les masques ! Je sais d'où tu viens, *tu n'as rien à voir avec eux* ! Et il savait que, de mon côté, je l'avais aussi identifié comme appartenant à la même tribu que moi. Et que je ne pouvais que me soumettre.

L'ironie, c'est qu'entre Adam et moi les choses s'étaient déroulées à l'opposé.

C'est tout ce qui nous opposait qui m'avait poussée vers lui. Je savais que même si je me montrais nue à Adam, il ne me démasquerait pas. De plus, une compréhension approfondie ne s'imposait pas, car notre attirance était, par sa nature même, fondée sur un principe

_____

1. *Hunter* signifie chasseur. *(N.d.T.)*

complètement différent : elle découlait de l'instinct, sa chimie était d'ordre animal. Mais, voyez-vous, cette expérience s'était, pour finir, soldée par un échec : je n'avais pas réussi à incarner la femme parfaite, à porter son enfant.

Si bien que, lorsque Hunter se présenta, cela me flatta tout de suite de me voir distinguée du lot. Il me voulait pour mon esprit, et rien, en moi, ne l'intéressait moins que la génitrice. Dans le même temps, il m'apparut clairement que, pour peu que je me montre nue devant lui, il saurait déchiffrer la moindre de mes particules. Et cela me faisait peur.

Il me fallut donc rapidement apprendre à mentir, pas seulement à Adam mais aussi à moi-même, en prétendant qu'il ne s'agissait que d'une histoire de sexe, et que ça ne durerait pas.

Dès que je le pouvais, je me sauvais pour aller voir Hunter. De son côté, Adam quittait tous les matins la maison à huit heures, embaumant encore la mousse à raser, après avoir griffonné, pour le camp, une nouvelle liste de provisions et de réparations à effectuer.

Voici ce que font les amants, dans le calme de la chambre, après avoir fait l'amour :

Ils disent des choses comme : *J'aime cette partie de toi.*

Laquelle ?

Ta nuque.

Et j'aime aussi cela, ici.

Pourquoi ?

Parce que c'est si doux, si fragile.

Et quoi d'autre ?

Tes épaules. Je n'oublierai jamais le jour où j'ai vu pour la première fois tes épaules nues.

Qu'est-ce qu'elles ont de si spécial ?

Hunter en caresse la courbe, puis le creux juste au-dessus de l'aisselle. Je sens la fraîcheur de son doigt sur ma clavicule.

Je ne comprends pas ce qu'il veut dire, et ça m'est égal. Il embrasse mes os en riant. Je voudrais que ça ne s'achève jamais.

« Je veux emporter cette partie de toi avec moi, dit-il, en couvrant mon épaule de sa paume.

— Quelle partie ennuyeuse de moi à emporter en voyage !

— Tu n'as aucune imagination. L'anatomie est beaucoup plus mystérieuse que tu veux bien le croire. Regarde, quand je rentre chez moi, au crépuscule, j'ai ton image en tête : tes yeux, par exemple – d'un gris si étrange –, plongés dans les miens pendant que nous sommes en train de faire l'amour. Je n'avais jamais cru possible de garder la même image en tête pendant aussi longtemps. Et ta voix qui murmure…

— Toi. Toi. »

Tu n'oses même pas prononcer mon nom.

C'est à cela que je pense presque tous les jours en rentrant chez moi, désormais.

Au cours des deux premières semaines, je m'enorgueillissais presque d'être capable de mentir à Adam. Mais cela ne dura pas.

Le plus dur, c'était le matin. C'est alors que l'image de Hunter s'imposait avec le plus de force à mon esprit, mêlée à des bribes de rêves. J'avais l'impression d'émerger des profondeurs, encore enveloppée de son odeur, et que des fragments de lui restaient collés à mon corps comme des algues. J'avais le plus grand mal à m'extirper de mes songes, et c'est alors que je me savais le plus exposée, sous le regard d'Adam.

« Pourquoi ne viendrais-tu pas au camp pour la saison ? me demanda-t-il un matin, sans préambule, pendant le petit déjeuner.

— Pardon ? Tu veux dire pour *toute* la saison ? » Sa question me prenait au dépourvu. Il n'avait jamais encore mentionné cette possibilité.

Je rougis. Il m'observait avec attention, comme s'il me testait.

« Oui, tu pourrais m'aider à diriger le camp.

— Je ne… Je veux dire, je ne crois pas que j'en serais capable, vraiment. Je suis trop nulle, pour ce qui est de tenir des comptes et autres trucs dans ce goût-là.

— Voyons, Esmé… Il s'agirait juste de jouer les hôtesses au dîner, pour les clients, et de leur faire un peu la conversation. Tu n'aurais absolument pas à tenir les comptes. Tu serais parfaite pour ce boulot.

— Tu crois ? Je n'en suis pas si sûre », dis-je d'une voix faible.

Il se versa encore du café et le remua un peu trop longtemps. Je sentais la tension monter.

« C'est un vrai travail. Je veux dire que la compagnie te paierait pour ça, dit-il sans lever les yeux de la tasse.

— La question n'est pas d'être payée ou pas. C'est seulement que…

— Sinon, nous passons trop de temps séparés », reconnut-il enfin, avant de me jeter un regard dont la franchise dépassait de loin ce qu'Adam était disposé à s'avouer.

Je demeurai un moment silencieuse, à étudier mes ongles en faisant mine de considérer son offre. Je réalisais que ce qu'il me demandait, en réalité, c'était de quitter la ville, de quitter ce qui m'éloignait de lui, même s'il ignorait encore de quoi il s'agissait.

« C'est si beau, là-haut, tu sais, si vert, si luxuriant… Et plein d'animaux. »

Que ce soit beau, je n'en doutais pas. Mais la beauté avait cessé de m'intéresser. Dans la nouvelle dimension où j'avais pénétré, cette beauté m'aurait rendue folle.

« Je ne sais pas, répondis-je enfin. Ça demande réflexion. C'est un sacré engagement. »

Il me regarda, et j'eus soudain l'impression qu'il était au courant de tout. Il doit savoir, pensai-je. Comment pouvait-il ne *pas* le voir ?

« Oui, dit-il, en effet. C'est un engagement. »

L'Afrique de l'Est est probablement le pire endroit au monde pour s'aimer en secret. Pas de restaurants discrets, pas de cinémas, pas d'hôtels romantiques ni de charmants petits cafés où l'on ne vous connaisse, vous et votre amant(e).

Hunter et moi, par conséquent, ne faisions pas l'effort de nous cacher. Nous prétendions simplement être devenus très bons amis, et cela nous permettait de déjeuner ou de nous balader ensemble sans craindre d'être surpris et d'éveiller les soupçons. Le fait que nous soyons devenus intimes n'étonnait personne, à vrai dire.

« Vous êtes tous les deux si *cérébraux*, me dit un jour Nena.

— Qu'est-ce que tu veux dire par là ?

— Eh bien, Hunter s'est toujours plaint de n'avoir personne, ici, avec qui parler. Je crois qu'il apprécie ta compagnie, vos échanges d'opinions et, tu sais, le fait que vous passiez des heures à exprimer des idées. C'est tellement rare, ici.

— Voyons, toi aussi tu as des opinions sur les choses. Tu lis beaucoup.

— Ces derniers temps, je me borne aux étiquettes des cosmétiques, objecta-t-elle avec un haussement d'épaules. Le reste est au-dessus de mes forces. »

Curieusement, personne ne voyait l'évidence.

Et l'évidence, c'est que nous étions faits l'un pour l'autre. Qu'il aurait été impossible que nous *ne soyons pas* amants. À l'époque, j'avais moi-même du mal à l'admettre. Comme tous les junkies, je préférais nier la réalité.

Quant à Hunter, il revenait chaque fois plus effondré du Rwanda. Il me semblait qu'il n'allait pas tarder à craquer, comme si en lui un rouage avait lâché, et que les dégâts ne fussent plus réparables.

Au cours de ces après-midi-là, après que nous avions fait l'amour, il se mettait à parler, sur le ton d'un homme qui s'adresse à lui-même ; il en oubliait presque ma présence. Nous étions sur son lit, il était couché sur le côté, la tête posée sur son bras, tandis que je m'habillais lentement, me préparant à rentrer chez moi.

« Le plus dingue, c'est que quand tu es là-bas, en train d'assister à ces horreurs, tu te dis que dès que tu auras raconté ce qui se passe, la planète entière en restera figée d'horreur puis qu'on sautera dans le premier avion pour aider à arrêter le massacre. »

Il détourna les yeux, comme s'il refusait de voir que je me préparais à partir.

« Mais, au lieu de ça, tout le monde s'en fiche. Et personne ne veut reconnaître qu'il s'agit d'un génocide. »

Il se leva et traversa rapidement la pièce, nu comme un ver. Il drapa un *kikoy* autour de sa taille et, me tournant le dos, s'assit à son bureau et se mit à rouler un joint.

« C'est une situation tellement désespérée. Les gens se servent de mes articles pour emballer la porcelaine, et quatre-vingts pour cent des lecteurs des pages internationales ne savent toujours pas distinguer les ethnies les unes des autres. » Il poursuivit, imitant l'accent américain : « C'est qui, au juste, les méchants ? Les Hutus ou les Tutsis ? Ils ne sont même pas fichus de retenir ces noms africains. »

Je m'assis sur le bord du lit, soudain accablée de tristesse.

« Je dois te paraître très loin de tout ça. »

Je pouvais le voir passer la langue sur le bord du papier à rouler. Mais il ne se retourna pas pour me regarder.

« Tu l'es. Mais pas de la manière dont tu crois. »

Un silence pesa sur la pièce.

« Tu sais, reprit-il d'une voix plus douce, ce que je viens de dire, c'est un mensonge. En fait, on ne pense jamais aux lecteurs, quand on est là-bas. »

Il se retourna vers moi dans un nuage de fumée épaisse, ayant allumé son joint.

« On va dans tous ces endroits, OK ? Miles, Reuben, Bernard, moi… On voit tous ces trucs. Mais si on veut repartir, c'est pas à cause de l'excitation, ni du danger.

— À cause de quoi, alors ?

— Je ne sais pas trop. C'est bizarre, non ? » Il secoua la tête avec un sourire vague. « C'est comme si… comme si on avait tous une espèce de *secret*.

— Je ne te suis pas. »

Il aspira une longue bouffée et me tendit le joint. Puis il tourna la tête.

« Je crois qu'au fond on va se fourrer dans tous ces endroits parce qu'on est seuls.

— Seuls ?

— Oui, je crois que c'est ça, notre secret : on part pour vivre les guerres des autres, pour partager les souffrances des autres, parce que ça nous permet d'oublier la nôtre. »

Nous fumâmes en silence. J'aurais voulu dire quelque chose, mais rien ne me venait. Je restai plantée là, rongée par un sentiment d'impuissance. Et par la mauvaise conscience, due à cette impuissance.

Je consultai ma montre. Il commençait à se faire tard. Je me levai pour partir.

Je me tins devant lui, et nous nous regardâmes sans dire un mot. Je me souviens d'avoir songé : *Moi aussi, je fais partie de ta solitude, et de tout ce que tu veux fuir, n'est-ce pas ?*

Mais j'étais incapable d'articuler ces mots.

Il toucha doucement ma chemise et défit lentement les boutons, un à un, sans me quitter des yeux une seconde.

« Hunter… Il faut vraiment que je parte », murmurai-je, d'un ton suppliant.

Ma chemise glissa sur le sol.

« Non, protesta-t-il en passant les doigts sur mes épaules nues. Il faut vraiment que je te fasse l'amour. Tout de suite. »

Je savais qu'il m'en voulait de devoir obéir au cadran d'une montre.

Mais je mettais la même passion à lui en vouloir parce qu'il disparaissait d'une minute à l'autre, qu'il ne me disait jamais que j'allais lui manquer, ni quand il rentrerait. Peut-être chacun de nous espérait-il secrètement se débarrasser de l'autre, de manière à cesser d'être en proie à la colère.

« Comment se fait-il que les gens qui m'entourent ont toujours mieux à faire que broyer du noir et soupirer, comme moi ? » demandai-je à Nicole.

Nous étions en train de boire un cappucino au French Café, dans le centre commercial qui venait de s'ouvrir à Westlands. Un vrai paradis de la ménagère : s'y concentraient, sous un seul toit, le meilleur boucher de Nairobi, la boulangerie allemande et une boutique d'aliments diététiques.

« Parce qu'il est grand temps que tu te prennes en main, espèce d'idiote, répliqua Nicole. Avoir une aventure n'est pas vraiment ce que j'appelle une profession.

— Je sais. Et le pire, c'est que ça me pompe toute mon énergie. »

Je lui avais révélé tous les détails de ma liaison avec Hunter, et elle m'avait supplié d'être prudente : elle ne voulait pas que quelqu'un soit méchamment blessé.

« Alors, dans ce cas, il faudrait peut-être que j'accepte le boulot au camp et que je travaille avec Adam, non ? Je ne peux pas continuer comme ça. Je vais finir par devenir dingue.

— À vrai dire, pour ce qui est du camp, je n'en sais trop rien. Tu penses arriver à supporter les clients et tout le tralala ?

— Non. Si je le faisais, ce ne serait que parce que j'ai mauvaise conscience à propos d'un tas de trucs. En fait, je préférerais trouver autre chose, ne rien devoir à l'homme avec qui je vis.

— Je suis d'accord. Ça me paraît bien plus raisonnable. »

Nicole se mit à souffler sur son cappucino, perdue dans ses pensées. Je craignais parfois que mes absurdités ne l'irritent. Mais ce n'était pas son genre.

« Il y a cette compagnie de postproduction, en ville, reprit-elle après un moment de réflexion. Elle s'appelle Right Track, et ils s'occupent, entre autres, des infos de la télé kenyane et de publicité. Je sais qu'ils cherchent quelqu'un pour gérer les lieux. Tu devrais aller les voir. Je crois que tu pourrais obtenir un bon salaire. Jason Winters, ce réalisateur londonien qui est venu s'installer ici, il bosse quelquefois pour eux. Lui, c'est vraiment un gars des villes, pour changer.

— Ça m'a l'air chouette », dis-je, m'efforçant de paraître enthousiaste.

Mais la conversation avait fini par me redonner le cafard. Je grignotai le bout de mon croissant avant de le reposer sur la table. J'étais incapable d'avaler une seule bouchée.

Je demeurai un peu trop silencieuse. C'est Nicole qui rompit le silence :

« Qu'est-ce que tu vas faire ? Tu ne vas pas pouvoir continuer longtemps comme ça, non ?

— Il va falloir que j'arrête. C'est trop affreux, d'être obligée de mentir à Adam.

— Et pourquoi tu ne lui dirais pas la vérité ? Vous n'êtes pas mariés, vous n'avez pas d'enfants. Je veux dire, personne ne vous...

— Non ! protestai-je d'un ton un peu trop véhément. Tu ne comprends pas. J'*aime* Adam. Hunter et moi, ce n'est qu'une... ce n'est qu'une... » Je me torturais pour trouver un mot. « ... qu'une pulsion irrésistible. Je ne pourrais jamais faire ma vie avec lui.

— Mais pourquoi ?

— Parce qu'il me ferait souffrir », dis-je sans réfléchir. Je regrettai aussitôt ces paroles.

« Comment ça, il te ferait *souffrir* ? » Nicole secoua la tête. « Nom d'un chien, tu es vraiment tordue, quelquefois !

— Non, c'est seulement que... oh, je ne sais pas comment l'expliquer. »

Je poussai un soupir et posai mon regard, à travers la vitrine, sur les gens qui faisaient la queue devant les caisses, au supermarché Uchumi.

« Parfois Hunter me... me fait peur. Il a cet effet sur moi, je ne sais pas ce que c'est, mais je crois que c'était pareil avec Iris. Avec lui, j'ai parfois l'impression de me noyer. Et alors je me dis qu'on n'arrivera jamais à être heureux. »

Nicole haussa les sourcils.

« Je te trouve injuste envers lui.

— Pourquoi ?

— Il est possible qu'il te fasse souffrir, mais seulement s'il ne *peut pas* t'avoir. Et toi, tu feras la même chose avec lui.

— Super. Si je comprends bien, on est à côté de la plaque depuis le début. Mais il est trop tard, maintenant, pour arranger les choses. »

Je n'avais pas encore rencontré Jason Winters. Il s'était installé au Kenya à peine deux mois plus tôt, sur un coup de tête. C'était un vrai Londonien, un authentique branché de Notting Hill Gate, qui venait d'abandonner son statut d'énième réalisateur anglais de clips tirant le diable par la queue pour devenir le réalisateur le plus à la mode que le Kenya ait jamais connu. Il avait des cheveux roux vif tirés en queue de cheval et ne s'habillait que de chemises et de vestes de lin Agnès B., de voyants costumes Jean-Paul Gaultier et de bottes de cow-boy rouges ou turquoise. Toutes les agences de pub de Nairobi se l'arrachaient.

Le lendemain de notre conversation, Nicole lui proposa de venir déjeuner avec nous chez Leone's, un petit restaurant italien, en ville. D'après elle, c'était la personne idéale pour m'aider à décrocher le boulot. Jason émergea d'une voiture argentée, un modèle américain des années soixante, avec des ailerons et toute une batterie de feux arrière. Il portait des lunettes de soleil et un béret noir.

« Désolé du retard, les filles, mais je me suis couché à six heures du matin. On a bossé toute la nuit au montage. »

Il se tourna vers Nicole avec un sourire de mauvais garçon.

« Dieu merci, notre ami Boniface vient tout juste de se réapprovisionner à Lagos. »

Ils avaient le même dealer. Je suppose que c'est comme ça qu'ils avaient dû faire connaissance.

Jason commanda le vin blanc le plus cher de la carte, chipota jusqu'à ce qu'on lui apporte une bouteille suffisamment frappée à son goût et parvint à nous saouler avant l'arrivée des hors-d'œuvre.

« Tu auras ce boulot sans problème, Esmé, dit-il, piquant du bout de sa fourchette une tomate séchée. Tu serais presque trop qualifiée, à vrai dire.

— Pour être tout à fait franche, je n'ai jamais travaillé de ma vie dans le domaine des films.

— Ce n'est pas ça qui compte. » Il gesticula et, brandissant sa tomate séchée, arrosa d'huile mon chemisier. « Tu as de la classe, et c'est de ça qu'a besoin l'industrie du film. »

Grâce à sa recommandation, Right Track m'embaucha, bien que j'ignore le sens même du mot postproduction.

« Qui s'en soucie ? m'avait affirmé Jason. Ce n'est pas un boulot technique. Ils vous paient pour tenir les lieux, jouer les hôtesses et apporter un peu de glamour hollywoodien dans cette affaire. »

Right Track Productions avait installé ses quartiers dans un petit local, en ville, au dixième étage d'une tour de verre. Deux pièces éclairées au néon, un sol couvert de lino et, seule concession faite à Hollywood, un poster de *Casablanca*... Un Avid flambant neuf constituait le principal atout du lieu ; ce matériel de montage virtuel, d'avant-garde pour le Kenya, nous valait de nombreux visiteurs : des correspondants de chaînes étrangères, des gens des agences de publicité locales, etc. Parfois, un journaliste étranger passait pour monter en hâte des images du Soudan ou du Rwanda ; et, parfois, c'était un réalisateur *mzungu* comme Jason qui venait de tourner une pub locale pour une marque de déodorant ou d'aspirine. Derrière mon bureau, à la réception, je prenais note des réservations, je discutais avec les clients et je m'assurais que le planning était bien respecté. Je commençais même à apprendre comment fonctionnait le matériel.

C'était vraiment absurde. Habiter au Kenya et demeurer enfermée toute la journée dans une pièce sombre, à écouter le refrain exaspérant de pubs pour les céréales, ou les discours hypnotiques du président inaugurant une nouvelle fabrique d'engrais.

J'adorais que Jason réserve l'Avid pour une de ses pubs imbéciles. On se faisait alors livrer des œufs Benedict et des bloody mary par le bar du Norfolk. Si le charme européen de Jason compensait en partie l'absence de séduction de mon travail, il me permettait surtout d'échapper à une vie extrêmement cantonnée. Il n'avait pas la moindre idée de ce qui se passait dans la brousse ou au Rwanda, et il ne s'en souciait guère. Ça me changeait les idées, de traîner avec lui. Son monde à lui, c'était Londres, les festivals de cinéma, les galeries d'art, les restaurants gastronomiques, les nouveaux livres et les potins européens. Chaque fois que je passais un peu de temps en sa compagnie, la vie à Nairobi me paraissait plus douce.

Adam était sur le point de repartir pour le camp avec le premier groupe de la saison. Ma décision de travailler dans un bureau plutôt que de le suivre dans la brousse l'avait déconcerté.

« Il y a des gens qui paient des milliers de dollars pour partir en safari et échapper à des boulots comme celui que tu viens de trouver, dit-il en secouant la tête.

— Précisément. Je ne veux pas que ma vie ressemble à des vacances de riches.

— Tu ne serais pas en vacances. Tu serais *chez toi* », déclara-t-il avant de se tourner vers la fenêtre.

296

Chez moi ? Le camp, c'était chez moi ? L'idée me parut bizarre. Je n'avais encore jamais vu les choses sous cet angle, mais j'étais tout de même consciente de commettre une erreur en restant détachée de lui et en n'acceptant jamais complètement ce qu'il avait à m'offrir.

« Adam. »

Il se tourna vers moi.

« Je t'en prie, ne le prends pas mal, dis-je. Mais je veux vraiment me débrouiller par mes propres moyens. Ce n'est pas la nature du travail qui importe, c'est que je puisse être fière d'avoir accompli quelque chose toute seule. »

En prononçant ces mots, je réalisai à quel point c'était vrai. Mon absurde boulot en ville ne m'avait pas seulement libérée de mon sentiment de dépendance, mais m'avait fourni un espace – même dérisoire – où j'avais autre chose à faire que de m'abandonner passivement à mes émotions.

« Je sais, dit Adam en s'efforçant de sourire. C'est seulement que tu vas me manquer et que j'en deviens égoïste.

— Mais je viendrai te voir aussi souvent que possible. Tu sais bien que toi aussi tu vas me manquer. »

Nous nous embrassâmes, comme pour sceller ce nouveau pacte. Mais je m'écartai de lui un peu trop rapidement, et il comprit, me semble-t-il, que j'avais hâte d'en finir avec le sujet et de continuer à mener ma vie, sans plus jamais avoir à justifier mes choix.

Je crois que c'est alors qu'Adam sentit qu'il m'avait perdue. Il ignorait encore à cause de qui ou de quoi, mais il se rendait bien compte que je lui échappais. Il n'allait pas me tirer les vers du nez car, comme je ne le savais que trop bien, ce n'était pas son genre. Son incapacité à exprimer ses sentiments tournait à présent à mon avantage.

Je lui rendis effectivement visite tous les week-ends, comme une bonne épouse. Je partais chaque vendredi pour le camp, dans un petit avion à six places. Les pilotes étant tous des copains d'Adam, j'y grimpais comme dans un bus et, au terme d'un vol gratuit de trois quarts d'heure, j'arrivais sur la piste où m'accueillait Adam ou un de ses chauffeurs.

Ma machine était parfaitement huilée, voyez-vous. Lorsque arrivait le vendredi, j'étais toujours prête à retrouver Adam. Nous passions ensemble des moments parfaits : je lui accordais toute mon attention, j'étais constamment de bonne humeur, et j'avais tellement mauvaise conscience que notre vie sexuelle en était ragaillardie. Mais, surtout, je l'aimais.

Je l'aimais encore davantage d'avoir accepté ma perte sans réclamer quoi que ce soit. Je comprends à présent qu'il n'avait pas renoncé au combat, mais qu'il attendait son heure. Il savait que seules la force et la patience lui permettraient de me reconquérir. Et je comprends aussi que c'est ce que je souhaitais. Dans la mesure où j'étais incapable de revenir seule jusqu'à lui, il fallait qu'il soit celui de nous qui romprait le charme. En fait, nous n'avons cessé, pendant tout ce temps, d'être des complices secrets.

Nous prétendions tous deux que rien ne se passait. Nous nous imaginions qu'en ne disant rien la chose disparaîtrait aussi simplement qu'elle était apparue.

Notre déni de réalité était gratifiant du point de vue psychologique et économique.

Car les clients, avant de partir, ne manquaient jamais de nous confier à quel point ils enviaient notre mode de vie. Adam et moi incarnions, à leurs yeux, le couple parfait de jeunes premiers : si romantiques, beaux et aventureux. Et, pour nous, ils constituaient le public idéal. Ils étaient toujours contents de payer leurs billets, et invariablement enthousiasmés par le spectacle. Ils attendaient la suite avec impatience.

Car qui aurait voulu voir s'achever une aussi belle histoire ?

7

Je me souviens.

D'un beau dimanche de septembre, d'un déjeuner à la ferme des Dawson, sur le lac Naivasha. Les enfants courent sur la pelouse, les adultes se saoulent lentement autour de la longue table décorée de fleurs d'hibiscus.

Nena, qui en a piqué une dans sa chevelure, ressemble à une danseuse espagnole.

Je surprends le regard de Hunter posé sur moi, de l'autre côté de la table. Je porte une robe sans manches, et Adam pose quelques secondes sa main sur mon épaule tout en fumant une cigarette, après le café. Sur cette épaule nue dont Hunter m'a dit un jour qu'il voudrait l'emporter avec lui. L'épaule qu'il aime tant embrasser.

La partie de mon corps qui *lui* appartient.

Aussitôt, il me faut échapper au regard de Hunter, quitter cette table. Je me lève avec une telle précipitation que je renverse ma chaise.

« Désolée. Oh, désolée. »

Adam la ramasse et me regarde.

« Ça va ? » La brusquerie de mon mouvement l'a surpris.

« Oui, j'ai juste envie de faire quelques pas. »

Ça, ce sont les moments où – toujours malgré nous – nous nous voyons forcés de nous livrer à cette épouvantable pantomime. C'est dans de tels moments que je réalise à quel point notre situation est détestable.

Avant le déjeuner, Heather Dawson nous a fait faire un petit tour de la ferme, à Nicole et moi. Elle a attiré notre attention sur des oiseaux rares, sur des excréments de gazelle et sur les girafes qui font partie du domaine. C'est ainsi, en Afrique : ce n'est pas la décoration de leur demeure que les gens sont fiers de vous montrer. Vous n'êtes pas obligé de vous extasier sur le choix des couleurs de votre hôtesse chaque fois qu'elle ouvre une porte. Ici, vos hôtes vous montrent des animaux.

« *Mes* girafes, *mes* buffles. Et nous *avons* aussi un léopard. Il est passé là hier soir, il est allé jusqu'au seuil. Regardez, vous voyez ces traces ? Oh, mon Dieu, n'est-ce pas extraordinaire ? »

Quand nous rentrâmes de notre balade, je vis Hunter attablé avec les autres. Personne ne s'attendait qu'il vienne.

« Hunter, quelle merveilleuse surprise ! dit Heather Dawson en le serrant dans ses bras. Ce beau monsieur ne vient plus guère nous rendre visite ! Il venait pourtant si souvent, il y a quelques années. Avec Iris, tu te rappelles ? »

Tout le monde, dans ce pays, a gardé le souvenir du couple mythique qu'il formait avec Iris.

Quant à l'histoire de Hunter et Esmé – déjà vieille de deux mois –, elle est restée scellée dans une chambre à coucher. Personne ne se souviendra de nous comme d'un couple. Personne ne nous aura jamais vus comme tel.

Soudain, j'eus du mal à croire que nous puissions garder un tel secret. Cacher la vérité à tout le monde.

L'ensevelir de manière qu'elle ne puisse jamais surgir à la lumière.

J'avais envie de hurler *Nous sommes amants, nous sommes fous l'un de l'autre, je fais de lui le plus heureux des hommes.*

Au lieu de cela, je me contentai de l'embrasser sur la joue.

« Salut Hunter. Ça me fait plaisir de te voir. »

Pendant le déjeuner, Hunter ne tarda pas à être ivre et à devenir désagréable. Il amorça une violente discussion avec Peter, l'homme aux éléphants, sur le sujet de la suppression de l'interdiction de chasser. Adam, assis en bout de table, les yeux rivés sur Hunter, gardait un calme de sphinx. Son attitude indiquait clairement qu'il ne souhaitait pas être mêlé au débat. Il avait senti que la colère de Hunter était en fait dirigée contre lui.

« De toute façon, les propriétaires de ranch ne se sont jamais gênés pour abattre des bêtes. Il ne s'agit donc que d'appeler ça de la chasse et de laisser, à la place, un client appuyer sur la détente. Ces temps-ci, un zèbre, si on vend la viande et la peau, rapporte à peu près quatre mille shillings. En faisant tuer la même bête par un client, on peut se faire six ou sept fois plus.

— Ce serait le début de la fin, tu ne te rends pas compte, protesta Peter, visiblement irrité.

— Et les propriétaires terriens de ce pays auraient enfin l'occasion de gagner du fric grâce à la faune. Ça leur donnerait une bonne raison de veiller sur les espèces, au contraire. Tout ça est d'une telle hypocrisie ! »

Il se retourna vers moi et lança, sur un ton sarcastique :

« Écoutons un peu ce qu'une femme a à dire sur le sujet. »

Je haussai les épaules, mal à l'aise.

« Je n'ai pas vraiment d'opinion. Je vois ce que tu veux dire, mais… » Je poussai un soupir, comme pour le supplier de m'épargner sa rage. « Je ne crois pas que je connaisse suffisamment bien le sujet.

— Très bien. On n'est pas toujours obligé d'avoir une opinion, dit-il d'un ton cassant. J'imagine qu'on ne peut pas se sentir responsable de tout.

— Eh bien, en tout cas, moi je ne peux pas, répliquai-je sur un ton plus dur.

— Bien. » Il but une autre gorgée, et son regard se perdit dans le vague, par-delà ma tête. « Ça ne me surprend pas de toi. »

Plus tard dans l'après-midi, allongée au soleil, je regardais les enfants jouer avec un arc et des flèches. De savoir Hunter physiquement présent me pompait toute mon énergie : à croire que j'étais équipée d'un radar mesurant, à chaque seconde, la distance nous séparant. Je m'étendis sur l'herbe et, cherchant un refuge dans l'observation des insectes, je posai ma tête sur l'herbe et écoutai leur bourdonnement.

La voix de Peter me fit sursauter :

« Oui, comme ça, Toby. Essaie de bien la tendre, oui, c'est ça ! »

Il montrait au petit Toby comment fabriquer un arc. Accroupis dans l'herbe, leurs têtes se touchant presque, ils étaient profondément absorbés par leur tâche. Je les observai un moment. Ils se ressemblaient tant : mêmes couleurs, même sérieux, on aurait dit deux enfants de tailles différentes.

« Tu as réussi, Tobbs ! C'est du bon boulot ! »

Toby partit en courant pour aller montrer son nouveau jouet aux autres enfants. Peter surprit mon regard et vint s'asseoir près de moi sur l'herbe.

« Tu es bien ici, toute seule ?

— Oui, je profitais du soleil. »

Il me dévisagea.

« Tu en es bien sûre ?

— Absolument. Pourquoi ? demandai-je sur un ton de défiance.

— Je ne sais pas. Tu paraissais un peu triste, pendant le déjeuner.

— Oh, non… C'est juste que…, bredouillai-je, tandis que le rouge me montait aux joues. Je n'avais pas envie de parler, c'est tout. »

Son attention me mettait mal à l'aise. La paranoïa s'empara de moi. Nena lui avait-elle dit qu'elle soupçonnait quelque chose entre Hunter et moi ? Les femmes ont en général du flair pour ce genre de choses.

« Oui, j'ai remarqué que parfois tu n'aimais pas beaucoup parler », reprit-il en baissant la voix, sur un ton amical.

Heather vint vers nous en courant.

« Venez, je vais prendre une photo de groupe. Tout le monde sur la véranda. Dépêchez-vous, il ne faut pas rater cette lumière ! »

Tels des figurants sur un plateau de cinéma, nous nous plantâmes docilement sur sa véranda, dans la lumière de cinq heures et demie. Puis Heather nous disposa selon son goût.

« Voilà. Peter, tu prends Natacha sur tes genoux, comme ça. Adam, viens par ici, assieds-toi, parfait. Esmé, rapproche-toi un peu, je te vois à peine. Mon Dieu, quelle tête d'enterrement, ma chérie ! Et les autres, ne souriez pas comme ça. Je veux que vous preniez l'air sérieux, c'est un portrait victorien. »

L'épaule de Hunter touchait la mienne. Et puis, au moment où Heather prenait la photo, je sentis ses doigts presser fortement le bas de ma colonne vertébrale. Ce geste me sembla contenir beaucoup de colère.

« Très bien. À présent, notre duplicité est enregistrée », l'entendis-je murmurer sur un ton plein d'amertume, avant de s'éloigner.

« Pourquoi est-ce que tu me détestes tant ? lui demandai-je le lendemain en déboulant chez lui comme une furie.

— De quoi tu parles ? » Il était assis devant son bureau, et ses doigts pianotaient sur le clavier de son ordinateur portable. Il leva à peine les yeux.

« Tu t'es montré tellement agressif. J'en suis malade.

— Je ne serais jamais venu si j'avais su que tu y serais aussi, avec Adam.

— On ne peut pas vraiment éviter ça, non ? C'est tellement petit, ici, on est voués à tomber souvent les uns sur les autres.

— Il n'empêche que ça me dérange.

— Tu savais que ça risquait d'arriver quand on a commencé.

— C'est pourquoi ça me dérange encore plus.

— Tu ne peux pas t'arrêter d'écrire une minute ?

— Pas vraiment. J'ai des tonnes de boulot.

— *Je t'en prie.* »

Il n'en fit rien.

« Très bien, je m'en vais.

— Esmé ?

— Oui ?

— Ne pars pas. Viens là. Assieds-toi.

— Pourquoi est-ce que tu te comportes comme ça ?

— Parce que j'habite ici, parce que c'est *chez moi*. Et qu'à cause de toi je ne peux plus aller nulle part sans avoir l'impression de vivre dans l'*illégalité*.

— Je crois que tu commences à m'en vouloir.

— Oui. Quelquefois. »

J'étais indignée de l'entendre me dire ça. Comme si tout était ma faute et que j'aie gâché sa vie.

« Il vaut mieux qu'on arrête de se voir, alors, dis-je. Tout ça ne nous mène nulle part.

— Nulle part, en effet. »

Suivit un long moment de silence.

Je me demande pourquoi nous avions besoin d'agir ainsi. Nous entretenions par tous les moyens l'impression de vivre une histoire impossible. On aurait dit que nous prenions plaisir à nous sentir coincés dans une situation sans issue, à nous conduire comme des prisonniers découvrant que leurs geôliers se sont noyés avec les clés. J'imagine que nous faisions ça parce que, une fois qu'on en arrive là, il faut cesser de raisonner et se concentrer sur une seule chose : rester en vie, coûte que coûte. On atteint, dans un sens, à un état de liberté totale, puisque toutes les règles sont abolies.

« Viens là », dit-il.

Une fois que votre esprit a épuisé toutes les possibilités d'évasion, seul votre corps peut vous permettre de vous en sortir.

Je fermai les yeux en sentant ma robe glisser sur mon corps. Ses doigts sur ma colonne vertébrale. Sa bouche.

Il nous fallait nous taire pour parvenir à nous rapprocher. Nous nous retrouvions grâce au langage silencieux du sexe.

C'était à ce langage que nous recourions invariablement lorsque l'autre nous laissait à court d'arguments.

À quoi bon fouiller sa mémoire ? Quand une chose est perdue à jamais, son souvenir ne peut que vous rendre la solitude plus amère.

J'avais beau m'être juré de ne plus le faire après l'arrivée de Claire à Nairobi (seulement hier matin !), je n'ai pas pu résister à la tentation : j'ai encore sorti de leur boîte tous les fragments de mon histoire pour les contempler une dernière fois.

Je comprends maintenant pourquoi j'ai tenu à aller la chercher.

J'avais besoin qu'elle soit réelle. Je voulais sentir l'odeur de sa peau et de ses cheveux, voir à quoi ressemblaient sa bouche, ses jambes et ses seins. De manière que sa réalité me frappe comme un coup de poing et m'oblige à tout enterrer pour de bon.

Et que je puisse enfin passer aux funérailles.

En attendant, je fais illusion : Nicole, Kevin et moi venons juste de finir un excellent dîner dans un restaurant thaïlandais de Westlands, et je crois être brillamment parvenue à dissimuler mon angoisse. Puis nous sommes allés boire quelques tequilas au casino du Mayfair, en regardant de riches Asiatiques perdre des fortunes au black jack et à la roulette. À présent, nous continuons sur notre lancée au bar du Mud Club. Ce soir, l'endroit est bourré à craquer de cow-boys du Kenya, de jeunes sikhs sous ecstasy, de filles de la Hillcrest School complètement éméchées et de rastas fumeurs de joints. Tous dansent au son de la musique techno.

Au cours du dîner, Kevin s'est montré de plus en plus convaincu qu'Iris ferait un excellent scénario pour Hollywood.

« On a besoin d'une héroïne moderne. Les films en costumes, ça demande de gros budgets et, de toute façon, après *Out of Africa*, qu'est-ce qu'on peut faire ? Mieux vaut laisser tomber. Ce serait comme essayer de faire un autre grand film sur le Sud après *Autant en emporte le vent*. On ne peut pas faire mieux. »

Nicole et moi approuvons d'un hochement de tête.

« C'est assez ironique, n'est-ce pas ? Que les Blancs de ce pays aient besoin d'un autre film pour se sentir à nouveau réels ? »

Kevin éclate de rire et regarde Nicole. Il est fou d'elle, ça crève les yeux. Il la trouve sûrement très différente des femmes qu'il a connues jusqu'à présent. Ça doit le stupéfier qu'une telle femme puisse vivre ainsi, seule au milieu de nulle part, dans un pays qui n'a de sens que comme décor de cinéma. Elle ébranle toutes ses convictions et, pendant une fraction de seconde, je vois passer dans ses yeux de la crainte mêlée de respect. Mais il recouvre aussitôt son assurance.

« Seulement, on ne peut pas la faire mourir dans un accident de voiture au beau milieu de la ville. Il nous faut quelque chose de plus épique. Ça vous dit, un autre verre ? »

Nous acquiesçons, et il fait signe au serveur de nous apporter d'autres tequilas. Je commence à comprendre pourquoi Nicole le trouve séduisant : à cause des fines ridules autour de ses yeux, de sa chevelure poivre et sel, de son corps bien entretenu, de l'assurance et de l'intelligence qui se dégagent de sa personne. Mais surtout émane de lui une douceur qui m'a échappé, hier, chez Nena, vu que j'étais trop occupée à détester tout le monde et à me lamenter sur mon sort.

« N'oubliez pas le citron, les filles ! » prévient Kevin.

Nous léchons le sel, mordons dans la tranche de citron et, renversant la tête en arrière, avalons cul sec le contenu de nos verres.

Et voilà que je me mets soudain à penser *Mais c'est incroyable !* Oui, c'est incroyable le nombre de choses qui se passent en dehors de tout ça : il y a tant de gens, tant d'affaires, tant d'idées et de conversations. Mon cerveau est devenu anorexique, il a rétréci jusqu'à n'être plus qu'une toute petite chose sans intérêt. Je rêverais de m'asseoir dans un cinéma pour me pénétrer lentement d'une autre vision du monde que la mienne ; pour être transportée d'émotions et verser des larmes – enfin ! – sur autre chose que moi-même. Ne serait-il pas merveilleux que je sois obsédée non par le *corps* de quelqu'un, mais par son esprit ? La brutalité d'une vie essentiellement sensuelle m'a durcie comme un sol aride.

« Regarde qui est là ! » dit Nicole, comme nous nous tenons adossées au bar. Miles danse avec Linda et Claire. Nous agitons la main sans conviction.

Nouvelle combinaison : Miles et les filles.

Il leur a suffi de vingt-quatre heures pour former ce trio ridicule. Nous n'arrêtons jamais, ici, de nouer des alliances, avec l'espoir qu'elles se révéleront fructueuses. Nous et le scénariste de Hollywood. Miles et les jolies blondes. Pathétiques manœuvres de la vie de province.

« Vous voyez, dis-je à Kevin en lui désignant successivement une série de corps appuyés contre les murs ou se trémoussant dans l'obscurité. Ça, c'est Jason, le réalisateur avec qui je bosse de temps en temps. Celle qui est habillée en rouge, c'est ma coiffeuse, elle m'a coupé les cheveux ce matin. L'Africaine avec les tresses, c'est l'esthéticienne qui m'a épilé les jambes la semaine dernière. Quant au type avec un turban rouge qui parle avec la fille en vert, c'est le Dr Singh, mon gynécologue. À eux quatre, ils formeraient une équipe de candidats incollables pour un jeu-concours sur le thème de mon corps.

— Il doit être difficile d'échapper au regard des autres dans cette ville, non ?

— Oui. Nous sommes condamnés à cette promiscuité fatale. Nous marinons implacablement dans nos jus. Et cette fille, au fond, Claire, celle qui danse avec Miles et que vous avez rencontrée hier soir chez Nena, figurez-vous qu'elle couche avec l'homme dont je suis éperdument amoureuse. »

Je suis tellement saoule à présent qu'il me semble que je pourrais dire ou faire n'importe quoi. Je dois avoir l'air inquiétante et sauvage. Mais Kevin Steinberg me sourit, avec une légère expression d'incrédulité.

« Ça fait du bien d'entendre ces mots-là.

— Lesquels ?

— *Éperdument amoureuse.*

— Pourquoi ?

— Parce que plus personne ne les emploie.

— *Éperdument.* Je le jure devant Dieu, je l'aime à la folie, c'est absurde.

— Il est au courant ?

— Pas vraiment. De toutes les façons, maintenant, il est trop tard. J'ai tout fichu en l'air. »

Kevin me tend une autre tequila et une pincée de sel. Il secoue la tête et jette un regard en direction de Nicole, qui discute avec Miles dans un coin sombre.

« Vous avez du pot, vous les filles. Vous ne parleriez pas comme ça si vous étiez dans une fête à Londres ou à New York ; et vous ne seriez éperdument rien du tout. Je suis assez jaloux, je dois dire. »

Je dirige mon regard vers Nicole, et Kevin fait de même. Nous l'observons tandis qu'elle parle avec Miles en faisant de grands gestes. Ils sont en train d'avoir une explication sérieuse et visiblement définitive.

« Ramenez-la chez elle, dis-je à Kevin. N'hésitez pas. Dites-lui que vous êtes fou d'elle. »

Kevin sourit.

« À vrai dire, ça ne me déplairait pas.

— Faites-le. Il n'y en a pas deux comme elle. » Je bois une nouvelle gorgée. « Vous voulez bien ? »

Il me dévisage avec un air de défi et quitte son siège avec l'expression amusée d'un enfant à qui on a attribué, dans un jeu, une tâche précise. Il fend prestement la foule, traverse à pas rapides la piste de danse et atterrit gracieusement près de Nicole. Il sourit, plein d'assurance. Miles lève les yeux vers ce bel homme plus âgé que lui, et semble légèrement irrité par son intrusion. Je regarde Kevin donner une petite tape sur l'épaule de Nicole pendant qu'il lui murmure quelque chose à l'oreille. Sur son visage à elle, je surprends une expression de surprise. Puis elle sourit, et tous deux s'en vont.

Cela a pris trente secondes à peine. C'est ainsi que la vie peut changer d'un instant à l'autre.

Si seulement vous le désirez.

Miles s'avance lentement vers moi. Il s'assied sur le siège voisin du mien, un sourire aux lèvres.

« Je crains que tu n'aies perdu ton chauffeur.

— J'en trouverai un autre.

— Tu ne veux pas que je te ramène ?

— Non.

— Pourquoi ?

— Tu as déjà un plein chargement de groupies.

— Écoute, Esmé, je sais ce que tu penses.

— Et qu'est-ce que je pense ?

— Que je suis insensible, narcissique et que je cours après toutes les nouvelles venues juste pour satisfaire mon ego.

— C'est drôle que tu dises ça. À vrai dire, c'est tout à fait ce que je pense. »

Miles secoue la tête et se met à glousser. Je sais que mon impertinence l'amuse.

Mon regard se porte à nouveau sur Claire. Elle nous observe, Miles et moi, depuis l'autre bout de la piste de danse. Nous demeurons un instant à nous dévisager froidement. Je sais qu'elle sait. Et, pire que ça : je sais qu'elle ne me craint pas.

Miles suit mon regard. Il pousse un soupir.

« Écoute, je ne veux pas me mêler de ce qui ne me regarde pas, mais je crois savoir pourquoi tu broies du noir. »

Je me raidis.

« Ça doit être le secret le mieux gardé de la ville, dis-je sur un ton amer.

— Laisse un peu tomber ton orgueil. » Il me serre le bras. « Je suis ton ami, je t'aime bien. C'est clair ?

— Oui, mais dans ce cas paie-moi un verre. »

Il trottine gaiement jusqu'au comptoir. Je ne quitte pas Claire des yeux, tandis qu'elle retourne sur la piste de danse. Elle plonge sous la lueur des spots, comme une comédienne qui entre en scène. C'est à moi que s'adresse son numéro.

Elle n'a aucun sens du rythme, elle est trop raide pour se laisser aller. Ça me fait un drôle d'effet, de perdre Hunter à cause d'une femme si peu fascinante. Néanmoins, elle possède une chose qui m'a toujours manqué : cette détermination aveugle qui lui souffle de rester coûte que coûte agrippée au radeau. Elle a bien appris sa leçon : ne jamais faire de scène lorsqu'on met la main, dans un tiroir, sur une lettre d'amour écrite par une autre femme, ne jamais poser de question, ne jamais douter. Moins vous vous agitez, moins vous risquez de couler. Il suffit de s'accrocher.

Cette leçon, je ne l'ai pas intégrée. Je me suis noyée il y a bien longtemps, les poumons gorgés d'eau.

Puis sonna l'heure du châtiment divin : ce fut Goma. Hunter, qui était là-bas depuis le premier jour, mettait du temps à revenir.

Pour tout dire, je me fichais éperdument de la destinée de ce peuple. Je voulais juste voir le chapitre Rwanda définitivement clos, afin de pouvoir rester quelques jours avec Hunter, loin de toutes ces horreurs. Je rêvais de partir avec lui pour l'île de Lamu ; de me réveiller à ses côtés dans une belle chambre surplombant l'océan Indien ; de regarder les boutres rentrer à bon port, leurs voiles se détachant, au crépuscule, sur la ligne d'horizon ; de faire l'amour avec lui sans avoir à parler de guerre ou de mort. Je rêvais, en bref, d'être insouciante et égoïste comme le sont tous les amants.

Je faisais tous ces rêves idiots. J'étais loin de me douter de la réalité, bien entendu.

En fait, la mise en place d'un nouveau gouvernement avait poussé, en moins de trente-six heures, un million de Hutus à franchir la frontière zaïroise et à se réfugier à Goma. Après le génocide, voilà que l'exode des tueurs prenait une dimension biblique, comme si rien, au Rwanda, ne pouvait être moins qu'apocalyptique. La masse humaine qui s'était entassée dans cette ancienne colonie française délabrée manquait de tout. La végétation fut ravagée du jour au lendemain parce qu'un million de personnes avaient besoin de faire du feu. Elles ne disposaient ni d'eau, ni de nourriture, ni de latrines, ni d'eau potable, ni d'abris. Une épidémie de choléra se déclara presque aussitôt. Au bout d'une semaine, les réfugiés mouraient au rythme de six cents par jour. Trois semaines plus tard, le nombre des morts s'élevait à trois mille par jour.

Hunter avait vu juste : les lecteurs durent vraiment penser qu'ils étaient incapables de retenir tous ces noms africains quand ils virent la couverture de *Newsweek*. Comment ça, les méchants n'étaient pas les Hutus ? Qu'est-ce qui se passait donc, nom d'un chien ? Comment les tueurs avaient-ils pu, d'un coup, devenir des victimes ?

La presse adorait ça : c'était un retournement tellement inattendu, qui n'aurait pas déplu à un scénariste hollywoodien tel que Kevin Steinberg. Les journalistes de la presse écrite et audiovisuelle se jetèrent avec délices sur cette nouvelle hécatombe. Et, lorsque le volcan apparemment éteint depuis une éternité se réveilla soudain, se mit à cracher la lave et que le ciel vira à l'orange, alors ils se dirent : Fantastique ! C'est quoi, le prochain épisode ? Le déluge ? Personne n'aurait pu prévoir que la situation fournirait des gros titres aussi alléchants.

En ce qui me concernait, je répugnais à lire les articles et continuais à considérer l'histoire avec un grand H sous l'angle de ma petite vie. Je me livrais à des calculs du genre : si les Hutus cessent de mourir à ce rythme-là, peut-être Hunter sera-t-il plus vite de retour et pourrons-nous passer une journée de plus ensemble ?

Et puis, du jour au lendemain, il partit pour de bon.

Un soir – je crois que c'était en novembre –, je le trouvai chez moi en rentrant du travail. Assis sur mon canapé, il buvait une bière. Il m'attendait, visiblement mal à l'aise, depuis un petit moment. Ses sacs jonchaient le sol, et il paraissait vidé, comme s'il revenait de très loin.

« Hunter ! Quand est-ce que tu es rentré ?

— Il y a une heure à peine. Je suis venu directement de l'aéroport. J'ai très peu de temps devant moi.

— Tu repars ? » Je devinai qu'il était arrivé quelque chose.

« Non, je pars tout court.

— Qu'est-ce que tu veux dire par là ?

— Je quitte tout. L'Afrique. Mon boulot. » Puis il ajouta, avec une sorte de ricanement. « *Toi.* »

Je m'assis en face de lui, les jambes coupées, les mains moites.

« Comment ça ? Quand ? Quoi ? Qu'est-ce qui se passe ?

— J'ai arrêté de couvrir Goma. Je n'en pouvais plus, il fallait que je me tire. Ils ont donc décidé de m'envoyer en Afghanistan.

— En *Afghanistan* ?

— Oui. Ils pensent que je tiendrai mieux le coup là-bas. » Il me regarda avec un drôle de sourire, comme un gosse pincé en train de faire une bêtise. « Je prends demain l'avion pour Londres. Et après, direction Kaboul.

— Mais pourquoi ? » Je sentais une boule dans ma gorge. Il ne pouvait pas s'en aller. Par pitié. Pas comme ça.

« Parce que je refuse d'écrire un mot de plus sur le sort des réfugiés hutus. Tout ce délire médiatique de merde, c'est de la pornographie. Je ne veux pas y contribuer. Ces types qu'on voit en première page de tous les journaux, ce sont eux, les auteurs du génocide. Ce ne sont pas *de pauvres victimes*.

— Oui, mais… Qu'est-ce que tu voudrais ? Qu'ils meurent tous, comme ça ?

— Écoute, tu n'y étais pas, tu ne les as pas vus à l'œuvre. Moi, si. À présent que les massacres ont pris fin, tout le monde semble être passé à autre chose. Eh bien, il se trouve que moi je n'arrive pas à oublier. Et il en est de même pour quelques autres qui étaient à Kigali il y a trois mois. Ces gens-là, je les déteste. Je *ne veux pas* qu'ils soient sauvés, je refuse d'alerter le monde sur la nécessité de leur donner à manger. Là, je cesse d'être un journaliste, c'est clair ? J'en ai marre, ce que j'ai vu m'a trop écœuré, je ne suis plus capable d'éprouver de la pitié. Je suis *fatigué*.

— Je le sais. »

Je pris sa main dans la mienne. Nous restâmes un instant sans parler.

« C'est de la folie ! reprit-il. Cet hôtel sert de décor à une cocktail-party ininterrompue. Chaque soir, des journalistes arrivent des quatre coins du monde, ils se connaissent tous et si tu voyais ce qu'ils sont excités de se retrouver à Goma ! Dans la salle à manger, on entend en permanence le bruit des verres qui tintent et des bouchons qui sautent. Et, crois-moi, aucun de ces types n'a jamais mis le pied au Rwanda. Il y a trois mois, ils devaient être en train de couvrir le festival de Cannes. Alors, maintenant, ils sont au septième ciel, et gonflent leurs articles aux hormones parce que Goma, c'est trop facile : aucun risque de se faire tuer, et du matériau digne du Pulitzer juste devant la porte de l'hôtel.

— Oui, mais les choses ne se passent-elles pas toujours comme ça ? Je veux dire, pourquoi est-ce que tu t'indignes ? Tu devrais savoir comment fonctionne la presse, depuis le temps.

— Parce que avec leurs caméras et leurs satellites, ils déforment la réalité, et c'est à ça que je ne veux pas contribuer. Car, vois-tu, à Kigali, personne n'était là pour filmer les tueurs en train de frapper les gens à mort. Non, les caméras ne tournaient pas quand ils massacraient des milliers de personnes dans les églises. Le génocide n'a pas été enregistré par les caméras, si bien qu'il n'est jamais devenu tout à fait réel. Pour que les gens arrivent à croire que les choses se sont vraiment produites, il leur faut les voir à la télé, avant le dîner.

« Les Hutus à l'agonie sont en train de devenir la seule véritable tragédie rwandaise, uniquement parce qu'elle bénéficie de cette incroyable couverture médiatique. Chacun se sent concerné par ce nouvel enjeu humanitaire. Les ONG affluent en permanence, tout le monde s'en met plein les poches, et pendant ce temps le génocide retourne progressivement au second plan. Il est déjà enveloppé d'une brume. » Il secoua la tête. « Non, je refuse de faire partie de ça. Pas après ce que j'ai vu. C'est pour ça que je m'en vais. »

Je ne savais que dire, j'étais incapable d'analyser mon état. Je craignais que la panique ne me suffoque, et luttais donc pour rester maîtresse de moi-même. Il m'était impossible de réaliser qu'il partait pour de bon.

« Tu comptes revenir quand ?

— *Revenir ?* Tu ne te rends pas compte, Esmé. Ça chauffe vraiment, avec le journal. Ils détestent que quelqu'un les lâche au beau milieu d'un boulot comme celui-là. Je crois qu'ils ne vont plus vouloir m'envoyer en Afrique pendant un bout de temps. Je vais remplacer leur correspondant à Kaboul jusqu'en décembre, et puis on verra… » Il haussa les épaules et regarda par la fenêtre. « Il est possible qu'ils me renvoient à Londres. S'ils décident de me garder. »

Il consulta sa montre d'un air impatient et nerveux.

« Écoute, il faut que je mange quelque chose et que je prenne un bain. Il me reste très peu de temps et j'ai un million de choses à faire. »

Il était déjà loin : son esprit était absorbé par son voyage et par ce qu'il lui faudrait emporter.

« Je vais te faire couler un bain et regarder s'il y a quelque chose à manger. »

Nous cessâmes de parler, pour mimer une vie domestique que nous n'avions jamais eue. Je m'assis sur mon lit, et les clapotis de son corps dans l'eau me parvinrent par la porte entrouverte de la salle de bains.

Je n'osai pas y entrer. L'idée me troublait trop, de le voir étendu là, dans la baignoire, nimbé de vapeur, comme j'avais si souvent vu Adam. Non, Hunter et moi n'avions jamais joui d'une telle intimité, d'une telle tranquillité, et il m'aurait semblé sacrilège d'en profiter. Je restai donc assise sur mon lit, à l'attendre.

Je comprenais enfin ce qui m'effrayait chez lui : c'est qu'il pouvait fort bien se résoudre à vivre sans moi au nom d'un principe. Rien ni personne n'aurait pu le retenir, à présent. Il était prêt à repartir comme un loup solitaire. L'Afrique comptait tant à ses yeux. Elle avait façonné son existence, tout comme celle de sa mère, et il préférait la quitter plutôt qu'avoir à la trahir.

Je ne pouvais pas en dire autant de moi. J'étais une créature faible, égoïste et égocentrique qui avait ramené une immense tragédie africaine aux dimensions de ses petits besoins mesquins. Je ne possédais ni la force ni la rigueur de Hunter, et c'est bien pourquoi je doutais que quelqu'un comme lui puisse jamais m'aider, me faire confiance, ou avoir besoin de moi.

Il entra dans la chambre, une serviette drapée autour des hanches, et s'assit à côté de moi sur le lit, ses cheveux ruisselants d'eau. La proximité de son corps, sous mon toit, me paraissait menaçante. Je voulais qu'il se rhabille le plus vite possible.

« Viens avec moi », dit-il.

Je le regardai avec incrédulité.

« Où ça ?

— À Kaboul, à Londres. N'importe où.

— Tu es fou ou quoi ?

— Qu'est-ce qui t'oblige à vivre en Afrique ?

— Hunter, c'est impossible.

— Et pourquoi ? Il ne tient qu'à toi de faire que ce soit possible.

— Qu'est-ce qui te fait croire que je pourrais partir *comme ça* ?

— Je ne sais pas. Mon ego, pour commencer. » Il sourit, mais je voyais bien qu'il se sentait vulnérable. « Et puis, je pense que pour toi l'Afrique n'est qu'une échappatoire. Tu es différente des gens qui vivent ici.

— En quoi est-ce que je suis différente ?

— Tu ne te contenteras jamais de cette existence. Tu es plus complexe que ça.

— Qu'est-ce que tu veux dire, au juste ?

— Adam ne te suffira jamais. »

Je me raidis. Je n'aimais pas l'entendre prononcer le nom d'Adam dans notre chambre à coucher. Pas plus que je n'aimais le voir se balader chez moi à moitié nu et coller une étiquette sur ma vie.

« Comment ça, il ne me suffira pas ? » Je laissai exploser ma colère. Je lui en voulais de me quitter comme ça et je m'en voulais à moi d'avoir laissé les choses aller jusque-là, sans songer aux conséquences.

« Comment oses-tu définir ainsi la *valeur* des gens ? Et qu'est-ce que tu sais de mon rapport avec Adam, d'abord ? »

Je pensais qu'il allait abandonner le sujet. Mais il ne semblait pas craindre de perdre, à présent qu'il avait tout mis sur le tapis.

« Je crois que, grâce à lui, tu te sens protégée et aimée. Mais je ne pense pas que tu sois *amoureuse* de lui. »

Je me levai d'un bond. Ça me rendait folle, de l'entendre parler comme ça de moi et d'Adam, assis sur notre lit comme s'il était venu pour la passation des pouvoirs.

Sa soudaine détermination m'effrayait. Tous ces sentiments que nous avions depuis le début secrètement résolu d'ignorer et de dissimuler, tous ces mots jamais prononcés, voilà qu'il les faisait soudain surgir, un à un, en pleine lumière. Je savais qu'il s'agissait là d'un jeu dangereux. Une fois qu'on a donné un nom aux choses, il devient impossible de les remettre dans la boîte de Pandore.

Les mots jaillirent de ma bouche, coups aveugles et désespérés.

« Et qu'est-ce que tu crois ? demandai-je sur un ton plein d'amertume. Que je suis amoureuse de *toi* ? »

Il se leva, remit lentement sa chemise. Il avait l'air vidé.

« Tu es très habile, Esmé. Toutes ces pirouettes, tous ces sauts périlleux pour éviter d'avoir à admettre quoi que ce soit, cette manière de renvoyer les questions comme un jongleur. Tu aurais dû naître anglaise, ça t'irait mieux. » Il me regarda d'un air découragé. « Ce n'est pas à moi de répondre à *cette* question, c'est *toi* qui devras le faire. »

Trente secondes m'auraient suffi pour changer ma vie. J'aurais pu dire : Oui, je t'aime, je t'ai aimé à la seconde où je t'ai vu. Et, bien que tu me demandes beaucoup, bien que ça me fasse peur de te suivre aveuglément où que tu ailles, je vais partir avec toi parce que sinon je passerai ma vie à regretter de ne pas l'avoir fait. Me voilà, Hunter Reed, c'est aussi simple que ça.

Mais, bien sûr, je n'en fis rien.

Je restai plantée devant la porte, sans dire un mot, à le regarder se rhabiller, paralysée par la peur de le perdre, totalement hypnotisée, comme quelqu'un qui, au sommet de l'Empire State Building, se penche par-dessus la rambarde, attiré par le vide. Si seulement il pouvait disparaître d'un coup, comme par magie : ce serait aussi terrible que de se faire amputer d'une jambe, mais ça réglerait définitivement le problème. Et alors, peut-être qu'une fois seule je parviendrais à m'habituer à la douleur.

9

Le lendemain, je quittai Nairobi un peu après cinq heures.

J'occupais la place du copilote, dans le Cessna de Peter. Il était au beau milieu de ses opérations de dénombrement d'éléphants et, ces trois dernières semaines, c'est lui qui m'avait déposée au camp d'Adam. Nous ne parlions pas beaucoup, au cours de ces vols, mais ces trajets effectués ensemble nous avaient rapprochés. C'était agréable, d'être juste tous les deux dans le petit avion. De temps à autre, il touchait mon coude, me désignait un point tout en bas et planait suavement au-dessus des plaines, ses ailes oscillant dans le vent avec la grâce d'une ballerine. Il mettait en général une cassette d'opéra lorsqu'il survolait la savane. Quand il optait pour du Verdi, je ne pouvais m'empêcher de pousser un lamentable crescendo, pendant que nous faisions des pirouettes au-dessus des troupeaux de zèbres et de gnous. J'aimais sa manière de faire du voyage lui-même une transition grisante.

Mais, cet après-midi-là, je ne me contentai pas d'être calme. J'étais muette, effondrée, vidée. *Morte*.

Je crois que Peter comprit que mon silence sonnait creux, car il ne chercha même pas à attirer mon attention, tandis que nous décollions dans la lumière dorée.

Je gardai les yeux fixés sur l'ombre de notre petit avion, alors qu'il s'élevait du sol. Enfin, il n'eut plus de surface où se refléter, et sa silhouette se perdit parmi les nuages.

Quelle libération c'était, de dénouer ses liens, d'être capable de se laisser aller, de ne plus avoir de fardeau qui vous retienne au sol. J'expirai profondément, comme pour débarrasser mes poumons de l'air pesant qu'ils contenaient.

Ça me faisait du bien, de me sentir décoller. J'éprouvais le besoin de m'arracher à mon état, de traverser les nuages et de surmonter la situation. Regarder les choses de haut est nécessaire à qui veut apprendre à les aimer à nouveau.

Oui, il valait mieux que Hunter soit parti comme ça. Que nous ayons été contraints, impitoyablement, à cette séparation brutale. Nous savions désormais à quel point notre rapport pouvait dégénérer et, en nous montrant l'un à l'autre sous notre plus mauvais jour, nous avions atténué la douleur de la séparation.

La veille au soir, il m'avait appelée de l'aéroport Jomo Kenyatta, où il s'apprêtait à prendre le vol de minuit de la British Airways.

« Vu qu'il est fort probable que je ne te revoie jamais, Esmé, j'ai tenu à te faire part de ce que j'ai appris lors de notre dernier petit rendez-vous. »

Il avait bu. Sa voix était stridente et menaçante. Il paraissait aussi brusque et dangereux qu'un homme qui n'a plus rien à perdre.

« Hunter, je t'en prie. Ça ne sert à rien, de rendre les choses encore plus difficiles.

— Comment ça, plus difficiles ? Tu as brillamment réglé le problème ? Permets-moi de te féliciter.

— Je t'en prie. Oh, je t'en prie.

— Écoute. Voilà ce que j'ai appris, dit-il d'un ton pompeux : certains hommes ne peuvent pas être des maris. Ils resteront à jamais des amants.

— …

— Tu es toujours là ?

— Oui.

— C'est extraordinaire, tu sais ? De se voir dans la peau de ce personnage romantique et passionné… » Je distinguai son ricanement rauque. « La Fille du poète.

— Hunter, tu veux bien m'écouter une…

— Je dirais que tu te fais des illusions sur ton compte, vu que tu as plutôt le profil d'un agent d'assurances. Tu sais, cette manière de soupeser les risques, les coûts, les conséquences. Pour de bon, Esmé, tu devrais vendre des polices d'assurances. Tu saurais embobiner tout le monde.

— Tu es ivre.

— Oui, mais j'ai beau avoir le cerveau embrumé, je n'ai jamais vu les choses avec une telle clarté. » Il toussa, se racla la gorge.

« Écoute, je parle sérieusement, à présent. Tout va bien se passer pour toi. Adam est ton ami, et il finira sûrement par être ton mari. Vous mangerez du poulet frites devant la télé. Tandis que moi, Esmé… » S'ensuivit un silence chargé. « Il se peut que je ne sois jamais ton ami, mais j'ai au moins été ton amant. » Ses mots devenaient presque inintelligibles : « Quoi que ça puisse bien vouloir dire…

— Très bien, répliquai-je, agacée. Qu'est-ce que ça veut dire, pour toi, au juste ?

— Je n'en suis pas encore sûr. Qu'on était faits pour baiser et, à la fin, pour se faire baiser ? Je ne sais pas. Faut que je m'en aille, maintenant.

— Attends ! Tu ne peux pas partir comme ça.

— Bien sûr que je peux. *Il le faut.* Ils sont en train d'annoncer mon vol. »

Je perdais pied.

« C'est tellement injuste ! M'appeler juste pour me dire des choses affreuses, alors que tu es sur le point de prendre l'avion et que je ne peux même pas…

— Je crains d'être trop bourré pour être capable de mesurer les conséquences de ce coup de fil, ma chérie.

— Hunter, attends !

— *Ciao bella !* »

Il avait raccroché.

La tendance de Hunter à rendre les choses définitives avait au moins un mérite : elle me donnait une bonne raison de lui en vouloir.

Quelle arrogance de sa part, de partir ainsi, après m'avoir mis les nerfs à vif avec ses sarcasmes ! Et j'avais sacrément besoin de lui en vouloir, pour commencer à l'effacer de mon esprit.

La terre, d'un rouge profond, s'étendait interminablement sous mes yeux. Pendant que nous survolions la Rift Valley, je fus prise du désir d'être à nouveau avec Adam, comme autrefois. J'en avais assez de ce sentiment d'impuissance, de cette dépendance avec lesquels Hunter m'avait empoisonné l'existence. Jusque-là, le fait d'être amoureuse de lui ne m'avait apporté qu'insécurité, nostalgie et crainte de le perdre. Qu'est-ce que l'amour avait à voir avec la peur et le sabotage des sentiments ? Non, l'amour devait être fondé sur la confiance.

J'avais hâte de me replonger, en compagnie d'Adam, dans la beauté de l'Afrique, car il me fallait y croire encore une fois. Après tout, la beauté, de même que le désespoir, contenait sa part de vérité. Et le moment était peut-être venu pour moi de l'apprendre.

Au camp, je retrouvai ce monde d'hommes et de voitures que j'avais presque oublié. Quand j'arrivai, Adam était étendu sous un de ses camions, entouré de clés noires de cambouis et d'outils disposés avec soin sur un morceau de toile verte. Tout autour de lui était rassemblée la bande habituelle de gars en bleu de travail : ces sveltes employés turkanas et samburus qui travaillaient pour lui depuis des années, à qui il s'adressait dans les langues les plus incompréhensibles et avec qui il échangeait de mystérieuses plaisanteries sur la mécanique. Je ne distinguais que ses jambes et une partie de son dos nus, recouverts d'une couche de graisse mêlée à la poussière du sol. Son corps était sain et vigoureux, sa peau douce et légèrement hâlée. Même lorsqu'il se salissait et transpirait, il ne dégageait pas plus d'odeur qu'un flocon de neige.

Il leva les yeux, une étincelle illumina son regard vert. Il s'extirpa de sous le véhicule et s'essuya le front de sa main luisante de graisse. Je sentis sa peau tiède et collante à travers le tissu de mon chemisier, il déposa sur mes lèvres un baiser rapide.

« Salut. Tu arrives tôt.

— Peter m'a déposée.

— J'ai presque fini. Va prendre un thé, je te rejoins tout de suite. » Il prit l'air amusé. « Une énorme lionne a déboulé en rugissant au beau milieu du camp, cette nuit. C'était fantastique. Les clients en ont été tout retournés. J'ai même dû donner deux Valium à une femme. »

J'avais l'impression de le découvrir à nouveau, comme ce premier soir si lointain, où je jouais le rôle de la Surfeuse folle et lui celui du Bel Étranger. Je regardai ses vêtements éparpillés dans la tente : son pantalon kaki élimé, ses vieilles chemises rapiécées, ses bottes usées. Tout portait sa marque et parlait de son corps, de son odeur, de sa virilité. Je ramassai le livre posé sur la table de nuit, je passai en revue ses disques – dernièrement, il avait écouté les sonates de Chopin –, sa brosse à dents, sa crème à raser, et les mégots traînant dans le cendrier. J'enregistrai tous ces détails, qui me révélaient quelque chose de l'existence qu'il menait sans moi, dans cette tente. Mes visites s'étaient faites irrégulières, et nous n'avions passé que peu de temps ensemble au cours des derniers mois, si bien que j'avais à présent du mal à me faire une idée de la manière dont il occupait ses journées. Et, soudain, cela me sembla un terrible gâchis d'avoir été séparés si longtemps l'un de l'autre. Mais, le plus grave, c'était que j'avais cessé de le regarder avec l'attention de jadis, qui alors comblait si bien ma vie. J'avais l'impression de venir récupérer ce bonheur, comme un objet précieux gardé en réserve.

Il entra dans la tente, tandis que le jour déclinait lentement. Il se déshabilla avec hâte et prit sa douche, derrière la tente, tout en continuant à me parler de la lionne et des clients.

Je ne l'écoutais pas vraiment. Je suivais ses gestes pendant qu'il se frottait vigoureusement la tête et le corps sous l'eau. Ses mains puissantes étaient plus sombres et plus dures que ses flancs blancs et minces.

Toutes ces parties de son corps, si douces, que j'avais si bien connues, au millimètre près, et que j'avais si souvent couvertes de baisers, dans l'obscurité…

L'intérieur de ses poignets. Sa nuque. La paume de ses mains.

J'adorais chaque parcelle de son corps, de sa peau et de ses muscles, chaque courbe, chaque os et chaque nerf. Je le connaissais comme on peut reconnaître, dans la nuit noire, le chemin qui mène chez soi. Sur le bout des doigts.

Le corps chantant d'Adam, qui avait constitué pour moi un opéra si inoubliable, avait récemment perdu ses airs et ses mélodies cachées pour redevenir silencieux. Mais n'était-ce pas moi qui avais stupidement baissé le volume ? Oui, à ce qu'il semblait. Maintenant, je mourais d'envie de l'écouter à nouveau.

Il tendit le bras, et je lui donnai une serviette qu'il drapa autour de sa taille, avant de me dépasser brutalement. J'allai vers lui pour l'embrasser, car je voulais goûter la fraîcheur de ses lèvres mouillées, mais il me repoussa doucement et se mit à chercher une chemise propre.

« Les clients vont te plaire. Ils viennent de New York et sont tout ce qu'il y a de chouette. Lui s'occupe de peinture, de grosses ventes aux enchères, ou de trucs dans ce goût-là. Si tu possèdes, par exemple, un Rembrandt ou un Vélasquez, il se charge de le placer sur le marché. C'est un univers incroyable, digne d'un roman d'espionnage. Son épouse est beaucoup plus jeune, et très belle. Je crois qu'elle bosse dans l'édition. Ils ont deux gosses, dans les vingt ans, incroyablement brillants. J'aimerais qu'on ait plus souvent des gens comme eux, ça rendrait ce boulot bien plus passionnant. »

Je jetai un coup d'œil à l'extérieur. Le camp paraissait très calme.

« Ils sont où, maintenant ?

— Je les ai envoyés en safari avec Morag. Ils seront de retour d'une minute à l'autre.

— C'est qui, *Morag* ? »

Il me regarda d'un air un peu décontenancé, puis agita le bras, dans un geste vague.

« Morag vient de Tanzanie et a été engagée pour tuer les zèbres au ranch des Copeland.

— Ah oui ? Je n'ai jamais entendu parler de lui.

— C'est parce qu'elle n'est ici que depuis deux mois. Elle chasse toute la journée.

— *Elle* ?

— Oui. C'est une chasseuse. Morag signifie "Mary" en écossais. Un sacré fusil, pour tout dire. »

Je l'observais du coin de l'œil, tandis qu'il se passait une main dans les cheveux et bouclait sa vieille ceinture de cuir autour de ses hanches. J'eus un mauvais pressentiment.

« Et comment se fait-il que Morag emmène tes clients en safari ?

— Parce qu'elle vient souvent au camp une fois qu'elle a abattu son quota de zèbres et qu'elle est excellente pour ça. Ils adorent qu'une fille pareille leur fasse découvrir la région.

— Tu veux dire que tu l'as engagée ?

— Non. Elle le fait parce que ça lui plaît. Elle passe sa journée à tirer au fusil, coincée dans une camionnette remplie de carcasses puantes, entourée de mouches et baignant dans le sang. Je t'assure que ce n'est pas vraiment marrant. Ici, elle peut se détendre, boire un verre, écouter de la bonne musique et discuter de choses intéressantes. Tous les soirs, elle les emmène en balade. Ce qui me permet de m'occuper des trucs qui restent à faire au camp.

— C'est chouette. »

Ça semblait parfait, comme organisation. Et pourtant cette Morag et ses talents de tueuse m'inquiétaient.

« C'est un sacré boulot, de tuer dix zèbres par jour et d'en avoir fini à l'heure du thé, crois-moi », reprit Adam, s'efforçant de me la rendre sympathique et ne parvenant qu'à produire l'effet inverse.

« Oui, j'imagine. »

Le silence qui suivit dura un peu trop longtemps. Heureusement, le bruit de la voiture descendant la colline nous parvint aussitôt. Et des gloussements féminins, un rire viril, le crissement des pneus sur le sol caillouteux, la stéréo beuglant le solo de saxophone de *Take a Walk on the Wild Side*.

« Je croyais que tu défendais aux clients de mettre la musique à fond dans la brousse ?

— Ah oui ? » Adam, avec un petit sourire en coin, me prit la main. « Je devais être de mauvaise humeur, le jour où j'en ai fait une règle. Allez, fille des villes, viens prendre un verre. »

Morag était décidément une tireuse hors pair. D'une beauté redoutable, pour commencer. Elle ressemblait comme deux gouttes d'eau à certains modèles de Helmut Newton, avait une chevelure blonde et bouclée digne d'un Botticelli et un teint marmoréen. Elle portait de longs jodhpurs blancs tachés de sang et des bottes noires. Mais elle avait des yeux vides, des yeux de noyée. Ceux d'une Ophélie ou, pour être moins romantique, d'un poisson mort.

Elle me tendit l'extrémité de ses longs doigts et me toisa d'un regard sans expression. Le copinage entre filles n'était apparemment pas son truc, et ça tombait bien parce qu'à moi non plus, dans ce cas précis, ça ne me disait trop rien. Morag la chasseuse était bien la dernière personne sur terre que je souhaitais voir, ce soir-là, assise au camp entre Adam et moi.

À vrai dire, j'aurais aimé lui envoyer un coup de pied aux fesses, la traiter de bouffonne et envoyer aux Copeland un message radio afin qu'ils viennent tout de suite la récupérer. C'est dire si je me sentis menacée, dès le premier instant. Les clients étaient visiblement fous d'elle. Ils venaient de passer trois jours en sa compagnie, et aucune femme, à leurs yeux, ne pouvait être plus épatante que cette version moderne d'une déesse grecque traquant les antilopes dans les bois, armée d'un arc et de flèches d'or. Il fallait les entendre, les membres de la famille intello new-yorkaise : Morag a dit ceci ; Morag a dit cela, et patati et patata…

Adam avait raison, ils semblaient intéressants et brillants, ne portaient pas d'habits ridicules et possédaient un sacré sens de l'humour. Moi aussi, j'aurais tant voulu leur plaire. Mais, lorsqu'ils me demandèrent ce que je faisais et qu'ils apprirent que je travaillais pour une boîte de postproduction à Nairobi, ils me regardèrent avec la même expression de gêne et de pitié que si je leur avais confié que j'étais atteinte d'une maladie à évolution lente mais néanmoins fatale.

Morag alla prendre une douche dans le quartier des employés, et reparut élégamment vêtue de noir. Un gros cigare dépassait de la poche de son chemisier, ce qui me donna envie de hurler de rage et de lui ficher une grande claque.

Pourquoi ne pouvait-on jamais se détendre dans ce pays ? Pourquoi fallait-il que la vie ressemble à un film insensé, qui ne finissait jamais ? Un film où de nouveaux personnages ne cessaient d'intervenir, alors qu'il paraissait sur le point de s'achever par une conclusion heureuse : les deux héros enfin réunis, s'embrassant passionnément, sur fond de coucher de soleil africain. Musique édifiante. Larmes. Générique.

Mais non.

Arrive cette fichue Artémis aux jambes interminables, qui a passé sa vie à tuer des buffles au Zimbabwe. De quoi être découragée, franchement.

Adam s'employait à créer une atmosphère parfaite, préparant de dangereux cocktails, choisissant la musique avec soin, allumant des chandelles. Cela faisait longtemps que je ne l'avais pas vu déployer un tel effort pour des clients. Mais, surtout, je n'avais jamais vu Adam aussi concentré sur une femme depuis qu'il m'avait rencontrée.

Au dîner, j'étais assise près de Brian, le marchand d'art, et en face d'Angelica, son épouse, plus jeune. Morag, quant à elle, était placée entre Adam et Brian, en face des deux jeunes hommes brillants qui la regardaient avec adoration.

Brian se lança, à mon intention, dans un panégyrique de Morag.

« Elle est d'un courage incroyable, quand on pense à la misogynie qui règne dans le milieu de la chasse. À ce qu'il paraît, elle a vraiment du mal à se faire confier de vrais boulots de pro.

— En réalité, ça ne me surprend pas, fis-je. J'imagine que peu de gars prêts à payer des milliers de dollars par jour pour tuer un buffle ont envie d'écouter un ange de vingt-cinq ans leur dire à quel moment appuyer sur la détente. C'est trop vexant. Ce qu'on veut, dans ce genre de situation, c'est un gars vraiment bourru qui saura jouer les gourous, un type au physique à la Clint Eastwood, qui vous mettra à votre aise, vous ne pensez pas ? »

Angelica approuva d'un hochement de tête, tandis que Brian s'efforçait de trouver des arguments en faveur de Morag.

« Moi, ça ne me dérangerait pas le moins du monde d'aller chasser avec une femme. Je ne vois pas ce que ça a de vexant.

— Oui, mon chéri, répondit Angelica en souriant. Mais tu es végétarien et tu serais incapable de tuer un oiseau. Tu ne fais donc pas vraiment partie des clients potentiels. »

Morag prétendait ne pas écouter la conversation. Elle était occupée à discuter munitions avec Adam. J'entendis qu'elle lui proposait de l'accompagner pour tuer des zèbres, la semaine suivante, quand les clients seraient partis. Adam répondit qu'il ne demandait pas mieux, et qu'il mourait d'envie de faire un peu de chasse.

« Elle est complètement grotesque », dis-je à Adam après que Morag fut enfin partie, relativement tard, pour rentrer au ranch des Copeland, son fusil bien calé derrière son siège. La famille intellectuelle était allée se coucher depuis un bon moment, et il m'avait fallu endurer une conversation des plus ennuyeuses, tournant autour des techniques de tir et des mérites comparés des balles soft-nose et des balles plombées, des fusils Remington et des fusils Holland.

« Pourquoi tu dis ça ? Elle adore ça, c'est tout. Pour elle, c'est une vraie passion.

— Elle est obsédée.

— Oui, c'est vrai. Mais j'apprécie ce genre d'obsession chez une fille. Je trouve ça séduisant. »

J'avais des envies de meurtre. Luttant contre la panique, je parvins à ne pas faire un geste et à reprendre lentement mon souffle. J'avais l'impression d'être en train de tout perdre à une vitesse incroyable. C'était un vrai cauchemar, un vendredi noir à Wall Street, où, debout devant le tableau d'affichage, vous voyez vos actions s'effondrer, sans rien pouvoir tenter hormis assister au naufrage.

Oui, l'amour est fondé sur la confiance. Et non sur la peur. Ni sur le sabotage des sentiments. L'amour est fondé sur ce que deux personnes *accomplissent* ensemble, et non sur ce qu'elles ne *peuvent pas* faire.

Or, depuis combien de temps avais-je cessé de donner à Adam des raisons de me faire confiance ? Depuis combien de temps n'avais-je pas soulagé sa solitude ? Quand, pour la dernière fois, avions-nous fait quoi que ce soit tous les deux ? D'où me venait cette certitude qu'il m'aimerait toujours ? Quoi d'étonnant à ce qu'Adam ait enfin une copine dans la brousse, avec qui écouter ses morceaux de Chopin préférés et avoir des conversations de mecs, une copine qui, de plus, avait un corps de mannequin ?

Morag avait dû être envoyée par une déesse qui me détestait particulièrement.

Le grognement lointain de la lionne nous parvint aux oreilles.

« Je te jure, elle était là, au beau milieu du camp, vers trois heures du matin. Elle a réveillé tout le monde, tu aurais vu la panique ! J'ai regretté que tu ne sois pas là.

— Vraiment ?

— Quoi ?

— Tu as vraiment regretté que je ne sois pas là ?

— Oui. » Il me regarda. « Je regrette *toujours* que tu ne sois pas là. »

Je soutins son regard, et nous demeurâmes ainsi un moment, les yeux dans les yeux. Ni l'un ni l'autre ne prononça une parole, mais les larmes, malgré moi, se mirent à couler lentement sur mes joues. Il les essuya du revers de la main.

« Je t'en prie, dit-il. Il n'y a aucune raison de pleurer.

— De *ça* je ne suis plus si sûre.

— Voyons, Esmé, tu le *sais*. C'est toi qui t'es éloignée. Moi, je suis toujours resté au même endroit. » Il agita un bras dans l'obscurité. « Ici. »

Cela m'effraya, de l'entendre prononcer ces mots avec une expression aussi mélancolique. Il était impossible à présent de ne pas lire, dans ses yeux, la nostalgie et la solitude. Je les lui avais transmises, et je redoutais tant les marques que ma négligence avait pu laisser.

Je commençai à déboutonner sa chemise.

« Je veux faire l'amour avec toi. »

Il me prit par la main et m'entraîna dans la tente. Nous nous déshabillâmes lentement, dans la chaude lumière dorée de la lampe à pétrole. Il me semblait détecter dans ses gestes, et dans sa manière de me maintenir sous lui, une certaine brutalité. Nous fîmes l'amour avec une ferveur pleine d'impatience, comme si nous avions tous les deux hâte d'en finir et que nous voulions simplement nous assurer que nous nous appartenions toujours, que rien n'avait changé. Nous ne nous donnâmes pas la peine d'en profiter, de faire durer le plaisir, d'échanger un sourire. Nous voulions juste que ce soit fait, et passer à autre chose.

Nous étions étendus dans l'obscurité silencieuse. Je caressai ses côtes du bout des doigts, j'embrassai l'intérieur de ses avant-bras. Non, plus rien ne serait jamais comme avant, après Hunter. C'était folie de songer qu'Adam et moi pourrions traverser sans dommage pareille épreuve. Nous n'étions plus les mêmes, ni lui ni moi, et nous le savions. Ça ne voulait pas forcément dire que c'était la fin, mais à quoi bon prétendre que rien n'avait été cassé ? Quant à la tâche de réparer ce qui était encore réparable, je comprenais bien que c'était à moi qu'elle incombait.

« Adam.

— Oui ?

— Je pourrais peut-être demander qu'on réduise mon boulot à un mi-temps et ne suivre que quelques-uns des clients, comme Jason par exemple. Ça me permettrait de venir passer plus de temps ici. Ça te ferait plaisir ?

— Oui, bien sûr. Mais je voudrais que tu le fasses parce que tu en as envie, pas parce que tu t'y sens obligée.

— Je sais. Mais j'en ai envie. Je veux être ici, avec toi. J'en ai assez d'être loin de toi. D'être loin d'*ici*. »

La lionne poussa un nouveau grognement. Elle se rapprochait.

« Peut-être qu'elle va revenir ? » dit Adam. Et il se tourna vers moi, les yeux brillant d'une joie enfantine.

« Espérons que oui. »

Les grognements me réveillèrent avant l'aube. Adam, déjà levé, la guettait, à travers les mailles de la moustiquaire. Cette grande silhouette sombre, cette violente odeur... Je n'en revenais pas, de la voir si près de notre tente. Nous l'observâmes tous deux, sans faire un geste, jusqu'à ce que le ciel prenne une nuance grise et que nous puissions la distinguer parfaitement. Elle était étendue sous un arbre et flairait l'air du matin en faisant claquer sa queue sur le sol. Puis elle se redressa sans hâte et disparut dans les fourrés. C'était un signe, me sembla-t-il : j'étais à nouveau la bienvenue. Je tirai Adam vers le lit, et nous restâmes allongés côte à côte, sans échanger une parole, nous contentant de sentir la tiédeur de nos corps rapprochés et laissant les pensées parcourir notre esprit, hirondelles fugitives, avant de se dissoudre dans la lumière de l'aube.

Je démissionnai de mon poste et me mis à travailler en free-lance pour Jason Winters, sur la postproduction de ses publicités. Il ne me payait pas beaucoup mais me dorlotait tant que j'étais toujours, grâce à lui, d'excellente humeur. Nous passions de longues heures devant l'Avid, puis nous allions nous défouler sur la piste de danse du Mud Club.

Le reste du temps, j'étais auprès d'Adam, au camp. Là, je jouais les hôtesses, au dîner, avec de plus en plus de savoir-faire et je grimpais avec Lenjo jusqu'au plateau. Je finis même par retenir, une bonne fois pour toutes, le nom des plantes et des oiseaux. Les vacances de Noël s'écoulèrent ; des groupes avaient réservé jusqu'à Pâques. Adam affirmait qu'il n'avait jamais fait une aussi bonne saison.

Mon instinct me soufflait qu'il était temps pour moi de reprendre possession du territoire, avant de perdre pied. Je m'appliquais donc à tenir Morag éloignée du camp et à lui interdire de nous imposer sa présence plus que je ne pouvais le supporter. Sa mission consistant à abattre les zèbres était accomplie, mais les Copeland, apparemment, aimaient bien l'avoir avec eux. Si bien qu'elle habitait toujours au ranch. Je n'ignorais pas qu'elle passait beaucoup plus souvent au camp lorsque j'étais à Nairobi, et j'étais furieuse de constater que je ne paraissais pas l'intimider le moins du monde.

À dire vrai, je ne pouvais m'empêcher de penser qu'Adam et elle avaient une liaison. Sinon, pourquoi ne repartait-elle pas ? Je ne parvenais pas à me décider à lui poser la question. Pour cela, il aurait fallu que j'aie moi-même la conscience plus tranquille.

« Pourquoi ne retourne-t-elle pas en Tanzanie, où il est légal de chasser au fusil ? Elle s'obstine à traîner dans un pays où les chasseurs sont détestés, et où le fait de tuer des bêtes est tabou. Le pire, c'est qu'elle ne cesse de s'en plaindre, tu trouves que ça a un sens ? lui demandai-je.

— Je crois qu'elle veut bosser avec moi, c'est pour ça qu'elle est toujours dans les parages, répondit-il, comme s'il m'avouait quelque chose. Elle est complètement fauchée. »

Franchement, le triste état de ses finances ne m'inspirait aucune pitié.

« Eh bien, il y a des tas de tour-opérateurs qui seraient ravis de l'embaucher. Elle te *traque*, voilà ce qu'elle fait. »

Il éclata de rire, comme si je venais de dire une énormité.

« Voyons, Esmé, qu'est-ce qui te prend ? Je n'arrive pas à croire que tu sois jalouse. »

À nouveau, toute son attention était absorbée par une tâche manuelle. Il se remit – avec un air innocent – à dévisser une pièce minuscule de la radio. Je l'observai avec attention, et c'est alors que je lus l'embarras sur son visage : oui, ils avaient couché ensemble, j'en aurais mis ma main à couper.

« Je ne suis pas jalouse. C'est juste que je la trouve incroyablement agaçante. Et d'une *bêtise* ! » ajoutai-je, uniquement pour le faire enrager. À vrai dire, j'éprouvais une certaine jalousie. C'était douloureux et, en même temps, ça me soulageait d'un poids. Si Adam avait eu une aventure avec Morag, ça rétablissait l'équilibre. Non seulement ça me permettait d'avoir moins mauvaise conscience, mais ça me donnait aussi une bonne raison de vouloir le reconquérir.

Et de cette bonne raison j'avais sacrément besoin. Il me fallait observer une discipline. Voyez-vous, je m'étais imposé un programme très sévère depuis le jour où Hunter avait quitté l'Afrique.

Je m'étais obligée à ne pas lui accorder une seule pensée. Non, pas l'ombre d'une pensée.

À ne pas songer à sa voix. À ses yeux. À l'odeur de son corps. À ne pas ouvrir une seule fois la boîte à chaussures où je rangeais ses quelques lettres, à ne pas jeter un seul coup d'œil sur son écriture minuscule ou sur l'unique photo de lui que je possédais – que j'aimais parce qu'il souriait –, un cliché en noir et blanc, légèrement flou.

Ces règles étaient incontournables. Je ne pourrais parvenir à l'oublier qu'à ce prix.

J'avais découvert inopinément une touche interne ayant pour fonction de tout effacer. Il fallait que je fasse très attention à ne pas la tripoter par inadvertance car, alors, tout risquait de me revenir d'un seul coup. Une seule vague – déferlante – de désir pour Hunter aurait pu me noyer sur-le-champ. Et je ne pouvais me permettre d'être aussi suicidaire.

Mais ce n'était pas chose facile.

Même quand vous ne voulez pas savoir où sont les gens, il semble impossible, en Afrique, de perdre la trace de qui que ce soit.

On pourrait s'imaginer que c'est exactement le contraire qui se produit : qu'une fois que les gens quittent ce pays pour s'en retourner d'où ils sont venus, on n'entend plus parler d'eux. Détrompez-vous : non seulement il est quasiment impossible de se soustraire aux regards dans ce pays vaste et sauvage – il y aura toujours un guide de safari pour repérer votre voiture et sa position exacte en plein désert de Chalbi –, mais il vous est encore plus difficile de disparaître une fois que vous l'avez quitté pour de bon. Il y a un excellent réseau, à l'étranger, qui veille à ce que toutes les informations concernant les résidents du Kenya soient régulièrement diffusées.

Je ne posais jamais de questions mais, lorsque je croisais Miles ou Reuben, je les entendais lancer avec nonchalance des phrases du type :

« Il paraît que Hunter fait un superboulot à Kaboul, à tel point qu'ils voudraient qu'il y reste. Il dit qu'il adore.

— Tu as eu des nouvelles ? demandais-je alors d'une voix tremblante.

— J'ai reçu un fax l'autre jour. Dis donc, ça a l'air de bouger là-bas.

— Ah oui ? » concluais-je, avant de passer à autre chose, tentant d'ignorer ce pincement au cœur que je ressentais chaque fois qu'on prononçait son nom devant moi.

Il m'était rassurant de le savoir à Kaboul, ville qui me paraissait aussi lointaine qu'irréelle. Mais le jour vint où l'un d'eux m'envoya en travers de la figure une nouvelle information.

« Hunter est rentré à Londres pour une quinzaine de jours. Il est possible qu'ils l'envoient à Moscou, tu sais ?

— Moscou ? » Je prétendis trouver la chose amusante. « Tu crois que ça va lui plaire ? »

Et, une fois de plus, je sentis mon cœur chavirer, puisqu'il était à nouveau proche, que sa voix était à ma portée.

Il suffisait – techniquement parlant – de huit heures pour s'y rendre et de deux minutes pour le localiser. Cette seule pensée me transportait et me terrifiait tout à la fois.

Je redevenais la junkie d'autrefois : et, en dépit de la cure de désintoxication que je venais de m'imposer, je comprenais qu'il me suffirait d'une seconde pour replonger, pour retourner à la case départ. Et pour redécouvrir la mauvaise conscience, la passion, l'extase et la cruauté, bref, le plus effrayant chaos.

J'étais pourtant devenue cette patiente bourrée de calmants et nourrie trois fois par jour, prenant des somnifères pour dormir et incapable de lancer une vanne acceptable.

Oui, la mauvaise conscience et la cruauté m'avaient quittée. Mais la vie, où s'était-elle envolée ?

10

Jason avait loué, à Karen, une somptueuse vieille maison.

« C'est juste pour rigoler », dit-il en me montrant fièrement la salle à manger lambrissée de chêne foncé, l'imposante cheminée du séjour et l'immense véranda à colonnes tapissées de plantes grimpantes, qui faisait tout le tour de la demeure.

« Ça a l'air de coûter cher, de rigoler », dis-je après avoir dénombré quatre chambres à coucher, trois salles de bains, un vaste salon, un séjour et une salle à manger.

« Qu'est-ce que ça peut faire ? Après tout, on fait la pub d'Omo la semaine prochaine, celle de Tampax au début du mois suivant. Et, avec un peu de chance, on décrochera celle de Smirnoff. »

Jason et moi formions désormais une bonne équipe. J'avais commencé à travailler pour lui en tant qu'assistante sur les tournages, et il m'arrivait souvent de participer à l'élaboration d'un décor en apportant des choses de chez moi. C'est ainsi que ma théière avait été immortalisée dans un spot vantant les mérites d'une marque de céréales, et que le fauteuil de cuir de ma chambre s'accordait particulièrement bien à l'ambiance feutrée d'une publicité pour le cognac.

Il haussa les épaules en me précédant dans la spacieuse cuisine.

« Sans compter que ma petite amie vient en juin. Il faut que je l'impressionne si je veux réussir à la convaincre de rester.

— Tu as une petite amie à Londres ? » Je ne sais pourquoi, je m'étais toujours figuré Jason en célibataire endurci, tenant à profiter tout seul des plaisirs de l'existence.

« Daisy. Elle est costumière. Elle me manque pas mal, tu sais.

— Et pourquoi est-ce qu'elle n'est pas venue s'installer ici avec toi ?

— Oh, non ! C'était impossible, elle a des *tonnes* de boulot à Londres, dit-il comme pour justifier le fait que Daisy n'était pas en train de tricoter devant la cheminée. À vrai dire, elle trouve que j'ai fait une folie en venant vivre ici. Sur le plan professionnel. »

Nous nous installâmes à côté de la cheminée, dans l'immense salon, et Jason glissa dans le magnétoscope une cassette d'*Out of Africa*.

« Oh, je t'en prie, suppliai-je, regardons autre chose.

— Je veux juste qu'on en tire des idées de décors et de costumes, au cas où on ferait la pub Smirnoff.

— Bon, alors allons-y. »

Je m'assis près de lui, bloc-notes et stylo en main.

Je m'efforçai de garder sur le film un œil professionnel. Mais, au moment où Meryl Streep lit le poème gravé sur la tombe de Finch-Hatton, dans les Ngong Hills, avant de murmurer, le regard vide, « Il n'a jamais été à moi » et de s'éloigner dans la savane, Jason et moi – âmes délaissées – avions usé la moitié d'un rouleau de papier toilette pour éponger nos larmes.

« Je me demande ce que ça signifie, quand on a l'impression de reconnaître sa propre vie dans ces intrigues à l'eau de rose.

— Je ne sais pas trop, répliqua Jason en secouant sa flamboyante chevelure rousse. Mais, en tout cas, c'est mauvais signe. »

Le mois de mars arriva, et avec lui une nouvelle saison des pluies. Tous les matins nous étions réveillés par le grondement lointain du tonnerre, et l'on sentait l'humidité se rapprocher. Adam leva une nouvelle fois le camp et rentra à Nairobi, après avoir chargé tout son équipement dans son camion.

Le jour de la première averse, je demeurai assise sous la véranda, les mains crispées autour d'une tasse de thé, à regarder les flaques boueuses du jardin en me disant que, cette fois-ci, rien n'empêcherait mon cerveau de pourrir. Je ne supportais pas l'idée de toute cette eau qui allait me tomber sur la tête pendant les mois à venir. Ça faisait désormais presque deux ans que je n'étais pas rentrée chez moi. Une éternité. Il fallait que je parte.

J'appelai Teo.

« Viens, mon amour, dit-il. Tu es la seule personne avec qui je veux vivre pendant le restant de mes jours. »

Oh, mon merveilleux frère-enfant.

« Répète-le, je t'en prie, répliquai-je en riant. Je ne parviens pas à croire que j'aie pu rester aussi longtemps loin de toi.

— Viens. Mais ce pays est immonde, je te préviens. Il ne faudra surtout pas que tu lises les journaux ou que tu regardes la télé. Sinon, tu vas t'empresser de repartir. Tu dois me promettre de ne faire que ce que je te dirai.

— Oh, tu m'as tellement manqué. » Soudain, je réalisai à quel point il était cruel et fou de m'être éloignée tant de temps.

Il se mit à tomber des cordes. Les toits fuyaient, les voitures s'embourbaient, les lignes téléphoniques étaient coupées, les pannes d'électricité se succédaient.

Un jour « seau rouge » suivait l'autre, mais je ne m'en souciais pas le moins du monde. J'avais mon billet et je ne rêvais que du doux printemps italien, loin des ténèbres, des escargots et des grenouilles.

Je n'avais pas demandé à Adam de m'accompagner pour faire la connaissance de mon frère, comme nous l'avions décidé l'été précédent. À présent, je souhaitais partir seule. Je ne voulais pas de témoins.

Il me conduisit à l'aéroport. Je décelai chez lui une pointe d'appréhension tandis qu'il m'accompagnait jusqu'au bureau d'enregistrement des bagages : il ne pouvait guère se faire une idée bien précise de l'Italie, sans parler de Teo, de mes autres amis et de ma vie là-bas. Quand il me vit baragouiner en italien avec les employés d'Alitalia, mon exotisme dut soudain le frapper.

« Ne reste pas trop longtemps », dit Adam avant de m'embrasser.

Ce n'est qu'à ce moment-là, lors du contrôle des passeports, que je me rendis compte que j'étais brisée intérieurement depuis déjà un bon bout de temps. Oui, il fallait que je m'en sorte, que je guérisse de mes blessures.

« Je veux que tu reviennes bientôt, c'est compris ? » murmura Adam. Mais, chose étrange, à peine eut-il prononcé ces mots que je sentis que je pouvais tout aussi bien quitter cette existence-là, et ne jamais y retourner.

L'avion était bourré de groupes de touristes impatients d'exhiber, le lundi suivant, leur bronzage au bureau. Ils n'avaient pas d'autre raison d'être reconnaissants à l'Afrique.

Il n'y a pas pire compagnie, pour qui quitte un pays aimé. En eux, tout me semblait artificiel : leur accent, le type de vêtements qu'ils portaient, les émotions qu'ils exprimaient. J'avais l'impression de voyager avec une bande de brigands.

Lorsque vous quittez l'Afrique, lorsque votre avion décolle, vous avez le sentiment d'abandonner, plus qu'un continent, un état d'esprit. Vous ignorez tout de ce qui vous attend à l'autre bout du voyage, mais vous savez qu'il va vous falloir passer dans une autre dimension.

Les touristes italiens, eux, n'éprouvaient pas une fraction de seconde de nostalgie à l'idée de ce qu'ils laissaient derrière eux. Là était l'avantage de voyager avec des brigands : leur insensibilité vous préparait à la pénurie d'émotions à venir.

Au bout du tunnel – Dieu merci ! – m'attendait Teo, qui, dans sa chemise blanche toute froissée, ressemblait à un archange tombé du lit. Les yeux ensommeillés, il s'appuyait à la barrière du hall d'arrivée, au milieu d'une foule avec laquelle il n'avait rien de commun. Il tenait une longue branche de glycine qu'il avait dû arracher au mur d'un jardin, sur le chemin de l'aéroport. Une petite feuille était restée accrochée à sa chemise. Je l'enlevai sans y penser, tandis qu'il me serrait contre lui. Je m'imprégnai de son odeur, si familière. Qu'évoquait-elle, au juste : le bois mouillé, les fougères, la pluie ?

« Tu as changé, dit-il en souriant, comme nous nous engouffrions dans sa vieille et minuscule Coccinelle.

— Comment ça ?

— Tu as perdu du poids. Mais c'est comme si on t'avait enlevé une couche. Tu es réduite à ton essence.

— Et ça donne quoi ?

— Ça fait un peu peur. Tu as l'air sauvage, comme si tu étais folle ou un truc dans ce goût-là. Mais c'est beau. »

J'éclatai de rire et je serrai son bras. Quel plaisir d'être à nouveau réunis, de retrouver notre langage secret ! Lui aussi avait changé : ou bien j'avais peut-être oublié à quel point il ressemblait à Fernandino. L'implacable réalité me frappa alors de plein fouet. J'étais de retour à Rome, mais je ne reverrais pas mon père. Plus jamais je n'entendrais son rire rauque de fumeur.

Pour nous rendre à l'appartement de Teo, au centre, près de la via Giulia, nous traversâmes le Tibre et le marché aux fleurs grouillant de monde ; devant mes yeux défilèrent des palais de marbre, des fontaines à tritons, des coupoles, des pigeons, des places baroques et des terrasses de café. Et je vis aussi de jolies filles à vélo qui venaient d'acheter des fleurs, de beaux garçons livreurs en scooter, des couples plus âgés en train de promener leur chien, des bonnes sœurs de l'ordre de Santa Brigida se hâtant de traverser la place, des enfants jouant au football dans la cour d'un vieil immeuble à la façade tapissée de lierre, des charpentiers, des carabiniers, des voleurs et des mendiants. Et je respirai cet air au parfum de tilleuls en fleur, de mousse et de pain qu'on sort du four, auquel se mêlait l'odeur d'eau croupie s'élevant du fleuve. Et tout cela me parut merveilleusement civilisé, et plein de grâce.

Comment croire que ces choses-là – les ruelles, les fontaines d'où jaillissait l'eau, les jolies filles à vélo, les bonnes sœurs et les voleurs – avaient continué à exister tandis que je vivais sous le soleil aveuglant de l'Afrique ? L'idée de toutes ces vies parallèles me semblait inconcevable, digne d'un roman de science-fiction.

Y aurait-il suffisamment de place, désormais, pour moi et pour ma folie animale ? Mon corps saurait-il s'adapter à ces angles parfaits, à ces enchevêtrements complexes ? Tout cela m'avait l'air admirable, mais surpeuplé.

Et si *petit*.

Au cours des premières semaines, je me sentis comme un animal en cage. La réalité m'atteignait par fragments.

Les conversations s'interrompaient et se juxtaposaient, les téléphones sonnaient sans arrêt, les sons se mêlaient, les choses et les gens ne cessaient de se croiser et de se télescoper.

J'errais dans les rues et les boutiques. Il y avait un tel choix d'articles que je ne savais par où commencer. Je restais des heures à admirer telle ou telle nuance de rouge à lèvres, à passer en revue des centaines de disques et de livres. Chaque titre était plus tentant que le précédent. Je ne parvenais pas à me décider. J'avais besoin de tout car j'étais revenue sans rien. Mais le choix, loin de séduire, me donnait le tournis, si bien que je finissais toujours par renoncer et par sortir du magasin sans avoir acheté quoi que ce soit.

J'essayais des quantités de chemises, de robes et de chaussures. C'était chaque fois un choc, de croiser mon reflet dans le miroir. Oui, j'avais changé : dans le vif éclairage des cabines d'essayage je voyais – mieux que dans n'importe quel miroir en Afrique – comme mes cheveux s'étaient éclaircis, comme ma peau s'était assombrie et comme de fines ridules étaient apparues autour de mes yeux. J'avais passé trop de temps au soleil.

Les chemisiers chers et bien coupés que j'essayais ne s'accordaient pas à ma nouvelle apparence. Leur fraîcheur et leur netteté faisaient tache. Je les rendais invariablement à la vendeuse.

Et, pourtant, quel bonheur d'être à nouveau avec Teo ! Sa présence, comme un philtre magique, me donnait l'impression d'appartenir non à un lieu mais à une manière d'être. À travers lui, c'est Fernandino que je retrouvais.

Tous les matins, il venait me réveiller avec un bol de thé et s'asseyait au bord du lit.

« Lève-toi, Esmeralda, lançait-il sur un ton joyeux. Allons admirer de belles choses ! »

Dans de petites églises, il me désignait des statues dont je n'avais jamais entendu parler.

« Comment ça, tu ne connais pas l'*Extase de sainte Thérèse* ? Ce n'est pas possible, tu me fais marcher. Allez, dépêche-toi ! Il faut profiter de cette lumière ! »

Il m'emmenait dans des musées pour me montrer un seul tableau. L'un d'eux, peint par un disciple du Caravage, figurait Judith brandissant la tête d'Holopherne, son visage éclairé de biais par cette lumière si caractéristique.

« Pas la peine de s'attarder sur le reste. C'est d'un ennui mortel. » Et, émergeant de la merveilleuse pénombre de la Galleria Corsini, nous retrouvions le soleil.

« C'est en cela que consiste ta cure, dit-il. Je ne t'autorise à poser les yeux que sur la beauté, ou du moins sur ses vestiges. Quant au reste, tu dois l'ignorer. »

J'appelai Adam à deux reprises. Je m'efforçai de lui expliquer à quoi j'occupais mes journées et de lui décrire Rome, mais je ne parvins pas à lui faire part de mes impressions avec justesse. Comme si je savais d'avance qu'il n'aurait aucune idée de ce dont je parlais.

« Qu'est-ce qui se passe à Nairobi ? lui demandai-je au cours d'un de ces échanges téléphoniques.

— Ça fait vingt-cinq ans qu'il n'a pas plu autant. Un vrai déluge. Toutes les terres de l'intérieur du pays sont inondées. Les ponts ont été emportés. On ne peut même plus se rendre à Nanyuki. C'est la folie ! »

Les champs, le fleuve, les ponts. Nous avions des conversations de fermiers.

« Et à part ça ? demandai-je.

— Tu me manques.

— Toi aussi. »

Je n'en étais pas si sûre mais ça me faisait plaisir de le dire.

Au bout d'une semaine, Teo et moi nous rendîmes en voiture sur la côte d'Amalfi. Pendant le voyage, nous étions déchaînés comme des gosses : la stéréo beuglait à plein volume des vieux thèmes de films de James Bond, et Teo et moi chantions à tue-tête la chanson du générique de *Goldfinger*, tandis que la voiture filait sur la route en lacet, au bord du précipice qui plongeait dans la mer. Nous avions loué la vieille demeure où Fernandino nous emmenait pendant les vacances d'été, quand nous étions enfants.

Nous nous assîmes sur la terrasse du XVIIIe siècle, qui s'avançait sur la falaise, pour contempler la mer. Et tout me revint d'un coup, des parfums et des couleurs de mon enfance : les murs épais exhalant une odeur d'humidité, les plafonds voûtés dans les pièces sombres, les stucs décrépits, les tuiles bleues et craquelées, le fenouil sauvage jaillissant du sol fissuré de la terrasse.

Baissant les yeux, je contemplai la coupole de l'église recouverte de vieilles tuiles qui, lorsque j'étais petite, me faisaient penser aux écailles vertes d'un serpent.

À présent que je posais sur toutes ces choses le regard d'une exilée, j'étais bouleversée jusqu'au tréfonds.

« Je me sens si détachée de tout ça », murmurai-je.

Teo se rapprocha. Mes paroles l'avaient attristé.

« Mais pourquoi ?

— Je ne sais pas. C'est peut-être le fait de revenir dans un endroit et d'avoir l'impression que plus rien ne t'appartient. Plus tu le redécouvres, plus il t'apparaît clairement que tu l'as perdu. »

Il ne répondit rien. Nous restâmes assis un petit moment, baignant dans la douce pénombre du crépuscule qui, si elle n'existe guère en Afrique, semble en Italie durer une éternité.

« Les êtres humains devraient se contenter de vivre dans un seul endroit, dit Teo. Je ne crois pas que notre espèce supporte bien le déracinement.

— Oui, on ne devrait peut-être pas avoir plus d'un chez-soi. » Je me tus avant d'ajouter, avec un sourire las : « Et, en tout cas, pas plus d'un seul amour. »

Une fois rentrés à Rome, nous allâmes souvent manger dans le vieux restaurant où on ne nous laissait jamais régler la note et où nous buvions des verres avec tous les anciens amis de Fernandino. Quand ils m'interrogeaient au sujet de l'Afrique, je ne savais jamais comment leur répondre. Pas une seule image ne me venait en tête que j'aurais voulu leur transmettre. Comme si l'Afrique avait été rayée de mon discours, était devenue intraduisible, et trop intime pour que je puisse en discuter avec des étrangers. À Teo, en revanche, j'en parlais. Je savais que lui me comprendrait.

« Ça se lit sur ton visage, dit-il. Tu en es toute transfigurée.

— Mais ça consiste en quoi, ce changement ? » demandai-je, avant de courir me regarder dans le miroir. Tout ce que je remarquai, ce furent mes yeux écarquillés, semblables à ceux de Judith tenant la tête d'Holopherne par les cheveux.

« Fernandino aurait adoré te voir ainsi.

— Je ne suis pas sûre qu'il aurait compris pourquoi je tiens à retourner là-bas. Il m'aurait trouvée mélodramatique ou un truc dans ce goût-là. Il m'aurait dit : Arrête tout de suite de te comporter comme une héroïne de roman russe !

— Mais non, il n'aurait pas dit ça. Après tout, tu ne fais que suivre son exemple, à ce qu'il me semble.

— Comment ça ?

— En transcendant le quotidien. Sauf que toi, tu as opté pour un dépaysement géographique. Lui, il disposait d'autres moyens. Ce que je veux dire, c'est qu'il était lui-même un roman russe incarné, nom de Dieu ! Son cynisme n'était qu'une pose. »

Je restai un moment sans rien dire.

« Et toi, comment est-ce que tu le transcendes, le quotidien ?

— Oh, moi, je ne fais rien de tel. Je me contente juste de tomber amoureux. »

Teo avait un amant, Pascal, un svelte danseur aux yeux noirs, un Français d'origine algérienne. Ils s'étaient rencontrés un an plus tôt au cours d'un festival de musique, après que je fus partie.

Pascal se joignait parfois à nous et il était si discret qu'on en oubliait presque sa présence. Pourtant, même si Teo et lui parlaient très peu ensemble devant moi, je devinais qu'entre eux il ne s'agissait pas que de sexe, mais d'un lien silencieux et profond qui prenait racine dans la tendresse et l'amour ; c'était quelque chose de beau et d'émouvant, et j'enviais leur relation.

« J'aimerais tant pouvoir être comme ça », dis-je un soir à Teo, après que Pascal fut parti. Nous étions tous deux vautrés sur le canapé, et lisions chacun un livre, dans la lueur dorée de l'abat-jour.

« Comment, comme ça ?

— Comme vous deux. Je voudrais pouvoir aimer quelqu'un sans avoir à lui ouvrir le crâne comme une boîte de conserve pour dresser un inventaire de toutes ses pensées.

— Quelle idée effrayante.

— Mais, tu sais, c'est ce que j'ai désiré avec Adam. Pour une fois, je croyais pouvoir être amoureuse sans que ma tête y soit pour rien. Quel soulagement c'était, de ne voir que le côté physique des choses.

— Rien n'est jamais seulement physique. C'est vraiment un cliché. C'est toujours plus compliqué que ça. Même pour moi et Pascal, crois-moi.

— D'accord. Ce que j'ai voulu dire par là, alors, c'est quand je vois que l'amour peut être simple comme bonjour, j'aimerais bien…

— Mais tu n'as jamais aimé les choses simples, Esmé, m'interrompit-il. Pourquoi est-ce que tu n'arrêtes pas de toujours vouloir être quelqu'un d'autre ? Et puis… » Il se redressa et, d'un geste du pied, me retira mon livre des mains. « … bouge-toi, fais quelque chose pour arranger ta triste vie amoureuse, au lieu de passer ton temps à te lamenter. Tu es devenue assommante. »

Lorsque mes journées s'achevaient, tout redevenait plus vaste. Car l'Afrique occupait tous mes rêves. Chaque nuit, elle venait à moi : l'espace, le silence, la fraîcheur de l'air matinal… Quand je dormais, la sensation d'être à nouveau pleinement vivante me pinçait le cœur, remplissait mes poumons et faisait circuler le sang dans mes veines. Le matin, il me fallait quelques minutes pour dépasser le choc de ne pas me réveiller là-bas, dans la douce lumière blanche filtrée par la moustiquaire de mon lit.

Avec le temps, mes rêves perdaient en précision, tels des souvenirs que le temps efface peu à peu. Cela m'attristait de me confronter sans eux à ma ville ; je craignais qu'alors elle ne perde tout son éclat.

Et puis, une nuit, Teo me tapota l'épaule pour me réveiller.

« Le téléphone. C'est pour toi.

— C'est qui ? Quelle heure est-il ?

— À peu près deux heures.

— Nom de Dieu ! Qui…

— Hunter ! C'est Hunter Reed. »

Mon cœur cessa de battre. Je bondis hors de mon lit comme un chat sauvage et saisis le combiné.

« Hunter ?

— Je t'ai réveillée ?

— Oui… non, ça n'a pas d'importance. Où est-ce que…

— Écoute. Je serai à Rome demain. Je me suis dit que je pourrais peut-être passer te voir, si ça ne te dérange pas.

— …

— Esmé ?

— Oui.

— Ça te conviendrait ?

— Oui.

— Tu en es sûre ?

— Hunter ?

— Oui ?

— J'ai du mal à croire que c'est vraiment toi.

— Mieux vaut t'y faire. C'est quoi, ton adresse ?

— Non, je viendrai te chercher à l'aéroport.

— Non, donne-moi ton adresse.

— C'est impossible à épeler, tu vas te perdre. Pourquoi est-ce que tu ne veux pas que je… » La panique s'empara soudain de moi. Et s'il ne trouvait pas l'immeuble ?

« Non ! » J'étais déjà parvenue à l'irriter. « Épelle-la-moi et je me débrouillerai bien.

— Tu penses arriver vers quelle heure ? Et tu es où, pour commencer ?

— À Moscou.

— À *Moscou* ?

— Pourquoi est-ce que tu ne me donnes pas l'adresse au lieu de poser toutes ces questions ? »

Je m'exécutai. J'épelai trois fois « via degli Orti d'Alibert ».

« Hunter ?

— Oui.

— J'ai hâte de te voir.

353

— Tant mieux. »

Un déclic. Il avait raccroché.

Je me mis à pousser des hurlements de démente, à sauter de joie et à fumer cigarette sur cigarette. Je fus secouée d'un rire hystérique jusqu'à ce que Teo finisse par me donner un somnifère.

« Tu es complètement dingue.

— Mais non, tu ne comprends pas ! Je pensais ne plus jamais le revoir, dis-je en lui serrant le bras avec une force incroyable. Je croyais qu'il s'était mis à me détester, qu'il ne voudrait plus jamais entendre parler de moi. Et voilà que les dieux m'accordent un nouvel essai. J'ai l'impression d'avoir gagné à la loterie, il y avait une chance sur un million !

— Dans ce cas, fais gaffe de ne pas tout fiche en l'air, cette fois-ci », dit Teo en dégageant son bras.

Je passai toute la journée du lendemain à donner des coups de fil aux plus obscures compagnies aériennes susceptibles de proposer des vols Moscou-Rome, dans le vain espoir de retrouver Hunter sur une liste de passagers. Je ne parvins pas à concentrer mon attention sur autre chose que le téléphone ou la porte, et ne cessai d'attendre que retentisse une des deux sonneries. Je m'entraînai à répéter des répliques à voix haute, tout en observant mon reflet dans le miroir. Je me changeai un millier de fois en poussant des soupirs, en fumant, en riant et en rendant mon frère fou, jusqu'à ce qu'il n'en puisse vraiment plus.

« À présent, je t'abandonne. Fais comme chez toi. » Et il s'en alla.

Lorsque Hunter franchit enfin le seuil, quelque dix-huit heures plus tard, ce fut un choc de le voir là, en chair et en os. Il faut dire que j'avais eu le temps de m'inquiéter comme une folle en imaginant que son avion s'était écrasé ou avait été détourné par des terroristes. J'avais l'impression de le voir pour la première fois : ses cheveux noirs coupés court faisant ressortir l'éclat de ses yeux, ses longues jambes maigres nageant dans un vieux pantalon kaki trop lâche au niveau de la taille, ses lèvres douces et charnues, ses vieilles bottes militaires. Il laissa tomber ses bagages sur le sol et me serra contre lui, guère plus d'une seconde. Nos gestes étaient désormais empreints d'une timidité nouvelle : il fallait établir d'autres règles, redéfinir les frontières. Nous ne savions plus bien où nous situer l'un par rapport à l'autre.

« Tu veux boire quelque chose ? » demandai-je. L'alcool pourrait peut-être nous aider à nous détendre.

« Oui, s'il te plaît. » Je le surpris qui m'observait. « J'avais oublié à quoi tu ressemblais, Esmé.

— Oh, fis-je en souriant. Mais c'est terrible. »

Nous échangeâmes un long regard, les yeux brillants.

Je redoutais qu'il ne me rappelle les mots pleins d'amertume sur lesquels nous nous étions séparés. Mais, fidèle à ses habitudes, il semblait avoir tout oublié. Et c'était bien possible, vu à quel point il était ivre lors de notre dernière conversation.

Nous allâmes nous asseoir sur la terrasse qui donnait sur le Gianicolo. C'était une de ces soirées romaines baignant dans une enchanteresse lumière dorée : tout n'était que rouges façades pompéiennes, hirondelles fendant l'air et lointaines rumeurs de cloches… Hunter désigna les jardins luxuriants qui s'étendaient au-dessous de nous.

« C'est quoi ? La Villa Borghèse ?

— Non. C'étaient les jardins de la reine Christine de Suède. Elle habitait dans ce palais, là-bas, répondis-je en montrant du doigt la façade rose pâle d'une impressionnante bâtisse du XVIIe siècle. Elle fut un grande mécène qui comptait parmi ses protégés Raphaël et

Michel-Ange. On raconte qu'elle était lesbienne. Son parc est devenu le Jardin botanique et son palais est… comment tu dis ça, en anglais, *pinacoteca* ? »

Il hocha la tête, l'air amusé.

« C'est intéressant de te voir ici. On a l'impression de mieux te comprendre – il tendit un bras en direction du panorama – au milieu de tout ça.

— Ah oui ? fis-je avec un sourire que je voulais énigmatique. Mais, tu sais, j'ai hâte de repartir. L'Afrique me manque déjà.

— Et tu comptes rentrer quand ?

— Bientôt, peut-être le mois prochain. »

Nous demeurâmes un moment silencieux. J'avais peur d'ajouter un seul mot. Buvant mon verre à petites gorgées, j'attendis avec impatience qu'il reprenne la parole.

« Je m'apprête moi-même à rentrer en Afrique, dit-il.

— Vraiment ? » Tout s'éclaircissait. « Je croyais que tu ne voulais plus jamais…

— Je suis un gars d'Afrique, rien à faire. Ces derniers temps, où que j'aille, je finis par avoir le mal du pays.

— Je suis tellement heureuse que tu reviennes ! m'exclamai-je en caressant son poignet. Tu m'as manqué.

— Le journal me renvoie à Nairobi. » Il serra une seconde mon doigt entre les siens, avant de le relâcher. « Ils ont fini par comprendre que j'étais le meilleur correspondant africain qu'ils auraient jamais, après que j'ai écrit cet article sur le Rwanda, un an après.

— C'était quand ?

— Juste après ton départ, en avril. Au journal, ils m'ont demandé de retourner là-bas et de faire un papier sur Kigali un an après le génocide. Je suis passé par Nairobi mais je ne suis resté qu'un seul jour. Tu venais de partir. Je t'ai manquée à quelques jours près.

— Oh, je n'en ai rien su. J'ai entendu dire qu'on t'envoyait en Russie. J'étais sûre qu'on ne se reverrait jamais.

— Eh bien, j'espère que ça t'a fait un peu de peine.

— À vrai dire, oui. »

Je me tournai vers lui, fière de ce que je venais de dire. Il sourit, baissa les yeux et se mit à tripoter son briquet.

« C'était une décision de dernière minute. Au journal, j'étais le seul à avoir été présent au Rwanda pendant les massacres. Ils m'y ont envoyé dare-dare quand ils se sont rendu compte que toutes les chaînes et tous les magazines allaient faire des reportages sur l'anniversaire du génocide. Vingt-quatre heures plus tard, j'étais à Kigali.

— Ça t'a déplu, d'avoir à y retourner ?

— Oui et non. Il fallait que je revoie tout ça, de manière à pouvoir l'effacer de ma mémoire. On s'est donc tous retrouvés là-bas, dans le même hôtel, un an plus tard. La dernière fois que j'y avais mis les pieds, le propriétaire s'était tiré et nous avait laissés, Reuben, Miles, moi et des centaines de réfugiés sans nourriture et sans eau, investir cet endroit comme si c'était une tranchée. L'hôtel sentait alors l'urine et le sang. L'odeur est toujours là, je l'ai reconnue immédiatement, les murs et les tapis en sont encore imprégnés. Pour moi, c'est l'odeur de la peur. J'avais du mal à croire que, cette fois-ci, on nous fasse *payer* pour y habiter. Ils avaient même les machines pour régler avec des cartes de crédit.

— C'est dingue », dis-je, fixant distraitement mon verre vide.

Je réalisais à quel point je n'étais pas disposée à écouter tout cela à nouveau. Je voulais juste l'entendre me dire que je lui avais manqué tout comme il m'avait manqué.

« À présent, les pelouses sont tondues, le coiffeur de l'hôtel a repris possession de son salon et les jardiniers traumatisés se sont remis à l'ouvrage. On croirait qu'il ne s'est rien passé. C'est comme si on te projetait dans le cerveau une image en surimpression. Par exemple, en arrivant devant la piscine, j'ai vu tous ces gars des missions humanitaires nager et plonger tranquillement, entre deux séances de bronzage. Je n'arrivais pas à effacer l'image des centaines de réfugiés qui, un an plus tôt, se battaient pour *boire* l'eau de la piscine.

— Ça a dû t'inspirer, pour ton article.

— Oui, mais ça a aussi agi comme une thérapie assez cruelle. Ça m'a rappelé qu'en fin de compte tout peut être balayé et sombrer dans l'oubli. » Il me jeta un regard triste. « Que tout, *absolument tout* peut être oublié.

— Tu le penses vraiment ?

— Oui, bien sûr. Nous en sommes tous la preuve vivante. Plus les souvenirs sont douloureux, plus vite on veut les oublier. Il suffit de changer le décor, de substituer un visage à un autre.

— C'est à nous deux que tu penses ? » J'avais prononcé ces mots malgré moi : ils avaient littéralement jailli de ma bouche.

« C'est valable pour des tas de choses », répondit-il.

Je sentais ses yeux rivés sur moi. Je n'osais soutenir son regard, car je savais que ma question l'avait gêné. Mais je n'y pouvais rien. Pourquoi débarquait-il ainsi chez moi, sans préambule ? Sa décision de retourner en Afrique était-elle longuement mûrie, et cela faisait-il partie de son plan, de venir me chercher au passage ? Ou bien s'agissait-il d'une escale accidentelle, entre deux vols ? C'était toujours la même histoire avec Hunter : il me prenait par surprise, à contretemps, sans jamais me donner le temps d'établir un semblant de stratégie.

« Tu comptes passer la nuit ici ?

— Oui. »

Nous laissâmes sa réponse flotter dans l'air un moment. Ça me rassurait, d'avoir au moins une certitude, ne fût-ce que pour une minute ou deux. À présent, nous savions au moins que nous avions la nuit devant nous. Et, une fois qu'on a la nuit, on peut avoir – en théorie du moins – beaucoup plus.

« Cela dit, il faut que je parte très tôt demain, vers les six heures, précisa-t-il, légèrement sur la défensive. Je prends le premier avion du matin pour Londres.

— Pas de problème. Je vais commander un taxi. »

Je me penchai vers lui et, du bout des doigts, caressai lentement sa clavicule, puis le creux de son cou. Je le regardai calmement, percevant son pouls. Il commençait à faire nuit. Je ne voulais pas perdre trop de temps.

Nous nous embrassâmes enfin. Sans hâte, comme si nous avions tout le temps devant nous. Ma nuque devint brûlante, et, peu à peu, la chaleur se répandit dans tout mon sang. J'avais l'impression de me réveiller d'une longue période d'hibernation.

Et puis, je ne sais plus, je n'arrive pas à me souvenir. Nous nous regardâmes pendant des heures, comme si nous craignions, en détournant les yeux, que l'autre ne disparaisse une fois de plus. Nous ne nous quittâmes pas une seconde des yeux, tandis que nous nous embrassions et que nous faisions l'amour. Et nous prîmes tout notre temps, sachant que nous recommencerions à peine aurions-nous fini. Et nous ne cessâmes de sourire et de nous murmurer des mots qui ne voulaient rien dire et de répéter inlassablement nos noms et de secouer la tête comme pour marquer notre stupéfaction d'être à nouveau réunis, et quel miracle c'était de pouvoir se toucher, s'embrasser et s'étreindre à nouveau… Jamais, non, *jamais* plus nous ne pourrions souffrir d'être si longtemps séparés.

Je le contemplais, alors qu'il était allongé près de moi dans l'obscurité. Je ne crois pas m'être jamais sentie, de toute mon existence, aussi heureuse. Je nageais dans le bonheur, j'aurais pu m'y noyer.

« Hunter, murmurai-je, est-ce que tu m'aimes ?

— Oui.

— Alors, tant mieux. Parce que je suis folle de toi. Et que je t'aime. »

Quelle merveilleuse sensation, que de pouvoir enfin prononcer ces mots. C'était si simple, au fond, de tout donner. Non, je ne briderais plus jamais les sentiments que j'éprouvais pour lui.

Un silence suivit mes paroles. Je caressai ses cheveux du bout des doigts, puis son front, puis ses lèvres.

Nous arrivions enfin quelque part. Pour la première fois. Oui, il faudrait que l'on s'organise, mais cet aspect des choses ne m'effrayait plus. Je partirais de chez Adam et…

Il écarta mes doigts d'un geste tendre.

« Esmé. Je reviens m'installer à Nairobi avec quelqu'un. Elle s'appelle Claire. Tu ne la connais pas. »

Soudain tout s'effaça dans la pièce. Nous étions dans une sorte de vide. Comme si quelqu'un avait pompé l'air si doux et que la chambre se fût transformée en une grotte vide et glacée.

C'était pareil à un cristal que l'on brise et qui, en une seconde, se répand en un millier d'éclats. Aussi douloureux que des lames, ils me transperçaient le cœur. Rien qu'à y repenser, je me sens malade.

« Je l'ai rencontrée à Londres, il y a quelques mois. Je lui ai demandé de venir vivre avec moi. Je tiens énormément à elle. »

Tous les mots qu'il prononçait tombaient comme des galets sur le sol de marbre. Leur poids, le bruit qu'ils faisaient ne permettaient pas de se méprendre sur leur signification. Cet insupportable son était, à n'en pas douter, celui de la vérité. Impersonnel. Pragmatique. Direct. *Dur*.

Claire.

La syllabe qui a détruit ma vie.

Je restai pétrifiée dans l'obscurité. Qu'est-ce que j'étais censée faire ? Qu'est-ce que j'étais censée dire ? Est-ce que j'avais le droit de pleurer, de hurler ?

« Mais, alors, pourquoi es-tu venu ? parvins-je à murmurer, tirant difficilement de mes poumons desséchés un filet de voix.

— Je suis venu parce que je voulais te voir avant de…

— Parce que tu voulais être sûr de m'avoir effacée de ta mémoire, dis-je en lui coupant la parole. Comme le Rwanda. Tu es revenu pour l'anniversaire.

— Je t'en prie. Ne sois pas amère.

— Je ne suis pas amère. Je suis *détruite*. »

Cela le réduisit au silence. Il s'alluma une cigarette et exhala la fumée dans un soupir.

« Pourquoi est-ce que tu as attendu maintenant pour me dire ce que tu ressens pour moi ? demanda-t-il.

— Et toi, pourquoi est-ce que tu m'as fait l'amour *comme ça* ? »

Il ne répondit pas. Il avait les yeux rivés au plafond. Je les devinais pleins d'une terrible tristesse.

« Qu'est-ce qui te fait croire qu'on peut expliquer tous ses actes ? dit-il lentement. Nous ne sommes pas des machines parfaites accomplissant en permanence des actes rationnels.

— Mais comment est-ce que tu peux dire que tu m'aimes et prévoir de faire ta vie avec quelqu'un d'autre ? »

Son ton devint plus dur, son regard plus froid.

« Et toi, comment peux-tu dire que tu m'aimes et vivre avec un autre homme ? Tu oublies que tu m'as imposé cette situation depuis le début. »

Mais c'était trop bête, trop absurde, que lui fasse à présent la même erreur.

« Qu'est-ce que ça signifie ? Que tu veux te venger ? demandai-je, haussant moi aussi le ton.

— Je vais te dire ce que ça signifie. C'est très simple, peut-être même trop simple pour toi. C'est juste que moi aussi, j'ai envie d'avoir une vie. Tout comme toi. Quand je reviens de tous ces terribles endroits où l'on m'envoie, je veux trouver une femme qui me sourit, et qui est heureuse de me voir. Je veux être avec une femme qui ne se torture pas, qui ne se sent pas coupable de m'aimer, qui ne passe pas son temps à consulter sa montre et qui n'a pas besoin de mentir. Ça te paraît trop terre à terre ? Trop banal, pas assez romanesque ? »

Je lui plaquai la main sur la bouche.

« Tais-toi ! Arrête de me dire des choses qui font mal. »

Suivit un long silence. Je m'efforçai de ne plus penser à rien, de faire le vide dans mon esprit.

Je savais que le jour ne tarderait pas à se lever : j'entendais les oiseaux dans les arbres et le camion des éboueurs dans la rue. Il allait partir, aux premières lueurs de l'aube, comme le personnage d'un roman du XIXe siècle. Je pourrais toujours me précipiter à la gare et, telle Anna Karenine, me jeter sur les rails. Mais l'image ne m'amusait pas. J'étais trop épuisée pour gaspiller mon énergie à tenter de me faire sourire.

Il me fallait trouver des paroles définitives, qui permettraient de partir chacun de son côté. Peu m'importait, à ce stade, d'avoir à mentir une fois de plus. Je voulais seulement me permettre de continuer à respirer après son départ. Oui, j'avais désespérément besoin de mentir pour faire entrer un peu d'air dans mes poumons et me donner l'illusion que j'acceptais de l'avoir perdu ; que j'acceptais l'existence de Claire.

« C'est peut-être ce qui pouvait se passer de mieux. Entre nous, de toute manière, ça n'aurait sûrement pas marché. Il faudra juste que je me fasse à l'idée. »

Il ne dit rien.

« Je ne t'en veux pas, continuai-je. Je suis désolée que nous nous soyons rendus si malheureux, c'est tout. C'est tout le contraire que j'aurais souhaité. Mais nous n'avons jamais été synchro.

— Oui, répliqua-t-il sur un ton sarcastique. On a toujours tendance à sous-estimer l'importance de la *synchronisation*. »

Je me levai et m'éloignai du lit. Et de lui. Pour la première fois, je sus qu'il ne nous était plus permis d'être si proches, que nous n'en avions pas le droit. Je me mis sous la douche, comme si le jet d'eau chaude pouvait dissoudre ma souffrance.

La lueur rose de l'aube, filtrant à travers les stores, baignait la chambre et réchauffait nos visages glacés. Il se leva, et je l'observai tandis qu'il se rhabillait. Dans cette lumière pastel, il me paraissait si merveilleux. C'était plus que je ne pouvais supporter.

Nous entendîmes le taxi arriver. Il m'embrassa très rapidement sur les lèvres.

« À bientôt, en Afrique. »

Ça y était, il avait disparu. Je me sentis soudain devenue si fragile. Et comme du verre, je me fêlai.

11

Telle une toxicomane, j'ai fini, je crois, par tirer la leçon des événements.

Le but du sevrage, c'est d'imposer un tel choc à votre corps que la junkie qui vous habite y réfléchira à deux fois avant d'aller se remettre dans la même galère.

C'est une souffrance qu'on ne peut endurer plus d'une fois. Fallait-il que mon cas soit sérieux, pour que je m'impose à deux reprises cette épreuve avec Hunter ! La deuxième fois – quand il m'avait abandonnée dans l'appartement vide, à Rome – j'avais eu l'impression, tandis qu'il refermait la porte derrière lui, que mon cœur venait d'être claquemuré à jamais dans une chambre froide. Je me souviens même du fracas métallique de la porte.

Sous l'effet du changement de température, il s'était fêlé.

Mais il ne s'était pas brisé, n'avait pas été réduit en pièces. Je m'en étais tirée avec une cicatrice à peine visible.

J'appris à vivre avec elle et je finis même par trouver qu'elle me conférait quelque chose en plus. Grâce à elle, je me sentais plus forte et habitée par une étrange détermination. J'étais comme une vieille tasse japonaise décidée à tenir plus longtemps le coup que les nouvelles, et que sa craquelure unique ne rend que plus précieuse.

« Tu en es sûre ? me demanda Teo, lorsque je lui dis que j'étais prête à retourner en Afrique. Si tu restes un peu plus longtemps, on peut aller à Stromboli. La mer y est divine, au mois de juin. On pourrait louer une baraque de pêcheurs, sortir tous les matins en bateau et boire des litres de muscat frappé. Et même grimper sur le volcan par une nuit de pleine lune. Qu'est-ce qu'on s'amuserait ! »

L'éventualité d'un autre doux été méditerranéen me tentait. Peut-être qu'en restant plus longtemps je finirais par réussir à redevenir l'Esmé d'autrefois, et à me débarrasser de cette déchirante sensation de perte que j'éprouvais. Mon ancienne existence me paraissait tellement plus maîtrisée et si délicieuse, si raffinée. On y était, de toute évidence, mieux protégé.

Et puis, un soir, Nicole m'appela de Nairobi.

« Nena, Miles et moi avions décidé d'aller passer le week-end à Laikipia. La voiture s'est embourbée, on est tombés en panne deux fois, bref, on a mis douze heures pour y arriver. Ensuite, on a été chargés par un buffle pendant qu'on changeait un pneu, et je te jure, il a bien failli nous tuer, il a fallu qu'on bondisse sur le toit de la Landcruiser et qu'on reste assis là pendant trois heures, sous la pluie, à se bourrer la gueule à la vodka en attendant que ce monstre nous fiche la paix. Ç'a été l'enfer, ce safari, mais on s'est quand même bien fendu la tronche. À Nairobi, il pleut encore des cordes et il commence à faire vraiment frais. C'est pas le moment de revenir, il fait un temps épouvantable et tout le monde est de mauvaise humeur. »

Ça m'avait l'air merveilleux.

Je regrettai soudain l'odeur du bois brûlé se mêlant à la pluie – ce doit être celle de l'écorce d'acacia, car elle est spécifique à l'Afrique –, le ciel bas et si vaste au-dessus de votre tête, la sensation de danger et d'espace. J'avais à nouveau besoin d'éprouver la crainte d'être broyée par les vagues.

« Non. Je n'ai pas envie de me baigner dans la Méditerranée, dis-je à Teo. C'est trop sage. »

Une semaine plus tard, j'étais une fois de plus à bord d'un avion bondé, au milieu d'une fournée de féroces vacanciers attifés de tenues léopard et de chapeaux de paille. Ils étaient vulgaires, turbulents et décidés à profiter au maximum de leur séjour de deux semaines à Malindi Beach. Cette fois-ci, leur compagnie ne me dérangeait pas : leurs attentes puériles remplissaient l'avion d'une énergie joyeuse.

Aux premières lueurs de l'aube, j'ouvris les yeux pour constater que nous étions au-dessus de l'Éthiopie. La lumière rompit le charme du vol de nuit, cette impression que l'on n'arrivera jamais nulle part, qu'on est encapsulé dans une dimension abstraite, et entouré par des extraterrestres. Une transition inodore et hors du temps. Et puis, soudain, émergeant des ténèbres et survolant l'Afrique, je jure que j'en sentais le parfum.

Alors que nous approchions du lac Turkana et que je reconnaissais sa forme dans le désert, j'éprouvai une intense émotion. Je savais désormais exactement où nous nous trouvions lorsque je regardai, tout en bas, la terre scarifiée. Elle avait cessé d'être pour moi une abstraction.

Loyangalani, South Horr, Baragoi, Barsaloi, Wamba, Archer's Post.

Je murmurai tous ces noms, l'un après l'autre. Ça y est, pensai-je, moi aussi je peux chanter ma portion d'Afrique. Quelle absurdité, d'avoir la sensation de rentrer chez moi ! Cet endroit, ce n'était pas chez moi. Mais alors, pourquoi, dans ce cas, avais-je les larmes aux yeux ?

La blonde décolorée en Lycra à imprimé léopard qui était assise à côté de moi avait beau essayer de se concentrer sur ses œufs brouillés, je ne l'en intriguais visiblement pas moins.

« Vous partez en vacances toute seule ? me demanda-t-elle sur un ton soupçonneux.

— Non, en fait, j'y habite.

— Vous y *habitez* ? » Quelle bizarrerie… Pour elle, l'Afrique n'était qu'une brochure touristique. Les Blancs n'y *vivaient* pas, ils y allaient juste en vacances.

« Vous travaillez là-bas ?

— Ça m'arrive.

— Vous êtes mariée ?

— Non. »

Elle considéra un instant ma réponse, puis secoua la tête.

« Mais alors *pourquoi* est-ce que vous y vivez ? »

Je ne daignai pas répondre. Je n'aime pas raconter ma vie à des inconnus.

Mais à *vous*, je vais vous le dire.

C'est à cause de l'amour.

Personne ne vient s'installer en Afrique pour une autre raison que celle-ci. Ce n'est pas nécessairement à cause d'un homme ou d'une femme. C'est à cause de l'amour tout court. Mais cela, je le sais depuis peu. Cette réponse est un don que je viens de recevoir. Ce jour-là, dans l'avion, quand la femme à l'imprimé léopard m'avait posé la question, je ne portais pas encore la réponse en moi.

Je rentrai donc et trouvai Adam qui m'attendait derrière la porte vitrée de l'aéroport Jomo Kenyatta, vêtu d'un sweater marron troué aux mites. Son inébranlable confiance en moi et sa certitude que je reviendrais quoi qu'il advienne me touchèrent profondément.

Et puis les odeurs mêlées du feu de bois, du fumier et de la pluie m'accueillirent sur la route. Oui, c'est ainsi que je m'étais imaginé mon retour en Afrique, et j'avais vu juste.

Depuis que je suis revenue, je suis calme et patiente.

Je suis cette femme qui porte une cicatrice si fine. C'est une cicatrice secrète que nul ne peut voir. Je la regarde lorsque je suis nue et j'ai appris à l'aimer.

Elle me donne un pouvoir.

J'ai été blessée, et la blessure m'a rendue plus forte.

C'est aussi une des leçons que j'ai tirées de l'Afrique : les seuls Blancs qui s'en tirent sont ceux qui sont prêts à être blessés.

Nous sommes à nouveau en juillet, le mois le plus frais de l'hiver africain.

Nicole a raison : le temps est lamentable, et tout le monde est d'assez mauvaise humeur.

C'est également au mois de juillet que j'ai débarqué ici pour la première fois, il y a deux ans. Je me prenais pour Napoléon au début d'une campagne, transférant toutes ses troupes. J'étais si exaltée que je ne me souviens pas d'avoir ressenti le froid, comme à présent.

Adam est retourné au camp. Morag a fini par se faire embaucher, et les clients sont apparemment fous d'elle.

Je soupçonne Adam de l'être aussi.

Je les observe ensemble quand je suis au camp et je ne peux m'empêcher de penser qu'ils sont faits l'un pour l'autre. Cette constatation ne me rend plus trop triste, ni trop furieuse. Son regard de noyée me gêne encore un peu. C'est une version plus dure d'Iris, la grâce et la chaleur en moins. Mais elle sera pour Adam la compagne fidèle que je n'ai pas su être.

Adam et moi sommes toujours amoureux l'un de l'autre, comme peuvent l'être les amants qui se sont perdus : hantés par la nostalgie. Nous savons tous deux que d'ici peu – d'un jour à l'autre – il va falloir que nous nous quittions.

Hunter va et vient, perpétuellement entre deux avions pour ses tragiques destinations, et nous nous sommes croisés plusieurs fois depuis mon retour. Nous tombons l'un sur l'autre dans les magasins de Karen, nous nous rencontrons dans des dîners ou, debout devant nos voitures, nous échangeons quelques mots sur le parking de la banque, nos trousseaux de clés au bout des doigts. C'est étrange, comme nous nous sommes accoutumés à ces nouveaux rapports de voisins qui se saluent à la hâte.

Depuis que nous nous sommes délibérément écartés l'un de l'autre, nous évitons que nos mains ne se frôlent ; que nos corps ne se rapprochent d'un peu trop près ; que nos regards ne se croisent plus d'une seconde ou deux. Tout cela nous est maintenant défendu, et nous respectons scrupuleusement cette interdiction.

Mais je sais qu'il se promène dans la ville avec, sous ses habits, une cicatrice très semblable à la mienne. Je ne veux pas la voir. Je n'ai plus, désormais, le droit de le voir nu.

« Claire arrive vendredi prochain. »

Nous nous tenions devant la station d'essence. Hunter et moi. Il y a à peine une semaine.

« Oh. »

Nous restâmes un moment sans rien dire, je me sentais terriblement nerveuse. Je tenais un bouquet de roses orange pâle que je venais d'acheter, et d'avoir ces fleurs à la main me donnait une étrange sensation de vulnérabilité. Comme si elles étaient un cadeau que je lui destinais, et qu'il avait refusé d'accepter.

« Je serai à Kampala. Je pars après-demain.

— Tu veux dire que tu ne seras pas là pour l'attendre à l'aéroport ?

— Non. Je n'y peux rien.

— Moi, j'irai la chercher.

— Ce n'est pas à toi de le faire.

— Je sais. Mais je peux le faire.

— Pourquoi toi, en particulier ?

— C'est bon, Hunter. J'imagine que ça fait partie du processus.

— De quel processus ?

— Je veux dire… Il va falloir que je m'habitue à un tas de nouveautés, ici. Et vu que je vais, de toute façon, finir par la rencontrer, autant me rendre utile. »

Il ne répondit rien. Il baissa les yeux sur les roses que j'avais en main, comme si le fait de me revoir avait pompé toute son énergie. Je tripotais nerveusement les fleurs et j'en retirai une du bouquet, sans y penser, comme si je voulais la lui offrir.

« Allons bon. Je ne vais pas la *mordre*. Je vais seulement la conduire chez toi et m'assurer qu'il y a de quoi manger dans le frigo.

— Elle ne sait rien, à ton sujet.

— Et elle ne saura rien, fais-moi confiance. »

Il me regarda. Je fus soudain consciente de la température de son corps, si près du mien. Trop près. Le voyant rouge de mon système d'alarme interne se déclencha.

« Dans ce cas, c'est d'accord, dit-il en me prenant des mains la rose orange. Elle arrive par le vol du matin de la British Airways. Vendredi prochain. Je lui dirai à quoi tu ressembles. »

Je souris.

« Très bien. Mais mieux vaut que tu ne lui dises pas à quel point tu me trouves belle. »

Et je partis en courant, une flopée de pétales tombant du bouquet dans un tourbillon.

Et voilà : vous et moi, après avoir effectué ensemble un long parcours, nous sommes de retour à la case départ.

Il est presque cinq heures du matin à Nairobi. Je reviens du Mud Club, encore bien éméchée à la tequila. C'est Peter qui me raccompagne. Il a passé la nuit à danser avec des tas de filles et il a aussi pas mal picolé. Je ne l'ai jamais vu aussi déchaîné. Son ivresse n'a pourtant rien de pathétique. Bien au contraire, il semble plus insouciant, plus enfantin que jamais, comme si l'alcool avait fait fondre la couche de vernis qui d'habitude le protège.

« Pourquoi est-ce que Nena n'est pas venue, ce soir ?

— On a eu une scène épouvantable. »

Peter conduit, un sourire aux lèvres, en zigzaguant légèrement. C'est la première fois qu'il me confie quelque chose d'aussi personnel.

« Vraiment ? J'espère que ce n'est pas grave.

— Eh bien, je suppose que je devrais répondre que non. Mais, à vrai dire, les choses ne pourraient pas aller plus mal. Je suis désolé de te l'apprendre, ajoute-t-il après un silence, je crois qu'on va se séparer.

— *Quoi ?* Mince alors ! Et moi qui ai toujours pensé que Nena et toi… Ralentis, mon chou, ou on risque de tomber dans le fossé.

— Ne t'inquiète pas, je suis parfaitement capable de conduire. Oui, je crois vraiment que nous allons rompre. Ça te choque ? »

J'ai du mal à croire qu'il veuille discuter avec moi de son mariage à cinq heures du matin. Mais c'est visiblement le cas. Je prends donc le taureau par les cornes.

« Il y a quelqu'un d'autre ?

— Pourquoi est-ce que tu poses cette question ?

— Parce que, en général, les gens mariés qui ont des enfants ne se séparent que lorsqu'ils sont amoureux de quelqu'un d'autre.

— Tu veux dire que tu ne penses pas que ça vaut la peine de briser un mariage seulement pour être plus heureux et pour se sentir à nouveau vivants ?

— Non, attends, moi je trouve que ça vaut la peine. Mais ce n'est pas le cas de la majorité des gens. Ils trouvent que ça ne vaut pas la peine de se donner tout ce mal uniquement pour eux-mêmes.

— Mmm… C'est une théorie intéressante. Tu dis que des tas de gens malheureux restent mariés parce qu'ils ont, comme diraient les psychanalystes, une mauvaise image d'eux-mêmes ?

— Quelque chose dans ce goût-là, oui. Et puis il y a aussi la peur. La peur du saut dans l'inconnu. Mais quand on a un autre objet d'amour, on a au moins un objectif, non ? Ça rend tout plus simple. »

Il hoche pensivement la tête. Puis il se tourne vers moi, brusquement dessaoulé.

« Dis-moi, tu as vraiment envie de rentrer tout de suite ?

— C'est quoi, l'alternative ? Le jour va bientôt se lever, Peter.

— Pourquoi on n'irait pas boire une tasse de café dans un bel endroit ?

— Super. Dans un bel endroit. Sauf que je ne vois vraiment pas dans quel bel endroit on pourrait boire un café à cette heure-ci.

— Moi, j'ai une idée. Cela dit, il faut qu'on se dépêche, avant qu'il fasse jour. »

Il file comme une flèche sur la Langata Road et franchit les grilles de l'aéroport Wilson.

« On va *voler* dans un bel endroit, et admirer là-bas le lever du soleil.

— Oh, Peter, c'est une idée géniale. Tu es sûr que tu n'es pas trop ivre pour piloter ?

— Arrête un peu de te soucier de ma consommation d'alcool. »

Il gare la voiture devant le hangar d'Africair. Il fait encore sombre. Dans un minuscule bureau, derrière une porte vitrée, se trouvent deux Africains en bleu de travail. Peter donne un petit coup de klaxon et, aussitôt, ils lui font signe.

Je ne sais pas pourquoi, chaque fois que je mets les pieds à l'aéroport Wilson, j'ai l'impression de figurer dans un de ces vieux films en noir et blanc : c'est sûrement à cause de l'association des hangars, des petits avions, des hommes de grande taille vêtus de combinaisons démodées.

Peter farfouille à l'arrière de la voiture et finit par émerger, une Thermos à la main.

« Rentre et demande à ces gars de remplir ça de Nescafé. J'ai du sucre dans l'avion, et de quoi grignoter. Tu aimes ça, les biscuits au chocolat ?

— J'adore ça. Et c'est justement de ça que j'ai envie. »

Le soleil, sur l'équateur, se lève toujours à six heures.

Peter et moi avons survolé la Rift Valley aux premières lueurs de l'aube, en écoutant les *Concertos brandebourgeois*.

Les vapeurs de tequila se sont soudain évanouies et, avec l'alcool, ma tristesse s'est également dissoute. Nous avons aussi survolé le lac Naivasha, en effleurant de nos ailes la surface de l'eau ; puis nous avons frôlé la cime d'acacias dont l'écorce devenait d'or, sous les premiers rayons du soleil.

Je suis soudain folle de bonheur.

Comment l'expliquer ? Pourquoi est-il si difficile de définir les émotions que procure ce pays ?

Vous vous sentez soulevé.

Sorti du trou, quel qu'il soit, où vous êtes embourbé ; libéré de tous vos liens, et de toutes vos frayeurs. Oui, vous êtes soulevé et vous voyez tout depuis le haut : lentement, telle une montgolfière, vous vous élevez dans les airs, et tout n'est plus qu'espace autour de vous, et possibilité infinie de s'y perdre…

« Ce pays a été créé pour être vu du ciel, dis-je à Peter. Tous ses habitants devraient porter des ailes.

— Pourquoi pas ? répond-il en riant. Qu'on soit tous des anges, ce ne serait que justice. Vu qu'on vit au paradis. »

Peter a réussi un atterrissage en douceur sur l'herbe, et, équipés de notre petit déjeuner et d'une couverture, nous avons grimpé en haut d'un rocher. Et nous voilà à présent assis sur son sommet plat, à des centaines de kilomètres de Nairobi, à contempler le paysage à l'aube, en sirotant notre café. D'ici, le regard plonge jusqu'au pays voisin : à votre gauche, la Tanzanie, juste derrière ces montagnes pourpres. Le mont Kenya se dégage lentement des nuages, et nous pourrons très bientôt distinguer son sommet.

L'avion, juste au-dessous de nous, ressemble à une libellule, ou à un jouet magique qui appartiendrait à un conte de fées. On le dirait tout droit tiré d'un livre pour enfants.

« Tu sais, dit Peter. On pourrait faire tenir au moins deux fois Manhattan dans l'espace qui nous sépare de ces montagnes. L'île entière, avec ses voitures, ses bureaux, ses lignes de téléphone, ses fax, ses câbles électriques…

— Et ses habitants, leur vacarme, leurs problèmes, le sexe, le crime et les affaires…

— Et les banques, les livres, la peinture, les boutiques, les meubles, les vêtements, les gadgets…

— Imagine le nombre de choses.

— Incroyable. La quantité de trucs au mètre carré.

— Alors qu'ici, en revanche, il n'y a rien du tout.

— À part nous deux et quelques bestioles.

— C'est vraiment dingue ! »

Le soleil encore bas diffuse sur la plaine une lueur orangée. Au loin broutent des impalas et des gazelles. Elles ne vont pas tarder à s'avancer jusqu'au point d'eau, juste au-dessous de nous. Sa surface aussi plane que celle d'un miroir reflète le ciel avec une incroyable précision.

« Merci Peter. On n'aurait pas pu trouver de meilleur endroit pour boire une tasse de café. D'ici, on voit tout plus clairement. »

Il hoche la tête et avale une gorgée. Puis il allume deux cigarettes et m'en tend une.

« Tu sais ce que fait cet endroit : il te condamne à la liberté.

— Ouais. Ça peut être une condamnation plus qu'une libération, non ?

— Bien sûr. Beaucoup de gens n'arrivent pas à le supporter, ça leur fait peur. C'est pourquoi on picole tellement dans ce pays, pour atténuer le vertige. Mais, tu sais, pour peu qu'on parvienne à chevaucher la vague, cet endroit nous rappelle sans cesse ce que c'est que d'être libre et vivant. Et alors, il devient très difficile de se contenter de moins que ça. On finit par avoir besoin de ce degré de conscience. On veut pouvoir venir s'asseoir sur ce rocher, à l'aube, et se sentir une fois de plus inondé de bonheur. »

Il hésite un moment, perdu dans ses pensées.

« C'est pour ça qu'il me faut souvent venir contempler les choses depuis un endroit comme celui-ci. Ça aide à prendre du recul. Je veux dire, regarde un peu ça ! Sincèrement, je trouve qu'il est difficile de *ne pas* être heureux dans un endroit pareil !

— Oui, mais ce pays peut aussi être très cruel. J'y ai connu de terribles moments de désespoir. J'ai eu l'impression d'être exposée comme nulle part ailleurs. »

Nous restons un moment sans rien dire, goûtant sur notre peau la caresse des premiers rayons. Peter remplit ma tasse de café brûlant.

« Tu sais, Esmé, dit-il doucement, la première fois que je t'ai vue, j'ai pensé : elle, elle va en prendre plein la gueule.

— Ah oui ? » Je suis très étonnée de l'entendre me dire une chose pareille.

Il hoche la tête.

« Voyons, Peter, j'avais vraiment l'air si naïve ?

— Non, tu avais simplement l'air d'une personne qui n'allait pas opposer de résistance. Qui était venue volontairement désarmée. Mais je savais que tu finirais par ressortir au bout du tunnel.

— Tu crois que j'y suis parvenue ?

— Oui. Le plus dur est passé. »

Il sait tout de ma vie. Au fond, tout le monde doit être au courant. Mais son regard est plein de bienveillance et son attention me touche.

Je relève la tête avec impatience, dans un ultime soubresaut de colère.

« Quelquefois, je me dis que je ferais mieux de partir. Que je ne serai pas capable de supporter ça toute seule. » Je désigne la plaine au-dessous de nous, l'herbe doucement balayée par le vent.

« Tout va bien se passer. Rien ne t'oblige à partir. »

Mais il me faut insister.

« J'ai l'impression d'avoir tout perdu. »

Il secoue la tête. Il sourit.

« Non, tu n'as pas tout perdu. C'est justement ce que je suis en train d'essayer de te faire comprendre. Tu penses être ici parce que tu es amoureuse de quelqu'un, et puis ensuite de quelqu'un d'autre. Tu ne réalises pas encore que tu es restée ici tout ce temps pour une autre raison. Ce n'est pas à cause de telle ou telle personne, c'est à cause de ta capacité à *éprouver des émotions*. »

Il me regarde, comme s'il attendait que je réponde à cela ; mais rien ne me vient. Je me contente de baisser les yeux, car son regard, à présent, me met mal à l'aise.

« Tu n'es plus amoureux de Nena ? » Je lui pose la question rapidement, dans un murmure, comme si sa réponse risquait, tel un secret qu'on hésite à partager, de nous lier à jamais.

« L'amour… » Il prononce ce mot comme s'il le jetait du rocher où nous nous sommes installés, pour le voir planer dans le silence. « Bien sûr que je l'aime encore et que je l'aimerai toujours. Mais Nena et moi avons cessé d'*éprouver* des émotions ensemble. Nous nous sommes lentement rogné les ailes, pourrait-on dire. C'est un phénomène assez fréquent, chez les gens qui ont vécu des années ensemble. De s'éroder l'un l'autre. »

Je bois une autre gorgée de café. Je suis stupéfaite d'avoir été si peu perspicace, au sujet de Peter. De ne jamais avoir dépassé mes premières impressions à son sujet, de n'être pas allée au-delà du cliché : l'homme aux éléphants, le mari parfait, le père idéal, n'aspirant pas à être autre chose. Quelle vision superficielle !

« Tu sais, Peter, ce que je vais te dire est très égoïste mais, en un sens, ça me rassure d'apprendre que Nena et toi vous n'êtes pas un couple parfait et que votre vie peut encore changer. Tu sais, qu'elle et toi, vous… »

Je ne parviens pas à trouver le mot juste.

« … Que nous *luttons*, complète-t-il. Hé, est-ce que ce n'est pas le cas de nous tous ? »

Nouveau silence. Nous écoutons le souffle de la brise balayer la savane.

Et voilà qu'un vol d'oiseaux se dirige vers nous, dessinant un V parfait. Ils planent au-dessus du point d'eau, dont la surface reflète leur image comme un miroir, si bien qu'il est difficile, pendant un instant, de se faire une idée de leur nombre. Ils glissent très bas, paraissant obéir à une chorégraphie, et, dans le calme absolu alentour, nous distinguons le battement de leurs ailes. Et ce son, dans cette lumière, vous va droit au cœur.

« Regarde bien », dit Peter, tandis que nous retenons notre souffle, sentant que d'une seconde à l'autre l'un des oiseaux frôlera l'eau et brisera sa surface implacablement lisse.

Et, soudain, la voilà qui ondule au son des battements d'aile, pendant que le ciel se découpe en traînées roses et pourpres qui dérivent et se chevauchent.

« Incroyable, non ? demande Peter. Et on a toujours l'impression que c'est la première fois. »

C'est ce que je vois en ce moment, et rien, me semble-t-il, ne pourra effacer cette image.

En un sens, dans ce pays, tout donne l'impression d'arriver pour la première fois.

Le vol des oiseaux, le mouvement des nuages, le lever du soleil : chaque jour, on a le sentiment d'assister à un miracle.

On ne s'y habituera jamais.

C'est une émotion toujours renouvelée.

Remerciements

Je tiens à remercier toutes les personnes qui m'ont aidée au cours de l'écriture de ce livre. À tous, je suis reconnaissante de m'avoir soutenue, et de m'avoir inspirée.

Merci à Dominic Cunningham-Reid, Anna et Tonio Trzebinski, Emma Marrian, Judy Walgren, Mark Huband, Carlos Mavroleon, Sue Fusco, Saba Douglas-Hamilton, Stefania Miscetti, Pasquale Plastino, Clare Peploe, Bernardo Bertolucci et Melissa North. Ils ont tous, d'une manière ou d'une autre, contribué à cet ouvrage.

Merci à Simon Evans et Kerry Glen pour la retraite idéale de l'écrivain, au camp d'Ol Laro, et à Mme Nancy Camm pour sa merveilleuse demeure de Naro Moru. Je tiens aussi à remercier tout particulièrement Ali Masumbuko, Ali Mwyini et Mzee Salimu pour m'avoir supportée, et m'avoir toujours facilité la vie.

Merci enfin à mon agent Toby Eady pour avoir cru à ce livre dès le premier jour ; et à Robin Desser, mon éditeur chez Pantheon, dont l'esprit indomptable et l'enthousiasme passionné m'ont permis d'aller jusqu'au bout.

"Par amour pour l'Afrique"

(Pocket n° 10649)

Si Kuki Gallmann a créé la Gallmann Memorial Foundation, c'est en mémoire des deux êtres les plus chers à ses yeux : son mari Emanuele et son fils Paolo, disparus tous deux lors de leur séjour au Kenya. Car, depuis toujours, Kuki ne rêvait que d'une chose : aller en Afrique. Mais lorsqu'ils se sont installés là-bas, dans le domaine qu'ils ont transformé en ferme africaine, jamais elle n'aurait pu imaginer que cela bouleverserait sa vie à ce point...

Il y a toujours un Pocket à découvrir

"Mystérieuse Afrique"

(Pocket n° 11114)

Au milieu du XIXe siècle, Robyn Ballantyne, une jeune anglaise médecin, part en Afrique à la recherche de son père, explorateur missionnaire disparu du côté de la vallée du Zambèze. Les aventures les plus incroyables attendent la jeune femme au cours de son voyage : des attaques de pirates, des parties de chasse dans la brousse, des découvertes dans les mines d'or et de diamants… et peut-être même le grand amour.

Il y a toujours un Pocket à découvrir

Imprimé en France sur Presse Offset par

BRODARD & TAUPIN

GROUPE CPI

13772 – La Flèche (Sarthe), le 16-08-2002
Dépôt légal : juillet 2000

POCKET – 12, avenue d'Italie - 75627 Paris cedex 13
Tél. : 01.44.16.05.00